Escóndete

Lisa Gardner

Escóndete

Traducción de
Sandra Chaparro

Papel certificado por el Forest Stewardship Council®

MIXTO
Papel procedente de
fuentes responsables
FSC® C117695

Título original: *Hide*
Primera edición: noviembre de 2018

© 2007 Lisa Gardner, Inc.
© 2018, Penguin Random House Grupo Editorial, S. A. U.
Travessera de Gràcia, 47-49. 08021 Barcelona
© 2018, Sandra Chaparro, por la traducción

Printed in Spain – Impreso en España

ISBN: 978-84-9129-243-2
Depósito legal: B-22.888-2018

Compuesto en Arca Edinet, S. L.
Impreso en Rodesa, Villatuerta (Navarra)

SL 9 2 4 3 2

Penguin
Random House
Grupo Editorial

1

Mi padre me lo explicó por primera vez cuando tenía siete años: el mundo es un sistema. La escuela es un sistema. Los vecinos son un sistema. Las ciudades, los gobiernos, cualquier grupo numeroso de gente también lo son. El mismo cuerpo humano es un sistema que funciona gracias a subsistemas biológicos menores.

La justicia penal, definitivamente, es un sistema. La Iglesia católica…, mejor no tocar el tema. También están el deporte organizado, la Organización de las Naciones Unidas y, por supuesto, el concurso de Miss América.

—No tiene por qué gustarte el sistema —me enseñaba—, no tienes que creer en él ni estar de acuerdo con él. Pero debes entenderlo. Si eres capaz de entender el sistema, sobrevivirás.

Una familia es un sistema.

Esa tarde, cuando llegué a casa del colegio, vi a mis padres sentados en nuestra sala de estar. Mi padre, profesor de matemáticas del MIT, el Instituto Tecnológico de Massachusetts, rara vez llegaba a casa antes de las siete. Sin embargo, estaba junto al apreciado sofá de flores de mi madre, con cinco maletas colocadas ordenadamente a sus pies. Mi madre lloraba. Cuando abrí la puerta de entrada se giró para ocultar el rostro, pero vi cómo se le agitaban los hombros.

Mis padres llevaban pesados abrigos de lana, algo extraño, teniendo en cuenta que era una tarde de octubre relativamente cálida.

Mi padre fue el primero en hablar.

—Ve a tu cuarto. Coge dos cosas. Las dos cosas que quieras. Pero date prisa, Annabelle, no tenemos mucho tiempo.

Los hombros de mi madre empezaron a agitarse con más fuerza. Dejé mi mochila en el suelo. Fui a mi cuarto y contemplé mi pequeño espacio pintado de rosa y de verde.

De todos los momentos de mi pasado, este es el que más me gusta recordar. Tres minutos en el dormitorio de mi juventud. Mis dedos se deslizaron por la mesa cubierta de pegatinas, revolotearon sobre las fotografías enmarcadas de mis abuelos, saltaron por encima de mi cepillo de plata grabado y el enorme espejo de mano. Pasé de largo por delante de mis libros. No presté atención a mi colección de canicas ni a mi antología pictórica del jardín de infancia. Recuerdo que fue una elección agónica entre mi perro de peluche favorito y mi tesoro más reciente, una Barbie vestida de novia. Me quedé con el perro, Boomer, y cogí mi adorada mantita de bebé de franela color rosa oscuro con un ribete rosa pálido de raso.

No me llevé mi diario, ni mi montoncito de notas cubiertas de garabatos de mi mejor amiga, Dori Petracelli. Ni siquiera mi álbum de fotos de bebé, que al menos me hubiera permitido conservar retratos de mi madre para el futuro. Era una niña pequeña asustada y me comporté de forma infantil.

Creo que mi padre sabía lo que iba a elegir. Creo que lo vio venir todo ya entonces.

Volví a la sala de estar. Mi padre estaba fuera, cargando el coche. Mi madre se aferraba a la columna que separaba la sala de estar de la cocina-comedor. Por un instante pensé que no cedería, que se pondría firme y exigiría a mi padre que se dejara de tonterías.

Pero alargó el brazo y acarició mi largo y oscuro cabello.

—Te quiero tanto —dijo atrayéndome hacia sí y abrazándome con fuerza, apretando sus mejillas húmedas contra mi cabeza. De repente me apartó y se enjugó enérgicamente las lágrimas de la cara—. Sal, cielo, tu padre tiene razón, debemos darnos prisa.

Seguí a mi madre al coche, con Boomer bajo el brazo, estrujando la mantita entre mis manos. Ocupamos nuestros sitios de siempre: mi padre en el asiento del conductor, mi madre en el del acompañante y yo en el asiento trasero.

Mi padre sacó nuestro pequeño Honda a la calle. Una lluvia de hojas amarillas y anaranjadas del haya danzaban al otro lado de la ventanilla del coche. Apoyé mis dedos en el cristal como si pudiera tocarlas.

—Saludad a los vecinos —dijo mi padre—, haced como si todo fuera normal.

Esa fue la última vez que vimos nuestra pequeña calle sin salida salpicada de robles.

Una familia es un sistema.

Condujimos hasta Tampa. Mi madre siempre había querido ver Florida, explicó mi padre. ¿No sería estupendo vivir entre palmeras y hermosas playas de arena blanca tras haber pasado tantos inviernos en Nueva Inglaterra?

Puesto que mi madre había elegido nuestro destino, a mi padre le tocó escoger nuestros nombres. Yo me llamaría Sally. Mi padre era Anthony y mi madre Claire. ¿No era divertido? Una nueva ciudad y un nombre nuevo. ¡Menuda aventura!

Al principio tenía pesadillas. Eran sueños terribles, terribles, de los que despertaba gritando.

—¡He visto algo, he visto algo!

—Solo ha sido un sueño —decía mi padre intentando consolarme mientras me acariciaba la espalda.

—¡Pero tengo miedo!

—Chsss. Eres demasiado joven para saber lo que es el miedo. Para eso están los papás.

No vivíamos entre palmeras y playas blancas. Mis padres nunca hablaron del asunto, pero, ya adulta, al mirar atrás, me doy cuenta de que un doctorado en matemáticas no era algo que ayudara precisamente a colocarse, sobre todo si se vivía bajo una identidad falsa. Mi padre se hizo taxista. Me encantaba su nuevo trabajo. Estaba en casa la mayor parte del día y que me recogiera en el colegio mi propio taxi personal resultaba de lo más glamuroso.

El colegio nuevo era más grande que el antiguo. Más duro. Creo que hice amigos, aunque no recuerdo mucho de nuestros días en Florida. Conservo más bien una sensación surrealista del tiempo y el espacio. Pasaba mis tardes en clases de entrenamiento en defensa personal para alumnos de primero y hasta mis padres me parecían extraños.

Mi padre no dejaba de dar vueltas por nuestro apartamento de un dormitorio.

—¿Qué dices, Sally? Vamos a adornar una palmera de Navidad, venga, ¡vamos a divertirnos!

Mi madre murmuraba ausente mientras pintaba nuestro salón de un brillante tono coral, sonreía al comprarse un bañador en noviembre y parecía sinceramente interesada mientras aprendía a cocinar diferentes tipos de pescado blanco y escamoso.

Creo que mis padres fueron felices en Florida. O al menos estaban decididos a serlo. Mi madre decoró nuestro apartamento. Mi padre retomó su *hobby* de dibujar. En las noches en las que no trabajaba, mi madre posaba para él junto a la ventana y yo me tumbaba en el sofá, feliz, mientras contemplaba los hábiles trazos de mi padre, que intentaba captar la sonrisa burlona de mi madre con un carboncillo.

Hasta el día en el que, al llegar a casa, vi las maletas hechas y caras largas. Esa vez ya no tuve que preguntar. Fui a mi cuarto, cogí a Boomer, agarré mi mantita. Luego me dirigí al coche y me senté en el asiento de atrás.

Pasó mucho tiempo antes de que alguien dijera algo.

Una familia es un sistema.

Hoy, no sé en cuántas ciudades vivimos. O cuántos nombres adopté. Mi infancia se convirtió en un amasijo de caras nuevas, ciudades desconocidas y las mismas viejas maletas. Al llegar buscábamos el apartamento de un dormitorio más barato que hubiera. Mi padre salía al día siguiente y siempre volvía con algún tipo de empleo: revelador de fotografías, encargado en McDonald's, dependiente. Mi madre ordenaba nuestras escasas pertenencias. Mi responsabilidad era ir al colegio.

Sé que dejé de hablar tanto como solía. Sé que a mi madre le pasó lo mismo.

Solo mi padre se mantuvo implacablemente alegre.

«¡Phoenix! Siempre he querido saber qué se siente en el desierto». «¡Cincinnati! Este es el tipo de ciudad que me gusta». «¡St. Louis! Este será un buen sitio para nosotros».

No recuerdo haber tenido más pesadillas. Sencillamente desaparecieron o fueron apartadas a un lado por problemas más acuciantes. Las tardes en que, al llegar a casa, encontraba a mamá inconsciente en el sofá. Los cursos intensivos de cocina porque ella ya no se tenía en pie. Los cafés preparados a toda prisa para obligarla a bebérselos. Las incursiones en su monedero para comprar comida antes de que mi padre volviera del trabajo.

Quiero creer que él lo sabía, pero a día de hoy aún no estoy segura. Mi madre y yo, al menos, teníamos la sensación de que, cuantos más nombres falsos adoptábamos, más de nosotras se iba perdiendo en el camino. Hasta que nos volvimos silenciosas, sombras etéreas en la tempestuosa estela de mi padre.

Consiguió vivir hasta que cumplí catorce años. Kansas City. Llevábamos allí nueve meses. Habían ascendido a mi padre a gerente del Departamento de Automoción de Sears. Yo empezaba a pensar en mi primer baile.

Volví a casa. Mi madre, que por entonces se llamaba Stella, estaba boca abajo en el sofá. Esta vez no pude despertarla por más que la zarandeé. Recuerdo vagamente haber salido corriendo del apartamento y golpeado la puerta de la vecina.

—¡Mi madre, mi madre, mi madre! —grité. Y la pobre señora Torres, a la que nunca habíamos dedicado ni una sonrisa, ni un saludo, abrió de un tirón su puerta, cruzó afanosamente el rellano y, llevándose las manos a los ojos, húmedos de repente, afirmó que mi madre había muerto.

Vinieron los polis y los técnicos de emergencias sanitarias. Vi cómo levantaban su cuerpo. Vi cómo se caía de su bolsillo un bote de medicamentos de color naranja de los que solo se venden con receta. Uno de los agentes lo recogió, me miró con lástima.

—¿Alguien a quien podamos llamar?

—Mi padre no tardará en llegar.

Me dejó con la señora Torres. Nos sentamos en su apartamento, con su intenso aroma a jalapeños y tamales de maíz.

Admiré las cortinas de rayas de brillantes colores que había ante sus ventanas y los atrevidos cojines de flores que cubrían su desgastado sofá marrón. Me preguntaba cómo sería volver a tener un hogar de verdad.

Llegó mi padre y dio profusamente las gracias a la señora Torres antes de sacarme de su casa.

—¿Entiendes que no podemos contarles nada? —decía una y otra vez, mientras volvíamos a la seguridad de nuestro apartamento—. ¿Entiendes que debemos tener mucho cuidado? No quiero que digas ni una palabra, Cindy, ni una palabra. Todo esto es muy, muy delicado.

Cuando volvieron los polis, él fue el único que habló. Yo calenté una sopa de pollo con fideos en el hornillo de la cocina. En realidad, no tenía hambre. Solo quería que nuestro apartamento oliera como el de la señora Torres. Quería que mamá volviera a casa.

Más tarde encontré a mi padre llorando, hecho un ovillo en el sofá, abrazado a la andrajosa bata rosa de mi madre. No podía parar. Sollozaba, sollozaba y sollozaba.

Aquella fue la primera noche que mi padre durmió en mi cama. Sé lo que estáis pensando, pero no.

Una familia es un sistema.

Tuvimos que esperar tres meses para que nos devolvieran el cuerpo de mi madre. El Estado quería una autopsia. Nunca lo entendí. Pero un día recobramos a mamá. La llevamos de la morgue a una funeraria. La colocaron en un ataúd que llevaba el nombre de otra persona y la introdujeron en el horno crematorio.

Mi padre compró dos pequeños viales de cristal que colgaban de unas cadenitas. Uno para él. El otro para mí.

—Así —dijo— siempre estará cerca de nuestros corazones.

Leslie Ann Granger. Ese era el nombre real de mi madre. Leslie Ann Granger. Mi padre llenó los viales de cenizas y nos los colgamos del cuello. Lanzamos al viento lo que quedaba de ella.

¿Para qué pagar una lápida que sellara una mentira?

Volvimos al apartamento y esta vez mi padre no tuvo que decir nada: yo ya había hecho nuestras maletas tres meses antes. Esta vez no hubo Boomer ni mantita. Los había metido en el ataúd de mamá y habían acabado en las llamas con ella.

Cuando muere tu madre ha llegado el momento de dejar atrás las cosas de niños.

Elegí Sienna como nuevo nombre. Mi padre sería Billy Bob, pero le permití usar B.B. Puso los ojos en blanco para expresar su fastidio, pero al final accedió. Como yo me había encargado de los nombres, él eligió la ciudad. Nos fuimos a Seattle; mi padre siempre había querido visitar la costa oeste.

Nos fue mejor en Seattle, a cada uno a su manera. Mi padre volvió a Sears, y, sin mencionar que ya había trabajado antes para la empresa, logró destacar como alguien especialmente dotado y escalar por los diferentes puestos de administración. Yo me matriculé en otro colegio público carente de fondos y rebosante de alumnos, donde desaparecí entre las masas sin nombre y sin rostro que aprobaban los cursos con una media de notable.

También cometí mi primer acto de rebeldía. Me uní a una iglesia.

La pequeña iglesia congregacional solo estaba a una manzana de nuestra casa. Pasaba delante de ella cada día, de camino y a la vuelta del colegio. Un día asomé la cabeza. El segundo me senté. El tercero me encontré hablando con el reverendo.

Quería saber si Dios te admitía en el cielo si te habían enterrado bajo un nombre falso.

Esa tarde hablé mucho rato con el reverendo. Llevaba unas gafas de culo de vaso. Su cabello era gris y ralo; su sonrisa, amable. Cuando llegué a casa eran más de las seis, mi padre estaba esperando y no había comida en la mesa.

—¿Dónde te habías metido? —preguntó.

—Se me ha hecho tarde...

—¿Eres consciente de lo preocupado que estaba?

—Perdí el autobús. Me quedé hablando con un profesor sobre los deberes. Yo..., he tenido que volver a casa andando. No he querido molestarte en el trabajo.

Balbuceaba con las mejillas encendidas, no parecía yo.

Mi padre me miró con el ceño fruncido largo rato.

—Puedes llamarme siempre que lo necesites —afirmó de repente—. Estamos juntos en esto, pequeña.

Me alborotó el pelo.

Eché de menos a mi madre.

Entonces me dirigí a la cocina y empecé a guisar el atún.

He descubierto que mentir es tan adictivo como una droga. Lo siguiente que recuerdo es que dije a mi padre que me había unido al equipo de debate. Eso me dio unas cuantas tardes que podía pasar en la iglesia, escuchando ensayar al coro, hablando con el reverendo, limitándome a absorber el espacio.

Siempre había llevado una larga melena negra. Mi madre me la trenzaba cuando era niña. De adolescente, la había relegado al papel de cortina impenetrable que dejaba colgar ante mi rostro. Un día decidí que el pelo me estaba tapando la auténtica belleza de la vidriera, de manera que fui al barbero de la esquina y le pedí que me lo cortara.

Mi padre estuvo una semana sin hablarme.

Y descubrí, sentada en mi iglesia, viendo a mis vecinos ir de un lado a otro, que mis enormes jerséis eran aburridos y que los vaqueros holgados me sentaban mal. Me gustaba la gente que usaba colores brillantes. Me gustaban porque te hacían fijar la atención en sus rostros y así veías sus sonrisas. Esa gente parecía feliz, normal, cariñosa. Apuesto a que ninguno de ellos dudaba tres segundos cada vez que le preguntaban su nombre.

Así que me compré ropa nueva. Para el equipo de debate. Y empecé a pasar todos los lunes por la noche en el comedor de beneficencia. Dije a mi padre que el colegio me obligaba, que todo el mundo tenía que cumplir ciertas horas de servicio comunitario. Había un joven que también trabajaba allí de voluntario. Pelo castaño. Ojos marrones. Matt Fisher.

Matt me llevó al cine. No recuerdo qué película vimos. Era consciente de su mano en mi hombro, de mis propias palmas húmedas de sudor; respiraba con dificultad. Después de la película fuimos a tomar un helado. Llovía. Sostuvo su abrigo sobre mi cabeza.

Entonces, envolviéndome con su chaqueta, que olía a colonia, me dio mi primer beso.

Volví a casa flotando en una nube. Abrazándome la cintura y con una sonrisa soñadora en el rostro.

Mi padre me esperaba en la puerta con cinco maletas tras él.

—¡Sé lo que has estado haciendo! —exclamó.

—Chsss —susurré poniendo un dedo en sus labios—. Chsss.

Pasé bailando ante mi atónito padre, me dirigí a mi pequeño dormitorio sin ventanas y, durante ocho horas, permanecí tumbada en la cama y me permití ser feliz.

Aún hoy me pregunto a veces qué habrá sido de Matt Fisher. ¿Estará casado? ¿Tendrá 2,2 hijos? ¿Contará a veces la historia de la chica más loca a la que ha conocido? Una noche la besó. Nunca volvió a verla.

Cuando me levanté a la mañana siguiente mi padre se había ido. Volvió sobre las doce y plantó un carné de identidad falso en mi mano.

—Y no quiero oír reproches por los nombres —dijo cuando enarqué una ceja al ver que mi nueva identidad era la de Tanya Nelson, hija de Michael—. Conseguir esto rápidamente ya me ha costado dos de los grandes.

—Pero los nombres los has elegido tú.

—Era lo que me podían dar.

—Los nombres han sido cosa tuya —insistí.

—Está bien, como quieras.

Ya llevaba una maleta en cada mano. Me mantuve firme, con los brazos cruzados y expresión implacable.

—Tú has elegido los nombres y a mí me toca elegir la ciudad.

—Cuando estemos en el coche.

—Boston —respondí.

Abrió los ojos de par en par. Estaba segura de que iba a protestar. Pero las reglas son las reglas.

Una familia es un sistema.

Cuando te has pasado la vida huyendo de lo Malo, no puedes evitar preguntarte cómo te sentirás si un día finalmente te atrapa. Supongo que mi padre se libró de saberlo.

Los polis dijeron que un taxi, que iba a toda velocidad, lo había atropellado al bajar el bordillo matándolo al instante. Su cuerpo salió volando por los aires y alcanzó los seis metros de altura. Su frente fue a chocar con una farola de metal y quedó completamente aplastada, como si se le hubiera hundido en la cara.

Yo tenía veintidós años. Por fin se había acabado la interminable procesión de colegios. Trabajaba en Starbucks. Andaba mucho. Ahorraba para comprarme una máquina de coser. Empecé mi propio negocio. Hacía cortinas por encargo con almohadones a juego.

Me gustaba Boston. Volver a la ciudad de mi juventud no me había paralizado de miedo. Fue justo al contrario, en realidad. Me sentía a salvo entre las masas en constante movimiento. Me gustaba vagar por el Jardín Público y mirar escaparates en Newbury Street. Hasta me agradaba la vuelta del otoño, cuando los días olían a roble y por las noches refrescaba. Encontré un apartamento increíblemente pequeño en el North End, desde el que podía ir andando a Mike's y comer *cannoli* recién hechos siempre que quería. Puse cortinas. Me hice con un perro. Incluso aprendí a cocinar tamales de maíz. Por las noches me asomaba a mi ventana del quinto piso, acunaba las cenizas de mi madre en la palma de mi mano y observaba a los desconocidos sin nombre que pasaban por la calle.

Me dije a mí misma que ya era una adulta. Me dije que no había nada que temer. Mi padre había dirigido mi pasado, pero el futuro era mío y no pensaba vivirlo huyendo. Había elegido Boston y aquí me iba a quedar.

Entonces, un día, empezó todo. Cogí el *Boston Herald* y lo leí en la primera página: veinticinco años después, por fin habían encontrado mi cadáver.

2

Sonaba el teléfono.

Se dio la vuelta. Cogió una almohada. La puso sobre su oreja.

Sonaba el teléfono.

Tiró la almohada y se tapó la cabeza con la colcha.

Sonaba el teléfono.

Gruñido. Abrió un ojo a regañadientes. Las 2:32 de la madrugada. «Maldita sea, maldita sea, maldita sea...». Estiró una mano fuera, buscó a tientas el auricular y se acercó el teléfono al oído.

—¿Qué?

—Tan alegre como siempre, veo.

Bobby Dodge, el detective más reciente de la policía estatal de Massachusetts, gruñó con más fuerza.

—Es solo mi segundo día. No me digas que tengo que salir mi segundo día. ¡Oye! —Sus neuronas empezaban a volver a la vida—. Espera un momento...

—¿Conoces el antiguo hospital psiquiátrico de Mattapan? —preguntó la detective de Boston D.D. Warren al otro lado de la línea.

—¿Por qué?

—Tenemos la escena de un crimen.

—Querrás decir que el departamento de policía de Boston tiene la escena de un crimen. Me alegro por ti. Voy a seguir durmiendo.

—Te quiero aquí en media hora.

—D.D. —Bobby logró sentarse, despierto muy a su pesar y nada contento. Él y D.D. compartían una larga historia, pero las dos y media de la madrugada eran las dos y media de la madrugada—. Si tú y tus amigos queréis hacer una novatada, elegid a uno de vuestro propio departamento. Soy demasiado viejo para esta mierda.

—Tienes que ver esto —se limitó a contestar ella.

—¿Ver qué?

—Treinta minutos, Bobby. No pongas la radio, no escuches la emisora. Quiero que lo veas sin ningún prejuicio.

Hizo una pausa.

—Bobby, ven preparado. Esto va a ser muy feo —añadió más suavemente y colgó de golpe.

No era la primera vez que sacaban a Bobby Dodge de la cama. Había servido cerca de ocho años como francotirador de la policía en la unidad operativa del grupo de operaciones y tácticas especiales de la policía estatal de Massachusetts, de servicio veinticuatro horas, siete días a la semana e inevitablemente en acción la mayoría de los fines de semana y vacaciones largas. No le había molestado entonces. Le gustaba el reto y le apasionaba formar parte de un equipo de élite.

Pero hacía dos años que su carrera se había desbaratado. No es que hubieran llamado a Bobby para que acudiera a la escena de un crimen, es que había disparado a un hombre. El departamento terminó considerando que había sido un uso de la fuerza con resultado de muerte justificado, pero nada había vuelto a ser igual. Seis meses atrás, cuando presentó su dimisión del grupo de operaciones y tácticas especiales, nadie había dicho nada. Y, más recientemente, cuando aprobó el examen de detective, todos se habían mostrado de acuerdo: a la carrera de Bobby le venía bien un nuevo comienzo.

De manera que ahí estaba, detective de homicidios desde hacía dos días, a quien ya habían asignado media docena de casos no demasiado urgentes, lo suficiente como para que tuviera algo que hacer. Cuando demostrara que no era un completo imbécil, puede que hasta le dejaran dirigir alguna investigación. Además, siempre cabía la posibilidad de hacerte con algún caso por casualidad, si eras el afortunado a quien sacaban de la cama por un problema grave. A los detectives les gustaba bromear afirmando que los homicidios solo ocurren a las 3:05 o a las 16:50. Ya sabes, lo justo para empezar el turno muy pronto por la mañana o tener que trabajar toda la noche.

Las llamadas telefónicas a medianoche sin duda eran parte del trabajo, aunque solían provenir de otro agente de la policía estatal, no de un detective de Boston.

Bobby volvió a fruncir el entrecejo, intentando solucionar el enigma. Por lo general, a los detectives de Boston no les gustaba invitar a chicos con el uniforme del estado a sus fiestas. Además, si una detective de la policía de Boston sinceramente creía que podía necesitar la experiencia de los estatales, su jefe se habría puesto en contacto con el jefe de Bobby, y todo el mundo habría actuado con la transparencia y la confianza que cabía esperar de un matrimonio concertado.

Pero D.D. le había llamado personalmente. Lo que le llevó a la conclusión, mientras se metía en los pantalones, se peleaba con las mangas de la camisa y se mojaba la cara, de que D.D. no buscaba la ayuda del estado: quería *su* ayuda.

Y eso despertó la suspicacia de Bobby.

Hizo una última parada delante de la cómoda; hacía las cosas a la luz de la luna. Encontró su placa de detective, su busca, su Glock del 40 y su minigrabadora Sony, el arma más preciada de un detective en activo. Bobby echó un vistazo a su reloj.

D.D. le había dicho que lo esperaba en treinta minutos, pero llegaría en veinticinco. Eso le daba cinco minutos extra para averiguar qué demonios estaba pasando.

Mattapan estaba a un tiro de piedra del edificio de tres pisos de Bobby, en el sur de Boston, por la Interestatal 93. Probablemente, entre las tres y las cinco de la madrugada fueran las dos únicas horas del día en las que la 93 no era una serpiente inflada de coches, de manera que Bobby no tardó nada.

Cogió la salida en Granite Avenue y se dirigió a la izquierda hacia Gallivan Boulevard para incorporarse a Morton Street. Paró junto a un viejo Chevrolet en un semáforo. Sus dos ocupantes, dos jóvenes de color, echaron una mirada de expertos a su Ford Crown Victoria. Luego le clavaron su mejor mirada de póquer. Bobby respondió con un alegre saludo. En cuanto el semáforo se puso en verde, los chicos viraron bruscamente a la derecha y aceleraron con desdén.

Otro glorioso momento de trabajo policial al servicio de la comunidad.

Las zonas comerciales dejaron paso a las residenciales. Bobby atravesó calles laterales de edificios de tres pisos; cada edificio que pasaba parecía más hundido y desgastado que el anterior. En los últimos años se habían recuperado muchos distritos de Boston, pero los proyectos urbanísticos se habían escorado hacia la construcción de lujosos pisos a la orilla del mar. Los embarcaderos abandonados se habían convertido en centros de convenciones. Toda la ciudad se había retocado, estratégica y cosméticamente, para adaptarse a los caprichos de un megaproyecto de remodelación, el denominado Big Dig.

Algunos barrios habían ganado con el cambio. Mattapan, obviamente, no.

Otro semáforo. Bobby redujo la velocidad y miró su reloj. Ocho minutos antes del tiempo estimado de llegada. Giró hacia la izquierda y se dispuso a rodear el cementerio Mount Hope. Desde ahí, por fin pudo ver por la ventanilla esa enorme tierra de nadie que era el Hospital Psiquiátrico Estatal de Boston.

El Hospital Psiquiátrico de Boston ocupaba algo más de medio kilómetro cuadrado de arbolado que constituía uno de los mayores espacios verdes de la ciudad de Boston y era la zona de desarrollo más disputada del estado. Al haber sido un manicomio durante siglos, era uno de los lugares más fantasmagóricos de los alrededores.

Dos estropeados edificios colgaban de la cima de la colina, observando a la población de abajo con sus ventanas de cristales rotos. Enormes robles y hayas clavaban sus garras en el cielo nocturno, ramas desnudas que formaban siluetas de manos nudosas.

Según decían, el hospital se había construido en medio de terreno boscoso para proporcionar a los pacientes un escenario «sereno». Varias décadas de edificios superpoblados, extraños gritos en la noche y dos asesinatos violentos después, los vecinos seguían hablando de luces que aparecían entre las ruinas en mitad de la noche, de gemidos estremecedores que provenían de debajo de las pilas de ladrillos caídos y de siluetas titilantes que danzaban entre los árboles.

Hasta entonces, ninguno de estos relatos había asustado a los promotores. La Audubon Society se había hecho con una esquina de la propiedad, convirtiéndola en una reserva natural muy popular. Se estaba construyendo un laboratorio nuevecito para la Universidad de Massachusetts, mientras Mattapan hervía de rumores sobre la construcción de viviendas de protección oficial o quizá de un instituto nuevo.

El progreso siempre llega, incluso a las instituciones mentales embrujadas.

Bobby giró en la esquina del extremo del cementerio y por fin vio al equipo. Estaban ahí, en la esquina izquierda: anchos rayos de luz atravesaban las hayas desnudas proyectándose hacia la noche densa, sin luna. Más luces; pequeños puntos rojos y azules zigzaguearon entre los árboles cuando otros coches de policía empezaron a ascender por la tortuosa senda. Se dirigían hacia una de las esquinas de la propiedad. Esperó hasta divisar los contornos del antiguo hospital, una ruina relativamente pequeña de tres pisos, pero los coches patrulla siguieron de largo, internándose más profundamente en el bosque.

D.D. no había mentido. La policía de Boston tenía la escena de un crimen y, a juzgar por el tráfico, era importante.

Bobby acabó de rodear el cementerio, un minuto antes del tiempo previsto de llegada, cruzó la enorme verja negra y se dirigió a las ruinas de la colina.

En un momento llegó junto al primer patrullero. El agente de la policía de Boston estaba de pie, en medio de la carretera, con un chaleco fosforescente naranja y armado con una enorme linterna. El chico era tan joven que aún no debía de haberse afeitado nunca. No obstante, logró fruncir el entrecejo mientras escrutaba la placa de Bobby y gruñir con suspicacia al comprobar que pertenecía a la policía estatal.

—¿Seguro que está en el sitio correcto? —preguntó el chico.

—Ni idea. He metido «escena del crimen» en MapQuest y esto es lo que ha salido.

El chico le miró inexpresivamente. Bobby suspiró.

—Tengo una invitación personal de la detective Warren. Si tienes algún problema habla con ella.

—¿Se refiere a la sargento Warren?

—¿Sargento? Vaya, vaya, vaya...

El chico devolvió a Bobby su identificación con un gesto seco y este empezó a subir la colina.

El primer edificio abandonado surgió a su izquierda; las ventanas con cuarterones reflejaban por duplicado la luz de sus faros delanteros. La estructura de ladrillo se combaba sobre sus cimientos, la puerta principal estaba cerrada con un candado y el techo se desintegraba de dentro hacia fuera.

Bobby giró a la derecha, pasando ante una segunda estructura, más pequeña y en aún peor estado. El camino estaba lleno de coches aparcados con los parachoques enfrentados: los vehículos de los detectives, la furgoneta del forense y los técnicos de la escena del crimen competían por el espacio.

A lo lejos brillaban unos focos. Un destello distante en lo más denso del bosque. Bobby apenas oía el sonido del generador que habían llevado a la escena del crimen para alumbrar al equipo. Aparentemente todavía le quedaba un paseo.

Aparcó en un campo de hierba alta, cerca de tres coches patrulla. Cogió una linterna, papel y un bolígrafo. Luego, tras pensarlo mejor, se puso un chaquetón más abrigado.

Era una fría noche de noviembre, no debía de haber más de cero grados, y una tenue niebla daba a todo un toque helado.

No había nadie alrededor, pero la luz de su linterna iluminaba un camino horadado por las huellas de los investigadores criminales que habían llegado antes que él. Las pisadas de sus botas resonaban con fuerza mientras avanzaba.

Oía el generador, pero ninguna voz aún. Se agachó para pasar bajo unos arbustos y sintió la tierra enfangada bajo sus pies antes de volver a enderezarse. Atravesó un pequeño claro y vio difusamente una pila de algo, madera podrida, ladrillos, algunos cubos de plástico. Los vertidos de basura ilegales habían sido un problema durante años, pero solían producirse más cerca de la verja. Esto estaba en lo más profundo del bosque. Probablemente fueran desperdicios del manicomio, o puede que de alguno de los recientes proyectos de construcción. Si eran viejos o nuevos, no podía saberlo con la luz de la que disponía.

El ruido aumentó, el zumbido del generador se convirtió en un rugido sordo. Hundió la cabeza en el cuello de su chaquetón para proteger sus oídos. Bobby había sido patrullero durante diez años y había acudido a muchas escenas del crimen. Conocía los sonidos. Conocía el olor.

Pero esta era su primera escena como detective. Creía que esa era la razón por la que todo parecía tan diferente. Pasó otra línea de árboles y se detuvo abruptamente.

Hombres por todas partes, la mayoría trajeados, probablemente quince o dieciocho detectives y fácilmente una docena de agentes uniformados. También había hombres de pelo gris embutidos en gruesos abrigos de lana. Oficiales de alto rango, a la mayoría Bobby los conocía de fiestas de jubilación de otros peces gordos. Vio a un fotógrafo y cuatro técnicos especialistas en la escena del crimen. Por último, divisó a una mujer sola, que, si la memoria no le fallaba, era una ayudante del fiscal de distrito.

Eran muchos, sobre todo teniendo en cuenta que, desde hacía un tiempo, la ciudad de Boston seguía la política de exigir un informe escrito a todo el que pisaba la escena de un crimen. Eso solía ahuyentar a los patrulleros y, lo que era más importante, también a la plana mayor.

Pero esa noche todo el mundo estaba ahí, trazando pequeños círculos a la luz de los brillantes focos, dando paraditas al suelo para entrar en calor. La zona cero parecía ser una carpa azul erigida al fondo del claro, pero, desde donde estaba, Bobby seguía sin ver restos ni pruebas propias de la escena de un crimen, ni siquiera bajo la cubierta protectora de la lona.

Veía un campo, una carpa y a un montón de investigadores criminales muy callados.

Se le erizaron los pelos de la nuca.

Algo, a su izquierda, emitió una especie de crujido. Bobby se dio la vuelta y vio a dos personas que entraban en el claro desde otro sendero. Delante iba una mujer de mediana edad cubierta de material Tyvek de arriba abajo. La seguía un hombre más joven, su ayudante. Bobby reconoció a la mujer inmediatamente. Christie Callahan, de la oficina del médico forense jefe. Callahan era la antropóloga forense a cargo.

—Mierda.

Más movimiento. D.D. había emergido como por arte de magia de debajo de la carpa azul. La mirada de Bobby fue de su pálido rostro de gesto contenido a la ropa de Tyvek que llevaba y la densa oscuridad a sus espaldas.

—Mierda —murmuró de nuevo, pero ya era demasiado tarde.

D.D. se dirigía directamente hacia él.

—Gracias por venir —dijo. Se produjo un incómodo momento, en el que ambos dudaron si debían darse la mano, un beso en la mejilla o qué. Por fin, D.D. juntó las manos a su espalda dando por zanjado el dilema. Serían compañeros de trabajo.

—No me gustaría decepcionar a una sargento —contestó Bobby arrastrando las palabras.

D.D. esbozó una sonrisa algo tensa al mencionar él su nuevo rango, pero no dijo nada; no era el momento ni el lugar.

—Los fotógrafos ya han hecho su primera ronda —explicó bruscamente—. Estamos esperando a que termine el del vídeo para recoger. Cuando acabe puedes bajar.

—¿Bajar?

—Se trata de un subterráneo, la carpa tapa la entrada. No te preocupes, han puesto una escalera para facilitar la bajada.

Bobby se tomó un momento para asimilar la información.

—¿Qué tamaño tiene?

—La cámara es, como mucho, de dos por tres. Solo puede haber un máximo de tres personas a la vez, de lo contrario no te puedes ni mover.

—¿Quién la encontró?

—Unos críos. La descubrieron anoche, imagino que mientras se dedicaban a beber alcohol y/u otros *hobbies* para divertirse. Les emocionó lo suficiente como para volver esta noche con una linterna. No lo volverán a hacer.

—¿Todavía están por aquí?

—No. Los técnicos de emergencias les dieron unos sedantes y se los llevaron. Era lo mejor para ellos y a nosotros no nos servían de nada.

—Mucho traje —comentó Bobby echando un vistazo a su alrededor.

—Sí.

—¿Quién es el investigador jefe?

—Yo. Me ha tocado el gordo —respondió ella alzando la barbilla.

—Lo siento, D.D.

Hizo una mueca. Su expresión era más sombría ahora que estaban solos.

—Sí, mierda.

Alguien detrás de ellos se aclaró la garganta.

—¿Sargento?

El chico del vídeo había salido de debajo de la carpa y estaba esperando a que D.D. le hiciera caso.

—Volveremos a rodar a intervalos —explicó D.D. al cámara girándose hacia la gente reunida—. Aproximadamente cada hora para mantenerlo todo actualizado. Puedes tomar una taza de café si quieres, hay un termo en la furgoneta. Pero no te vayas muy lejos, Gino, por si acaso.

El agente asintió y se dirigió hacia la furgoneta en la que tronaba el generador.

—Vale, Bobby. Vamos allá.

Echó a andar sin esperar a ver si la seguía.

Bajo la carpa azul había una pila de trajes de protección, cubrezapatos y gorros de Tyvek. Bobby se puso por encima de la ropa las diferentes prendas de ese material apergaminado, mientras D.D. se cambiaba de cubrezapatos. Había dos máscaras para proteger la boca y los ojos junto a los trajes. Como D.D. no cogió ninguna él tampoco lo hizo.

—Iré delante —dijo D.D.— y gritaré «despejado» cuando llegue abajo. Entonces bajas tú.

Señaló un lugar a su espalda y Bobby percibió un leve destello procedente de una abertura en el suelo de unos sesenta por sesenta centímetros. La parte superior de una escalera de metal estaba apoyada en la tierra del borde. Tuvo una extraña sensación de *déjà vu,* como si debiera saber exactamente lo que estaba viendo.

Y, de repente, se acordó. Supo por qué lo había llamado D.D. Supo lo que vería cuando bajara al pozo.

D.D. le rozó el hombro con la punta de los dedos. Su tacto le asustó. Retrocedió y ella se separó inmediatamente. Sus ojos azules parecían sombríos y destacaban demasiado en su pálido rostro.

—Te veo en cinco segundos, Bobby —dijo en voz baja.

Desapareció escalera abajo.

Dos segundos después volvió a oír su voz.

—¡Despejado!

Bobby descendió al abismo.

3

No estaba oscuro. Habían colocado focos en una esquina y tiras luminiscentes LED móviles en el techo; los técnicos de la escena del crimen necesitaban mucha luz para hacer su minucioso trabajo.

Bobby no dejó de mirar al frente. Respiraba rápidamente por la boca y procuraba procesar la escena del crimen a pequeños sorbos.

La habitación era profunda y tendría algo menos de dos metros de altura; él no daba con la cabeza en el techo. Había espacio para tres personas, situadas hombro con hombro. Ante él se abría amenazante un espacio de casi dos cuerpos de largo. No es una cavidad fortuita, pensó de inmediato, sino un lugar construido intencionadamente y con gran esmero.

Hacía fresco, tampoco frío. Le recordó a las cuevas que visitó en Virginia en una ocasión; el aire se mantenía siempre a unos doce grados y medio, como en una cámara frigorífica.

El olor no era tan repugnante como había temido. Olía a tierra con un ligero toque a descomposición. Lo que hubiera ocurrido en ese lugar prácticamente había acabado; de ahí la presencia de la antropóloga forense.

Tocó una de las paredes de tierra con su mano enguantada. La tierra estaba bien apretada y ligeramente rugosa. No era lo suficientemente irregular como para haber sido excavada con una pala, y, en cualquier caso, el sitio quizá fuera demasiado grande para haber sido trabajado a mano. Habría dicho que la cueva había sido excavada originalmente con una retroexcavadora. Tal vez en origen había sido una alcantarilla ingeniosamente rediseñada para otro uso.

Avanzó unos quinientos metros hasta la primera viga de apoyo, vieja y astillada, que debía de medir un metro por dos. Era la base de un burdo contrafuerte que formaba un arco sobre la habitación. Había un segundo contrafuerte aproximadamente a un metro del primero.

Exploró el techo con la punta de los dedos. No era de tierra, había un contrachapado.

D.D. vio su gesto.

—Todo el techo es de madera —le informó— y está cubierto por encima de tierra y escombros, excepto en el hueco del agujero, donde dejó un panel de madera expuesto que podía poner y quitar. Cuando llegamos, esto parecía una pila de escombros de construcción en medio de la hierba alta. Era difícil adivinar…, era imposible saber…

Suspiró, miró al suelo y, a continuación, pareció que se esforzaba por sacudir las imágenes de su mente.

Bobby asintió secamente. El sitio estaba bastante limpio y amueblado en plan espartano: junto a la escalera había un viejo cubo con capacidad para dieciocho litros e inscripciones tan desvaídas por el tiempo que solo quedaban de ellas unas sombras. Una silla plegable de metal, oxidada en las esquinas, reposaba apoyada contra la pared de la izquierda. Una estantería, también de metal, cubría la pared del fondo, semioculta por unas persianas de bambú al borde de la desintegración.

—¿La escalera original? —preguntó Bobby.

—Una escalera de rescate de cadena metálica —respondió D.D.—, ya la hemos clasificado como prueba y está en una bolsa.

—¿Dices que usó contrachapado para tapar la entrada? ¿Habéis encontrado buenos palos por ahí?

—Solo uno, de un metro de largo y unos tres centímetros de diámetro. La superficie estaba desgastada. Sirve para empujar hacia arriba la tapa de contrachapado, como podrás suponer.

—¿Y las estanterías? —preguntó él dando un paso en dirección a ellas.

—Todavía no —respondió D.D. bruscamente.

Bobby se encogió de hombros ocultando su sorpresa y la miró; después de todo era su fiesta.

—Veo pocos carteles de identificación de pruebas —dijo finalmente.

—Todo estaba muy limpio. Parece que el sujeto lo cerró. Lo utilizó durante un tiempo. Apuesto a que un día simplemente se trasladó.

Bobby la miró fijamente, pero ella no dijo nada más.

—Parece antiguo —comentó él.

—Está abandonado —especificó D.D.

—¿Tienes una fecha?

—Nada de la científica. Habrá que esperar al informe de Christie.

Bobby esperó de nuevo, pero ella se negó una vez más a proporcionarle información adicional.

—Está bien —dijo un momento después—, parece obra suya. Pero tú y yo solo tenemos detalles de segunda mano. ¿Te has puesto en contacto con los detectives que trabajaron en la escena original?

Ella negó con la cabeza.

—Llevo aquí desde medianoche y aún no he tenido ocasión de consultar los archivos del otro caso. Han pasado muchos años. Sean quienes fueren los que lo llevaron, probablemente estarán jubilados.

—18 de noviembre de 1980 —dijo Bobby con suavidad.

D.D. adoptó una expresión tensa.

—Sabía que te acordarías —murmuró en tono grave. Enderezó los hombros—. ¿Qué más?

—El otro pozo era más pequeño, uno por dos, y no recuerdo mención alguna a vigas de apoyo en el informe policial. Creo que se podría decir que era menos sofisticado que este. Dios. Leerlo no es lo mismo que verlo. Dios.

Volvió a tocar la pared y sintió la tierra apretada. Catherine Gagnon, de doce años, había pasado casi un mes en aquella primera prisión de tierra, viviendo en un incesante y oscuro vacío, solo interrumpido por las visitas de su captor, Richard Umbrio, que la utilizaba como esclava sexual. Unos cazadores la habían encontrado por casualidad poco antes de Acción de Gracias, cuando al golpetear la cubierta de contrachapado se sobresaltaron al oír debajo unos tenues gemidos. A Catherine la habían salvado; Umbrio acabó en prisión.

La historia debería haber acabado ahí, pero no fue así.

—No recuerdo ninguna mención a otras víctimas en el juicio de Umbrio —estaba diciendo D.D.

—No.

—Pero eso no significa que no lo hubiera hecho antes.

—No.

—Pudo haber sido su séptima, octava, novena o décima víctima. No era de los que hablan, así que cualquier cosa es posible.

—Sí, cualquier cosa es posible.

Él entendió lo que D.D. no había dicho. *Y no podemos preguntárselo.* Umbrio había muerto hacía dos años. Le disparó Catherine Gagnon, en unas circunstancias que habían sido la verdadera sentencia de muerte de la carrera de Bobby en el grupo de operaciones y tácticas especiales. Es curioso cómo algunos delitos se prolongan y prolongan en el tiempo, incluso décadas después.

Bobby dirigió su mirada a las estanterías tapadas que, evidentemente, D.D. estaba evitando. No le había llamado a las dos de la madrugada para enseñarle una cámara subterránea. El departamento de policía de Boston no había montado un despliegue de primera junto a un pozo prácticamente vacío.

—¿D.D.? —preguntó en voz baja.

Ella asintió por fin.

—Más vale que lo veas por ti mismo. Estas son las que no se salvaron, Bobby. Estas nunca salieron de la oscuridad.

Bobby tocó las persianas con cuidado. Las cuerdas estaban viejas, se pudrían en sus manos. Algunas de las pequeñas piezas de bambú entretejidas estaban astilladas y cortaban las cuerdas, dificultando la tarea de enrollarlas. El olor a descomposición era más fuerte ahí; dulce, avinagrado casi. Le temblaban las manos muy a su pesar y apenas podía controlar los latidos de su corazón.

Vivir el momento, pero desde fuera. Con distancia, sereno, centrado.

Levantó la primera persiana, luego la segunda.

Al final, lo que más le ayudó fue la falta de comprensión.

Bolsas. Bolsas de basura de plástico transparente. Eran seis, tres en el estante de arriba y tres en el inferior, unas junto a otras, cuidadosamente atadas por el extremo superior.

Bolsas. Seis. Plástico transparente.

Retrocedió tambaleándose.

No había palabras. Sentía su boca abierta, pero no ocurría nada, no salía ningún sonido de ella. Se limitaba a mirar. Miró y miró, porque algo así no podía existir, no podía ser. Su mente lo veía, lo rechazaba, y entonces volvía la imagen y todo empezaba de nuevo. Él no podía… Aquello no podía…

Dio con la espalda en la escalera. La agarró, aferrándose con tanta fuerza al peldaño de frío metal que sintió cómo se hundían los bordes en la carne de sus manos. Se centró en esa sensación, en el fuerte dolor. Le mantenía con los pies en la tierra. Evitaba que tuviera que gritar.

D.D. señaló al techo, donde estaba colgada una de las tiras luminiscentes móviles.

—No añadimos esos dos ganchos —dijo D.D. en un susurro—. Ya estaban ahí. No hemos encontrado ningún farol, pero supongo…

—Sí —respondió Bobby con brusquedad, respirando aún por la boca—, sí.

—Y está la silla, por supuesto.

—Sí, sí, también está la jodida silla.

—Es…, se trata de momificación húmeda —prosiguió D.D. luchando por controlar el temblor de su voz—. Eso es lo que ha dicho Christie. Ató los cuerpos, puso a cada una en una bolsa de basura y luego ató el extremo superior. Cuando empezó la descomposición…, los fluidos, bueno, no tenían adónde ir. De manera que los cuerpos literalmente se maceraron en sus propios jugos.

—Hijo de puta.

—Odio mi trabajo, Bobby —susurró D.D. de pronto, sin rodeos—. ¡Dios mío, nunca quise ver algo como esto!

Se tapó la boca con la mano. Durante un instante, él creyó que se quebraría, pero se recompuso con valor. Se alejó, eso sí, de los estantes. Hay cosas que superan hasta a una policía veterana.

Bobby tuvo que obligarse a soltar el peldaño de metal de la escalera.

—Deberíamos volver arriba —dijo D.D. con tono enérgico—. Es posible que Christie esté esperando. Solo ha ido a buscar unas bolsas para transportar los cadáveres.

—De acuerdo —respondió Bobby. Pero no se giró para ponerse de frente a la escalera. Se acercó de nuevo a las estanterías de metal libres de la cobertura de las persianas para volver a contemplar lo que su mente se negaba a aceptar, pero ya nunca olvidaría.

Con el tiempo, los cuerpos se habían vuelto de color caoba. No estaban deshidratados, no parecían cáscaras vacías como las momias egipcias que él había visto en los documentales. Eran robustos, de apariencia curtida y aún se apreciaba cada rasgo. Podía seguir las largas líneas creadas por brazos inconcebiblemente delgados, cerrados en torno a piernas suavemente torneadas dobladas por las rodillas. Pudo contar diez dedos, aferrados a los tobillos. Distinguía los rostros, los hoyuelos de sus mejillas, las afiladas puntas de sus barbillas que reposaban sobre las rodillas. Tenían los ojos cerrados, los labios fruncidos. El pelo se pegaba a sus cráneos y largos mechones cubrían sus hombros.

Eran pequeñas, estaban desnudas. Eran niñas, meras niñas embutidas en bolsas de basura transparentes de las que nunca podrían escapar.

Entendió por qué los detectives de arriba no decían palabra.

Alargó una mano enguantada y tocó suavemente la primera bolsa. No sabía por qué. No había nada que pudiera decir o hacer.

Sus dedos palparon una delgada cadena de metal. La separó de los pliegues de la parte superior de la bolsa y descubrió un pequeño guardapelo de plata con un nombre grabado: «Annabelle M. Granger».

—¿Las etiquetaba?

Bobby soltó una blasfemia.

—Yo diría que son trofeos —sugirió D.D. colocándose tras él. Inspeccionó otra de las bolsas con sus manos enguantadas y descubrió un pequeño osito roto colgando de una cuerda—. Creo..., demonios, no estoy segura, pero creo que hay un objeto en cada bolsa. Algo que tenía un significado para él o para ellas.

—Dios.

D.D. había puesto una mano sobre su hombro. Bobby no se había dado cuenta de cómo estaba apretando la mandíbula hasta que ella le tocó.

—Debemos subir, Bobby.

—Sí.

—Christie tiene que trabajar aquí.

—Sí.

—Bobby...

Él se obligó a retirar la mano. Las miró por última vez, notando la presión, la necesidad de grabar cada una de estas imágenes en su cerebro. Como si les deparara algún consuelo saber que no serían olvidadas. Como si a esas alturas a ellas les importara saber que no estaban solas en la oscuridad.

Retrocedió hasta la escalera. Le ardía la garganta. Era incapaz de hablar.

Respiró hondo tres veces y salió a la superficie bajo la carpa azul claro.

De vuelta a la noche fría y neblinosa. De vuelta a la luz de los focos. De vuelta al ruido de los cazadores de noticias, que al fin habían olfateado la historia y se arremolinaban merodeando bajo el cielo.

Bobby no volvió a casa. Podría haberlo hecho. Había ido por hacerle un favor a D.D. Había confirmado lo que ella ya sospechaba. Nadie habría cuestionado su partida.

Se sirvió una taza de café caliente en la furgoneta de la escena del crimen. Permaneció un rato recostado contra el vehículo escuchando el ruido amortiguado del generador. No llegó a tomarse el café. Se limitó a girar la taza entre sus manos con dedos temblorosos.

A las seis de la mañana amaneció, el sol empezó a ascender por el horizonte. Christie y su ayudante sacaron los cuerpos ahora embutidos en bolsas negras para cadáveres. Cabían los restos de tres en cada camilla, de manera que hicieron dos viajes a la furgoneta del forense. Primero pararían en el laboratorio del departamento de policía de Boston para que fumigaran las bolsas de basura de plástico que recubrían los cadáveres en busca de huellas dactilares. Luego llevarían los cuerpos al laboratorio de la oficina del médico forense jefe, donde podrían empezar a hacer la autopsia.

Con Christie se fueron la mayoría de los detectives. Este tipo de escenas estaban en manos de la antropóloga forense, de manera que al irse Callahan allí no quedaba mucho que hacer.

Bobby vertió en el suelo su café ya frío y tiró la taza a la basura.

Esperaba en el asiento del acompañante del coche de D.D. cuando ella por fin salió del bosque. Entonces, como una vez se habían amado, aunque ya no fueran más que amigos, acunó la cabeza de ella contra su hombro y la abrazó mientras lloraba.

4

A mi padre le encantaban las citas. Entre sus favoritas: «La suerte solo favorece a la mente preparada». En opinión de mi padre, la preparación lo era todo. Y empezó a prepararme en cuanto huimos de Massachusetts.

Comenzamos por el manual básico de seguridad para una niña de siete años. Nunca aceptes caramelos de un desconocido. Nunca te vayas del colegio con nadie, ni siquiera con alguien a quien conozcas, a menos que él o ella te dé la contraseña correcta. Nunca te acerques a un coche que se dirige hacia ti. Si el conductor te pide indicaciones reenvíalo a un adulto. ¿Busca un cachorro perdido? Que vaya a la policía.

¿Que aparece un desconocido en tu habitación en medio de la noche? Grita, da puñetazos a las paredes. A veces, me explicaba mi padre, cuando un niño está aterrorizado no logra hacer funcionar sus cuerdas vocales. De manera que da patadas a los muebles, tira una lámpara, rompe objetos pequeños, usa tu silbato rojo de emergencia, haz cualquier cosa que haga ruido. Podía destrozar la casa, me prometió mi padre, ellos no me regañarían.

Lucha, me dijo mi padre. Patéale las rodillas, arráncale los ojos, tírate a su garganta. Lucha, lucha, lucha.

A medida que me iba haciendo mayor, las lecciones fueron más específicas. Kárate para adquirir ciertas habilidades, atletismo para mejorar mi velocidad, consejos de seguridad avanzados. Aprendí a cerrar siempre la puerta principal con llave, aunque estuviera en casa a plena luz del día. Aprendí a no abrir nunca la puerta sin mirar antes por la mirilla y a no dejar pasar a nadie a quien no conociera.

Camina con la cabeza alta, a paso ligero. Mira a la gente a los ojos, pero no demasiado tiempo. Lo suficiente como para que el otro sepa que estás en armonía con tu entorno, sin llamar la atención. Si algo no me gustaba, debía acercarme al primer grupo de gente que viera y seguirlo.

Si me amenazaban en un baño público, debía gritar: «¡Fuego!». La gente acudirá antes si cree que hay fuego que si piensa que te están violando. Si tenía problemas en un centro comercial, debía acercarme a la mujer que tuviera más a mano. Las mujeres actúan antes que los hombres, a quienes no les gusta implicarse. Si alguna vez me apuntaban con un arma debía correr con todas mis fuerzas; hasta el mejor tirador tiene problemas para acertar a un blanco móvil.

Nunca dejes el refugio de tu hogar o lugar de trabajo sin asegurarte de que llevas las llaves del coche en la mano. Avanza hacia tu vehículo con la llave sobresaliendo entre los dedos cerrados como los cerrarías en torno al mango de un cuchillo. No abras la puerta si hay un desconocido detrás de ti. Nunca te subas al coche sin revisar antes el asiento trasero. Una vez dentro, mantén siempre las puertas cerradas; si te falta el aire, puedes bajar alguna ventanilla unos centímetros.

Mi padre no creía en las armas. Había leído que a la mayoría de las mujeres las desarmaban y luego las amenazaban con su propia arma. Por eso, hasta que cumplí catorce años tuve colgado del cuello un silbato para casos de emergencia y siempre llevaba un espray de pimienta.

Ese año, no obstante, noqueé a mi primer adversario en una competición juvenil del gimnasio local. Había dejado el kárate por el *kick boxing* y resultó que se me daba bien. El público estaba horrorizado. La madre del chico al que pegué me llamó monstruo.

Mi padre me llevó a tomar un helado y me dijo que había hecho bien.

—No es que apruebe la violencia, tenlo en cuenta. Pero si alguna vez te sientes amenazada, Cindy, no te reprimas. Eres fuerte, eres rápida, tienes instinto de luchadora. Golpea primero, pregunta después. Nunca se está demasiado preparado.

Mi padre me apuntó a más campeonatos. En ellos perfeccioné mis habilidades, aprendí a canalizar mi furia. Soy rápida. Soy fuerte. Tengo instinto de luchadora. Todo fue bien hasta que empecé a ganar demasiado, lo que, evidentemente, atrajo sobre mí una atención indeseada.

No más campeonatos. No más vida.

En algún momento le arrojé a mi padre sus palabras a la cara.

—¿Preparada? ¿Para qué quiero estar tan preparada si lo único que hacemos es huir?

—Sí, cariño —explicaba mi padre incansable—, pero podemos huir precisamente porque estamos muy preparados.

Tras terminar mi turno de mañana en Starbucks, me dirigí directamente al departamento de policía de Boston. Al salir de Faneuil Hall no tenía más que andar una manzana hasta el metro y la línea naranja me llevaría a Ruggles Street. Había hecho mis deberes la noche anterior y me había vestido adecuadamente: vaqueros rotos de tiro bajo, con los bajos deshilachados arrastrándose por el suelo. Una camiseta corta y fina de color chocolate sobre otra de algodón de manga larga, negra y ajustada. Llevaba enrollado a la cintura un pañuelo multicolor en tonos chocolate, negro, blanco, rosa y azul. De mi hombro pendía una enorme bolsa April Cornell con un estampado de flores azules.

Me solté el pelo; los largos mechones oscuros casi me llegaban a la cintura. Adornaban mis orejas dos enormes aros de plata. De ser necesario podría pasar por hispana. Pensé que era el aspecto más adecuado teniendo en cuenta adónde iba a pasar la tarde.

State Street estaba tan concurrida como de costumbre. Metí la ficha en la ranura y me abrí camino, escaleras abajo, en dirección al maravilloso, intenso olor a orina que emana de cualquier estación de metro. La multitud era típicamente bostoniana: negros, asiáticos, hispanos, blancos, ricos, ancianos, pobres, profesionales, obreros, mafiosos, todos revoloteando sobre un tablero urbano muy colorido. A los liberales les encanta esta porquería. La mayoría de nosotros simplemente queremos que nos toque la lotería para poder comprarnos un coche.

Vi a una señora mayor avanzar despacio con una nieta adolescente a remolque. Me aproximé a ellas, lo suficientemente lejos como para no molestar, pero lo bastante cerca como para parecer que formaba parte del grupo. Todos contemplábamos la pared de enfrente con detenimiento, procurando no mirarnos a los ojos.

Cuando por fin llegó el tren nos lanzamos hacia delante como una masa fusionada y nos estrujamos mutuamente en el interior del tubo de metal. Las puertas se cerraron con un *bushhh* y el vagón se adentró en los túneles.

En esta parte del recorrido no había asientos libres. Estaba de pie, agarrada a una barra de metal. Un niño de color, con una cinta roja en torno a la cabeza, camiseta demasiado grande y vaqueros holgados dejó su asiento a la anciana. Ella le dio las gracias, él no contestó.

Me bamboleaba de un lado a otro, con la vista fija en el plano del metro con código de colores que había sobre la puerta. Mientras, sutilmente, inspeccionaba el lugar.

A mi derecha había un anciano asiático de clase trabajadora. Estaba sentado, con la cabeza colgando y los hombros hundidos. Alguien que simplemente trataba de llegar al final del día. La mujer mayor estaba en el asiento a su lado y la nieta hacía guardia. A continuación, había cuatro adolescentes de color con el uniforme oficial de su banda. Sus hombros se movían al ritmo del vagón, mientras permanecían ahí, sentados, con la vista fija en el suelo, sin decir palabra.

Detrás de mí había una mujer con dos niños pequeños. La mujer parecía hispana, pero los niños, de unos seis y ocho años, eran blancos. Seguramente era una niñera que llevaba a los críos a su cargo al parque.

Junto a ella dos chicas adolescentes engalanadas a la moda urbana, con el pelo trenzado y enormes pendientes de brillantes colgando de las orejas. No me di la vuelta, pero registré su presencia: valía la pena tenerlas bajo control. Las chicas son menos predecibles que los varones y, por lo tanto, más peligrosas. Los hombres siempre están posando; las mujeres tienden a decirte las cosas a la cara y, luego, si no reculas, empiezan a herirte con cuchillos ocultos.

Aunque las chicas no me preocupaban demasiado: eran las desconocidas que conoces. Los que pueden acabar contigo son los desconocidos que desconoces.

Llegué a la parada de Ruggles Street sin incidentes. Las puertas se abrieron y bajé. Nadie me dedicó una mirada.

Me puse la bolsa al hombro y eché a andar hacia las escaleras.

No había estado nunca en la nueva sede de la policía en Roxbury. Solo había oído historias de tiroteos en el aparcamiento a medianoche y de gente a la que habían atracado en la puerta. Al parecer, el traslado había sido una jugada política para gentrificar Roxbury, o al menos conseguir que fuera más seguro por las noches. Por lo que había leído en internet, no parecía estar funcionando.

Apreté la bolsa contra mi costado y empecé a andar, equilibrando cuidadosamente el peso sobre mis pies, lista para hacer cualquier movimiento repentino. La estación de Ruggles Street era enorme, fría y húmeda, y estaba llena de gente. Me abrí paso con ligereza entre la masa de humanidad. Procuré parecer decidida y centrada. Que estés perdida no significa que tengas que parecerlo.

Al salir de la estación, tras bajar unas escaleras empinadas, vi la antena de la radio a mi derecha y tomé nota. Pero cuando empezaba a bajar por la acera una voz me gritó desde atrás en tono irónico:

—Tienes buen aspecto, Taco. ¿Quieres probar un burrito con carne de verdad?

Me di la vuelta, vi a un trío de chicos afroamericanos y les hice un corte de mangas. Se rieron. El jefe, que no parecía tener más de trece años, se agarró la entrepierna. Entonces me tocó reír a mí.

Les sacó de quicio. Retrocedí y me dirigí hacia la calle con pasos medidos y tranquilos. Cerré los puños para que no me temblaran las manos.

Resultaba difícil no ver la sede del departamento de policía de Boston. Por un lado, era una estructura de cristal y metal enorme, en medio de casas marrones de protección oficial que se caían a pedazos. Por otro, había barricadas de cemento en la entrada principal, como si el edificio estuviera situado en el centro de Bagdad: Seguridad Nacional, velando por todos los edificios gubernamentales cerca de ti.

Mis pasos titubearon por primera vez. Desde que la noche anterior había decidido lo que iba a hacer, no me había permitido a mí misma pensar en ello. Lo había planeado. Había actuado. Aquí estaba.

Dejé la bolsa en el suelo. Saqué una chaqueta de pana color chocolate con leche y me la puse. Era todo lo que podía hacer para tener mejor aspecto. No es que importara. No tenía pruebas. Los detectives simplemente me creerían o no.

Dentro, había una pequeña cola ante el detector de metales. El agente me pidió el carné de conducir e inspeccionó mi enorme bolsa. Luego me miró de arriba abajo de una forma que supuestamente debía hacerme confesar: «Sí, estoy metiendo armas/bombas/drogas en el cuartel general de la policía». Como no tenía nada que decir me dejó pasar.

Saqué el artículo del periódico ante el mostrador de recepción para volver a comprobar el nombre de la detective, aunque, si he de ser sincera, me lo sabía de memoria.

—¿Te está esperando? —me pregunto el agente uniformado con el ceño fruncido. Era un tipo grande con un enorme mostacho. Inmediatamente me recordó al actor Dennis Franz.

—No.

Otra mirada de arriba abajo.

—Bueno, estos días está muy ocupada.

—Dígale que ha venido Annabelle Granger. Le gustará saberlo.

El agente no debía de ver mucho las noticias. Se encogió de hombros, descolgó el teléfono y dio mi mensaje a alguien.

Pasaron unos segundos. La mirada del agente no se alteró ni lo más mínimo. Se limitó a encogerse de hombros de nuevo, colgó y me dijo que esperara.

Había otras personas en la cola, de manera que cogí mi bolsa y me dirigí al centro del largo vestíbulo abovedado. Alguien había colocado un panel en el que uno podía documentarse sobre la historia del departamento. Estudié cada fotografía, leí los pies de foto y recorrí la exposición.

Pasaban los minutos y las manos empezaron a temblarme más. Pensé que debería salir corriendo mientras pudiera hacerlo. Luego imaginé que tal vez me sentiría mejor si pudiera vomitar.

Por fin oí pisadas acercándose.

Apareció una mujer que se dirigió hacia mí. Llevaba vaqueros ajustados, botas altas de tacón y una camisa de vestir ceñida; de su costado colgaba un arma realmente grande. Enmarcaba su cara una masa salvaje de rizos rubios. Parecía una modelo hasta que veías sus ojos: inexpresivos, directos, serios.

Su mirada azul me penetró y, por un instante, algo destelló en su rostro. Me miró como si estuviera viendo un fantasma; inmediatamente volvió a adoptar una expresión neutra.

Respiré hondo.

Mi padre se equivocaba. Hay cosas en la vida para las que nunca puedes estar preparada. Como la pérdida de tu madre cuando aún eres una niña. O la de tu padre antes de que hayas podido dejar de odiarle.

—¿Qué demonios es esto? —preguntó la sargento D.D. Warren.

—Me llamo Annabelle Mary Granger —respondí—. Tengo entendido que me están buscando.

5

Las oficinas de la unidad de homicidios de Boston parecían las de una compañía aseguradora. Tenían enormes ventanales por los que entraba mucha luz, falsos techos de tres metros y medio de altura y una hermosa alfombra azul grisáceo. Los cubículos, color beis, eran modernos y elegantes, y fraccionaban el soleado espacio en áreas de trabajo más pequeñas donde archivadores negros y compartimentos superiores de color gris estaban adornados con plantas, fotos familiares y el proyecto de arte del colegio de algún niño.

El conjunto me pareció decepcionante, después de todos los años que había dedicado a la serie de televisión *NYPD Blue*.

Cuando entramos, la recepcionista le dirigió una sonrisa amable a la sargento Warren. Después desvió su mirada hacia mí, de forma abierta, sin dar nada por sentado. Miré hacia otro lado, mis dedos jugueteaban con la bolsa. ¿Parecía una delincuente? ¿Una informadora clave? ¿Tal vez familiar de una víctima? Procuré verme a mí misma con los ojos de la recepcionista, pero no fui capaz.

La sargento Warren me condujo a un cuarto pequeño carente de ventanas. Una mesa rectangular ocupaba gran parte del exiguo espacio, de manera que apenas quedaba sitio para las sillas. Registré las paredes en busca de un espejo de dos caras o cualquier otra cosa que encajara con mis expectativas de telespectadora. Las paredes, desnudas, eran de un límpido blanco hueso. No era capaz de relajarme.

—¿Café? —preguntó con tono enérgico.

—No, gracias.

—¿Agua, refresco, té?

—No, gracias.

—Ponte cómoda. Vuelvo enseguida.

Me dejó sola en la habitación. Pensé que eso significaba que no parecía demasiado culpable. Dejé la bolsa y registré el espacio. Pero no había nada que mirar ni nada que hacer.

El cuarto era demasiado pequeño, los muebles demasiado grandes. De repente lo odié.

La puerta se abrió de nuevo. Warren había vuelto, esta vez con una grabadora. Meneé la cabeza inmediatamente.

—No.

—Creí que ibas a hacer una declaración —dijo evaluándome fríamente.

—Nada de grabadoras.

—¿Por qué?

—Porque acaban de declararme muerta y muerta pienso seguir.

Dejó la grabadora en la mesa, pero no la encendió. Me miró durante bastante tiempo y yo le devolví la mirada.

Teníamos aproximadamente la misma estatura, un metro sesenta y cinco, y debíamos de tener un peso similar. Al mirar sus anchos hombros y las ligeras protuberancias de sus brazos cruzados supe que también hacía pesas. Llevaba el arma en un costado, pero las armas hay que desenfundarlas, apuntar y disparar. Yo no tenía ninguna de esas limitaciones.

La idea me hizo sentir algo más cómoda. Dejé caer los brazos y me senté. Un momento después ella hizo lo mismo.

La puerta se abrió de nuevo. Entró un hombre que llevaba pantalones color tostado y una camisa azul marino de manga larga con la identificación prendida a la cintura. Supuse que era un detective de homicidios. No era demasiado alto, quizá un metro ochenta, pero tenía una complexión esbelta y fibrosa que casaba bien con su rostro delgado, de contornos duros. En cuanto me vio, también él parpadeó, pero se recompuso rápidamente y mostró una cara inexpresiva.

Me tendió una mano.

—Detective Robert Dodge, policía estatal de Massachusetts.

Estreché su mano sin convicción. Tenía los dedos callosos y su apretón fue firme. Mantuvo el contacto un segundo más de lo necesario y supe que me estaba evaluando, que intentaba ver en mi interior. Tenía unos fríos ojos grises, de los que calibran el juego.

—¿Podemos ofrecerte agua o algo de beber?

—Ella ya ha hecho de Martha Stewart* —respondí señalando con la cabeza a la sargento Warren—. Con el debido respeto, me gustaría acabar cuanto antes.

Los detectives se miraron. Dodge se sentó en la silla más cercana a la puerta. El cuarto estaba demasiado lleno, sentí claustrofobia. Dejé reposar las manos en mi regazo intentando no ponerme nerviosa.

—Me llamo Annabelle Mary Granger —empecé.

Dodge alargó la mano hacia la grabadora, pero Warren le detuvo con un ligero toque.

—Nada de grabar —le dijo—. Al menos por ahora.

---

* Presentadora de televisión estadounidense que dirige un programa de cocina. [N. de la T.]

Dodge asintió y yo respiré profundamente de nuevo intentando poner orden en mis pensamientos dispersos. Había pasado las últimas cuarenta y ocho horas repitiendo la historia en mi cabeza. Había leído obsesivamente todos los artículos publicados en primera plana sobre la «tumba» de Mattapan y sobre los seis cadáveres hallados en el lugar. No daban muchos detalles, lo único que la antropóloga forense podía confirmar era que se trataba de restos femeninos. La portavoz de la policía había añadido que la tumba quizá tuviera décadas. Habían publicado un nombre: el mío; las identidades de las demás seguían siendo un misterio.

A falta de información real y teniendo que rellenar veinticuatro horas de cobertura, las cadenas de televisión habían empezado a especular sin freno. Se había llegado a decir que el lugar era un antiguo basurero de la mafia, probablemente un legado de Whitey Bulger, el mafioso cuya obra asesina aún seguían desenterrando por todo el estado. O puede que fuera un antiguo cementerio del hospital psiquiátrico. O tal vez estuviéramos contemplando el resultado del siniestro *hobby* de uno de los internos. Había un culto satánico actuando en Mattapan. Los huesos eran, de hecho, de víctimas del juicio contra las brujas de Salem.

Todo el mundo tenía su teoría. Salvo yo, supongo. Sinceramente, no tenía ni idea de lo que había ocurrido en Mattapan. No estaba ahí en ese momento porque pudiera ayudar a la policía, sino por la ayuda que esperaba que ellos pudieran prestarme.

—Mi familia y yo huimos por primera vez cuando tenía siete años —dije a los detectives, y seguí contando mi historia cada vez a mayor velocidad. Las interminables mudanzas, la eterna procesión de identidades falsas. La muerte de mi madre. Luego la de mi padre. No di muchos detalles.

El detective Dodge tomaba notas. D.D. Warren solo me miraba.

Acabé mi relato antes de lo esperado. Ningún final grandioso, simplemente: fin. Tenía la garganta seca y me hubiera gustado haber aceptado un vaso de agua. Caí en un denso silencio, muy consciente de que los detectives seguían estudiándome.

—¿En qué año os fuisteis? —preguntó el detective Dodge sin levantar el bolígrafo del papel.

—En octubre de 1982.

—¿Cuánto tiempo estuvisteis en Florida?

Hice lo que pude por repetir la lista completa. Ciudades, fechas, nombres falsos. El tiempo había borrado más detalles de mi memoria de lo que creía. ¿Qué mes era cuando nos mudamos a St. Louis? ¿En Phoenix tenía diez u once años? Y los nombres… En Kansas City, ¿éramos los Jones, Jenkins, Johnson? Algo así.

Cada vez parecía menos segura y más a la defensiva y eso que no habían llegado a las preguntas difíciles.

—¿Por qué? —preguntó la detective Warren de repente, cuando acabó la lección de geografía. Extendió las manos—. Es un relato interesante, solo que no nos dices por qué huía tu familia.

—No lo sé.

—¿No lo sabes?

—Mi padre nunca me dio los detalles. Consideraba que preocuparse era cosa suya; mi cometido era ser una niña.

Arqueó una ceja y no pude culparla por ello. Cuando cumplí los dieciséis yo misma empecé a mostrarme escéptica ante esa perogrullada.

—¿Certificado de nacimiento? —preguntó entonces con tono seco.

—¿Para comprobar cuál es mi nombre real? No tengo certificado.

—¿No tienes un carné de conducir, una tarjeta de la Seguridad Social, un certificado de matrimonio de tus padres, una foto de familia? Has de tener algo.

—No.

—¿No?

—Los documentos originales pueden encontrarse y ser usados en tu contra. —Soné como un loro. Supongo que porque era lo que había sido toda mi vida.

La sargento Warren se inclinó hacia delante. La tenía tan cerca que podía ver las sombras bajo sus ojos, las finas arrugas y pálidas mejillas de alguien que ha dormido poco y tiene aún menos paciencia.

—¿Para qué demonios has venido, Annabelle? No nos has dicho nada, no nos has dado nada. ¿Quieres salir en las noticias? ¿Todo va de eso? ¿Piensas reclamar la identidad de una pobre niña muerta para arañar tus quince minutos de fama?

—No es así.

—¡Bobadas!

—Ya les he dicho que solo me dieron unos minutos para recoger mis cosas y me dejé mi álbum.

—Vaya, qué oportuno.

—¡Oiga! —grité, con mi temperamento empezando a caldearse—. ¿Quieren pruebas? ¡Vayan a buscarlas! Después de todo ustedes son los malditos polis. Mi padre trabajaba en el MIT. Russell Walt Granger. Busquen el registro. Mi familia vivía en el 282 de Oak Street en Arlington. Debe de existir algún registro. Además, pueden husmear en sus propios archivos. Toda mi familia desapareció en medio de la noche. Estoy jodidamente segura de que está registrado en algún sitio.

—Si sabes tanto —replicó ella con calma—, ¿por qué no has investigado por tu cuenta?

—¡Porque no puedo hacer preguntas! —exploté—. ¡No sé de quién tengo miedo!

Me separé de la mesa abruptamente, disgustada por haber explotado. La sargento Warren se enderezó lentamente. Ella y el detective intercambiaron una mirada, quizá para fastidiarme.

Warren se levantó y salió de la habitación. Miré resueltamente a la pared de enfrente. No quería dar al detective Dodge la satisfacción de ser yo la primera en romper el silencio.

—¿Agua? —preguntó.

Negué con la cabeza.

—Debe de haber sido duro perder así a tus padres —murmuró.

—¡Déjelo ya! Poli bueno, poli malo. ¿Cree que no veo la tele?

Permanecimos sentados en silencio hasta que volvió a abrirse la puerta. Warren entró con una gran bolsa de papel.

Se puso unos guantes de látex, depositó la bolsa en la mesa, la abrió y sacó un objeto de su interior. No era grande. Una delicada cadena de plata con un pequeño guardapelo ovalado. De tamaño infantil.

Lo sostuvo en la palma de su mano enguantada. Me mostró la parte delantera, grabada con una filigrana de espirales. A continuación, lo abrió y aparecieron dos huecos ovalados en su interior. Finalmente le dio la vuelta. En la parte posterior había grabado un nombre: Annabelle M. Granger.

—¿Qué me puedes decir de este guardapelo?

Lo miré un rato. Me sentía como si estuviera atravesando una densa niebla, rebuscando cuidadosamente en la bruma de mi mente.

—Fue un regalo —murmuré por fin.

Me llevé la mano inconscientemente a la garganta, como si aún pudiera sentir el guardapelo colgando, la fría plata ovalada rozando mi piel.

—Me dijo que no podía quedármelo.

—¿Quién te lo dijo?

—Mi padre. Estaba furioso. —Parpadeé intentando recordar más—. No sé…, no sé por qué estaba tan enfadado. No estoy segura de que lo supiera entonces. Me gustaba el guardapelo. Recuerdo que pensé que era muy bonito. Pero, cuando mi padre lo vio, me hizo quitármelo y me dijo que tenía que tirarlo.

—¿Lo hiciste?

Moví la cabeza lentamente. Los miré y de repente tuve miedo.

—Fui hasta el cubo de la basura que estaba fuera —susurré—, pero no podía tirarlo. Era tan bonito… Creí que, si esperaba, se le pasaría y me dejaría volver a llevarlo. Mi mejor amiga se acercó a ver qué estaba haciendo.

Los detectives se inclinaron hacia delante; sentí la súbita tensión que les invadió y supe que se habían dado cuenta de adónde nos llevaba todo esto.

—Dori Petracelli. Le di el guardapelo a Dori. Le dije que se lo prestaba. Pensé que podría recuperarlo más tarde, tal vez ponérmelo cuando no estuviera mi padre. Pero no hubo un más tarde. En pocas semanas hicimos las maletas. No he visto a Dori desde entonces.

—Annabelle —preguntó el detective Dodge suavemente—, ¿quién te dio el guardapelo?

—No lo sé —respondí frotándome las sienes con la punta de los dedos—. Un regalo. En el porche delantero. Envuelto en una tira cómica de *Snoopy*, para mí. Sin nombre. Me gustaba.

Pero mi padre..., estaba furioso. No sé..., no me acuerdo. Había habido otros objetos, pequeños, irrelevantes. Pero nada enfadó a mi padre tanto como el guardapelo.

Hubo otra pausa y, a continuación, el detective Dodge preguntó de nuevo.

—¿Te dice algo el nombre de Richard Umbrio?

—No.

—¿Y el señor Bosu?

—No.

—¿Catherine Gagnon?

Warren le lanzó una mirada hostil que no entendí. Ese nombre tampoco me sonaba.

—¿Han..., han encontrado el guardapelo en un cadáver? ¿Por eso creían que era yo?

—No podemos hablar de una investigación en curso —respondió la sargento Warren rápidamente.

La ignoré y miré al detective Dodge.

—¿Es Dori? ¿Es eso lo que han encontrado? ¿Le ha pasado algo? Por favor...

—No lo sabemos —respondió él suavemente.

Warren frunció el entrecejo de nuevo y luego se encogió de hombros.

—Nos llevará semanas identificar los cuerpos —explicó bruscamente—. No sabemos mucho en este momento.

—Entonces es posible.

—Es posible.

Intenté asumir estas novedades y me sentí fría y temblorosa. Cerré el puño izquierdo y lo apreté contra mi estómago.

—¿No pueden buscarla? —pregunté—. Usen su nombre para ver si tiene una dirección, un permiso de conducir. Según las noticias, los cuerpos son de niñas. De manera que, si tiene un permiso de conducir...

—Ten la seguridad de que lo miraremos —dijo la sargento Warren.

No me gustó la respuesta. Volví a mirar al detective Dodge. Sabía que estaba suplicando, pero no podía evitarlo.

—¿Por qué no nos das tu número de teléfono? —dijo—. Estaremos en contacto.

—No me llamen, yo les llamaré —murmuré.

—No te preocupes. Puedes ponerte en contacto con nosotros cuando quieras.

—Y si recuerdas algo más relacionado con el guardapelo… —añadió la sargento Warren.

—Venderé mi historia a la tele.

Me miró con reprobación, pero no me dejé impresionar.

—Me creerían tan poco como ustedes y no puedo permitirme volver de entre los muertos.

Me levanté, cogí mi bolsa y les di el número de teléfono de casa cuando me dijeron que era obligatorio dejar algún teléfono de contacto.

En el último minuto, cuando ya estaba en la puerta, me detuve.

—¿Pueden decirme qué les ha pasado? ¿A las niñas?

—Seguimos esperando el informe —respondió la sargento Warren en el tono oficial de siempre.

—Pero se trata de un asesinato, ¿no? Seis cuerpos en una única tumba…

—¿Alguna vez has estado en el Hospital Psiquiátrico de Boston? —preguntó el detective Dodge con tranquilidad—. ¿Estuvo tu padre?

Negué con la cabeza. Lo único que sabía del lugar era la existencia de una guerra entre los promotores de la que había oído hablar en las noticias locales. Si había conocido el manicomio de niña, hoy no significaba nada para mí.

La sargento Warren bajó las escaleras conmigo. Anduvimos en silencio. Los tacones de nuestro calzado producían un duro *staccato* cuyo eco resonaba por el hueco de la escalera.

Cuando llegamos abajo abrió la pesada puerta de metal que daba al vestíbulo y me tendió una de sus tarjetas de visita.

—Estaremos en contacto.

—Claro —contesté sin el más mínimo convencimiento.

Me lanzó una mirada.

—Ah, Annabelle… —dijo.

Negué con la cabeza inmediatamente.

—Tanya. Me hago llamar Tanya Nelson; es más seguro.

Otra ceja enarcada.

—*Tanya*, si recuerdas algo más sobre el guardapelo o sobre los días anteriores a tu salida de la ciudad…

Tuve que volver a sonreír.

—No se preocupe —la tranquilicé—, aprendí a huir con el mejor.

Crucé las puertas de cristal, salí al aire fresco del otoño y volví a casa.

6

A Bobby le hubiera gustado creer que le había pedido ayuda en la investigación del Hospital Psiquiátrico Estatal de Boston por su brillantez y sólida ética de trabajo. Hasta hubiera aceptado que le dieran la bienvenida a bordo por su buena presencia y su encantadora sonrisa. Pero sabía la verdad: D.D. le necesitaba. Él era el as que se guardaba en la manga. A D.D. siempre se le había dado bien prever el futuro.

No es que se quejara. Ser el único miembro de la policía estatal que formaba parte del equipo especial de la policía de la ciudad era un poco incómodo, en el mejor de los casos, y suponía estar expuesto a los dardos cargados de resentimiento, en el peor. Pero este tipo de arreglo no era tan raro. D.D. adujo que era una fuente que aportaba «conocimiento local» y, *voilà*, lo secuestró para sus propios fines. Que fuera nuevo y no estuviera implicado en una investigación estatal importante permitió una transición rápida y relativamente indolora. Un día estaba cumpliendo con sus obligaciones en las oficinas estatales y, al día siguiente, se encontraba trabajando en una diminuta sala de interrogatorios de Roxbury. Así era la glamurosa vida de un detective.

Para él no había nada que pensar: formar parte de un grupo especial daría peso a su expediente. Tras haber entrado en esa cámara subterránea y haber visto a esas seis niñas... No era el tipo de cosas de las que un poli sale huyendo. Mejor trabajar en el caso que soñar con él noche tras noche.

La mayoría de los detectives parecían opinar lo mismo. Era un caso al que tendrían que dedicar muchas horas extraordinarias. Bobby llevaba casi dos días en la sede central de la policía de Boston. Cuando alguien desaparecía era para darse una ducha, afeitarse y comer un pedazo de pizza o comida china para llevar, casi siempre en la mesa de trabajo o durante una reunión del equipo.

No es que la vida cotidiana desapareciera por arte de magia. Los detectives seguían asistiendo a las audiencias programadas ante el Gran Jurado y atendiendo a repentinos vuelcos en el curso de investigaciones que ya estaban en marcha. A lo mejor aparecía un informante o podían asesinar a un testigo clave. No se dejaba de investigar un caso por el mero hecho de que se produjera un nuevo asesinato, más terrible que el anterior.

Y luego estaba la vida familiar. Las llamadas a última hora para disculparse por no poder asistir al partido de fútbol de un hijo. Los chicos desaparecían en las salas de interrogatorios a las ocho de la tarde, buscando algo de privacidad para realizar una llamada de buenas noches que tendría que hacer las veces de un beso. El detective Roger Sinkus tenía un bebé de dos semanas. La madre del detective Tony Rock estaba en la UCI, agonizando a causa de un fallo cardiaco.

En homicidios, las investigaciones de perfil alto eran un baile, un complejo flujo de agentes que entraban y salían, de tareas esenciales que te hacían dejar todo lo demás. De solteros, como Bobby, que se quedaban hasta las tres de la madrugada, de modo que un padre reciente, como Roger, pudiera irse a casa a la una. De todos intentando sacar adelante el caso. De un grupo en el que nadie disponía de lo que necesitaba.

D.D. Warren estaba en la cúspide. Este era el primer gran caso para la nueva sargento. Bobby solía ser cínico en circunstancias similares, pero hasta él estaba impresionado.

Para empezar, había sido capaz de ocultar una de las escenas del crimen más sensacionales de Boston durante casi cuarenta y ocho horas. Sin filtraciones por parte del departamento de policía de Boston ni de la oficina del médico forense jefe o de la oficina del fiscal de distrito. Era un milagro.

En segundo lugar, aunque tenían que aguantar los ataques de una docena de conocidos personajes televisivos que gritaban pidiendo información, vociferando sobre el derecho de la gente a saber y acusando a la policía de Boston de ocultar una gran amenaza para la seguridad pública, ella estaba logrando organizar y llevar a cabo una investigación medio decente.

En cualquier caso de homicidio, el primer paso consiste en establecer una línea temporal. Desgraciadamente para el equipo de trabajo, la línea temporal solía aparecer en el informe de victimología, que incluía la hora estimada de la muerte. Los análisis de antropología forense no se hacían precisamente de madrugada. Además, en Boston, el antropólogo forense no trabaja la jornada completa, lo que significaba que una sola experta con media jornada, Christie Callahan, estaba ahora tratando de averiguar todo lo relativo a los seis cadáveres. Por si eso fuera poco, al estar los cuerpos momificados habría que realizar toda una serie de pruebas minuciosas, metódicas y terriblemente caras. En resumidas cuentas, el informe de victimología probablemente no llegaría hasta que el nuevo bebé del detective Sinkus entrara en la universidad.

D.D. había llevado a un botánico de la Audubon Society para que los ayudara analizando la maleza, el césped y los árboles jóvenes que habían echado raíces justo encima de la cámara subterránea. Lo más preciso que podía decir era que las plantas parecían tener unos treinta años, década más, década menos.

No era la línea temporal más exacta del mundo, pero les permitía empezar.

Un equipo de tres detectives estaba haciendo una lista de niñas desaparecidas en Massachusetts desde 1965. Como los datos solo estaban informatizados a partir de 1997, había que leer muchas páginas por persona desaparecida entre 1965 y 1997, identificar los casos no resueltos en los que había implicada una menor y registrar los números de los informes para consultarlos en una microficha por separado. Por el momento, el equipo tardaba, aproximadamente, veinticuatro horas en contrastar seis años de informes sobre personas desaparecidas. Asimismo, consumían casi cuatro litros de café cada noventa minutos.

La línea telefónica de Crime Stoppers, una entidad sin ánimo de lucro que colabora con los gobiernos y la policía en este tipo de casos, era una locura. Lo único que sabía el público era que se habían hallado los cadáveres de seis niñas en los terrenos del viejo Hospital Psiquiátrico Estatal de Boston y que se trataba de un caso antiguo. Suficiente sin embargo para que los pirados tomaran la ciudad. Se informó de extrañas luces que se veían por las noches en la propiedad. Circularon rumores sobre la existencia de un culto satánico en Mattapan. Llamaron dos personas que dijeron haber sido abducidas por extraterrestres y haber visto a las seis chicas en la nave. (No me diga. ¿Qué ropa llevaban? ¿Qué aspecto tenían? ¿Le dieron sus nombres?). La gente que hacía este tipo de llamadas tendía a colgar rápidamente.

Hubo llamadas más intrigantes: chicas denunciando a novios que, supuestamente, habían alardeado de haber hecho «algo terrible» en los terrenos del antiguo hospital. Otras te rompían el corazón, pues se trataba de padres de todo el país que llamaban para averiguar si eran los restos de sus hijas desaparecidas.

Cada llamada daba lugar a un informe, cada informe debía estudiarlo un detective, incluidos los referentes a las llamadas que realizaba una mujer de California todos los meses, insistiendo en que su exmarido era el auténtico Estrangulador de Boston. En el fondo, ella siempre lo había sabido, nunca le había gustado. Hacían falta cinco detectives para repartirse la carga de trabajo.

De manera que el equipo de D.D., además de Bobby, hubo de hacer frente a diversas tareas. Primero elaboraron una lista de «sujetos a interrogar» a partir de los diversos promotores urbanísticos y los proyectos de obras públicas activos en el lugar. Intentaron conseguir una lista de los pacientes y administradores del psiquiátrico que había cerrado treinta años atrás. Buscaron información sobre los elementos de la escena del crimen en la base de datos VICAP, para la aprehensión de criminales violentos, del FBI, dada la singularidad del pozo subterráneo.

Seguir el rastro del resultado ofrecido por la base de datos —Richard Umbrio— se convirtió en el proyecto personal de Bobby. Había sacado su microficha del archivo original del caso, que incluía una colección de fotos bastante decente. También intentó localizar al detective Franklin Miers, que se había jubilado y vivía en Fort Lauderdale desde hacía ocho años.

Bobby estaba sentado en la diminuta sala de interrogatorios que había convertido en su despacho temporal. Estudiaba un diagrama del pozo donde una vez había estado Catherine Gagnon a los doce años.

Según las notas de Miers, a Catherine la habían secuestrado cuando volvía a casa andando desde el colegio. Umbrio daba vueltas en coche por el barrio y la descubrió. Le preguntó si podía ayudarle a encontrar a su perro. Ella mordió el anzuelo y eso fue todo.

Umbrio era una mole, aunque apenas tuviera diecinueve años, y no tuvo ningún problema para someter a la delgada niña. La llevó a una cámara subterránea que había preparado en el bosque y entonces fue cuando empezó el verdadero suplicio de Catherine. Pasó casi treinta días en ese pozo subterráneo, donde el único que la visitaba era un violador aficionado al pan de molde marca Wonder Bread.

Si los cazadores no hubieran encontrado el pozo, probablemente la hubiera terminado matando. Pero Catherine sobrevivió, identificó a su atacante y testificó en su contra. Umbrio acabó en prisión. Catherine pudo retomar su vida, tras lo que se denominó el Milagro de Acción de Gracias, pero su vida de adulta no fue un milagro después de todo. Haber estado en manos de un monstruo deja cicatrices.

Las notas de Miers describían un caso terrible, pero rutinario. Catherine era una testigo fiable y hallaron pruebas en el fondo del pozo (una escalera de rescate de cadena metálica, un cubo de plástico, la tapa de contrachapado) que corroboraban su relato.

Umbrio lo hizo. Umbrio fue a prisión. Pero hacía dos años, tras obtener la libertad condicional por error, Umbrio había vuelto a acosar a Catherine con el mismo celo homicida del que había hecho gala antes de su arresto.

Resumiendo, Umbrio era un monstruo homicida por naturaleza, muy capaz de matar a seis niñas y enterrar sus cuerpos en los terrenos de un antiguo manicomio abandonado.

Salvo que Umbrio estaba a buen recaudo tras las rejas a finales de 1980. Y, según Annabelle Granger, ella no recibió el guardapelo hallado en el resto momificado sin identificar n.º 1 hasta 1982. ¿Qué significaba eso?

Habían pasado cuarenta y ocho horas de una investigación importante y Bobby no tenía respuestas, pero estaba elaborando una fascinante lista de preguntas.

D.D. volvió tras acompañar a Annabelle hasta la puerta principal del edificio. Cogió una silla y se dejó caer en ella como si fuera una marioneta a la que acabaran de cortar las cuerdas.

—¡Joder! —exclamó.

—Qué curioso. Yo estaba pensando lo mismo.

—Necesito una taza de café —dijo D.D. pasando una mano por su pelo enmarañado—. Pero, espera, si tomo más, voy a empezar a orinar colombianos. Necesito comer algo. Un sándwich de pan de centeno con carne. Que lleve queso suizo y uno de esos pepinillos realmente grandes, nada de tonterías, encurtidos en eneldo. Y una bolsa de patatas fritas.

—Se ve que lo has pensado bien.

Bobby dejó el diagrama que estaba mirando. Puede que D.D. pareciera una supermodelo, pero comía como un camionero. Cuando salía con Bobby, en sus días de principiantes, hacía diez años y Dios sabía cuántos giros en su trayectoria profesional, Bobby había aprendido rápidamente que la idea que tenía D.D. de los preliminares solía incluir un bufé de esos de todo-lo-que-puedas-comer.

Volvió a sentir esa leve punzada y a echar de menos aquellos buenos viejos tiempos, a los que habían vuelto buenos la lejanía de los recuerdos y una soledad invasora.

—Lo único que me apetece de hoy es la hora de comer —dijo D.D.

—¡Qué mala suerte! Tus posibilidades de conseguir por aquí un sándwich de carne decente son de una entre diez.

—Lo sé. Hasta el almuerzo es una maldita quimera.

Tenía los hombros hundidos. Bobby le dio un momento. La verdad era que él también estaba un poco alterado. A lo largo de la mañana había logrado convencerse a sí mismo de que cualquier parecido entre la escena del psiquiátrico y la obra de Richard Umbrio era pura casualidad.

Y entonces apareció Annabelle Granger. En palabras de D.D., joder.

—¿Me vas a obligar a decirlo? —preguntó ella por fin.

—Sí.

—No tiene sentido.

—Ya.

—Quiero decir, vale, existe cierto parecido. Muchas personas se parecen. ¿No dicen que todo el mundo tiene un gemelo al que no conoce?

Bobby se limitó a mirarla fijamente.

Ella suspiró y se enderezó en la silla inclinándose sobre la mesa, su postura favorita para pensar.

—Empecemos desde el principio.

—Me sumo al juego.

—Richard Umbrio usó una cámara subterránea, al igual que nuestro sujeto —empezó D.D.

—La cámara de Umbrio medía un metro por dos y parecía una cavidad agrandada a mano —comentó Bobby señalando el diagrama que estaba sobre la mesa—. Nuestro sujeto usó una cámara de dos metros por tres apuntalada con vigas de madera.

—O sea, lo mismo, pero diferente.

—Lo mismo, pero diferente —convino Bobby.

—Excepto por los «accesorios»: la escalera, la cubierta de contrachapado y el cubo de plástico con capacidad para dieciocho litros.

—Eso es exactamente igual. —Bobby se mostró de acuerdo.

Ella soltó un resoplido, que le removió el flequillo.

—¿A lo mejor es lo que uno se lleva siempre a una cámara subterránea?

—Es posible.

—Ahora bien, la silla de metal plegable y las estanterías…

—Diferente.

—Más sofisticado —señaló D.D.—. La cámara es más grande y tiene más muebles.

—Lo que nos lleva a la siguiente diferencia clave…

—Richard Umbrio secuestró a una niña, que sepamos, a Catherine Gagnon, de doce años. Nuestro sujeto secuestró a seis víctimas, todas muy jóvenes.

—Necesitamos más información para hacer un análisis adecuado —objetó Bobby inmediatamente—. En primer lugar, no sabemos si las víctimas fueron secuestradas a la vez, algo bastante dudoso, o si se las llevó de una en una a lo largo de cierto tiempo. ¿Existe alguna relación entre las niñas? ¿Familiares, confesión religiosa, todos los padres trabajaban para el crimen organizado? ¿Pasaron tiempo juntas en la cámara? ¿O incluso se las llegó a retener con vida allí abajo? Estamos dando por supuesto muchas cosas basándonos en el caso de Catherine Gagnon. Pero también es posible que la cámara solo fuera una tumba. Un lugar donde el sujeto podía… estar con ellas. Una galería de exposición. Todavía no sabemos de qué va este tipo. Podemos intentar adivinarlo, pero no lo *sabemos*.

D.D. asintió lentamente con la cabeza.

—Solo que tenemos a Annabelle Granger —observó.

—Sí, bueno, eso sí.

—¡Dios mío! Son exactamente iguales. No estoy loca, ¿verdad? Annabelle podría ser la hermana gemela de Catherine Gagnon.

—Podría ser la gemela de Catherine.

—¿Qué probabilidades hay? Dos mujeres que se parecen mucho, viviendo en la misma ciudad y convirtiéndose en objetivos de locos que secuestran niñas y las meten en pozos subterráneos.

—Aquí es donde giramos a la izquierda y entramos en la dimensión desconocida —convino Bobby.

D.D. se recostó en la silla. Su estómago rugió y ella se lo frotó con aire ausente.

—¿Qué piensas de su relato?

Bobby suspiró, se reclinó sobre el respaldo y puso las manos tras la cabeza. Su postura favorita para pensar.

—No sabría decirte.

—Parece un poco cogido por los pelos.

—Pero muy detallado.

—Se ha liado mucho con los detalles —replicó D.D. con un resoplido.

—Más realista —señaló Bobby—. No puedes esperar una lista perfecta de nombres y fechas de alguien que solo era una niña.

—¿Crees que el padre sabía algo?

—¿Quieres decir que huyeron porque sabía que su hija era un objetivo de algún tipo? —Bobby se encogió de hombros—. No sé, aquí es donde la vida se complica. Si estaba pasando algo en Arlington en el otoño de 1982, definitivamente *no era* Richard Umbrio. Fue arrestado sin fianza a finales de 1980, juzgado en 1981 y empezó a cumplir su condena en Walpole en enero de 1982. Lo que significa que la amenaza procedía de otra parte.

—Difícil. ¿Hay alguna posibilidad de que Catherine se equivocara con Umbrio? ¿Que la secuestrara otra persona? Quiero decir, lo identificó, pero solo era una niña de doce años.

—Lo que ocurrió después anula esa posibilidad, por no hablar de la pila de pruebas que había contra él.

—¡Qué pena!

Bobby meneó la cabeza, igual de frustrado.

—Será difícil sin poder hablar con el padre —señaló abruptamente—. Annabelle no puede, o no quiere, decirnos lo suficiente.

—Muy conveniente que ambos progenitores hayan muerto —murmuró D.D. lúgubremente posando sobre él su mirada—. Podríamos preguntar a Umbrio, pero resulta que también está convenientemente muerto.

Bobby no entró al trapo.

—Estoy seguro de que a Annabelle Granger no le parece tan conveniente que sus padres hayan fallecido. Me ha dado la impresión de que no le importaría hacerle a su padre unas cuantas preguntas personalmente.

—¿Tienes la lista de ciudades y nombres falsos? —preguntó D.D. de pronto—. Busca ahí a ver qué encuentras. Es un buen ejercicio para un detective.

—Sí, gracias, profe.

D.D. se levantó de la silla. Al parecer, su pequeña conferencia había acabado. Pero se paró en la puerta.

—¿Has sabido algo de ella?

—No —respondió él sin que fuera necesario que precisara a quién se refería.

—¿Crees que llamará?

—Mientras sigamos llamando «tumba» a la escena, probablemente no. Pero en cuanto los medios descubran que era una cámara subterránea...

D.D. asintió.

—Avísame.

—Puede que sí y puede que no.

—Robert Dodge…

—Si quieres hacer una llamada oficial a Catherine Gagnon, coge el teléfono. No soy tu lacayo.

Su tono era tranquilo, pero su mirada, dura. Ella aceptó el desplante con la dignidad que esperaba. Se puso rígida en el umbral y una expresión helada fue cubriendo su rostro.

—Nunca he tenido ningún problema con los disparos, Bobby —dijo D.D. secamente—. Muchos otros agentes y yo respetamos que hicieras tu trabajo y sabemos perfectamente que, a veces, este trabajo apesta. No son los disparos, Bobby, es tu actitud desde entonces.

Sus nudillos golpearon el marco de la puerta.

—En el trabajo policial la confianza es esencial. O estás dentro o estás fuera. Piensa en ello, Bobby.

Le dirigió una última mirada incisiva y se fue.

7

Me enamoré de una taza cuando tenía nueve años. La vendían en una tiendecita que había junto a mi colegio, donde a veces me gastaba en caramelos el dinero que me daban para comprarme leche después de clase. La taza era de color rosa y tenía flores, mariposas y un gatito atigrado naranja, pintados a mano. Las había con diversos nombres. Yo quería el de Annabelle.

La taza valía tres dólares noventa y nueve, unas dos semanas del dinero que me daban para la leche. Ni me planteé que el sacrificio no valiera la pena.

Tuve que esperar otra agónica semana, hasta que un jueves mi madre me dijo que tenía que hacer recados y que me recogería en el colegio un poco más tarde. Pasé la mañana nerviosa, incapaz de concentrarme, un guerrero a punto de iniciar su primera misión.

A las dos y treinta y cinco de la tarde sonó la campana. Los niños que no cogían el autobús se congregaron ante el edificio de ladrillo como macizos de flores. Llevaba seis meses en ese colegio. No pertenecía a ninguno de los grupos, de manera que nadie se dio cuenta de que me iba. En aquellos días no había un registro de los niños que entraban y de los que salían. Aún no había padres voluntarios vigilando fuera de las horas de clase. Hablo de antes de la creación de la alerta AMBER, el sistema de notificación de menores de edad desaparecidos. En aquellos días, el único que parecía obsesionado por todo lo que le podía pasar a una niña pequeña era mi padre.

En la tienda, cogí la taza cuidadosamente y la llevé a la caja asida con ambas manos. Conté los tres dólares noventa y nueve en monedas de veinticinco centavos, mis dedos moviendo las monedas con frenesí.

La dependienta, una mujer mayor, me preguntó si me llamaba Annabelle.

Por un instante me quedé sin habla. A punto estuve de salir corriendo de la tienda. No podía ser Annabelle. Era importante que no fuera Annabelle. Mi padre me lo repetía una y otra vez.

—Es para una amiga —logré susurrar al fin.

La mujer me sonrió amablemente y envolvió mi tesoro en capas de papel de seda.

Fuera de la tienda metí la taza en mi mochila con mis libros de texto, luego volví al colegio. Un minuto después llegó mi madre en nuestra nueva ranchera de segunda mano cargada de comestibles. Daba golpecitos distraídos al volante.

Sentí una dolorosa punzada de culpa. Estaba segura de que podía ver a través del vinilo azul de mi mochila. Estaba mirando mi taza. Sabía exactamente lo que había hecho.

Pero mi madre se limitó a preguntarme por mi día. Dije: «Bien», y me senté junto a ella en el asiento corrido delantero. No miró mi mochila. No me preguntó por la taza. Se limitó a conducir hasta casa.

Escondí la taza rosa en la parte superior de mi armario, tras una pila de ropa que se me había quedado pequeña. La sacaba por las noches, cuando mis padres creían que dormía. La metía en la cama conmigo, oculta bajo las sábanas, y admiraba el brillo rosa perla a la luz de una linterna. Me gustaba pasar la punta de los dedos por los ramilletes de flores, las mariposas y el gatito en relieve. Pero, sobre todo, trazaba el nombre una y otra vez.

Annabelle. Mi nombre es Annabelle.

Mi madre la encontró unas seis semanas después. Era sábado. Mi padre estaba trabajando. Creo recordar que yo estaba viendo dibujos animados en el salón de casa. Mi madre decidió hacer limpieza y bajó la pila de ropa para llevarla a la tienda de segunda mano donde comprábamos la mayoría de nuestras cosas.

No gritó. No chilló. Creo que lo que me alarmó fue el silencio, un silencio absoluto que no tenía nada que ver con el habitual sonido de fondo de mi madre dando vueltas por el pequeño apartamento, doblando ropa, trasteando con las cacerolas, abriendo y cerrando cajones y armarios.

Acababa de levantarme de la suave alfombra color dorado cuando apareció en el umbral con mi tesoro en la mano. Parecía atónita, pero no había perdido la compostura.

—¿Alguien te ha dado esto? —me preguntó con calma.

Incapaz de hablar, con el corazón saliéndoseme del pecho, negué con la cabeza.

—Entonces, ¿de dónde lo has sacado?

No podía mirarla a los ojos y contar mi historia. En vez de eso hundí los pies en la alfombra.

—La vi. Yo…, pensé que era bonita.

—¿La has robado?

De nuevo negué con un rápido movimiento de cabeza.

—Ahorré el dinero de la leche —respondí.

—¡Oh, Annabelle!

Se llevó de inmediato la mano a la boca. ¿Para mostrarme que estaba consternada, incluso horrorizada? ¿O para ocultar el imperdonable pecado de haber dicho mi nombre?

No estaba segura. Pero entonces alargó los brazos y corrí hacia ella y la estreché con fuerza por la cintura. Empecé a llorar, porque era tan agradable oír a mi madre pronunciar mi verdadero nombre. Echaba de menos oírlo de sus labios.

Mi padre llegó a casa. Nos pilló acurrucadas una junto a la otra como conspiradoras en el salón; mi madre aún tenía la taza en la mano. Su reacción fue inmediata y atronadora.

Cogió la taza de porcelana rosa de la mano de mi madre y la sacudió en el aire.

—¿Qué demonios es esto? —rugió.

—Yo no quería...

—¿Te la ha dado un desconocido?

—N-no...

—¿Te la ha dado ella? —preguntó señalando con el dedo a mi madre, como si en cierto modo fuera aún peor que si me la hubiera dado un desconocido.

—No.

—¿Qué diablos estás haciendo? ¿Crees que esto es un juego? ¿Crees que renuncié a mi puesto en el MIT, que vivimos en este apartamento de mierda porque estamos jugando? ¿En qué estabas pensando?

Ya no podía hablar. Me limitaba a mirarle, con las mejillas encendidas e ira en los ojos, sabiendo que estaba atrapada, deseando desesperadamente encontrar una vía de escape.

—¿Tú lo sabías? —preguntó volviéndose hacia mi madre.

—Acabo de encontrarla —respondió ella con calma poniendo una mano sobre su brazo como si quisiera consolarle—. Russ...

—¡Hal, el nombre es *Hal!* —gritó apartándole la mano—. Dios, eres casi peor que ella. Bueno, sé bien cómo poner fin a esto.

Irrumpió en la cocina, abrió de golpe el cajón que había bajo el teléfono y sacó un martillo.

—Sophia —dijo subrayando bien el nombre y mirándome fijamente—, ¡ven aquí!

Hizo que me sentara a la mesa de la cocina y puso la taza ante mí. Me dio el martillo.

—¡Hazlo!

Negué con la cabeza.

—*¡Hazlo!*

Volví a negar con la cabeza.

—Russ… —susurró mi madre en tono de súplica.

—Maldita sea, Sophia. No vas a levantarte de esta mesa hasta que rompas esa taza. Me da igual que nos pasemos aquí toda la noche. ¡Vas a coger ese martillo!

No nos llevó toda la noche. Solo hasta las tres de la madrugada. Cuando finalmente lo hice no lloré. Cogí el martillo con ambas manos. Estudié mi objetivo. Entonces asesté el golpe asesino con tanta fuerza que astillé la mesa.

El problema que teníamos mi padre y yo nunca estribó en que fuéramos muy diferentes, sino en que, ya entonces, nos parecíamos demasiado.

Cuando eres pequeña necesitas que tu padre sea omnipotente, una figura poderosa que siempre te mantendrá a salvo. Luego, de adolescente, necesitas que tu padre tenga defectos, porque es la única forma de construirte a ti misma, de alzar el vuelo. Ahora tengo treinta y dos años y lo que necesito es que mi padre estuviera loco.

Esta idea se me ocurrió cuando murió intempestivamente. Tras vivir siempre alerta a causa de posibles pedófilos, violadores y asesinos en serie resultó significativo que, al final, no se lo llevara un monstruo. Fue culpa de un taxista, de inglés dudoso y con demasiadas horas de trabajo a sus espaldas, que nunca fue a juicio. Amenazó con demandar al ayuntamiento por no haber señalizado correctamente el desvío por las obras de remodelación del Big Dig, creando las circunstancias que produjeron el accidente y causando al conductor un dolor de espalda debilitante que no le permitió volver a trabajar.

Empecé a preguntarme si mi padre no habría pasado toda su vida temiendo lo que no debía. Y de ahí solo necesité un salto, un brinco, para llegar a preguntarme si realmente tenía algo que temer.

¿Y si nunca había habido un monstruo en el armario? ¿Ningún desviado sexual homicida esperando a sacar a la pequeña Annabelle Granger de las calles?

Es sabido que los académicos poseen mentes brillantes y frágiles, sobre todo los matemáticos. ¿Y si todo había estado en la cabeza de mi padre?

La verdad es que, cuando pienso en todos aquellos días que pasamos en la carretera, no encuentro nada fuera de lo corriente. Nunca sentí que ojos desconocidos me observaran. Nunca vi a un coche rebajar la velocidad para que el conductor pudiera echarme un vistazo. Nunca llegué a sentirme amenazada, y pensaba en ello, creedme, lo pensaba cada vez que volvía a casa y encontraba nuestras cinco maletas hechas y depositadas junto a la puerta. ¿Qué había pasado esta vez? ¿Qué pecado había cometido? Nunca recibí respuesta.

Mi padre había librado una guerra. De todo corazón, obsesivamente, como un maniaco.

Mi madre y yo simplemente nos habíamos subido al carro.

Vuelvo a hacerme las mismas preguntas mientras viajo en otro vagón de metro, repleto de peligros potenciales, y llego a mi parada sana y salva. Mientras subo rápidamente las escaleras y salgo a la calle, donde oscurece rápidamente. Mientras giro hacia la izquierda y llego a mi pequeño apartamento del North End.

Mis pasos son ligeros y seguros, voy con la cabeza bien alta y los hombros firmes. Pero no se trata solo de telegrafiar mis habilidades a agresores potenciales. Me alegro sinceramente de volver a casa. Tengo ganas de abrazar a mi perra, Bella. Lleva todo el día sola y estará deseando verme.

Probablemente vayamos a correr por el malecón, aunque sea de noche y estemos en una ciudad infestada de malhechores. Correremos deprisa, llevaré mi táser, pero no dejaremos de ir, porque a Bella y a mí nos gusta correr. ¡Qué le vamos a hacer!

Estoy viva, soy joven y debo mirar al futuro. Quisiera expandir mi negocio algún día, contratar a dos o tres ayudantes y alquilar unas oficinas. No me interesa tanto coser como el color y los espacios. He pensado en buscar clases de diseño de interiores, e incluso en construir mi propio imperio a lo Martha Stewart, que posee un boyante negocio de estilo de vida y cocina.

A veces pienso qué pasaría si diera con alguien especial. Voy a la iglesia de barrio que está justo a la vuelta de la esquina y he conocido a algunas personas. De vez en cuando intento ligar. Puede que me enamore y me case. Puede que algún día tenga un bebé, nos mudemos a algún barrio residencial de las afueras, plante docenas de rosas y pinte murales en cada habitación. Nunca permitiré a mi marido que compre equipaje y él pensará que es una excentricidad encantadora.

Tendré una hija; en mis sueños siempre es una niña, nunca un hijo. La llamaré Leslie Ann y le compraré docenas de tazas de porcelana personalizadas.

Pienso en todo esto mientras me aproximo a mi edificio, miro a izquierda y derecha y, como no veo desconocidos acechando en la oscuridad, saco la llave de entre mis dedos apretados y abro la sólida puerta exterior de madera. Una luz brillante ilumina la pequeña entrada, cuya pared izquierda está cubierta por una fila de elegantes buzones de bronce. Cierro la puerta y me aseguro de que el pestillo queda echado tras de mí.

Cojo mi correo: unas facturas, publicidad; ¡buenas noticias!: el cheque de un cliente. Luego miro a través de la puerta interior acristalada para comprobar que el vestíbulo está vacío. No hay nadie.

Entro en el vestíbulo y empiezo a subir los cinco pisos de angostas y chirriantes escaleras. Oigo a Bella arriba, que ha olfateado mi llegada y gime, excitada, ante la puerta.

Solo hay un problema con mis fantasías, pienso ahora. En mis sueños nadie me llama nunca Tanya. En mis sueños, el hombre a quien amo me llama Annabelle.

8

Al final resultó lo siguiente: la policía no iba a ayudarme. Paranoico o no, mi padre había estado en lo cierto: las fuerzas de seguridad son un sistema. Existen para ayudar a las víctimas, atrapar a los delincuentes y permitir que los agentes de policía hagan carrera. Los testigos, las fuentes, no éramos más que pienso para el camino, objetos desechables, inevitablemente fagocitados por la gran maquinaria burocrática. Podía pasarme la vida sentada junto al teléfono, esperando una llamada que nunca llegaría o intentar encontrar a Dori Petracelli por mí misma.

Sobre mi escritorio había una pila de retales de tela, bocetos de decoración de ventanas y propuestas para los clientes. El desorden usual en un apartamento que ofrecía más ambiente que metros cuadrados. Lo recogí todo entre mis brazos y lo deposité sobre la ya peligrosamente atestada mesita de café. Así dejé al descubierto lo que estaba buscando: mi ordenador portátil. Lo encendí y me puse a trabajar.

Mi primera parada fue la página web del Centro Nacional para Menores Desaparecidos y Explotados. Me recibieron las fotos de tres niños pequeños que habían sido declarados desaparecidos la semana anterior. Un niño y dos niñas. Uno era de Seattle, la otra de Chicago y la tercera de St. Louis. Todas ellas ciudades donde yo había vivido.

A veces me pregunto si esto fue lo que acabó con mi madre al final. Que daba igual cuánto corriéramos, siempre terminábamos corriendo de nuevo. Técnicamente no existe un lugar seguro para criar a un niño. El delito es algo universal y hay agresores sexuales registrados en todas partes. Me consta, he comprobado las bases de datos.

El Centro Nacional para Menores Desaparecidos y Explotados tiene su propio buscador. Introduje: «mujer», «Massachusetts» y «desaparecida hace veinticinco años». Di al botón para iniciar la búsqueda, me recosté en el respaldo de la silla y empecé a morderme una uña.

Bella salió de la cocina americana tras zamparse su cena. Me miraba con ojos de reproche. *Correr*, decía su mirada. *Fuera. Busca la correa. Diversión.*

Bella era una pastora australiana de pura raza. Tenía siete años y su cuerpo estilizado y ágil estaba cubierto de una capa de pelo blanco con manchas marrones y azules. Como muchos ejemplares de su raza tenía un ojo azul y el otro marrón, lo que le daba una perpetua expresión socarrona que tendía a usar en su propio beneficio.

—Un momento —le dije.

Gimió y, al ver que eso tampoco funcionaba, se dejó caer en el suelo con gesto de gran enfado perruno. Una cliente me había regalado a Bella en pago por mis servicios hacía cuatro años. Bella acababa de destrozar los zapatos de tacón de Jimmy Choo favoritos de la mujer y ella decidió que no podía con un perro tan nervioso. Es cierto que los pastores australianos no son el perro ideal para un piso. Si no los mantienes ocupados acaban dando problemas.

Pero Bella y yo nos llevábamos bien. Sobre todo, porque me gusta correr y, aunque estaba entrando en la mediana edad de la vida de un perro, Bella no tenía nada que objetar a una carrera de diez kilómetros a toda velocidad.

Tendría que sacarla pronto, porque si no podría perder uno de mis cojines favoritos, o quizá uno de mis queridos rollos de tela. Bella siempre sabía dejar las cosas claras.

Finalizó la búsqueda. En la pantalla de mi ordenador apareció una columna de rostros vivos y alegres. Fotos de colegio, primeros planos extraídos del álbum familiar. En las fotos, los niños desaparecidos siempre parecían felices. Se trataba de que te doliera aún más.

Resultados de la búsqueda: quince.

Cogí el ratón y fui desplazándome lentamente por la columna: *Anna, Gisela, Jennifer, Janeeka, Sandy, Katherine, Katie…*

Me costaba mirar las fotos. Por muchas dudas que me inspirara mi padre, nunca dejaba de preguntarme si podría haber sido una de ellas. Si no nos hubiéramos mudado, si no hubiera estado tan obsesionado…

Volví a pensar en el guardapelo. ¿De dónde había salido? ¿Y por qué, por qué se lo había dado a Dori?

Su nombre no aparecía en la lista y respiré aliviada. Bella reaccionó inmediatamente, notando cómo disminuía la tensión y barruntando la posibilidad de que empezáramos nuestra rutina normal.

Pero entonces me fijé en las fechas. No había ningún caso anterior a 1997, pese a que el parámetro «tiempo» estaba abierto. Volví a mordisquearme la uña buscando opciones.

Podía llamar al teléfono de atención, pero tal vez me hicieran demasiadas preguntas. Prefería el anonimato que te brindan las búsquedas por internet. Bueno, la apariencia de anonimato al menos, ya que Dios sabe qué hace el Gran Hermano con toda esa proliferación de programas espía. Seguro que por lo menos una megamáquina de ventas seguía todos mis pasos.

Conocía otra página donde podía buscar. No la usaba mucho. Me producía tristeza.

Escribí la dirección en la barra del motor de búsqueda: www.doenetwork.org, y, en dos segundos, ahí estaba.

La Red Doe se ocupa sobre todo de antiguos casos de desaparición. Intentan casar restos óseos encontrados en una localidad con las denuncias de personas desaparecidas de otras jurisdicciones. Su lema es: «No hay límite de tiempo para resolver un misterio».

Sentí un escalofrío, ahí sentada, agarrando el vial con las cenizas de mi madre con una mano y escribiendo con la otra en el recuadro de búsqueda: «Massachusetts».

El primer resultado me conmovió profundamente. Aparecían tres fotos del mismo niño, de unos diez años en la primera, y con el aspecto que habría tenido con veinte y con treinta y cinco en las siguientes. Había desaparecido en 1965 y se le suponía muerto. Estaba jugando en el patio y, de repente, ya no estaba. Un pedófilo que cumplía condena en Connecticut dijo haber violado y asesinado al niño, pero afirmó no recordar dónde había dejado el cuerpo. De manera que el caso seguía abierto y los padres buscaban tan febrilmente sus restos como antes, hacía cuarenta años, debieron de buscar a su hijo.

Me preguntaba qué sentirían los padres al ver esas fotos manipuladas en las que aparecía con más edad. Al contemplar lo que podría haber sido si mamá no hubiera entrado en casa a coger el teléfono o papá no se hubiera metido debajo del coche para cambiar el aceite…

¡Lucha!, solía decirme mi padre. El setenta y cuatro por ciento de los niños secuestrados a los que asesinan mueren en las tres primeras horas. Sobrevive esas tres horas. No le des al canalla una oportunidad.

Estaba llorando, no sé por qué. No conocía a ese niño. Lo más probable es que llevara cuarenta años muerto. Pero entendía su terror. Yo lo había sentido cada vez que mi padre empezaba con sus ejercicios de entrenamiento. ¿Lucha? Cuando eres un niño de veintidós kilos y el secuestrador es un hombre adulto de noventa, ¿qué podrías hacer que marcara la diferencia? Puede que mi padre fuera un iluso, pero yo siempre he sido realista.

Cuando eres un niño y alguien quiere hacerte daño, lo más probable es que acabes muerto.

Pasé al siguiente caso: 1967. Ahora solo miraba las fechas, no quería ver las fotos. Me llevó cinco clics más. Entonces llegué al 12 de noviembre de 1982.

Era Dori Petracelli. Estaba viendo una foto suya con el aspecto que hubiera tenido a los treinta años. Estaba leyendo el informe de lo que le había ocurrido a mi mejor amiga.

Entonces fui al baño y vomité hasta que no me quedó nada en el estómago.

Más tarde, quizá veinte, cuarenta o cincuenta minutos después, ya no lo sé, tenía la correa en una mano y el táser en la otra. Bella bailaba en torno a mis pies, tropezando conmigo en su prisa por llegar abajo.

Enganché la correa al collar y echamos a correr. Corrimos y corrimos y corrimos.

Cuando volvimos a casa, una hora y media después, había recuperado la compostura. Me sentía fría, incluso aséptica. Aún conservaba las maletas de mi familia. Empezaría a hacer el equipaje inmediatamente.

Pero entonces puse las noticias.

Bobby llegó a casa poco después de las nueve de la noche. Era un hombre con una misión: tenía unos cuarenta minutos para comer algo, darse una ducha, beber de un trago una Coca-Cola y volver a Roxbury. Desgraciadamente, sus planes chocaron con los problemas de aparcamiento habituales en el sur de Boston. Dio vueltas en un radio de ocho manzanas a partir de su edificio antes de enfadarse y aparcar en la acera. A cualquier policía de Boston le encantaría multar a un poli estatal, de manera que estaba viviendo peligrosamente.

Una sorpresa agradable: una de sus caseras, la señora Higgins, le había dejado un plato de pastelitos. «He visto las noticias. Necesita reponer fuerzas», decía la nota.

Bobby no tenía nada que objetar, de manera que empezó su cena con un pastelito de limón. Se fue comiendo tres más mientras sorteaba la pila de cartas tiradas por el suelo, recogiendo los sobres que contenían facturas y los recibos del alquiler y dejando los demás donde estaban.

Cogió otro pastelito de limón para el camino, masticando sin notar ya el sabor, y recorrió el estrecho pasillo que conducía a su dormitorio, situado en la parte de atrás. Se desabotonó la camisa con una mano mientras vaciaba los bolsillos de su pantalón con la otra. Luego se quitó ambas prendas y entró en el pequeño cuarto de baño de azulejos azules con sus calzoncillos ajustados y sus calcetines color beis puestos. Abrió al máximo el grifo de la ducha. Una de las cosas que más le gustaba en sus días de operaciones y tácticas especiales era llegar a casa y darse una larga ducha caliente.

Estuvo bajo el agua unos minutos que quiso hacer eternos. Inhalaba el vapor, dejaba que le penetrara los poros, deseando, como siempre, que limpiara el horror.

Su cerebro bullía de imágenes, hiperactivo. Esas seis niñitas, con sus caritas momificadas aplastadas contra las bolsas de basura de plástico transparente. Viejas fotografías de Catherine a los doce años, con su cara demacrada por el hambre; los ojos parecían gigantes pupilas negras tras haber pasado un mes sola en la oscuridad.

Y, por supuesto, la otra imagen que no podría dejar de ver el resto de su vida: la mirada del marido de Catherine, Jimmy Gagnon, justo antes de que la bala del rifle de Bobby destrozara su cráneo.

Dos años después, Bobby seguía teniendo pesadillas con el tiroteo cuatro o cinco noches a la semana. Calculaba que con el tiempo se reduciría a tres veces por semana. Luego dos veces por semana. Y luego tal vez, si tenía suerte, solo soñaría con ello tres o cuatro veces al mes.

Había visitado a un psicólogo, por supuesto. Seguía en contacto con su antiguo teniente, que había sido su mentor. Incluso asistió a una o dos reuniones con otros agentes implicados en incidentes graves, pero nada de eso había ayudado mucho. Matar a alguien te cambia, así de sencillo.

Seguías teniendo que levantarte por la mañana y teniendo que ponerte los pantalones, primero una pierna y luego la otra, como todo el mundo.

Algunos días eran buenos, otros eran malos y, entremedias, había una serie de días que no eran nada en absoluto. Mera existencia. Hacer tu trabajo. Puede que D.D. tuviera razón. Puede que hubiera dos Bobby Dodge: el de antes del tiroteo y el de después. Puede que, inevitablemente, las cosas funcionaran así.

Bobby estuvo bajo el agua hasta que empezó a salir fría. Mientras se secaba echó un vistazo a su reloj. Le quedaba todo un minuto para cenar. Pollo al microondas, sin duda.

Metió dos pechugas de pollo precocinadas en el microondas y volvió al baño lleno de vapor para afeitarse con una cuchilla.

Aunque oficialmente iba cinco minutos tarde, se puso ropa limpia, abrió una Coca-Cola, puso las pechugas de pollo, que estaban ardiendo, en un plato de papel y cometió su primer error grave: se sentó.

Tres minutos después estaba dormido en el sofá, el pollo se había caído al suelo y el plato de papel permanecía, arrugado, en su regazo. Es lo que le pasa a un hombre que solo ha dormido cuatro horas en las últimas cincuenta y seis.

Se despertó sobresaltado, mareado y desorientado, un rato después. Alargó las manos buscando su rifle. ¡Cristo, necesitaba el rifle! Jimmy Gagnon se acercaba para aferrarse a él con sus esqueléticas manos.

Bobby saltó del sofá antes de que la última imagen se desvaneciera del todo en su cerebro. Se encontró de pie, en medio de su apartamento, apuntando al televisor con un grasiento plato de papel como si se tratara de un arma. El corazón le saltaba en el pecho.

Una pesadilla por la ansiedad.

Contó hasta diez y luego, muy despacio, de diez a uno. Repitió el ritual tres veces hasta que recuperó su pulso normal.

Dejó a un lado el plato arrugado y recuperó las pechugas de pollo que seguían en el suelo. Su estómago rugía. Decidió que el pollo no había tenido tiempo para atraer gérmenes: se lo comió con las manos.

La primera vez que Bobby había visto a Catherine Gagnon, era un francotirador al que habían avisado para que acudiera a un escenario de violencia doméstica. Según el informe, un marido armado apuntaba a su esposa y a su hijo con un arma. Bobby se había colocado enfrente de la casa de los Gagnon y observaba a través de la mira telescópica de su rifle cuando vio a Jimmy, de pie ante la cama, con una pistola en la mano y gritando tanto que Bobby distinguió cómo se le hinchaban los tendones del cuello. Entonces logró ver a Catherine, que estrechaba contra su pecho a su hijo de cuatro años. Con las manos tapaba los oídos de Nathan y le obligaba a mirarla, como si quisiera protegerlo de lo peor.

La situación estaba descontrolada. Jimmy había arrebatado a Nathan de los brazos de su madre y lo había tirado al otro lado de la habitación de un empujón, lejos de lo que iba a suceder a continuación. Entonces había apuntado con el arma a la cabeza de su esposa.

Bobby había podido leer los labios de Catherine gracias al cristal de aumento de su mira Leupold.

«¿Y ahora qué, Jimmy? ¿Qué queda?».

Jimmy había sonreído de repente y, al ver su sonrisa, Bobby había sabido inmediatamente lo que iba a pasar.

El dedo de Jimmy Gagnon se había cerrado sobre el gatillo y Bobby Dodge le había disparado desde el oscuro dormitorio del chalé adosado de un vecino que estaba a más de cuarenta y cinco metros.

Después de aquello, no cabía duda de que Bobby había cometido algunos errores. Por ejemplo, había empezado a beber. Luego había conocido a Catherine en persona, en un museo local. Puede que aquel hubiera sido su acto más autodestructivo. Catherine Gagnon era guapa, era sexi y era la viuda agradecida del marido maltratador al que Bobby acababa de mandar a la tumba antes de tiempo.

Había establecido una relación con ella. No física, como creían D.D. y casi todos los demás, sino emocional, lo que quizá fuera peor, por lo que Bobby nunca había tratado de aclararlo. Había cruzado una línea. Se había preocupado por

Cat y, cuando la gente a su alrededor empezó a morir de formas horribles, había temido por su vida.

Tenía razones para ello, como se demostraría después.

Aún hoy D.D. seguía afirmando que Catherine Gagnon era una de las mujeres más peligrosas de Boston; una mujer que, probablemente (aunque no podían demostrarlo), lo había organizado todo para que mataran a su marido. Y aún hoy, Bobby, siempre que pensaba en ella, lo que veía era a una madre intentando salvar desesperadamente a su hijo pequeño.

Una persona puede ser noble y cruel a la vez. Puede sacrificarse y, no obstante, mirar por ella misma. Se puede querer de verdad y ser un asesino a sangre fría.

D.D. se podía permitir el lujo de odiar a Catherine. Bobby la entendía muy bien.

Se deshizo del plato de papel, aplastó la lata de Coca-Cola y la tiró al cubo de los envases. Acababa de coger las llaves del coche, preparándose mentalmente para la multa por aparcamiento que iba a tener que pagar, cuando sonó el teléfono.

Miró quién llamaba primero y, a continuación, el reloj. Las once y cuarto de la noche. Entonces supo lo que había pasado aun antes de descolgar el teléfono.

—Catherine —dijo con calma.

—¿Por qué diablos no me has dicho nada? —contestó histérica.

Así fue como se enteró Bobby de que los medios de comunicación habían descubierto la verdad.

9

De acuerdo, equipo —dijo D.D. Warren con tono resuelto mientras repartía los últimos informes—. Tenemos aproximadamente —miró su reloj— siete horas y veintisiete minutos para comprobar los daños. Los peces gordos de arriba han acordado que demos nuestra primera rueda de prensa a las ocho en punto de la mañana. De manera que dadme, por Dios, algún avance del que podamos informar o vamos a parecer todos imbéciles.

Bobby, que estaba intentando colarse en la sala de conferencias discretamente, solo oyó la parte final de lo que había dicho. D.D. levantó la mirada y vio que acababa de llegar. Le miró con cara de pocos amigos; parecía más exhausta y desaliñada que la última vez que la había visto. Si él solo había dormido unas seis horas en los últimos dos días y medio, D.D. no habría descansado más de tres. Parecía también nerviosa. Bobby echó una mirada alrededor y vio al vicesuperintendente, el mandamás de homicidios, sentado en una esquina. Esa era la razón.

—Me alegro de que te unas a nosotros, detective Dodge —dijo D.D. arrastrando las palabras para que se enterara el resto de la sala—. Creía que ibas a cenar, no a pasar seis horas en un spa.

Dio la mejor disculpa que podía ofrecer un poli:

—He traído pastelitos de limón.

Dejó lo que quedaba del tesoro casero de la señora Higgins en medio de la mesa. Los demás detectives se abalanzaron sobre ellos. Comer dulces caseros superaba con creces a estar pinchando al tipo de la estatal sin ninguna duda.

—Como decía —prosiguió D.D. apartando manos hasta que pudo coger ella misma un pastelito—, necesitamos novedades. ¿Jerry?

El sargento McGahagin, jefe del equipo de tres personas encargado de confeccionar una lista de las chicas desaparecidas, levantó la mirada. Sacudió con rapidez el azúcar que había caído sobre su informe. Las manos le temblaban de la cantidad de café que había tomado los últimos dos días, tanto que las tres primeras veces no pudo coger la hoja. McGahagin empezó a leer el resumen dejándolo sobre la mesa.

—Tenemos doce nombres de mujeres menores de dieciocho años desaparecidas entre 1965 y 1983; seis entre 1997 y 2005 y, por supuesto, hay catorce años entre unas fechas y otras —recitó de un tirón con los ojos encendidos de indignación—. Me vendrían bien un par de personas más para ayudarme a repasar las listas si es que alguien tiene tiempo libre. También necesitamos el informe de la antropóloga forense para hacer referencias cruzadas. Y ni siquiera sabemos si todos los cadáveres son de Massachusetts o si debemos extender la búsqueda a toda el área de Nueva Inglaterra: Rhode Island, Connecticut, New Hampshire, Vermont, Maine. Algo realmente difícil, como os podéis imaginar, sin contar con un perfil de la víctima. Ni siquiera sé si estamos apuntando en la dirección correcta; eso es todo lo que tengo que decir.

D.D. se quedó mirándolo fijamente.

—Dios, Jerry, deja el café una horita, ¿vale? Al paso que vas, habrá que hacerte una transfusión.

—Imposible —respondió él con un espasmo—, me dolería la cabeza.

—¿Los zumbidos en el oído te permiten oír algo?

—¿Qué?

—Vaya por Dios. —D.D. suspiró mirando al resto de la mesa—. Lo cierto es que Jerry tiene razón. Es difícil saber si estamos haciendo un buen trabajo hasta que no veamos el informe de victimología. He hablado con Christie Callahan hace dos horas. La mala noticia es que probablemente no lo tengamos hasta dentro de dos semanas.

Los detectives refunfuñaron y D.D. levantó una mano.

—Ya lo sé, ya lo sé. ¿Creéis que tenéis demasiado trabajo? Ella está más jodida que nosotros. Tiene seis cadáveres momificados que debe examinar adecuadamente, sin ni siquiera contar con la ayuda de un equipo brillante, incluso diría que encantador. Evidentemente ella debe seguir un protocolo. Lo que significa que los restos primero han tenido que ser fumigados en busca de huellas, luego han tenido que ser enviados al laboratorio general de Massachusetts para hacerles radiografías y solo ahora los cuerpos van de vuelta a su laboratorio.

»Aparentemente la momificación húmeda es algo peculiar. Se da de forma natural en las turberas de Europa y ha habido algunos casos en Florida, pero es el primero que vemos en Nueva Inglaterra, lo que quiere decir que Christie está aprendiendo sobre la marcha. Cuenta con que cada cuerpo le llevará tres o cuatro días. Como hay seis momias, haced números...

—¿No nos puede ir dando los resultados de uno en uno, a medida que acaba de examinar cada cuerpo? —preguntó el detective Sinkus. Acababa de ser padre, lo que quizá explicaba el estado de su ropa.

—Está considerando esa posibilidad. Hay un protocolo arqueológico, o una mierda de esas, que especifica que hay que tratar los restos en conjunto. Si buscamos individualmente podemos perder la visión de conjunto.

—¿Qué? —preguntó el detective Sinkus.

—Hablaré con ella —respondió D.D. Se volvió hacia el detective Rock, que llevaba los informes de la organización de búsqueda de desaparecidos Crime Stoppers—. Dinos la verdad: ¿alguien ha confesado?

—Solo unas tres docenas de personas. La mala noticia es que la mayoría acaba de dejar la medicación.

Rock cogió una enorme pila de papeles y empezó a distribuirlos. Llevaba más o menos desde siempre en el departamento de policía de Boston. Hasta Bobby había oído historias sobre la legendaria habilidad del veterano detective para recorrer la senda que conducía desde el horrible crimen A, pasando por la fortuita y exigua prueba B, hasta el malvado delincuente C. Pero esa noche su risa cordial y resonante sonaba forzada. Su pelo negro, muy corto, parecía reflejar más tonos grises y tenía bolsas oscuras bajo los ojos. Teniendo en cuenta que la salud de su madre se estaba deteriorando rápidamente, debía de ser difícil llevar a cabo una investigación tan prolija. Aun así, cumplía su cometido.

—Solo tenéis que mirar la primera página —estaba explicando Rock—, los registros más detallados son únicamente para los que no sepáis cómo matar el tiempo.

El comentario suscitó alguna risita cansada.

—Estamos recibiendo como media una llamada cada pocos minutos y eso era antes de que los medios de comunicación empezaran a tirar con bala esta noche. Ha sido una pena esa filtración. —Miró a D.D. como si esta fuera a hacer algún comentario.

Pero ella se limitó a menear la cabeza.

—No sé qué pasó, Tony. No tengo tiempo ni fuerzas para ocuparme de eso. La verdad es que me asombra que hayamos logrado ocultarlo tanto tiempo.

Rock se encogió de hombros en actitud filosófica. Cincuenta y seis horas sin ser detectados por el radar habían sido una especie de milagro.

—Antes de la filtración era más fácil eliminar a los pirados. Simplemente les preguntábamos si habían enterrado los restos juntos o por separado. En cuanto empezaban a describir cuidadosamente la tumba, los tachábamos alegremente de nuestra lista. De manera que sí, ha habido muchas llamadas, pero nos hemos hecho con ellas. No sé si mañana podré decir lo mismo.

—¿Alguna pista buena? —presionó D.D.

—Un par de ellas. Llamó un hombre que dijo haber sido auxiliar de enfermería en el Hospital Psiquiátrico de Boston a mediados de los setenta. Nos contó que, por entonces, uno de los pacientes era el hijo de una riquísima familia de Boston que no quería que nadie supiera que el chico estaba allí y nunca lo visitó. Se decía que el hijo había hecho algo «inapropiado» con su hermana pequeña. La familia manejó el asunto así. El paciente se llamaba Christopher Eola. Estamos buscando, pero no somos capaces de encontrar un permiso de conducir o una dirección a su nombre. Ahora intentamos localizar a la familia.

—Es más de lo que esperaba —comentó D.D. enarcando una ceja—, al menos disponemos de algo que dar a la prensa.

—Considerando el lugar, creí que tendríamos una lista de pirados más larga —replicó Rock con tono seco—. Pero, bueno, la noche es joven.

Suspiró profundamente y se rascó las mejillas grisáceas cubiertas de barba de dos días.

—Como cabe esperar en este tipo de casos, también han contactado con nosotros familias de niños desaparecidos. Tengo una lista —dijo pasándosela al sargento McGahagin—. Algunos viven fuera del estado, de manera que supongo que vamos a tener que empezar con esa ampliación de la búsqueda de la que hablabais. Y —prosiguió revisando los nombres de la lista elaborada por McGahagin—, por lo que veo, ya contamos con tres coincidencias: Atkins, Gómez y Petracelli.

La expresión de D.D. no se alteró. A Bobby le pareció interesante que no hubiera dado detalles de su conversación con Annabelle Granger, incluida su mención a Dori Petracelli. A D.D. siempre le gustaba guardar sus cartas.

Él había hecho algunas averiguaciones por su cuenta sobre Dori Petracelli, de manera que el hecho de que su nombre apareciera en la lista de niñas desaparecidas no le sorprendió. Era la fecha, 12 de noviembre de 1982, lo que le tenía perplejo.

El detective Rock se sentó y el detective Sinkus tomó la palabra.

—Bueno, yo debería poder pasaros documentación. Pero, cuando me puse a pensar en lo que tenía para compartir, vi que eran cincuenta páginas de nombres y pensé, ¡demonios!, nadie va a tener tiempo de leer cincuenta páginas de nombres, de manera que no las he traído.

—A Dios gracias —murmuró alguien.

—Bendito seas —comentó otro de los presentes.

El vicesuperintendente carraspeó en una esquina y se callaron inmediatamente.

Sinkus se encogió de hombros y continuó.

—Veréis, mi cometido es realizar una lista preliminar de los sujetos que hay que interrogar. Hablamos de contratistas, vecinos, extrabajadores del hospital psiquiátrico y delincuentes conocidos de la zona, remontándonos a hace treinta años. ¿Lista? Es una puñetera guía telefónica. No estoy diciendo que no podamos con ella —prosiguió, dedicando una rápida mirada al vicesuperintendente—. Lo único que digo es que tendríamos que cuadruplicar el número de agentes de la policía de Boston solo para poder empezar a hacerle frente. Si no logramos reducir el grupo de sospechosos, si no nos dan una línea temporal definitiva, no veo factible afrontar la tarea. Sinceramente, en este campo no es posible trabajar sin el informe de victimología.

—Pues no lo tenemos —respondió D.D. rotundamente—, de manera que volved a intentarlo.

—Sabía que dirías eso —murmuró Sinkus suspirando y metiéndose las manos en los bolsillos—, así que he tenido una idea.

—Pues suéltala.

—Tengo una cita mañana para entrevistar a George Robbards, antiguo secretario de la comisaría de Mattapan. Procesó todos los informes de incidentes entre 1972 y 1998. Creo que si hay alguien que conoce el área y tiene buenas referencias sobre las actividades y la gente que llamaban la atención de la policía, aunque no pudieran empapelarlos, ha de ser él.

—¡Diablos, Roger, es una idea brillante! —exclamó D.D., que se había quedado muda de sombro.

Él sonrió tímidamente, con las manos en los bolsillos.

—Lo cierto es que ha sido idea de mi mujer. Lo bueno de tener un recién nacido es que mi esposa siempre está despierta cuando llego a casa, de manera que, qué narices, hablamos. Se acordó de que una vez le dije que los secretarios eran los verdaderos cerebros de la comisaría de policía. Todos vamos y venimos, pero los secretarios siempre siguen ahí.

Eso era verdad. Un poli puede pasar tres o cuatro años en la misma comisaría. Pero los secretarios prestan sus servicios durante décadas.

—De acuerdo —respondió D.D. con tono enérgico—. Me gusta, es el tipo de idea que necesitamos. Estoy incluso dispuesta a perdonarte la falta de documentación ahora si me pasas la transcripción de la entrevista mañana en cuanto esté. Me han hablado bien de Robbards y, considerando que tenemos seis cuerpos en el mismo lugar, hay que asumir que buscamos a un sujeto que estuvo activo en la zona durante años. Me gustaría saber qué piensa Robbards al respecto. Interesante.

D.D. cogió sus copias de los informes e hizo con ellas una pila ordenada.

—De acuerdo, equipo, esto es lo que hay: llevamos una investigación-ametralladora. Tenemos que llenar el área de balas y rezar por que alguna acierte. Sé que es cansado, doloroso, un caos, pero nos pagan por hacer este trabajo. Nos quedan —dijo mirando su reloj— siete horas y contando. De manera que id, descubrid algo brillante e informad a las siete en punto de la mañana. El primero que me traiga algo que podamos usar para los comunicados a la prensa se puede ir a casa a dormir.

Empujó la silla hacia atrás y empezó a levantarse, pero, en el último momento, se detuvo y los miró con expresión grave.

—Todos hemos visto a esas niñas —dijo con voz áspera—. Lo que les pasó… —Movió la cabeza, incapaz de seguir, y los chicos sentados alrededor de la mesa apartaron la mirada, incómodos. Los detectives de homicidios veían mucha mierda, pero los casos que involucraban a niños siempre resultaban especialmente desgarradores.

—Me gustaría enviarlas a casa. Han pasado treinta años y es demasiado tiempo. Es… muy triste para todos nosotros, de modo que vamos a solucionar esto, ¿os parece? Sé que todo el mundo está cansado y estresado. Pero debemos avanzar. Vamos a conseguirlo. Vamos a devolver a esas niñas a sus familias. Vamos a perseguir al hijo de puta que ha hecho esto hasta el fin del mundo, vamos a demostrar que es culpable y a hacerle pagar por sus actos. ¿Os parece buen plan? Estaba segura.

D.D. se apartó de la mesa y se dirigió a la puerta.

Se hizo el silencio durante un minuto. Luego, uno a uno, los detectives volvieron al trabajo.

10

Bobby encontró a D.D. en su despacho. Estaba inclinada sobre la pantalla de su ordenador repasando una lista de nombres con un lapicero que aferraba en la mano. Revisaba la lista a tal velocidad que a Bobby le pareció improbable que pudiera estar leyendo nada. Puede que solo quisiera parecer ocupada por si alguien, como él sin ir más lejos, se pasaba por ahí.

—¿Qué? —preguntó ella enseguida.

—He recibido una llamada.

D.D. dejó de leer, se enderezó y le miró.

—Creía que no eras mi lacayo.

—Creía que eras mi amiga.

—Bobby, ¡eres un cerdo!

El insulto le hizo sonreír.

—Hasta ahora no me había dado cuenta de lo mucho que te he echado de menos. ¿Puedo pasar o debería llevar un ramo de rosas?

—¡A la mierda las rosas! Lo que sigo queriendo es un sándwich de carne decente —respondió ella, aunque su voz había perdido el tono cortante. Señaló con la mano el asiento vacío que había enfrente de ella. Él se lo tomó como una invitación y se dejó caer en la silla ejecutiva de respaldo alto. D.D. se apartó del ordenador. Tenía muy mal aspecto, con grandes bolsas moradas bajo los ojos y las uñas mordidas. Cuando se viera en la tele se iba a enfadar.

—¿Catherine manda saludos? —preguntó D.D. secamente.

—No exactamente, pero estoy convencido de que estuvo pensando en lo mucho que ama a la policía de Boston durante todo el rato que estuvimos hablando.

—¿Qué te ha dicho?

—En un minuto.

—¿En un minuto? —replicó ella con la ceja enarcada.

—Tengo más novedades. Venga, D.D., ¡dame un respiro! Tras tantas horas de trabajo me vendrían bien unos preliminares.

Los labios de D.D. esbozaron un inesperado principio de sonrisa. Por un momento, Bobby se sorprendió pensando de nuevo en los viejos buenos tiempos, sobre todo en el ámbito que mejor se les había dado… Se llamó al orden, se enderezó rápidamente y consultó su bloc de notas.

—Ehhh…, he buscado a Russell Granger para comprobar la historia de Annabelle.

La sonrisa de D.D. se esfumó. Suspiró y se inclinó hacia delante apoyando los codos en las rodillas. Habían vuelto al trabajo.

—¿Me va a gustar este informe? Y, lo más importante, ¿podré utilizarlo en la rueda de prensa?

—Es posible. Russell Granger puso una denuncia en la comisaría de policía en agosto de 1982; fue la primera de las tres que presentó hasta el mes de octubre. Esa primera fue por allanamiento. Granger había oído a alguien rondando por su jardín en medio de la noche. Declaró que había salido y había oído a alguien escapar corriendo. Cuando había ido a ver por la mañana, había encontrado huellas de barro por todo el perímetro. Un par de agentes fueron a hablar con él y tomaron nota de su relato, pero no había gran cosa que se pudiera hacer. No se había cometido delito alguno y no había descripción del sujeto. Archivaron la denuncia. «Llámenos si vuelve a tener problemas, señor Granger, bla-bla-bla».

Puso la segunda denuncia el 8 de septiembre. Esta vez se trataba de un acosador. Fue Granger quien llamó, pero de parte de una vecina anciana, Geraldine Watts, que juró que había visto a un joven, que intentaba pasar desapercibido, dando vueltas alrededor de la casa de los Granger y mirando por una de las ventanas. Enviaron inmediatamente a dos agentes, Stan Jezukawicz y Dan Davis, a los que llamaban cariñosamente Stan-Dan. Hablaron con la señora Watts, que describió a un varón blanco, de aproximadamente un metro ochenta o metro ochenta y cinco de estatura, pelo oscuro, de aspecto «desaliñado», vestido con vaqueros y camiseta gris. No pudo verle la cara. Cuando estaba llamando por teléfono al señor Granger, el sujeto salió corriendo calle abajo.

—¿Dónde vivía la señora Watts?

—Al otro lado de la calle, justo enfrente de los Granger. El asunto es que la ventana por la que miraba era la de Annabelle, la hija de siete años de los Granger. Según Stan-Dan, el señor Granger se agitó mucho. Al parecer, en los últimos meses habían aparecido pequeños «regalos» en su porche. Un caballito de plástico, una pelotita de goma de color amarillo, una canica azul, ya sabes, cosas para niños. El señor Granger y su esposa habían supuesto que alguno de los niños de la manzana se había enamorado de Annabelle y jugaba a ser su admirador secreto.

—Oh, mierda —dijo D.D.—, el guardapelo. Envuelto en una tira cómica de *Snoopy*, ¿no fue eso lo que dijo Annabelle?

—Sí. Stan-Dan toman nota y comienzan a interrogar a todos los vecinos con la colaboración de Granger. Hablan con muchos niños que afirman no tener ni idea de a qué se refieren. El señor Granger se empieza a preocupar mucho. Está convencido de que el acosador es el admirador secreto, lo que significa que un adulto está acechando a su hija. Exige protección policial inmediata, sin escatimar medios. Stan-Dan le tranquilizan. Una vez más, no se ha cometido ningún delito, ¿entiende? Y puede que el admirador secreto realmente sea un compañero de colegio de Annabelle. Prometen comprobarlo.

»Stan-Dan se van y escriben su informe. Lo envían a un detective para que lo valore, pero, de nuevo, ¿de qué delito hablamos? Hay que decir que Stan-Dan son concienzudos. Van al colegio y consiguen que el director les permita hablar con los compañeros de clase de Annabelle. Desgraciadamente no sacan nada de esas «entrevistas»; si el «admirador secreto» es un compañero de Annabelle, está demasiado asustado como para confesarlo.

»Se archiva el informe y el caso languidece. ¿Qué pueden hacer? Hay registro de un par de llamadas más de Granger pidiendo respuestas, pero nadie tiene mucho que decirle. "No baje la guardia, llámenos si vuelven a tener problemas, bla-bla-bla".

»19 de octubre, 11:05 de la noche. El señor Granger llama a la policía pidiendo ayuda inmediata. Hay un intruso en su casa. Envían cuatro coches al vecindario. Stan-Dan lo oyen por la radio y también van volando, preocupados por la familia.

»Parece la escena de una película de mafiosos cuando llegan. Granger está en su porche, en pijama, con un bate de béisbol en la mano. Casi consigue que le disparen los primeros agentes que aparecen, hasta que llegan Stan-Dan y lo aclaran todo. Dan anota en su informe que Granger no tiene buen aspecto. Se le ve cansado y algo errático. Al parecer no duerme bien; desde el último "incidente" se ha pasado la mayoría de las noches "vigilando".

»Se da también el caso de que Granger ha dicho una mentirijilla. Cuando le presionan un poco, confiesa que no había entrado nadie en el domicilio, sino que había vuelto a oír ruidos fuera. Pensó que, si decía la verdad, la policía no le haría caso, así que decidió exagerar un poco. A la mayoría de los agentes el asunto no les hace ninguna gracia, pero, una vez más, Stan-Dan se sienten obligados. Inspeccionan el perímetro buscando signos de violencia. Ven algunos cambios en el jardín. El señor Granger ha arrancado los arbustos que había cerca de la casa y ha talado dos árboles. El jardín ahora está despejado, no quedan muchos lugares donde esconderse. Los dos creen que esto resulta un poco paranoico, hasta que se acercan a la ventana de Annabelle: hay profundos arañazos en la madera, bajo el marco. Se trata de marcas recientes, hechas con algún tipo de utensilio, como las que deja una palanca. Alguien había intentado entrar en la casa.

—Pero ¿Annabelle estaba bien? —le interrumpió D.D. con el ceño fruncido.

—Perfectamente. Ya no dormía en su habitación. El señor y la señora Granger habían tomado la decisión de cambiarla a su propio dormitorio tras el incidente con el acosador. La niña no se enteró de ninguno de los tres incidentes. En cuanto a la esposa, no tengo ni idea. Los agentes no la interrogaron. Parece que Granger fue el único que habló con ellos. La señora Granger siempre permaneció dentro de la casa con Annabelle.

D.D. puso los ojos en blanco. Él sabía lo que estaba pensando: mal trabajo policial. Deberían haber hablado con ambos esposos, por separado, y también con la niña, aunque tuviera siete años. Pero ¿qué podían hacer veinticinco años después?

—Al ver las marcas —continuó Bobby—, Stan-Dan hacen un sondeo puerta por puerta por el vecindario. Cuando llegan a casa de la señora Watts, la mujer que había llamado para denunciar al acosador, esta parece realmente nerviosa. Resulta que no ha estado durmiendo bien porque los ratones del desván hacen mucho ruido.

—¿Los *ratones*?

—Eso mismo piensan Stan-Dan antes de subir volando las escaleras. En el desván encuentran un «nido»: un saco de dormir usado, una linterna, un abrelatas, botellas de agua y, escucha bien, un cubo de plástico vacío con capacidad para unos dieciocho litros que, obviamente, hacía las veces de letrina.

—Por favor, dime que tenemos ese cubo en el archivo de pruebas.

—No ha habido tanta suerte. Intentaron tomar huellas y, por tanto, deberíamos tener una copia en nuestros registros, pero el caso es que no había huellas.

—Dios. ¿No hay nada que vaya a salir bien en esta investigación?

—No. Desde el principio ha sido un «jodido más allá de todo reconocimiento», como dicen los militares. Evidentemente, la señora Watts se pone histérica cuando se entera de que alguien ha estado durmiendo en su desván. Pero eso no es nada comparado con la reacción de Russell Granger, que prácticamente exige un despliegue de la Guardia Nacional para protegerlo a él y a su familia. La cosa se agrava cuando los detectives registran el «nido» y encuentran una pila de fotos hechas con una cámara Polaroid: Annabelle saliendo para ir al colegio; Annabelle en el recreo; Annabelle jugando a la rayuela con su mejor amiga, Dori Petracelli…

D.D. cerró los ojos.

—De acuerdo, ve al grano.

Bobby se encogió de hombros.

—La policía no podía hacer nada. No había descripción del hombre y, en cuanto a Annabelle, no había delito. Estamos en 1982, antes de las leyes contra el acoso. Vuelven al colegio de Annabelle, interrogan a los conductores de los autobuses, conserjes, profesores varones, cualquiera que se haya relacionado con Annabelle y pueda haber desarrollado cierto «apego» por ella. Trabajan en el escenario de la casa de la señora Watts. En un primer examen no encuentran huellas ni prácticamente nada. Los detectives empiezan a buscar frenéticamente a un vagabundo pedófilo que tenga debilidad por acosar a niñas pequeñas y vivir en el desván de una anciana. Visitan psiquiátricos, comedores de caridad: la ronda habitual en busca de pervertidos. En aquellos días las investigaciones se movían fundamentalmente en el ámbito local y eso no los llevó a ninguna parte.

»Mientras, Granger enloquece. Acusa a los policías de no tomarse interés. Acusa a sus vecinos de alojar a sabiendas a pervertidos. Acusa al fiscal de distrito de ser personalmente responsable del futuro asesinato de su hija de siete años. Un día, los agentes vuelven a casa de los Granger para hablar con ellos y no hay nadie. Una semana después el fiscal de distrito recibe una llamada de Granger, en la que le dice que se ha mudado porque el estado de Massachusetts se niega a proteger a su hija. Granger cuelga antes de que puedan hacerle preguntas y eso es todo. El departamento mantiene las patrullas en el barrio una o dos semanas, pero nadie vuelve a ver nada ni a informar de nada. De manera que el caso muere de muerte natural, como es habitual en esas circunstancias.

—Espera un momento. ¿Dónde está la maldita lista? Hoy nos hemos enterado de que Dori Petracelli desapareció el 12 de noviembre, unas semanas después de aquellos sucesos. ¿No debería haberle sorprendido a alguien?

—Dori no desapareció de su casa. Se desvaneció en el aire cuando estaba visitando a sus abuelos en Lawrence. Otra jurisdicción, otras circunstancias. Parece que el departamento de Lawrence pidió una copia del informe policial sobre la casa de Geraldine Watts, pero no los llevó a ninguna parte. Recuerda que no había huellas dactilares, ni descripciones físicas detalladas en ese informe. Creo que en Lawrence echaron un vistazo por encima al incidente de Granger y luego, al ver que no había nada sólido en lo que hincar el diente, se centraron en su propio caso.

D.D. se recostó en la silla.

—Mierda. Crees que Annabelle era el objetivo principal y que Dori fue un premio de consolación.

—Algo así.

—¿Y eso dónde nos deja?

—Hoy somos veinticinco años más sabios. Mira —dijo Bobby inclinado hacia atrás con las manos detrás de la nuca—. No quiero criticar a Stan-Dan. He repasado su informe y dedicaron a Granger más tiempo del que le hubieran brindado otros agentes. Creo que su problema fue que no eran cazadores. Subieron al desván, vieron un nido. En cuanto lo denominaron así todo el mundo vio un nido, lo que, unido a la descripción del sujeto como «desaliñado», condujo las investigaciones por cierta vía. Es una de las razones por las que desecharon que hubiera conexión alguna entre este caso y el de Dori Petracelli. Según los informes, el secuestrador de Dori conducía una furgoneta blanca. Pero nadie pensó que el acosador de la calle de Annabelle tuviera un vehículo o dispusiera de ese tipo de recursos.

—Buscaban a un sintecho, a un enfermo mental.

—Exacto. Pero yo en el desván no veo a un vagabundo buscando refugio. Desde la perspectiva de un francotirador, se trataba de un puesto de caza. Parece un punto de vigilancia magnífico, a tres pisos de altura y justo enfrente del objetivo. El tipo tiene un techo sobre su cabeza, un saco de dormir, aperitivos por si le entra hambre y un cubo para hacer sus necesidades. Es perfecto. La caza es espera. El tipo se había montado el tinglado perfecto para esperar mucho tiempo.

—Premeditación —dijo D.D. suavemente.

—Cálculo —corrigió Bobby—. Es astuto. El tipo, el acosador, ya lo había hecho antes.

—¿Puede que cinco veces?

—Sí. —Bobby asintió con la cabeza en silencio—. Quizá. En mi opinión, Annabelle Granger estaba en el punto de mira de un pedófilo sofisticado que probablemente ya había secuestrado antes al menos a otra chica. Y si su padre no hubiera resultado ser un cabroncete paranoico, tal vez habría sido el cuerpo de Annabelle el que habría acabado en el pozo, en vez del de Dori Petracelli. Annabelle Granger pudo escapar; Dori no tuvo tanta suerte.

D.D. se pasó la mano por la cara.

—¿Tenemos la certeza de que esto ocurrió en 1982? ¿No existe ni la más mínima posibilidad de que todos los investigadores implicados se equivocaran en la fecha?

—Era 1982.

—¿Y estás seguro, totalmente seguro, de que ese año Richard Umbrio ya estaba encarcelado en Walpole?

—Sí. Busqué la fecha en diversos informes. Umbrio no era el acosador, D.D. No se trata solo de comparar fechas. Mira el *modus operandi*. Umbrio era un depredador oportunista. Ver y tomar. Hola, pequeña, ¿me ayudas a buscar a mi perro?

Esto es algo mucho más elaborado, ritualizado. Hablamos de una especie de pirado totalmente distinta.

—Pero usó una cámara subterránea —explotó D.D.—. Y, además, está el parecido físico entre Annabelle Granger y Catherine Gagnon. No me convencerás de que es pura coincidencia.

—Hay otras opciones. Podría ser un imitador. En agosto de 1982 el juicio de Umbrio ya había acabado hacía tiempo y los detalles del secuestro se habían hecho públicos. Puede que alguien los encontrara «inspiradores».

—Pero las fotos de las víctimas no se hacen públicas, sobre todo si son niños —respondió D.D.—. De manera que, una vez más, ¿cómo explicas el parecido físico entre Annabelle y Catherine?

—Las fotos no se hacen públicas durante el juicio, pero se daría la descripción de Catherine en los medios cuando desapareció. Y esa búsqueda duró cuatro semanas.

—Humm —murmuró D.D. mordiéndose el labio inferior mientras digería la información.

Bobby retiró las manos de detrás de su nuca.

—Umbrio no hablaba mucho. Nunca proporcionó voluntariamente información a la policía sobre lo que hizo, ni siquiera cuando lo encontraron. De manera que es posible que hubiera otras víctimas y/o que contara con ayuda.

—¿Un cómplice que nunca fue identificado?

—Sí. Umbrio apenas tenía veinte años cuando lo arrestaron, él mismo era un crío. A veces dos mentes juveniles enardecidas…

—Klebold y Harris.

—Ocurre. También me pregunto si no tendrá que ver con compañeros de celda o amigos por correspondencia. A los pedófilos les gustan las redes. Piensa en todos los grupos que hay en internet y en los círculos de «niños esclavos sexuales» que se han descubierto en el ámbito internacional. A los pedófilos les gusta chatear más que a otros maniacos homicidas. Umbrio entró en prisión con una reputación de delincuente brillante y creativo. Puede que alguien fuera a verle allí.

—Esto se pone mejor por momentos. —D.D. frunció el ceño—. Creía que tenías algo para mi rueda de prensa. ¿Qué demonios puedo decir a los periodistas?

Bobby levantó una mano para tranquilizarla.

—Hay una última cosa que debemos tener en cuenta. No es científico, pero no podemos descartarlo: el instinto policial. Lo notaste en cuanto entraste en la cámara. Yo también. El caso de Catherine Gagnon está vinculado, de alguna forma, a los sucesos de Mattapan. No puedo sentirlo ni tocarlo, pero sé que es así y tú también. De ahí que la llamada de Catherine sea tan importante.

D.D. se animó de repente. La esperanza le hacía parecer casi fuera de sí.

—¿Catherine va a volver a Massachusetts? ¿Va a hablar con nosotros? ¡Por fin podremos arrestarla por haber propiciado el asesinato de su marido!

—Mmmm, no exactamente. Su respuesta a mi propuesta de que volviera a Massachusetts resulta, digamos, anatómicamente imposible de cumplir. Tenemos que ir a verla nosotros.

—¡Qué bien! Dos detectives volando a Arizona. A los peces gordos les va a encantar.

—Bah —respondió Bobby con un leve movimiento de cejas—. No van a poner pegas en cuanto expliques a la prensa que has hecho grandes avances en el caso y que pronto vas a interrogar no a uno sino a dos testigos.

Bobby se levantó y fue hacia la puerta. Era el momento de darse a la fuga, pero, por desgracia, no fue lo suficientemente rápido.

—¿A qué te refieres con dos testigos? —gritó D.D. tras él—. Catherine Gagnon solo es uno.

—Ah, ¿no te lo había dicho? Vendrá también Granger. A cambio de su cooperación, Catherine exige conocer a Annabelle.

11

Bobby tuvo suerte en el edificio de apartamentos del North End; uno de los residentes salía cuando él empezaba a subir los escalones que conducían al portal. El hombre, de treinta y tantos años, miró los pantalones verde oliva de Bobby, su camisa y su chaquetón deportivo azul de *tweed* y le sostuvo la puerta cortésmente. Bobby terminó de subir corriendo las escaleras, sujetó la pesada puerta principal y le dio las gracias. Los profesionales urbanos eran adorables, se fiaban automáticamente de cualquiera que fuera vestido como ellos.

Bobby revisó los buzones hasta que encontró el nombre que buscaba. Última planta, sin ascensor. ¿No era de esperar? Aunque, pensándolo bien, trepar por esa angosta escalera probablemente sería lo más parecido a hacer ejercicio que iba a practicar. Inició el ascenso pensando en aquellos buenos viejos tiempos en los que formaba parte de una unidad táctica de élite que sabía cómo hacer una buena entrada. Se arrastraban entre humo, se tiraban desde helicópteros y reptaban por los pantanos. Lo único que veías era al objetivo ante ti. Lo único que oías eran los gruñidos de tu compañero de equipo a tu lado.

Cuando paró en el tercer piso comenzó a notar los efectos de la falta de sueño. Rebajó el ritmo y empezó a jadear. Al llegar al cuarto se tuvo que limpiar el sudor de la frente. Definitivamente ya era el momento de llevar su triste trasero a un gimnasio.

En el quinto vio al fin la puerta del apartamento, lo que probablemente le ahorró el bochorno de desmayarse. Se detuvo en el último escalón, luchando por respirar. Cuando por fin echó a andar por el rellano, oyó a un perro gemir nervioso al otro lado de la puerta, incluso antes de llamar. Dio unos suaves golpes con los nudillos. Inmediatamente, el perro se lanzó contra la puerta, gruñendo y arañándola furioso.

Se oyó una voz femenina dentro.

—¡Bella, abajo! ¡Bella, para! ¡Oh, por Dios!

La puerta no se abrió por arte de magia. No esperaba que lo hiciera. Oyó cómo se deslizaba la tapa de metal sobre una mirilla antigua. La mujer lo saludó casi tan amable y cálidamente como su perro.

—¡Oh, mierda! —exclamó Annabelle Granger.

—Detective Bobby Dodge —contestó él cortésmente—. Me gustaría hacerte unas preguntas.

—¿Qué demonios está haciendo aquí? Yo no le he dado mi dirección.

—Bueno, soy detective.

Recibió el silencio por respuesta. Él le enseñó su número de teléfono.

—Guía inversa. Metí tu número y, *voilà,* apareció tu nombre y dirección. Un milagro tecnológico, ¿verdad?

—No puedo creer que no me hablara del pozo —gritó ella desde el otro lado de la puerta—. ¿Cómo pudo estar sentado delante de mí, pidiéndome información sin descanso, y ocultarme ese tipo de detalles? Sobre todo, cuando supo que una de esas chicas podía ser mi mejor amiga.

—Creo que has estado viendo las noticias.

—Yo y todo Boston, cabrón.

Bobby extendió las manos. Le resultaba difícil negociar con una puerta de madera maciza, pero hizo lo que pudo.

—Mira, estamos en el mismo bando. Queremos saber qué le ocurrió a tu amiga y encontrar al hijo de puta que lo hizo. Teniendo eso en cuenta, ¿crees que me puedes dejar pasar?

—No.

—Como quieras —respondió metiendo la mano en el bolsillo de su chaquetón y sacando su minigrabadora, un bloc de notas y su bolígrafo—. De manera que...

—¿Qué cree que está haciendo?

—Tengo que hacerte unas preguntas.

—¿En medio del rellano? ¿Qué hay de la privacidad?

—¿Qué hay de la hospitalidad? —preguntó él encogiéndose de hombros—. Tú fijas las reglas, yo me limito a jugar aplicándolas.

—¡Por Dios bendito!

Hubo un sonido metálico cuando descorrió dos pesados cerrojos de acero. Luego el ruido de la cadena al soltarla airadamente. Por último, un golpe más resonante cerca del suelo. Annabelle Granger se tomaba la seguridad de su casa muy en serio. Sentía curiosidad por saber si una costurera profesional de cortinas había logrado crear una atmósfera acogedora a pesar de los barrotes de hierro que, sin duda, habría en sus ventanas.

Annabelle abrió la puerta de golpe. Hubo un relámpago blanco y, a continuación, un perro de patas largas se lanzó sobre las rodillas de Bobby ladrando con fuerza. Annabelle no hizo nada para contener al animal. Lo miró con ojos entrecerrados, como si fuera la prueba final.

Bobby alargó una mano. El perro no le mordió. Se limitó a dar vueltas alrededor de sus piernas. Bobby intentó seguir su movimiento con la mirada y se mareó.

—¿Perro pastor?

—Sí.

—¿Border collie?

—Esos son blancos y negros.

—Pastor australiano.

Ella asintió con la cabeza.

—¿Tiene nombre?

—Bella.

—¿Crees que dejará de ladrar en algún momento?

Ella se encogió de hombros.

—¿Empieza ya a estar sordo?

—Casi.

—Pronto, entonces.

Bobby introdujo un pie en el apartamento con cautela. Bella se restregaba contra la parte trasera de sus piernas, empujándole juguetona. Cuando terminó de entrar en el apartamento, Annabelle cerró la puerta. Volvió a echar el doble cerrojo, el del suelo y la cadena. Por fin, Bella dejó de dar vueltas y empezó a ladrar ante él. Bonita perra, pensó; con dientes muy largos y afilados.

Cayó el último cerrojo de acero y, como si alguien hubiera dado a un interruptor, Bella se calló. Soltó un último resoplido y trotó hacia la pequeña zona de estar, serpenteando entre pilas de tela, antes de dejarse caer sobre una cama de perro medio oculta. En el último momento le miró fijamente con un ojo, como para advertirle de que aún le prestaba atención, luego suspiró, apoyó la cabeza sobre las patas y se durmió.

—Buen perro —murmuró Bobby, impresionado.

—En realidad, no —dijo Annabelle—, pero nos entendemos. A ninguna de las dos no gustan las visitas inesperadas.

—Yo también soy un solitario.

Bobby se adentró en el apartamento, intentando ver lo más posible, ahora que tenía la ocasión. Primeras impresiones: una sala de estar, pequeña y con poco espacio, que llevaba a un dormitorio, pequeño y con poco espacio. La cocina tenía el tamaño del armario de su dormitorio, estrictamente utilitaria, con sencillos armaritos blancos y encimeras de formica barata. La salita era algo más grande y en ella había un sofá verde aterciopelado de dos plazas, un sillón de lectura enorme y una pequeña mesa de madera, que también hacía las veces de espacio de trabajo. Las paredes estaban pintadas de amarillo dorado. Había dos enormes ventanales de más de dos metros de altura cubiertos con estores festoneados de tela con motivos de girasoles.

Cualquier otro aspecto de la habitación quedaba oculto por pilas de telas. Rojas, verdes, azules, doradas, floreadas, de rayas, a cuadros, pastel. Seda, algodón, lino, chenilla. Bobby no sabía gran cosa de ese tema, pero creía que no debía de haber tela en el mundo que no se encontrara en esa habitación.

Y también cordones y adornos de tapicería, que descubrió cuando pasó delante de la encimera de la cocina y pudo ver que, por el otro lado, estaba decorada con hileras de borlas.

—Muy hogareño —comentó, y, a continuación, señaló las ventanas—. Mucha luz también. Debe de ser importante en tu profesión.

—¿Qué quiere?

—Ahora que lo dices, un vaso de agua estaría muy bien.

Annabelle apretó los labios, pero se dirigió a la pila y abrió el grifo.

Esa mañana iba vestida con ropa informal. Pantalones de deporte negros de tiro bajo y una camiseta gris de manga larga que acababa justo por encima de la cintura. Llevaba el cabello negro recogido en una cola de caballo suelta e iba sin maquillar. De nuevo le sorprendió su semejanza con Catherine, aunque le costaba imaginar dos mujeres que resultaran más diferentes.

Catherine era un paquete cuidadosamente envuelto, una mujer que acentuaba su atractivo sexual y lo usaba como un arma. Annabelle, en cambio, era un anuncio de chic urbano. Cuando bruscamente puso en su mano el vaso de agua medio lleno, no pensó tanto en sexo como en que igual le daba una patada en el culo. Ella cruzó los brazos sobre su pecho y él finalmente lo comprendió.

—Boxeo.

—¿Qué?

—Eres boxeadora. —Bobby inclinó la cabeza hacia la derecha—. ¿El gimnasio Tony's?

Ella soltó un bufido.

—Como si fuera a entrenar con ese montón de músculos con cabeza hasta arriba de testosterona. Lee's. Especializado en *kick boxing*.

—¿Te va bien?

Ella miró su reloj.

—Oiga, si no ha acabado con sus preguntas en quince minutos, va a averiguarlo.

—¿Te muestras tan irritable con todos los polis o es que yo soy especial?

Le dirigió una mirada gélida. Él suspiró y decidió poner manos a la obra. Al parecer, Russell Granger había contagiado a su hija su profundo amor por los servidores de la ley. Bobby dejó el vaso y abrió su bloc de notas.

—Me he enterado de parte de lo que ocurrió en el otoño de 1982 —dijo levantando la mirada, expectante, esperando encontrar un destello de interés en sus ojos, cierta dulcificación de sus rasgos. Nada—. Al parecer, un tipo, un sujeto no identificado, un SNI lo llamamos en lenguaje policial, se empezó a interesar por ti. Comenzó a dejar pequeños regalos en tu casa. Lo descubrieron allanando vuestra propiedad en la oscuridad. Hasta intentó entrar en tu dormitorio.

»Tu padre llamó a la policía en varias ocasiones. La tercera vez descubrieron que se había estado ocultando en el desván de una vecina, al otro lado de la calle, desde donde, al parecer, te observaba. Hallaron fotografías, hechas con una Polaroid, y notas con tus actividades y horarios, ese tipo de cosas. ¿Algo de esto te resulta familiar?

—No —respondió en tono aún beligerante, pero había dejado caer los brazos y su expresión parecía menos segura—. ¿Qué hizo la policía?

—Nada. En 1982, acosar a una niña de siete años no era delito. Raro, sí, pero no un delito.

—¡Eso es ridículo!

—Al parecer tu padre pensó lo mismo, porque semanas después del último incidente tu familia desapareció. Y semanas después de vuestra marcha —prosiguió Bobby con voz más suave— raptaron a Dori Petracelli del jardín de sus abuelos en Lawrence y nunca la volvieron a ver. ¿Estás segura de que no lo sabías?

—Lo busqué en internet anoche —dijo en tono cortante—. Pensé que no iban a ayudarme. Los detectives buscan respuestas a sus propias preguntas, no a las de otras personas. De manera que me he informado.

Bobby esperó. No tuvo que hacerlo mucho rato.

—¿Ha visto la foto que pusieron en los carteles de búsqueda cuando desapareció? Ya sabe, los que colgaron por toda la ciudad.

Él negó con la cabeza.

—Venga aquí.

Annabelle cruzó el espacio abruptamente, rozándole al entrar en la sala de estar. Bobby vio un pequeño portátil enterrado bajo una pila de papeles. Ella los tiró al suelo, abrió la tapa y la pantalla del ordenador cobró vida. Solo le llevó unos cuantos clics por internet y la foto de Dori Petracelli cubrió toda la pantalla. Él no lo veía. Annabelle se lo tuvo que señalar.

—Mírele el cuello. Es el guardapelo. Lleva mi guardapelo.

Bobby entrecerró los ojos y se acercó. Era una foto en blanco y negro borrosa, pero, mirando de cerca... Suspiró. Si aún le quedaba alguna duda, esto acabó con ella.

—En la página web se dice que la foto se tomó una semana antes de la desaparición de Dori —dijo Annabelle en voz baja—. Su foto más reciente, ya sabe. —Su voz cambió, se hizo más tensa—. Seguro que le gustó. Apuesto a que lo excitó. Ver las noticias, mirar su foto con el guardapelo, las peticiones de que la devolvieran sana y salva. A los SNI les gusta seguir sus casos, ¿no? Les gusta ver lo listos que han sido. Cabrón.

Le dio la espalda y paseó un poco de forma errática por la habitación.

Bobby se enderezó más lentamente sin dejar de mirarla.

—¿Qué recuerdas, Annabelle?

—¡No me llame así! ¡No debe usar mi nombre real! Me llamo Tanya. ¡Llámeme Tanya!

—¿Por qué? Han pasado veinticinco años. ¿A qué sigues teniéndole miedo?

—¿Cómo demonios quiere que lo sepa? Había conseguido hacerme a la idea de que mi padre bailaba al son de un batería paranoico. Usted es quien viene ahora diciendo que sus miedos tenían fundamento. ¿Qué debo pensar? Un hombre me acosaba y ni siquiera me enteré. Luego me fui y él... raptó a mi mejor amiga y...

Dejó de hablar, no podía seguir. Tenía una mano sobre la boca y con el otro brazo se protegía la cintura. Bella levantó la cabeza en su cesta de perro, meneó el rabo y gimió.

—Lo siento, chica —susurró Annabelle—, lo siento.

Bobby le dio un minuto. Ella recobró la compostura elevando la barbilla y cuadrando los hombros. Él no lograba entender a su padre; de hecho, se le ocurrían un montón de preguntas sobre el padre. Pero Russell Granger parecía haber educado bien a su hija. Veinticinco años después era una chica dura.

Sonó el timbre y ella pegó un salto.

—¿Qué...? —murmuró nerviosa—, no suelo recibir muchas... —prosiguió avanzando rápidamente hacia las ventanas con vistas a la calle para ver quién llamaba. Bobby ya había metido la mano en el chaquetón y sus dedos descansaban en la culata de la pistola, contagiado por su nerviosismo. De repente el episodio terminó tan rápido como había empezado. Annabelle miró, vio la furgoneta de la mensajería UPS y sonrió relajando sus hombros, aliviada.

—Bella —dijo—, es tu novio.

Annabelle fue a abrir los cerrojos mientras Bella pateaba, frenética, la madera.

—¿Su novio? —preguntó Bobby.

—Ben, el repartidor de UPS. Hay algo entre Bella y él. Yo hago un pedido, él lo entrega, ella recibe galletitas. Sé que los perros son daltónicos, pero, si Bella pudiera ver un arcoíris, su color favorito seguiría siendo el marrón.

Annabelle había descorrido al fin los cerrojos. Abrió la puerta y a punto estuvo de ser derribada por la perra.

—Vuelvo enseguida —dijo Annabelle a Bobby por encima del hombro antes de desaparecer escaleras abajo detrás de Bella.

La interrupción dio a Bobby unos instantes para ordenar sus ideas y añadir datos a sus notas mentales. Se hacía una idea bastante aproximada de la vida que llevaba Annabelle. Aislada, preocupada por la seguridad. Sin horizontes. Compraba por catálogo o por internet. Su mejor amiga era su perra. Lo más parecido a un contacto humano que tenía era el repartidor de UPS que iba todos los días.

Puede que su padre hubiera hecho su trabajo demasiado bien.

Bella volvió, pisando fuerte, con aspecto satisfecho. Annabelle era algo más lenta subiendo las escaleras. Pasó el umbral con una caja del tamaño de su mesa en los brazos. Bobby intentó ayudarla, pero le rechazó con un gesto y depositó la caja en el suelo de la cocina.

—Telas —dijo sin ser preguntada, dando compungida una patada a la caja—. Gajes del oficio, me temo.

—¿Para un cliente o porque sí?

—Ambas cosas —admitió—. Siempre empieza siendo un pedido para un cliente, pero, antes de darme cuenta, ya he añadido dos rollos «porque sí». La verdad es que es una suerte que no viva en un sitio más grande, porque, si no, solo Dios sabe.

Él asintió y la miró mientras se acercaba al fregadero y se servía un vaso de agua. Parecía haber recuperado la compostura. Recoger el pedido le había dado la oportunidad de reagrupar sus defensas. Ahora o nunca, decidió.

—Verano de 1982 —dijo él—. Tienes siete años, tu mejor amiga es Dori Petracelli y vives con tus padres en Arlington. ¿Qué te viene a la cabeza?

Ella se encogió de hombros.

—Nada, todo, era una niña. Recuerdo cosas de niños. Ir a nadar a las instalaciones de la YMCA, jugar a la rayuela en la calzada. No sé. Era verano. Sobre todo, recuerdo haberlo pasado bien.

—¿Los regalos?

—Una pelota de goma. La encontré en el porche, en una pequeña caja envuelta en tiras cómicas del periódico del domingo. La pelota era amarilla y botaba mucho. Me encantaba.

—¿Tu padre dijo algo? ¿Te la quitó?

—No. La perdí porque rodó debajo del porche.

—¿Recuerdas algún otro regalo?

—Una canica. Azul. La encontré de forma similar y tuvo un destino parecido.

—Pero el guardapelo…

—El guardapelo enfadó a mi padre —reconoció—. Lo recuerdo bien. Pero nunca supe por qué. Creí que mi padre estaba siendo estricto, no protector.

—Según los informes, tras el segundo incidente, empezaste a dormir en el cuarto de tus padres por las noches. ¿Te despierta eso algún recuerdo?

Frunció el entrecejo, realmente perpleja.

—Algo pasaba en mi cuarto —dijo lacónicamente frotándose la frente—. ¿Había que pintarlo? ¿Mi padre iba a arreglar… algo? La verdad es que no me acuerdo. Algo estaba mal, había que arreglarlo. De manera que, durante un tiempo, dormí en el suelo de su dormitorio. La familia de acampada, dijo mi padre. Hasta pintó estrellas en el techo. La verdad es que me gustó mucho.

—¿Alguna vez te sentiste amenazada, Annabelle? ¿Pensaste que te observaban? ¿Se te acercó un desconocido? ¿Te ofreció un chicle o caramelos? ¿Te invitó a dar una vuelta en su coche? ¿El padre de alguna amiga del cole te hizo sentir incómoda? ¿Algún profesor se acercaba demasiado?

—No —respondió inmediatamente con firmeza—, creo que me acordaría. Claro que eso fue antes de la versión de mi padre de un campamento de seguridad, de manera que, si alguien se hubiera dirigido a mí… No sé. Puede que hubiera aceptado el caramelo. A lo mejor habría entrado en el coche. 1982 fue un buen año, ¿sabe? —Se frotó los antebrazos enérgicamente, luego añadió con tono inexpresivo—: Los días anteriores a que todo se fuera al infierno.

Bobby se quedó mirándola un rato, esperando a ver si decía algo más. Pero no parecía probable, se le habían acabado los recuerdos. No pudo decidir si la creía o no. Los niños eran sorprendentemente perceptivos. Ella vivía en medio de un gran drama en el vecindario, con agentes de policía uniformados llamando a su puerta tres veces en dos meses, ¿y no sospechó nada? ¿Era mérito de su padre, que hizo lo posible para proteger a su niñita, o indicaba algo peor?

Esperó hasta que ella levantó la mirada. La siguiente pregunta era la más importante y requería toda su atención.

—Annabelle —preguntó concisamente—, ¿por qué os fuisteis de Florida?

—No lo sé.

—¿Y de St. Louis, Nashville y Kansas City?

—No lo sé, no lo sé, no lo sé. —Alzó las manos, frustrada de nuevo—. ¿Cree que no me lo he preguntado? ¿Cree que no he sentido curiosidad? Cada vez que nos mudábamos pasaba noches y noches intentando averiguar qué había hecho mal. Qué había hecho que fuera tan malo. O qué amenaza era incapaz de ver. Nunca logré entenderlo. *Nunca* logré entenderlo. Cuando tenía dieciséis años y estaba en pleno uso de razón, mi padre sencillamente se volvió paranoico. Algunos padres ven demasiado fútbol. El mío sentía debilidad por las transacciones comerciales en efectivo y las identidades falsas.

—¿Crees que tu padre estaba loco?

—¿Le parece que la gente que desarraiga a su familia una vez al año y les da nuevas identidades está bien de la cabeza?

Él entendía su punto de vista, pero no estaba muy seguro de adónde les llevaba eso.

—¿Estás totalmente segura de que no conservas ninguna fotografía de tu infancia? Un álbum de fotos de tu antigua casa, de los vecinos, de los compañeros de colegio… Nos sería de gran ayuda.

—Todo se quedó en la casa. No sé qué fue de todo ello después.

Bobby frunció el entrecejo. Se le había ocurrido una idea y la anotó.

—¿Qué hay de familiares? ¿Abuelos, tías, tíos? ¿Alguien que tenga copias de tus fotos familiares y se alegre de saber que has vuelto?

Ella negó con la cabeza, aún sin mirarle a los ojos.

—No hay parientes, por eso fue tan fácil irse. Mi padre era huérfano, un producto de la Milton Hershey School de Pensilvania. Él decía que, gracias a su buen plan de estudios, pudo iniciar una carrera académica. En cuanto a mi madre, sus padres murieron poco después de mi nacimiento. Un accidente de coche o algo así. Mi madre no hablaba mucho de ellos. Creo que los echaba de menos.

»¿Sabe? —añadió abruptamente levantando la cabeza—, sí hay alguien que tendrá fotos: la señora Petracelli. Dori y yo vivíamos en la misma manzana, íbamos al mismo colegio y asistíamos a las mismas barbacoas en el vecindario. Puede que hasta tenga fotos de mi familia, nunca me paré a pensarlo. A lo mejor tiene una foto de mi madre.

—Es una magnífica idea.

—¿Se lo han contado? —preguntó con voz vacilante.

—¿A quién?

—A los Petracelli. ¿Les han notificado que ha aparecido Dori? Son terribles noticias, pero en estos asuntos la lógica no tiene cabida e imagino que lo agradecerán.

—Sí —respondió él en un murmullo—, en estos asuntos la lógica no tiene cabida… Pero no, aún no hemos hablado con ellos. Estamos esperando a que las pruebas forenses certifiquen la identidad. O, más probablemente, terminaremos pidiéndoles una muestra de ADN para comparar.

La contempló durante un momento y luego tomó una de esas rápidas decisiones por las que D.D. podría colgarle más tarde.

—¿Quieres saber lo que no se ha divulgado? Los restos están momificados, algo de lo que los periodistas aún no se han enterado. De manera que tardaremos un poco en tener información sobre cualquiera de los cadáveres.

—Quiero verlo.

—¿El qué?

—La tumba. El lugar donde encontraron a Dori. Quiero ir allí.

—No, no —respondió inmediatamente—, las escenas del crimen son solo para profesionales. No hacemos rutas turísticas. Los abogados, los jueces, D.D., fruncen el ceño cuando escuchan algo así.

Ella volvió a alzar la barbilla.

—No soy alguien más del público, soy una testigo potencial.

—Que admite que nunca vio nada.

—Puede que no me acuerde. Ir al lugar quizá me despierte algún recuerdo.

—Annabelle, hazme caso, no intentes visitar la escena de un crimen. Haz un favor a tu amiga: recuérdala como era a los siete años, cuando jugabais juntas. Es lo mejor que puedes hacer.

Cerró su bloc de notas, lo guardó en el bolsillo de su chaquetón y se bebió el agua que quedaba antes de depositar el vaso vacío en la pila.

—Una cosa —dijo de repente, como si se le acabara de ocurrir.

—¿Qué?

—No sé, quiero decir, Dori Petracelli desapareció en 1982. Todo el mundo confirma esa fecha. Pero lo más sorprendente es que este caso tiene cierto parecido con otro de 1980. Un hombre llamado Richard Umbrio secuestró a una niña de doce años y, fíjate bien, la tuvo retenida en un pozo. Probablemente la hubiera matado, pero unos cazadores vieron la entrada y la liberaron.

—¿Sobrevivió? ¿Sigue viva? —La voz de Annabelle se animó.

Él asintió y metió las manos en los bolsillos de los pantalones.

—Catherine testificó contra Umbrio y lo mandó a prisión. Eso es lo raro, a Umbrio lo encarcelaron en enero de 1982, pero…

—Los dos casos parecen estar relacionados —dijo ella acabando la frase por él.

—Exacto —respondió Bobby mirándola de arriba abajo—. ¿Estás segura de que nunca has conocido a Catherine?

—No creo.

—Lo cierto es que ella cree que tampoco te conoce, pero…

—¿Qué aspecto tiene?

—Más o menos tu estatura. Pelo oscuro, ojos oscuros. De hecho, bien pensado os parecéis bastante.

Parpadeó incómoda al oírlo y él decidió que era ahora o nunca.

—¿Qué te parecería encontrarte con ella en persona? Cara a cara. A lo mejor si estáis las dos en la misma habitación… No sé, puede que surja algo.

Supo cuándo ella se dio cuenta de que la estaba engañando, porque su cuerpo se quedó totalmente inmóvil, la cara hermética, los ojos entrecerrados. Esperó un estallido, blasfemias, puede que hasta violencia física. Pero ella se limitó a quedarse ahí, de pie, intocable en su silencio.

—No es necesario que te guste un sistema —murmuró—, solo tienes que entenderlo. Entonces sobrevivirás siempre. — Sus ojos oscuros se abrieron de repente y le sostuvieron la mirada—. ¿Dónde vive Catherine?

—En Arizona.

—¿Iremos nosotros o vendrá ella?

—Sería mejor que fuéramos nosotros por distintas razones.

—¿Cuándo?

—¿Qué tal mañana?

—Bien, eso nos da mucho tiempo.

—¿Para qué?

—Para que me lleve a la escena del crimen. Hoy por ti, mañana por mí. Se dice así, ¿no, detective?

Lo había pillado, lisa y llanamente. Asintió con la cabeza admitiendo su derrota. Ella no relajó los hombros ni suavizó la obstinada inclinación de la barbilla. Se dio cuenta, apenado, de que su engaño le había dolido. Supo que, durante un instante, habían estado hablando como la gente de verdad, puede que hasta se hubiera sentido bien.

Pensó que debía decir algo, pero no supo qué. Para hacer el trabajo policial a veces hay que mentir y no tenía sentido que se disculpara por algo que pensaba volver a hacer cada vez que fuera necesario.

Se dirigió a la puerta. Bella se había levantado de su cesta. Le lamió la mano mientras Annabelle abría la fortaleza. La puerta se abrió. Annabelle le miró expectante.

—¿Tienes miedo? —preguntó él de pronto señalando los cerrojos.

—La suerte solo favorece a la mente preparada —murmuró ella.

—Eso no responde a mi pregunta.

Ella guardó silencio un momento.

—A veces.

—Vives en la ciudad, es buena idea tener cerrojos.

Le estudió durante un momento.

—¿Por qué no deja de preguntarme la razón de que mi familia huyera tantas veces?

—Creo que ya lo sabes.

—Porque los delincuentes no dejan de delinquir por arte de magia. Un SNI no pasa años acosando y secuestrando a seis niñas y luego, de repente, decide un día buscarse otro *hobby*. Creen que mi padre sabía algo. Creen que tenía buenas razones para mantenernos en movimiento.

—Los cerrojos son buena idea —repitió Bobby.

Ella se limitó a sonreír, esta vez con estoicismo, lo que por alguna razón le entristeció.

—¿A qué hora? —preguntó ella.

Miró su reloj, pensó en la llamada que tenía que hacer a D.D. y en el berrinche que estaba a punto de tener que soportar.

—Te recojo a las dos.

Ella asintió.

Él salió y empezó a bajar las escaleras mientras arriba volvieron a sonar los cerrojos al encajarse en la puerta.

12

Nunca había ido en un coche de policía. En realidad, no sabía qué debía esperar. ¿Asientos de plástico rígido? ¿Peste a vómito y orina? Como me ocurrió cuando visité la comisaría de policía de Boston, la realidad resultó decepcionante. El Crown Victoria azul oscuro era como cualquier otro turismo de cuatro puertas. El interior era igual de prosaico. Asientos forrados de tela azul lisa. Alfombrilla azul marino. En el salpicadero había una radio bidireccional y algunos conmutadores extra, eso era todo.

El vehículo parecía recién limpiado, habían aspirado el suelo hacía poco y el aire olía a ambientador. ¿Por consideración a mí? No sabía si se suponía que tenía que decir «gracias» o no.

Me senté en el asiento del acompañante y me abroché el cinturón. Estaba nerviosa, me temblaban las manos. Me llevó tres intentos encajar la hebilla en su sitio. El detective Dodge no hizo amago de ayudarme ni comentario alguno. Agradecí más ese detalle que la fresca higiene del coche.

Desde que se había ido el detective, había estado intentando acabar unas elaboradas cenefas de ventana para una cliente de Back Bay. Pero la mayor parte del tiempo lo había pasado con la tela de muaré bajo la aguja de mi máquina de coser, con el pie fuera del pedal y los ojos pegados a la tele. No era difícil encontrar un canal donde hablaran del caso de Mattapan, todos los informativos importantes se ocupaban de ello veinticuatro horas al día. Desgraciadamente, pocos tenían algo nuevo que decir.

Confirmaban que los seis cadáveres se habían hallado en una cámara subterránea situada en los terrenos del antiguo manicomio. Se creía que los restos eran de niñas pequeñas, que, probablemente, habrían pasado un tiempo en la cámara. La policía estaba siguiendo diversas líneas de investigación. (¿Eso era yo, una línea de investigación?). A partir de ese punto los informativos entraban en un proceso de especulación salvaje. No mencionaban el guardapelo. No mencionaban a Dori. No mencionaban a Richard Umbrio.

Dejé de coser y busqué a Umbrio en internet. Hallé un artículo que, bajo el título «Tiroteo fatal en Back Bay», narraba cómo la superviviente de un tiroteo policial nocturno, Catherine Gagnon, ya había vivido una tragedia antes. De niña había sido secuestrada por el pedófilo Richard Umbrio y la habían rescatado unos cazadores poco antes del Día de Acción de Gracias.

En cualquier caso, Umbrio era tan solo un personaje secundario. La historia iba de cómo Jimmy Gagnon, marido de Catherine e hijo único de un rico juez de Boston, había sido fatalmente herido por un francotirador de la policía durante una tensa situación con rehenes. El oficial responsable de la muerte: Robert G. Dodge.

El padre de la víctima, el juez Gagnon, había presentado cargos penales contra el agente Bobby Dodge, alegando que este había conspirado con Catherine Gagnon para asesinar a su esposo.

Esto era un caramelito que no habían mencionado ni el detective Dodge ni la sargento Warren.

Por si no fuera lo suficientemente impactante, hallé otro artículo con fecha de unos días después: «Baño de sangre en el ático...». Tres personas habían muerto y una había sido herida gravemente cuando un preso, que había obtenido hacía poco la libertad condicional, Richard Umbrio, había irrumpido en un lujoso hotel del centro de Boston. Umbrio había asesinado a dos personas, a una de ellas con sus propias manos, antes de recibir los disparos mortales de Catherine Gagnon y el oficial de la policía estatal de Massachusetts a cargo del caso, Robert G. Dodge.

Interesante, cada vez más interesante.

No dije nada cuando me senté junto al detective Dodge. Decidí atesorar mis pequeñas pepitas de verdad. Había estado explotando los detalles de mi pasado. Ahora yo sabía cosas sobre él.

Le dirigí una mirada, sentado a mi lado. Conducía con la mano derecha posada despreocupadamente sobre el volante y el codo izquierdo apoyado en la puerta. Su vida como agente de policía obviamente le había vuelto inmune al tráfico de Boston. Zigzagueaba por estrechas calles laterales y coches aparcados en triple fila como un piloto de carreras calentando antes de la competición. A ese paso llegaríamos a Mattapan en quince minutos.

Ignoraba si para entonces estaría preparada.

Giré la cabeza y miré por la ventana. Si a él no le molestaba el silencio, a mí tampoco.

No sabía por qué quería ver la escena del crimen con tanta ansia. Simplemente quería. Había leído el relato de los últimos días de Dori. Había contemplado mi guardapelo, que lucía con orgullo alrededor de su cuello. Y a mi cerebro habían acudido demasiadas preguntas, probablemente del tipo de las que llevarían planteándose sus padres cada noche los últimos veinticinco años.

¿Había gritado pidiendo ayuda cuando alguien la sacó del jardín de sus abuelos y la metió en una furgoneta sin ningún signo distintivo? ¿Había luchado con su secuestrador? ¿Había intentado abrir las puertas hasta darse cuenta de lo terribles que resultan los cierres de seguridad para niños?

¿Le habló el hombre? ¿Le hizo preguntas sobre el guardapelo? ¿La acusó de habérselo robado a su amiga? ¿Le había rogado ella que se lo quedara? Cuando empezó todo, ¿le había pedido ella que por favor se detuviera y raptara a Annabelle Granger en su lugar?

Lo cierto era que no me había acordado de Dori Petracelli en veinticinco años. Era humillante, terrible, pensar que había muerto en mi lugar.

El coche redujo la velocidad. Pestañeé, avergonzada, al notar mis ojos llenos de lágrimas. Me limpié la cara con el dorso de la mano lo más rápidamente que pude.

El detective Dodge detuvo el coche. No tenía ni idea de dónde estábamos. Vi un viejo edificio de tres plantas que necesitaba una mano de pintura y algo de césped en los jardincillos delanteros. El vecindario parecía pobre, cansado. No entendía nada.

—Este es el trato —dijo Dodge desde el asiento del conductor volviéndose hacia mí—. Solo hay dos entradas. Nosotros, la policía, las hemos precintado astutamente para preservar la escena del crimen. Por desgracia, los medios han acampado delante de ambas entradas, desesperados por obtener un comentario o una foto que puedan poner en las noticias. Imagino que no querrás ver tu cara en ellas.

La idea me aterrorizó tanto que no pude ni responder.

—Vale, es lo que pensaba. De manera que esto no es muy glamuroso, pero servirá —dijo señalando el asiento trasero sobre el que había una manta doblada de un tono casi idéntico al de la tapicería—. Túmbate y te taparé con la manta. Con un poco de suerte pasaremos entre las hordas enfurecidas tan rápidamente que nadie se dará cuenta. Cuando estemos sobre el terreno puedes sentarte. La Administración Federal de la Aviación ha accedido a cerrar el espacio aéreo, por lo que ya no hay helicópteros.

Abrió su portezuela y salió. Moviéndome como una autómata, me pasé al asiento de atrás y me tumbé con las piernas encogidas y los brazos apretados contra el pecho. Desplegó la manta con un fuerte ruido seco y me cubrió con ella. Dio unos tironcillos para taparme los pies y la coronilla.

—¿Estás bien? —preguntó el detective Dodge.

Asentí. Se cerró la puerta de atrás. Le oí dar la vuelta al coche, sentarse en el asiento del conductor y meter la marcha.

No veía nada. Solo oía el asfalto pasando bajo las ruedas. Solo olía la mezcla nauseabunda de los gases del tubo de escape y el ambientador.

Cerré los ojos con fuerza y, en ese momento, lo sentí. Supe exactamente cómo se había sentido Dori, en un vehículo desconocido, fuera del alcance de la vista. Supe que se había hecho un ovillo, que había cerrado los ojos deseando que su cuerpo pudiera desaparecer. Supe que había rezado un padrenuestro porque era lo que hacíamos antes de acostarnos cuando yo dormía en su casa. Y supe que había llorado pensando en su madre, que siempre olía a lavanda cuando nos daba un beso de buenas noches.

Me cubrí la cara con las manos debajo de la manta y lloré sin emitir sonido alguno. Aprendes a llorar así cuando te pasas la vida huyendo.

El coche redujo la velocidad de nuevo. Oí cómo el detective Dodge bajaba la ventanilla y daba su nombre con la placa en la mano. Luego un ruido de fondo de voces gritando pidiendo atención, una pregunta, un comentario.

La ventanilla volvió a subir y el coche arrancó de nuevo, con el motor aminorando la velocidad a medida que el vehículo empezaba a subir la colina.

—¿Estás lista o no? —preguntó el detective Dodge.

Volví a secarme la cara debajo de la manta.

Por Dori, me dije a mí misma, *por Dori*.

Pero pensaba en mi padre y en lo mucho que le odiaba.

Dodge tuvo que abrirme la puerta del asiento trasero. Resulta que en los coches de la policía las puertas traseras no son como en los demás coches: solo se pueden abrir desde fuera. Su rostro carecía de expresión cuando me ayudó, sus ojos grises entrecerrados parecían mirar fijamente a un punto situado justo detrás de mi hombro derecho. Seguí su mirada hasta un segundo coche aparcado bajo el paraguas de un gran roble de ramas desnudas. La sargento Warren estaba junto al automóvil con los hombros encorvados bajo su chaqueta de cuero color caramelo y su expresión tan irritada como la recordaba.

—Es la oficial al mando —murmuró el detective Dodge muy bajo, solo para mis oídos—. No está bien visitar la escena del crimen sin su permiso. No te preocupes, está enfadada conmigo. Tú solo eres un objetivo fácil.

Me ofendió que me definiera como un objetivo fácil. Me enderecé, con los hombros rectos, cambiando el peso de una pierna a otra. Dodge asintió con aprobación e inmediatamente me pregunté si no habría sido esa su intención. La idea me desequilibró más que la mirada perpetuamente airada de la sargento Warren.

Dodge se acercó a la sargento. Yo lo seguí, con los brazos alrededor de mi cuerpo para calentarme. La tarde era fría y gris. La temporada en que se colorean las hojas de los árboles, probablemente la época más bella para vivir en Nueva Inglaterra, había alcanzado su apogeo hacía dos semanas. Ahora, los brillantes carmesíes, los naranjas luminosos y los alegres amarillos se habían visto reemplazados por marrones color barro y tristes grises. El aire olía a humedad y a moho. Volví a olisquear y percibí el aroma de la descomposición.

Había leído online algunas cosas sobre el Hospital Psiquiátrico Estatal de Boston. Sabía que empezó siendo el Hospital de Locos de Boston en 1839 y que se había convertido en el Hospital Estatal de Boston en 1908. Originalmente, el complejo había albergado a unos cien pacientes; parecía más una granja autosostenible que el escenario a imitar para el rodaje de *Alguien voló sobre el nido del cuco*.

Pero, en 1950, habían llegado a tener más de tres mil pacientes; se añadieron al complejo dos instalaciones de máxima seguridad y una enorme verja de hierro. Ya no era un lugar tan tranquilo. Cuando con el proceso de desinstitucionalización psiquiátrica finalmente cerraron el hospital en 1980, la comunidad se mostró agradecida.

Esperaba sentir un estremecimiento de horror al pisar los terrenos, que se me pusiera la piel de gallina al percibir la presencia del mal. Creí que sería una estructura gótica, fantasmagórica, como el psiquiátrico abandonado de Danvers, que aún se alza sobre la Interestatal 95. Pensé que vería, por un instante, un rostro pálido y atormentado tras una ventana rota.

Lo cierto fue que, desde donde estaba, no veía los dos edificios supervivientes. Solo divisaba arbustos enmarañados bajo un enorme roble centenario. Cuando la sargento Warren echó a andar por un estrecho camino entre los matorrales, llegamos a una amplia extensión de pasto seco que despedía reflejos dorados y plateados al mecerse con el viento. El paisaje era precioso, parecía más una reserva natural que la escena de un crimen.

La tierra se endureció bajo nuestros pies y apareció un claro a nuestra derecha. Vi lo que parecía ser una pila de desperdicios. Warren se detuvo de golpe y señaló en dirección al enorme montón de escombros.

—Los botánicos han empezado a husmear ahí —comentó a Dodge—. Han encontrado los restos de una estantería de metal similar a la de la cámara. Parece que había un montón de ellas en el hospital. Tengo a un agente mirando fotos de archivo en este momento.

—¿Crees que los accesorios procedían del hospital? —preguntó el detective Dodge con brusquedad.

—No lo sé, pero las bolsas de plástico transparentes…, creo que se utilizaban en las instituciones del gobierno en los años setenta.

La sargento Warren echó a andar de nuevo; el detective Dodge solo iba un paso por detrás. Yo permanecía en la retaguardia y me preguntaba de qué estarían hablando.

De repente, al cruzar otro bosquecillo, desembocamos en un claro; ante mí surgió una carpa azul brillante.

Paré por primera vez. ¿Era mi imaginación o aquí reinaba un silencio mayor? No se oía el gorjeo de los pájaros, ni el susurro de las hojas, ni los chillidos de las ardillas. Ya no sentía la brisa. Todo parecía congelado, expectante.

La sargento Warren avanzaba con movimientos decididos. Me di cuenta de que no quería estar ahí y eso me empezó a poner nerviosa. ¿Qué tipo de escena del crimen asusta hasta a los polis?

Bajo la carpa azul había dos grandes cubos de basura de plástico. Warren retiró las tapas grises y vimos monos blancos de un delgado tejido parecido al papel. Reconocí los trajes de Tyvek de los programas de televisión sobre crímenes reales.

—Aunque técnicamente los de la científica ya han examinado la escena del crimen, queremos mantenerla lo más limpia posible —dijo a modo de explicación, mientras me daba un traje y luego entregaba otro al detective Dodge—. Este tipo de situación…, nunca sabes con qué te van a salir los expertos, así que preferimos estar preparados.

Se puso su propio mono con energía. Yo no sabía qué eran mangas y qué perneras, así que el detective Dodge tuvo que ayudarme. Se cubrieron los zapatos y se pusieron los gorros. Cuando acabé, llevaban esperando «horas» y me ruboricé de vergüenza.

Warren abrió la marcha hacia el fondo de la carpa. Se detuvo al borde de un agujero en el suelo. No se veía nada, estaba oscuro como boca de lobo ahí abajo.

Se giró hacia mí y me dirigió una mirada fría y escrutadora con sus ojos azules.

—Supongo que entiendes que no puedes mencionar lo que veas allí abajo —dijo secamente—. No puedes hablar de ello ni con tu vecino, ni con tu compañero de trabajo, ni con tu peluquera. Esto es estrictamente confidencial.

—Sí.

—No puedes tomar fotos ni trazar esquemas.

—Lo sé.

—También debes saber que, por haber visitado esta escena, puedes ser llamada a testificar en un juicio. Ahora tu nombre aparece en el registro de la escena del crimen, lo que significa que pueden interrogarte tanto la acusación como la defensa.

—De acuerdo —contesté, aunque no me había planteado nada de eso. ¿Un juicio? ¿Interrogatorios? Decidí preocuparme de ello más tarde.

—Y, a cambio de este *tour*, accedes a acompañarnos a Arizona mañana por la mañana. Verás a Catherine Gagnon y contestarás a nuestras preguntas lo mejor que sepas.

—Sí, estoy de acuerdo —respondí, ahora ya con brusquedad.

Me estaba impacientando y poniendo nerviosa y permanecer ahí no mejoraba la situación.

La sargento Warren sacó una linterna.

—Yo iré delante —dijo— y encenderé las luces. Cuando veas luz, sabrás que ha llegado tu turno de descender.

Me dedicó una última mirada escrutadora. Yo se la devolví, aunque era consciente de que la mía no era tan firme como la suya. Me había equivocado con la sargento Warren. Si nos hubiéramos encontrado en un *ring* de boxeo, no hubiera podido tumbarla. Puede que yo fuera más joven, más rápida, físicamente más fuerte. Pero ella era dura. Dura hasta el tuétano. De ese tipo de dureza que te lleva a descender obstinadamente a una fosa común negra como boca de lobo.

Mi padre la hubiera adorado.

La cabeza de Warren desapareció en la oquedad. Un segundo después el agujero se llenó de un pálido resplandor.

—Última oportunidad —murmuró el detective Dodge en mi oído.

Agarré la parte superior de la escalera y ya no me permití pensar en nada más.

13

Lo primero que me llamó la atención fue la temperatura. Hacía más calor abajo que en la superficie. Las paredes de tierra protegían del viento y aislaban del frío de finales de otoño.

Segunda impresión: podía andar de pie. De hecho, podía mover los brazos, caminar hacia delante, hacia ambos lados, hacia atrás. Había esperado tener que permanecer encorvada, había temido sentir claustrofobia, pero la cámara era espaciosa, y siguió pareciéndolo cuando el detective Dodge se unió a nosotras en la penumbra.

Mis ojos se fueron adaptando y percibieron oscuras sombras cobijadas entre focos brillantes. Me acerqué a una pared, toqué su costado ligeramente estriado, sentí la tierra apelmazada.

—No entiendo nada —dije por fin—. Es imposible que un hombre cave a mano un espacio así de grande. Hace falta una excavadora, maquinaria pesada. ¿Cómo puede hacerse eso sin que nadie lo note?

La sargento Warren me sorprendió haciendo los honores.

—Creemos que era parte de otro proyecto de construcción. Puede que un conducto de drenaje o solo un pozo excavado para llevar tierra a otras zonas. A finales de los años cuarenta y principios de los cincuenta, el complejo se vio abocado a levantar más edificios para poder atender al creciente número de pacientes. Hay cimientos a medio hacer, vertederos y cosas así por toda la propiedad.

—¿Así que este pozo era parte de algo oficial?

—Puede —respondió ella encogiéndose de hombros—. Ya no queda mucha gente de aquellos días a quien preguntar. Estamos hablando de hace cincuenta años.

Levanté la mano, sentí el techo de madera, avancé y toqué las vigas de apoyo.

—Pero él hizo todo esto, lo reconvirtió, por así decirlo.

—Eso creemos.

—Le debió de llevar tiempo.

Nadie me contradijo.

—Gastos —continué pensando en voz alta—, madera, clavos, martillo. Esfuerzo. ¿Alguno de los pacientes psiquiátricos estuvo en condiciones de organizarse así y/o tuvo permiso para entrar y salir de los terrenos?

D.D. volvió a encogerse de hombros.

—Todo lo que hay aquí pudo sacarse de los vertederos de la obra que hay en la propiedad. Creo que he visto de todo, de cemento a azulejos, pasando por marcos de ventanas.

—Aquí no hay ventanas —respondí haciendo una mueca.

—No, no hacían falta para lo que pensaba hacer.

Reprimí un escalofrío y me acerqué a la pared del fondo.

—¿Cuándo creen que empezó?

—No lo sabemos. Las plantas que han ido creciendo sobre el contrachapado tienen unos treinta años, lo que nos lleva a la década de 1970. Por entonces el hospital estaba de capa caída y la propiedad prácticamente abandonada. Eso tendría sentido.

—¿Durante cuánto tiempo la usó?

—Ni idea.

—Pero debía de conocer esta zona —insistí—. Sería un paciente del hospital o un trabajador del centro. Para encontrar este lugar, saber dónde proveerse de los materiales y sentirse cómodo volviendo una y otra vez.

—En esta fase del juego todo es posible.

Había escepticismo en la voz de D.D. Vi que se centraba en el dato de que los terrenos estuvieran abandonados, lo que significaba que cualquiera podía haber correteado por el medio kilómetro cuadrado de parcela.

La idea me cortó un poco el vuelo. Levanté la barbilla, insistiendo implacable en mi papel de investigadora aficionada.

—¿Comentó antes que esto son materiales del hospital? —pregunté.

—Las estanterías de metal, la silla de metal, el cubo de plástico.

—¿Ningún sitio donde acostarse?

—No hemos encontrado ninguno.

—¿Linternas, hornillos para guisar?

—No. Solo dos ganchos en el techo que tal vez se usaran para colgar luces.

—¿Por qué dice eso?

—Porque puso los ganchos delante de las estanterías de metal donde almacenaba los cuerpos.

Me tambaleé, estiré el brazo para sujetarme en la fría pared de tierra y luego retiré rápidamente la mano.

—¿Perdón?

La expresión de D.D. se había vuelto dura; su mirada, penetrante.

—Dímelo tú. Tú eres la que pretendes ser un testigo. ¿Qué ves aquí abajo?

—Nada.

—La propiedad, los terrenos, ¿algo de eso te resulta familiar?

—No —respondí con voz débil—, nunca he estado aquí. Creo —proseguí tocando la pared con dedos vacilantes—, creo que no olvidaría algo así.

—No —contestó D.D. con brusquedad—, no creo que lo olvidaras.

D.D. se acercó y se colocó a mi lado. Puso su mano junto a la mía, con los dedos extendidos, la palma apretada contra la fría tierra, como para demostrar que ella llevaba esta tumba mejor que yo.

—Aquí, donde estamos ahora, había dos largas estanterías de metal. Las usaba para el almacenaje. Es donde colocaba los cadáveres. Uno por bolsa de basura, tres por estante. Dos hermosas y ordenadas filas.

Mis dedos se crisparon, se hundieron en la tierra desnuda y la sentí compacta y dura bajo mis uñas. Juro que en ese momento pude percibirlo. El mal profundamente incrustado, un escalofrío potente y cortante. Retrocedí de golpe, moviendo los pies en pequeños círculos mientras mi rostro escudriñaba el suelo buscando… ¿qué? ¿Signos de lucha? ¿Sangre? ¿El lugar donde un monstruo violó a mi mejor amiga? ¿O le arrancó las uñas? ¿O le retorció los pezones con alicates antes de rajar su garganta?

Había leído demasiados artículos y pasado mucho tiempo preparándome con mi padre. ¿Por qué leerle a tu hija cuentos infantiles si puedes leerle *Monstruos del siglo XXI*?

Sentí que iba a vomitar, pero no me lo podía permitir. Saltaba de un recuerdo a otro rememorando a mi amiga de siete años. Revisaba todas las fotos de escenas de crímenes que me había mostrado mi padre.

—¿Qué hizo? —me oí preguntar—. ¿Cuánto tiempo las mantuvo vivas? ¿Cómo las mató? ¿Se conocían entre ellas? ¿Tuvieron que permanecer aquí abajo, rodeadas de cadáveres en la oscuridad? ¡Apaguen las luces! —Mi voz se iba convirtiendo en un rugido salvaje e incoherente—. ¡Apaguen las luces, maldita sea! ¡Quiero saber qué les hizo! ¡Quiero saber lo que *sintieron!*

El detective Dodge tomó mis manos. Presionó las palmas una contra otra, conteniendo mis movimientos erráticos, y apoyó mis manos contra mi pecho. No dijo nada, se limitó a estar ahí, mirándome con sus serenos ojos grises, hasta que sentí un débil chasquido y noté que algo se rompía dentro de mí. Mis hombros se hundieron, dejé caer los brazos. La histeria desapareció y me quedé floja, exprimida, pensando de nuevo en Dori y en ese último verano que ninguna de las dos sabíamos entonces que había sido tan bueno.

A Dori le gustaban los polos de uva, a mí los de zarzaparrilla. Solíamos guardar los de esos sabores cuando nuestras madres compraban un paquete surtido y los intercambiábamos los sábados.

Bajábamos corriendo la calle para ver cuál de las dos iba más deprisa. Una vez me caí y me raspé la barbilla. Dori volvió para ver si estaba bien y, justo cuando se inclinó, di un salto y crucé la línea de meta para poder decir que había ganado. Estuvo sin hablarme el día entero, pero no pedí perdón, porque ya entonces ganar significaba más para mí que su mirada herida.

Su familia iba a misa todos los domingos. Yo quería ir a misa con ellos, porque Dori siempre estaba guapísima con su vestido blanco de ribetes azules que se ponía los domingos, pero mi padre me dijo que la iglesia era para ignorantes. Visitaba a Dori, en cambio, los domingos por la tarde y ella me contaba las historias que había oído esa mañana, como la del bebé Moisés o la de Noé y su arca, o la del milagroso nacimiento de Jesús en un pesebre. Recitaba con ella una pequeña oración, aunque eso me hacía sentir culpable. Me gustaba la expresión de su rostro mientras oraba, la serena sonrisa que se posaba sobre sus labios.

Me pregunté si habría rezado aquí abajo. Me pregunté si pidió vivir o solo que la misericordia de Dios la sacara de allí. Quería rezar. Quería caer de rodillas y pedir a Dios que aliviara un poco la presión de mi pecho, porque me sentía como si tuviera un puño dentro y me estuviera estrujando el corazón. No sabía cómo podía vivir una persona en medio de tanto dolor, lo que me llevó a preguntarme cómo habrían sobrevivido sus padres todos esos años.

¿Al final la vida era esto? ¿Niñas obligadas a elegir entre una vida huyendo de las sombras o una muerte prematura, solas en la oscuridad? ¿Qué tipo de monstruo hacía algo así? ¿Por qué Dori no pudo escapar?

En ese momento me alegré de que mis padres estuvieran muertos. De que no tuvieran que enterarse de lo que le había pasado a Dori, ni de lo que la decisión que tomó mi padre había supuesto para la mejor amiga de su hija.

Pero inmediatamente después me sentí inquieta. Otra sombra siniestra oculta en los recovecos de mi mente...

Él lo sabía. No sé cómo lo supe, pero lo supe. Mi padre estaba enterado de lo que le había pasado a Dori y eso me llenó de una inquietud mayor que las cuatro paredes entre las que me encontraba.

No pude más. Me llevé las manos a la frente.

—Tendremos que esperar a los informes de la antropóloga forense para saber algo más de las víctimas —estaba diciendo la sargento Warren.

Me limité a asentir con la cabeza.

—Lo único que podemos decir por ahora es que buscamos a una persona muy metódica, extremadamente inteligente y depravada.

Otro breve gesto con la cabeza.

—Evidentemente, cualquier cosa que pudieras recordar de esa época, sobre todo de algún SNI que rondara tu casa, sería de gran utilidad.

—Me gustaría subir —dije.

Nadie se opuso. El detective Dodge iba delante. Cuando llegué arriba, me ofreció su mano. Yo la rechacé y salí por mis propios medios. Se había levantado viento y las hojas secas crujían. Giré mi rostro hacia el viento cortante. Cerré mi mano en un puño y sentí bajo las uñas los lúgubres restos de la tumba de mi mejor amiga.

14

Cuando volvimos a los coches había un agente de la policía esperándonos. Se llevó a la sargento Warren aparte y le habló en voz baja.

—¿Cuántas veces le has visto? —preguntó ella lacónicamente.

—Tres o cuatro.

—¿Quién dice que es?

—Dice que trabajaba aquí, que sabe algo, pero que solo hablará con el oficial al mando.

Warren miró por encima de la cabeza del agente hacia el lugar donde nos encontrábamos el detective Dodge y yo.

—¿Tienes un minuto? —preguntó dirigiéndose claramente a Bobby, no a mí.

Él me miró.

—Puedo esperar en el coche —dije yo encogiéndome de hombros.

Parecía la respuesta correcta. Warren se dirigió al agente de policía.

—Tráelo. Si tiene tantas ganas de hablar, oigamos lo que tiene que decir.

Volví al Crown Victoria; no me importó. Quería dejar de sentir el viento, de ver y oler el lugar. Ya no me parecía una reserva natural. Deberían llevar excavadoras y arrasarlo todo.

Me dejé caer en el asiento del acompañante, quitándome de en medio obedientemente. Pero, en cuanto el detective Dodge se dirigió hacia donde estaba la sargento Warren, bajé un poco la ventanilla.

El agente volvió pocos minutos después acompañado de un hombre mayor que lucía una espesa mata de pelo blanco y andaba con una energía sorprendente.

—Me llamo Charles —tronó estrechando las manos de Warren y Dodge—, Charlie Marvin. Trabajé en el hospital durante mis años de estudiante. Gracias por recibirme. ¿Es usted el oficial al mando?

Se volvió expectante hacia el detective Dodge, que hizo un leve movimiento con la cabeza. Charlie siguió la dirección de su gesto hasta la sargento Warren.

—¡Vaya! —exclamó el hombre, pero mostró una sonrisa tan amplia que difícilmente podía no gustarte—. No me lo tome a mal, no soy sexista, solo soy un puñetero viejo —explicó a Warren.

Ella rio. Nunca había oído reír a la sargento Warren. Le hizo parecer casi humana.

—Encantada de conocerle, señor Marvin.

—Charlie, Charlie. «Señor Marvin» me hace pensar en mi padre, que Dios lo tenga en su gloria.

—¿En qué podemos ayudarle, Charlie?

—He oído lo de las tumbas, lo de las seis niñas que han encontrado aquí. Debo decir que me dejó de piedra. Pasé casi una década aquí, primero trabajando de auxiliar de enfermería y luego prestando mis servicios en el turno de noche y los fines de semana. Casi me matan media docena de veces. Pero recuerdo aquellos días como los viejos buenos tiempos. Me preocupa que las niñas murieran cuando yo trabajaba aquí, me preocupa mucho.

Charlie miró a Dodge y a Warren expectante, pero ninguno de los dos habló. Ya conocía su estrategia; también habían usado la táctica del silencio conmigo.

—Bueno —dijo Charlie enérgicamente—, puede que sea un puñetero viejo incapaz de recordar lo que ha desayunado la mayor parte de las veces, pero mis recuerdos de hace años son muy vívidos. Me he tomado la libertad de redactar unas notas sobre algunos de los pacientes y, bueno —se aclaró la garganta, empezando a mostrar cierto nerviosismo—, también sobre uno de los empleados. No sé si les será de ayuda, pero quería hacer algo.

Dodge sacó su bloc de notas del bolsillo interior de su chaqueta. Charlie interpretó el gesto como una señal de aliento y desplegó con energía una hoja de cuaderno que llevaba doblada en la mano. Había un ligero temblor en sus dedos, pero su voz sonaba firme.

—¿Saben algo de la labor que se llevaba a cabo en el hospital? —preguntó a los dos detectives.

—No, señor —respondió el detective Dodge—, al menos no tanto como nos gustaría.

—Teníamos mil ochocientos pacientes cuando empecé a trabajar aquí —dijo Charlie—. Mayores de dieciséis años, de todas las razas, clases sociales y de ambos géneros. A algunos los ingresaban las familias, muchos venían con la policía. El ala este del complejo era la de los crónicos; el ala oeste, donde estamos ahora, la de los graves. Yo empecé en admisiones y un año después me ascendieron a auxiliar en planta y me destinaron al edificio I, unidad I-4: una unidad de máxima seguridad para varones.

»Era un buen hospital. Faltaba personal, muchas noches estaba solo con cuarenta pacientes, pero sacábamos el trabajo adelante. Nunca usamos camisas de fuerza ni ataduras; tampoco maltratábamos a los pacientes. Si te veías en apuros, se te permitía recurrir a llaves de lucha, tipo candado o *full nelson,* para someter al paciente hasta que acudieran refuerzos. Cuando llegaban, un compañero generalmente les suministraba un sedante.

»Los auxiliares de enfermería nos ocupábamos principalmente de custodiar a los pacientes manteniéndolos limpios, sanos y tranquilos. Les dábamos la medicación que prescribían los médicos. Me enseñaron a poner inyecciones intramusculares. Ya saben, a clavar una jeringuilla con pentotal sódico en el muslo de un tipo. A veces las cosas, sin duda, se ponían feas. Hacía un montón de pesas simplemente para sobrevivir. Pero la mayoría de los pacientes, incluidos los que se encontraban en las zonas de máxima seguridad, solo necesitaban que los trataran como a seres humanos. Hablabas con ellos. Mantenías un tono de voz tranquilo y razonable. Actuabas como si esperaras que se comportaran de forma tranquila y razonable. Les sorprendería lo bien que funciona.

—Pero no siempre —dijo la sargento Warren pinchándole.

—No, no siempre —reconoció Charlie meneando la cabeza. Levantó el dedo índice—. La primera vez que casi pierdo la vida fue a manos de Paul Nicholas. Más de cien kilos de esquizofrénico paranoide. La mayor parte del tiempo lo mantenían en seclusión, esto es, encerrado en habitaciones especiales con barrotes en las ventanas y una pesada colchoneta de cuero para dormir. Habitaciones acolchadas las llaman ahora. Una noche en que yo estaba de servicio le habían dejado salir. Mi supervisor, Alan Woodward, juró que Paulie estaba bien.

Las primeras horas no oí nada fuera de lo normal. En torno a medianoche me fui al despacho de la planta baja a estudiar un rato y, de repente, oigo un sonido que retumba en la planta de arriba, como un tren de mercancías avanzando por el pasillo. Descuelgo el teléfono, la señal convenida para pedir ayuda, y subo a toda prisa.

»Ahí está Paulie, plantado en medio de la sala de día, esperándome. En cuanto me ve, da un gran salto. Yo me hago a un lado y Paulie aterriza en el sofá, aplastándolo literalmente. Lo siguiente que sé es que Paul está cogiendo sillas y tirándomelas a la cabeza. Me refugio detrás de una mesa de ping-pong. Él me persigue y damos vueltas y más vueltas a la mesa, como en una vieja película de dibujos animados de Tom y Jerry. Salvo que Paulie se cansa del juego. Deja de correr. Empieza a destrozar la mesa de ping-pong. Con las manos desnudas.

»Pensarán que exagero, pero les aseguro que no. El tipo estaba hasta arriba de furia y testosterona. Empezó por el borde de metal de la mesa, lo fue arrancando pedazo a pedazo. En ese momento me doy cuenta de que estoy muerto; la mesa de ping-pong no es demasiado grande y Paul avanza deprisa. Pero he aquí que, al levantar la mirada, veo que dos de mis compañeros auxiliares han llegado por fin a la puerta.

»—¡Agarradle! —grito—. Necesitamos pentotal sódico.

»Pero se han quedado petrificados. Siguen en el umbral, viendo cómo Paulie tira la casa por la ventana y, si me permite la expresión, señora, cagándose encima.

»—¡Hey! —vuelvo a gritar—. ¡Por el amor de Dios, tíos!

»Uno de ellos emite un sonido estrangulado; suficiente para que Paulie se dé la vuelta. En ese instante salto por encima de la mesa sobre su espalda y le inmovilizo con una llave candado. Paul empieza a rugir y a intentar librarse de mí. Mis compañeros vuelven a la vida por fin y me ayudan a reducirle.

Nos costó un gramo de pentotal sódico y más de dos horas calmar a Paulie. Ni que decir tiene que permaneció en seclusión una temporada. Así que ahí va un nombre para ustedes: Paulie Nicholas.

Charlie miró expectante a los dos investigadores. El detective Dodge tomó obedientemente nota del nombre, pero la sargento Warren frunció el ceño.

—¿Dice que ese paciente, Paul, «Paulie», Nicholas, permanecía secluido?

—Sí, señora.

—Y, cuando no estaba secluido, apuesto a que estaba muy medicado.

—Sí, señora. No había otra forma con un tipo como él.

—Bueno, entiendo que Nicholas fuera una amenaza para usted, Charlie, y para el resto del personal. Pero, teniendo en cuenta su situación, me parece bastante poco probable que alguna vez pudiera escaparse y darse una vuelta por los terrenos.

—No, no, Paul estaba en máxima seguridad, lo que supone estar encerrado veinticuatro horas al día siete días a la semana. Esos pacientes no andaban sueltos por ahí solos.

La sargento Warren asintió con la cabeza.

—La persona que buscamos, Charlie, tenía acceso a los terrenos. Todo el acceso del mundo. ¿Había pacientes con permiso para andar por ahí o debemos centrarnos exclusivamente en los empleados?

Charlie hizo una pausa, frunció el entrecejo y repasó su lista.

—Bueno, no he querido empezar por ahí, pero hubo un incidente…

—¿Sí? —le animó a continuar Warren.

—Fue en 1970 —prosiguió Charlie—. Verán, a la enfermera jefe, Jill Cochran, le gustábamos los chicos recién graduados por una buena razón. Que fuéramos fuertes ayudaba, sin duda. Pero, además, éramos nuevos, optimistas. No nos limitábamos a ocuparnos de los pacientes, realmente nos preocupábamos por ellos. Yo ya sabía por entonces que quería ser pastor de la iglesia. Un psiquiátrico es un buen lugar para empezar, si te preocupan las almas atormentadas. Aprendí de primera mano la diferencia que puede suponer para una persona la palabra correcta dicha en el momento justo. Pero es un sitio donde no se debería permanecer demasiado tiempo, y eso incluye al personal.

»Los mayores, los tipos "experimentados", los auxiliares de enfermería que llevaban ahí décadas…, maldita sea, algunos se volvían más solitarios que los pacientes. Se internaban a sí mismos, olvidaban cómo era la vida más allá de los muros del hospital. Cuando empecé en la recepción había un paciente con un vendaje sucio en la pierna. La primera noche pregunté al auxiliar en planta qué pasaba con el vendaje. No tenía ni idea. Ni siquiera se había dado cuenta de que el paciente llevara una venda en la pierna. Así que entré en la habitación del paciente y le pregunté si me permitía echarle un vistazo a su pierna. En cuanto solté el vendaje un chorro de pus saltó cruzando la habitación y ahí, delante de mis ojos, empezaron a salir larvas de la herida.

»Resulta que al pobre diablo se le había ulcerado la pierna hacía dos meses y el médico se la había vendado. Nadie había vuelto a revisar la herida, ningún auxiliar de enfermería. Habían estado mirando al paciente durante meses sin *verlo*.

»Eso no estuvo nada bien. Fue una negligencia. Pero a veces las cosas se pusieron un poquito peor.

Charlie se quedó callado y de nuevo pareció incómodo. Tanto Warren como Dodge le escuchaban con atención. Desde mi puesto de observación en el coche de Dodge parecía que estaban pendientes de cada una de sus palabras. Yo, desde luego, lo estaba.

El pastor retirado tomó una profunda bocanada de aire.

—Una noche recibo la llamada de una enfermera de la residencia de mujeres, Keri Stracke. Me pregunta si menganito está de servicio. Yo le respondo que sí. Keri me pregunta dónde está, así que me doy una vuelta por el edificio I, pero no lo veo. Le digo que ha salido, probablemente a cenar. Se produce una larga pausa. Keri me dice, con voz rara, que vaya inmediatamente.

»Pero no hay nadie conmigo. No puedo dejar solo el edificio I. Intento explicárselo, pero me repite, con esa vocecilla tan rara, que no tengo elección. Debo ir *inmediatamente.* ¿Qué puedo hacer? Estoy realmente preocupado, así que acudo. Keri me recibe en la entrada y me precede escaleras arriba sin decir palabra. Se detiene ante la puerta, cerrada, de una de las pacientes. Miro por la ventanita y ahí está mi colega, en la cama con una paciente. Ella tiene diecisiete años, es muy guapa y está catatónica. Nunca he deseado tanto hacer daño a un congénere como entonces.

—¿Y qué hizo? —preguntó el detective Dodge en voz baja.

—Abrí la puerta. En cuanto Adam oyó el ruido, levantó la mirada. Se leía en su rostro que sabía que todo había acabado. Se despegó de ella, se abrochó los pantalones y salió de la habitación. Lo escolté de vuelta al edificio I y lo llevé al despacho, desde donde llamé a nuestro supervisor. Naturalmente, despidieron a Adam en el acto. Me da igual lo que oigan sobre abusos a los pacientes; ese tipo de conducta nunca estuvo permitido. Adam estaba acabado y lo sabía.

—¿El apellido de Adam era…? —preguntó Dodge.

—Schmidt —respondió Charlie suspirando.

—¿Lo denunciaron a la policía? —preguntó la sargento Warren más secamente.

Charlie negó con la cabeza.

—No, la dirección quiso tapar el asunto.

Warren enarcó una ceja al oír la respuesta.

—¿Sabe qué fue de Adam? —preguntó.

—No, pero… —de nuevo esa vacilación—. Volví a verle varias veces en los terrenos. Un par de ellas desde la distancia, pero estoy bastante seguro de que era él. La tercera vez me acerqué y le pregunté qué diablos hacía allí. Me dijo que tenía papeleo pendiente, lo que, teniendo en cuenta que eran las diez de la noche, carecía de sentido. Al día siguiente pregunté a Jill Cochran, que me contestó que no sabía nada al respecto. Vigilamos a las pacientes una temporada. Nadie hablaba del tema, pero estábamos en guardia. No volví a ver a Adam, pero la propiedad es muy grande.

—¿Patrullaban por los terrenos para mejorar la seguridad? —preguntó Dodge frunciendo el entrecejo.

—Cerrábamos las verjas por la noche y siempre había empleados. Pero… de madrugada los auxiliares de enfermería como yo rara vez nos dedicábamos a mirar en los terrenos. No nos movíamos del despacho, teníamos pacientes que atender. —Charlie se encogió de hombros—. Es posible que alguien fuera y viniera sin ser visto. Ya había ocurrido antes, ¿saben?

—¿Antes? —preguntó Warren al instante.

—Hubo un asesinato en los terrenos, una enfermera, a mediados de la década de 1970. Tengo entendido que uno de los auxiliares de enfermería miró por la ventana del edificio de admisiones y vio el cuerpo a primera hora de la mañana. Ingrid, Inga… Inge. Inge Lovell creo que se llamaba. La habían violado y matado a golpes. Una tragedia terrible. Llamaron a la policía,

LISA GARDNER

pero no había testigos oculares, ningún miembro del personal había visto nada.

Warren asintió con la cabeza; al parecer el relato de Charlie había hecho que recordara el suceso.

—Nunca se arrestó a nadie —dijo.

—Se rumoreaba que lo había hecho un paciente —comentó Charlie—. De hecho, la mayoría de la gente creía que el culpable era Christopher Eola. No me habría sorprendido. A Eola lo admitieron cuando yo ya no estaba. Me lo encontré un par de veces cuando venía de visita los domingos. Un cliente que daba miedo, el señor Eola. El lado frío de la locura.

Dodge hojeaba sus notas musitando: «Eola, Eola».

—La línea directa —murmuró Warren.

Ambos aguzaron la atención al instante.

—¿Qué puede contarnos de Eola? —preguntó Warren a Charlie.

Charlie inclinó la cabeza a un lado.

—¿Quieren la historia oficial o la versión que incluye rumores?

—Nos gustaría oírlo todo —respondió Warren.

—Eola ingresó joven, lo internaron sus padres, creo. Lo dejaron ahí y se fueron a su mansión para no volver jamás. Se decía que Eola había tenido una relación inapropiada con su hermana menor. Sus padres los sorprendieron juntos y eso fue todo. ¡Adiós, Christopher!

»Eola era un chico muy guapo. Pelo castaño claro, brillantes ojos azules. No muy grande. Puede que midiera un metro ochenta, pero era delgado, esbelto, refinado. Quizá incluso algo afeminado, por lo que la mayoría de los auxiliares, en principio, no le consideraban una amenaza.

»También era listo y con muy buenas habilidades sociales. Cabría pensar que alguien con una educación tan privile-

153

giada se mantendría apartado de los demás. Sin embargo, le encantaba pasar el rato en la sala de día, tocando música para el resto de pacientes y dedicando una hora a leerles. Más importante aún, sabía liar cigarrillos. Ya sé que ahora se considera algo terrible, pero entonces todo el mundo fumaba: los médicos, las enfermeras, los pacientes. De hecho, una de las mejores formas de garantizarte la cooperación de un paciente era dándole un cigarrillo. Sencillamente así se hacían las cosas.

»La mayoría de los cigarrillos te los tenías que liar y a algunos pacientes, que habían visto reducidas sus habilidades motoras por la medicación, les costaba bastante. Christopher les ayudaba. Es lo que estaba haciendo la primera vez que lo vi. Estaba sentado en el solárium, liando alegremente cigarrillos para una cola de pacientes. Es curioso, pero, cuando levantó la vista y me miró, supe que no me gustaba. Supe que sería un problema. Eran sus ojos. Ojos de tiburón.

—¿Qué hizo Eola? —interrumpió Dodge—. ¿Por qué lo consideraban una amenaza tan grande?

—Aprendió cómo funcionaba el sistema.

Me enderecé de golpe sin poderlo evitar. Ahí, sentada en el coche aparcado junto a ellos, pegué la oreja a la ventanilla que estaba abierta solo una rendija y tuve una sensación de *déjà vu,* de mi padre hablando, de un oscuro hombre llamado Christopher Eola tomando las mismas notas que tomé yo en su día. Sentí un escalofrío.

—¿El sistema? —estaba preguntando Dodge.

—Horarios, cambios de turno, pausas para almorzar y, lo más importante, medicación. Nadie ató cabos hasta la muerte de Inge, pero, cuando la dirección empezó a hacer preguntas, resultó que algunos auxiliares de enfermería se habían quedado dormidos durante sus turnos. El problema era que no había sido un caso aislado; a todos les había sucedido, más de una vez. El asunto sacó de sus casillas a la enfermera jefe, así que una noche Jill realizó una inspección sorpresa en admisiones. Halló a Eola en el despacho echando algo en la bolsa de papel con la cena del auxiliar de enfermería. Él levantó la vista, la vio y sonrió de repente.

»En cuanto vio su mirada, Jill supo que estaba muerta. Cerró la puerta de golpe y dejó a Eola dentro. Eola intentó razonar con ella. Le dijo que su reacción era excesiva y juró que podía explicarlo todo. Jill se mantuvo firme. Cuando se quiso dar cuenta Eola se estaba lanzando sobre la puerta rugiendo como un animal. Un hombre más fornido probablemente la habría tirado abajo, pero, como he dicho, Eola era todo cerebro, no músculo. Jill mantuvo a Eola atrapado durante quince minutos, hasta que llegó otro auxiliar y fueron a buscar pentotal sódico.

»Después descubrieron que Eola había estado robando cápsulas de clorpromazina a otros pacientes y echando el polvo en la comida de los auxiliares. Además, incitaba a los demás pacientes a pelearse, creando situaciones problemáticas arriba. Cuando el auxiliar subía volando para hacer frente al problema, se deslizaba en el despacho y se ponía manos a la obra. Evidentemente Christopher nunca reconoció nada. Cuando le preguntaban se limitaba a sonreír.

Warren y Dodge intercambiaron miradas.

—Parece que Eola sí pudo tener la oportunidad de andar por los terrenos.

—Supongo.

—¿De qué año estamos hablando?

—Eola ingresó en 1974.

—¿Qué edad tenía?

—Veinte años, creo.

—¿Qué fue de él?

—Al final lo pillaron.

—¿Haciendo qué?

—Organizando una revuelta entre los pacientes. En algún momento había cogido una colchoneta de cuero de uno de los cuartos de aislamiento. Luego reclutó a los pacientes más espabilados para crear un altercado. Cuando el auxiliar de enfermería subió, los pacientes lo atacaron con la colchoneta dejándole sin sentido. Pero Eola había cometido un pequeño error de cálculo. Por entonces teníamos a otro paciente, Rob George, excampeón de pesos pesados. Pasó sus dos primeros años en el hospital catatónico, pero justo tres días antes había entrado en la sala de día por su propio pie. El auxiliar de servicio le llevó de vuelta a la cama sin incidentes y se lo encontró sentado una hora después. Claramente, estaba recobrando la conciencia.

»Pues bien, la noche de la revuelta de Eola toda la unidad se puso en pie de guerra y, al parecer, eso atrajo a nuestro campeón de boxeo. Rob se plantó en medio de la sala de día. Miró al auxiliar que estaba inconsciente en el suelo. Luego vio a Christopher, que le sonreía.

»—Buenas noticias, tío… —empezó a decir Eola.

»El señor George lanzó su puño y noqueó a Christopher. Un buen gancho de izquierda. Luego volvió a la cama. Uno de los otros pacientes bajó al despacho y descolgó el teléfono. Sin Eola ninguno sabía qué hacer.

»Llegaron los auxiliares y reinstauraron el orden. A la mañana siguiente Rob se despertó y preguntó por su madre. Seis semanas después le dieron el alta. Al parecer, en ningún momento fue capaz de recordar los sucesos de aquella noche. No obstante, según los médicos, tras salir de un estado catatónico, los primeros movimientos de la mayoría de los pacientes son reflejos, un asunto de memoria muscular. Como ponerte de pie, caminar o, supongo, si eres un excampeón de boxeo, soltar un buen gancho de izquierda.

—¿Qué le pasó a Christopher?

—Los demás pacientes le hicieron el vacío y, teniendo en cuenta su historial, la administración lo derivó a Bridgewater, que se ocupa de los criminales dementes. Nunca volví a oír hablar de él. Pero eso es Bridgewater. Este lugar —dijo Charlie señalando el suelo bajo sus pies— era un hospital donde se daba tratamiento. Bridgewater…, si entras ahí, nadie espera volver a verte.

—Encantador —dijo la sargento Warren enarcando una ceja.

—Así eran las cosas —replicó Charlie encogiéndose de hombros.

—Tal vez lo soltaron —sugirió Dodge—. ¿No estaba disminuyendo la población psiquiátrica a finales de la década de 1970? La desinstitucionalización no cerró solo las puertas del Hospital Psiquiátrico de Boston, afectó a todo el mundo.

Charlie asentía con la cabeza.

—Cierto, cierto. Una vergüenza en mi opinión —dijo y, a continuación, ladeó la cabeza—. ¿Saben lo que me retuvo trabajando aquí cuatro años y otros seis de voluntario? Les he contado lo que da miedo, los relatos que la gente *quiere* oír sobre un manicomio. Pero lo cierto es que este era un buen hospital. Teníamos pacientes como Rob George que, con el tratamiento adecuado, superó la catatonia y pudo volver a casa con sus seres queridos. El segundo tipo que casi me mata era un chico de la calle llamado Benji. Era un muchacho bien parecido, de buena cepa italiana y salvaje. Lo trajo la policía. La primera semana la pasó en seclusión completamente desnudo. Pintó las paredes y su cuerpo con sus propias heces. Lo único que se veía era el blanco de sus globos oculares brillando en la oscuridad.

»Un día, mientras le atendía, se lanzó contra mi espalda y casi me estrangula antes de que otro auxiliar pudiera quitármelo de encima. Pero ¿saben qué? Era un buen chico. Los médicos lo llamaban «regresión». Algún tipo de trauma le había dejado en un estado propio de un niño de dos años; no hablaba, no comía, no usaba el retrete ni se vestía. Pero, cuando empezamos a tratarle como a un niño de dos años, todo fue mucho mejor. Yo le visitaba los domingos, le leía cuentos infantiles y tocaba canciones de niños. Con el tiempo, el tratamiento y algo de bondad humana, Benji fue haciéndose mayor de nuevo ante nuestros ojos. Empezó a llevar ropa, a usar el retrete, a comer con cubiertos, a decir «por favor» y «gracias». Dos años después estaba tan bien que un miembro de nuestro consejo lo matriculó en el instituto Boston Latin. Iba al colegio durante el día y dormía aquí en su cuarto por las noches. Lo encontrabas estudiando en medio del caos de la sala de día.

»Benji se graduó, encontró trabajo y se fue. Nada de eso habría sido posible sin este hospital —prosiguió Charlie meneando la cabeza con tristeza—. La gente cree que el hecho de que cierre un psiquiátrico es un logro. Aquí recibían tratamiento tres mil personas. ¿De verdad creen que el problema ha desaparecido? La enfermedad mental simplemente se ha escondido bajo tierra y habita en los albergues de los sintecho y en los parques de las ciudades. Fuera de la vista, fuera del pensamiento de los contribuyentes. Es una auténtica vergüenza.

Charlie suspiró y volvió a menear la cabeza. Pasó otro momento, enderezó los hombros y les alargó el papel.

—He dibujado un plano del antiguo complejo —dijo a la sargento Warren—. Así era antes de que empezaran a demoler los edificios. No sé si les será de utilidad o no en su investigación, pero todo parece indicar que la tumba era vieja. Si ese es el caso, puede que quieran situar la escena del crimen en el contexto adecuado.

Warren cogió el papel y le echó un vistazo.

—Es perfecto, Charlie, y muy útil. Le agradezco mucho el tiempo que nos ha dedicado. Es usted un auténtico caballero.

Dodge anotó los datos de contacto del hombre. Parecía que estábamos acabando.

En el último momento, cuando el agente de policía escoltaba a Charlie de vuelta al coche patrulla, el anciano miró fortuitamente en mi dirección. Me había enderezado para escuchar mejor sin ser vista y mi cara estaba ante la ventanilla, la oreja pegada a la rendija abierta.

Al verme, se detuvo para dirigirme una segunda mirada.

—Perdone, señorita —preguntó—. ¿La conozco?

Inmediatamente, el detective Dodge se interpuso entre ambos.

—Solo es alguien que también nos está ayudando con la investigación —murmuró, dirigiendo al pastor retirado de vuelta al coche patrulla.

Charlie se dio la vuelta. Yo me deslicé hacia abajo y subí la ventanilla del todo rápidamente. No había reconocido a Charlie Marvin. Así que ¿por qué pensaba él que me conocía?

El coche patrulla se fue.

Pero mi corazón siguió latiendo con fuerza en mi pecho.

15

Ambos iban en silencio mientras volvían al North End: Annabelle miraba por la ventanilla deslizando el colgante de cristal que llevaba al cuello a un lado y a otro; Bobby miraba de frente por el parabrisas, tamborileando el volante con los dedos.

Bobby pensó que debería decir algo. Ensayó varias posibilidades en su cabeza: «No te preocupes». «Todo parecerá mejor por la mañana». «La vida sigue».

Era la misma mierda que le decía la gente tras el tiroteo, así que mantuvo la boca cerrada. Sin duda, la vida de Annabelle *era* una mierda y tenía la impresión de que las cosas iban a empeorar, sobre todo cuando viera a Catherine Gagnon cara a cara.

Había mencionado a Catherine el nombre de Annabelle por mera curiosidad. Annabelle decía no conocer a Catherine. ¿Le ocurría a ella lo mismo? Resultó que Catherine desconocía la existencia de Annabelle tanto como Annabelle ignoraba la suya.

Sin embargo, ambas mujeres habían sido el objetivo de depredadores a los que les gustaban las cámaras subterráneas. Ambas se parecían mucho físicamente y las dos vivían en Boston a principios de la década de 1980.

Bobby seguía creyendo, tenía que creerlo, que existía una conexión.

Al parecer los jefazos estaban de acuerdo, porque habían autorizado la expedición a Arizona. Teóricamente, si lograban meter a Catherine y Annabelle en una misma habitación, algo saldría. El factor de enlace. El denominador común. La sorprendente revelación que daría alas al caso convirtiendo al departamento de policía de Boston en héroes y permitiendo que todos volvieran a dormir por las noches.

Al principio la idea le había parecido pan comido, pero ahora Bobby estaba menos seguro. Había demasiadas preguntas dando vueltas en su cabeza. ¿Por qué la familia de Annabelle había seguido huyendo una vez que se fueron de Massachusetts? ¿Cómo era posible que Annabelle se hubiera convertido en objetivo en Arlington, cuando el delincuente operaba desde el hospital de Mattapan? ¿Y por qué un antiguo voluntario del manicomio, Charlie Marvin, creía conocer a Annabelle si, según ella, nunca había pisado los terrenos del Hospital Psiquiátrico Estatal de Boston?

Bobby soltó el aire con fuerza y se frotó la nuca. Se preguntó cuándo empezaría a obtener alguna respuesta en vez de limitarse a alargar su lista de preguntas. Se preguntó cómo iba a comprimir unas doce horas de llamadas telefónicas en las, aproximadamente, dos horas que le quedaban antes de su próxima reunión de equipo.

Se preguntó una vez más si debía decir algo para animar a la mujer apagada que se sentaba a su lado.

No tenía respuestas. Siguió conduciendo con las manos en el volante.

Se había hecho de noche y el fin del día llenaba de vida la ciudad. La Interestatal 93 se extendía ante ellos, una larga cinta de brillantes luces de freno rojas que conducía a una isla de relucientes rascacielos. La gente decía que el paisaje urbano de Boston era particularmente hermoso de noche. Bobby llevaba viviendo allí toda su vida y había pasado su carrera conduciendo por la ciudad, y, la verdad, no lo entendía. Los edificios altos no eran más que edificios altos. A esas horas de la noche lo que de verdad le apetecía era volver a casa.

—¿Ha perdido a alguien cercano? —preguntó Annabelle de repente—. ¿Un familiar, un amigo?

Tras el largo silencio, la pregunta le arrancó una respuesta sincera.

—Mi madre y mi hermano. Hace mucho tiempo.

—Vaya, lo siento… No quería… Es muy triste.

—No, no, siguen vivos. No es lo que piensas. Mi madre se fue cuando yo tenía seis o siete años. Mi hermano aguantó ocho años más y luego también desapareció.

—¿Simplemente se fueron?

—Mi padre tenía problemas con el alcohol.

—Oh.

Bobby se encogió de hombros en actitud filosófica.

—En aquellos tiempos no tenías mucha más elección que huir o cavar tu propia tumba. Tengo que reconocerles a mi madre y a mi hermano que se fueron porque no querían morir.

—Pero usted se quedó.

—Era demasiado joven —dijo con naturalidad—. Tenía las piernas demasiado cortas.

Ella pestañeó, con expresión preocupada.

—¿Dónde está su padre ahora?

—Lleva sobrio unos diez años. Ha sido muy duro para él, pero se mantiene.

—Eso es estupendo.

—Estoy orgulloso de él.

La miró por primera vez, sosteniéndole la mirada durante el instante que se lo permitió la conducción. No estaba muy seguro de por qué, pero parecía importante añadir algo más.

—Yo tampoco me apaño tan bien como debiera con el alcohol. Soy consciente de lo dura que es la lucha de mi padre.

—Oh —repitió ella.

Él asintió. «Oh» era un buen resumen de su vida esos días. Había matado a un hombre, se había implicado con su viuda, se había dado cuenta de que era un alcohólico, se había enfrentado a un asesino en serie y había desbaratado su carrera de policía en dos años. «Oh» era un buen resumen de lo que le quedaba.

—¿Sigue echando de menos a su familia? —le preguntó Annabelle—. ¿Piensa en ellos todo el rato? Debo reconocer que yo no he pensado en Dori en veinticinco años. Ahora lo que no sé es si alguna vez lograré sacármela de la cabeza.

—No pienso en ellos tanto como solía. A veces pasan semanas, incluso un mes o dos, en los que no pienso en ellos en absoluto. Pero basta con que ocurra algo, por ejemplo, que los Red Sox ganen la Serie Mundial, para que me pregunte qué estará haciendo George en ese momento. ¿Estará gritando en algún bar de Florida, perdiendo la cabeza por el equipo de casa? ¿O cuando nos dejó pasó de los Red Sox también? Puede que ahora solo sea fan de los Miami Marlins. No lo sé.

»Cuando eso ocurre se me va la cabeza durante unos días. Me miro al espejo y me pregunto si George tiene las mismas arrugas en torno a los ojos que me están saliendo a mí. Puede que sea un vendedor de seguros obeso con barriga cervecera y doble papada. No lo he visto desde que él tenía dieciocho años. Ni siquiera consigo imaginármelo de adulto. A veces eso me perturba, me hace sentir que está muerto.

—¿Le llama alguna vez?

—Le dejo mensajes.

—¿No le devuelve las llamadas? —preguntó incrédula.

—Por ahora no.

—¿Y su madre?

—Igual.

—¿Por qué? No tiene sentido. Usted no tiene la culpa de que su padre sea un borracho. ¿Por qué le culpan?

—Eres una buena persona —respondió él, sin poder evitar sonreír.

—No. No lo soy —contestó ella frunciendo el ceño.

La respuesta hizo que la sonrisa de Bobby se ensanchara. Entonces suspiró. Era raro, aunque no malo, hablar de su familia. Desde el tiroteo había pensado en ellos con mayor frecuencia y les había dejado más mensajes.

—Hace un par de años fui al psiquiatra —continuó—. Órdenes del departamento. Me vi envuelto en un incidente muy grave.

—Mató a Jimmy Gagnon —dijo Annabelle en tono neutro.

—Ya veo que has estado navegando por internet.

—¿Se acostaba con Catherine Gagnon?

—Veo que has estado hablando con D.D.

—¿Así que *estaba* liado con ella? —preguntó Annabelle con verdadera expresión de sorpresa. Al parecer había lanzado un anzuelo y él lo había mordido como un imbécil.

—Nunca llegué ni a besar a Catherine Gagnon —respondió con firmeza.

—Pero en la demanda…

—Fue sobreseída.

—Solo después del tiroteo del hotel.

—Un sobreseimiento es un sobreseimiento.

—Es obvio que la sargento Warren la odia —señaló Annabelle.

—D.D. la odiará siempre.

—¿También se acuesta con D.D.?

—Así pues —dijo más alto de lo necesario—, hice mi trabajo y disparé a un hombre armado que apuntaba a la cabeza de su esposa e hijo. El departamento me mandó al psiquiatra. ¿Conoces ese dicho de que los psiquiatras solo quieren hablar contigo de tu madre? Es verdad. Lo único que hizo la mujer fue preguntarme por mi madre.

—De acuerdo —replicó Annabelle—, hablemos de su madre.

—Exacto. Aquí, las confesiones, de una en una. Fue interesante. Cuanto más tiempo hacía que mi madre y mi hermano se habían ido, más internalizaba que había sido culpa mía en cierto sentido. La psiquiatra, no obstante, me hizo ver algunas cosas. Mi madre, mi hermano y yo compartimos una época muy traumática de nuestras vidas. Me sentía culpable de que hubieran tenido que salir huyendo. Puede que ellos se sintieran culpables por haberme dejado atrás.

Annabelle asintió con la cabeza y volvió a juguetear con su colgante.

—Tiene sentido. ¿Y qué se supone que debe hacer?

—Dios, concédeme la serenidad para aceptar las cosas que no puedo cambiar, el valor para cambiar las cosas que puedo y la sabiduría para reconocer la diferencia. Mi madre y mi hermano son dos de las cosas que no puedo cambiar, así que debo aceptarlo.

Estaban llegando a su salida. Puso el intermitente y empezó a cambiar de carril.

—¿Qué hay del tiroteo? ¿Qué se supone que debe hacer con eso? —preguntó Annabelle frunciendo el entrecejo.

—Dormir ocho horas al día, comer sano, beber mucha agua y hacer un ejercicio moderado.

—¿Y eso funciona?

—Pues no. La primera noche me fui a un bar y bebí hasta caer redondo. Digamos que aún estoy trabajando en ello.

Annabelle por fin sonrió.

—Yo también —dijo suavemente—, yo también.

No volvió a hablar hasta que Bobby aparcó el coche delante de su edificio. Cuando lo hizo, ya no había tensión en su voz. Simplemente sonaba cansada. Alargó la mano hacia la manilla de la puerta.

—¿A qué hora nos vamos mañana? —preguntó.

—Te recogeré a las diez.

—De acuerdo.

—Coge ropa para una noche. Nosotros nos encargaremos de todo. Y, ah, Annabelle, para subir al avión necesitarás un documento de identidad con foto.

—No hay problema.

Él enarcó una ceja, pero no la presionó más.

—No va a ser tan malo —dijo de repente—. No dejes que los artículos de prensa te engañen. Catherine es una mujer como cualquier otra. Y solo vamos a hablar.

—Sí, supongo —respondió Annabelle abriendo la puerta y saliendo del coche. En el último momento se dio la vuelta hacia él—. Al principio —dijo suavemente—, cuando vi que me declaraban muerta en el periódico, me sentí aliviada. La muerte significaba que me podía relajar. La muerte suponía que ya no tendría que preocuparme de que ningún misterioso hombre del saco me persiguiera. La muerte me daba algo de vértigo.

Paró, tomó aire profundamente y le miró a los ojos.

—Pero no es así, ¿verdad? Usted, la sargento Warren y yo no somos los únicos que sabemos que el cadáver de esa tumba no era el mío. El asesino de Dori también sabe que secuestró a mi amiga en mi lugar. Sabe que sigo viva.

—Annabelle, han pasado veinticinco años…

—Y ya no soy una niña indefensa —dijo completando la frase.

—No, ya no lo eres. Además, tampoco sabemos si el delincuente sigue activo hoy. La cámara estaba abandonada. Lo que significa que a lo mejor está en la cárcel por otro delito o, he aquí otra idea, quizá le hizo un favor al mundo y se murió. No lo sabemos, no lo sabemos aún.

—Puede que no haya parado. Puede que se mudara. Mi familia nunca dejó de huir. Puede que se debiera a que alguien nunca dejó de perseguirnos.

Bobby no tenía respuesta. En ese punto todo era posible.

Annabelle cerró la puerta. Él bajó la ventanilla para controlar la situación mientras ella sacaba las llaves y abría la puerta. Puede que se estuviera volviendo un poco paranoico él también, porque no dejó de otear la calle arriba y abajo, comprobando cada sombra, asegurándose de que nada se movía.

La puerta se abrió. Annabelle se dio la vuelta y lo saludó antes de entrar en el vestíbulo fuertemente iluminado. La vio cerrar la puerta con firmeza tras de sí y adentrarse en el sanctasanctórum. Abrió y cerró la segunda puerta y pudo captar un último destello de su espalda mientras subía las escaleras.

16

Bobby volvió a llegar tarde a la reunión del equipo. Esta vez no llevaba dulces caseros, pero el resto de los policías estaban demasiado ocupados escuchando al detective Sinkus como para que les importara. Sinkus se había reunido con George Robbards, como había anunciado. Se trataba del secretario del Distrito 3 que había trabajado en Mattapan entre 1972 y 1998. Al parecer Robbards tenía mucho que decir de su sospechoso favorito del día: Christopher Eola.

—Encontraron el cuerpo de la enfermera con una caja de pastillas del botiquín del hospital embutida en la boca. Según el informe forense, le habían dado una paliza antes de matarla por estrangulación manual. En principio, la investigación se centró en un exnovio al que había dejado hacía poco y en algunos miembros del personal del hospital. La teoría era que ningún paciente podía haber estado fuera tanto tiempo sin que nadie lo notara. Además, el grupo de sospechosos más obvio era el de los internos de máxima seguridad y, según el jefe de administración, la mayoría estaban demasiado drogados como para intentar algo tan sofisticado.

»El exnovio dejó de ser sospechoso enseguida; tenía una coartada para el momento de la muerte. Interrogaron a tres empleados, pero lo único que les sacaron fue el nombre de Christopher Eola. Al parecer, cada vez que preguntaban a un empleado sobre los pacientes acababan diciendo: "Oh, nuestros chicos no harían algo así, bueno…, excepto Eola".

»El detective que estaba al mando era Moss Williams, que entrevistó personalmente cuatro veces a Eola. Después le dijo a Robbards que, a los cinco minutos de hablar con Eola, supo que el tipo era culpable. No sabía cómo ni si podrían probarlo, pero dijo que no le quedó duda alguna de que Eola había asesinado a Inge Lovell. Williams habría apostado su placa.

»Desgraciadamente, eso no los llevó a ninguna parte. Nunca pudieron construir un caso. Nadie había visto nada, Eola no admitía nada y carecían de pruebas físicas. Lo único que Williams pudo hacer fue recomendar al personal que ataran corto a Eola.

»Poco después Eola lideró una especie de revuelta en el edificio I y lo transfirieron a Bridgewater. Williams no lo supo hasta un año después y eso le cabreó. Según Robbards, Williams creía que podían haber aprovechado el traslado a Bridgewater para negociar, quizá para hacer un trato con Eola y que la familia de Inge Lovell pudiera hallar algo de paz. Pero no hubo suerte. Al parecer el Hospital Psiquiátrico Estatal de Boston prefería lavar sus propios trapos sucios ocultándolos al público.

Sinkus carraspeó y dejó su informe sobre la mesa, expectante. La mayoría de sus colegas detectives, sentados alrededor de la sala, le miraban con el ceño fruncido.

—No lo pillo —dijo McGahagin. Parecía haber dejado el café ese día, su voz había perdido la tensión producida por el exceso de cafeína, aunque su rostro aún denotaba la palidez propia de quien pasa demasiado tiempo bajo luces fluorescentes—. ¿Realmente creemos que esto lo hizo uno de los pacientes del hospital? Lo acepto, investigar a los lunáticos locales tiene sentido. Pero, como tú has dicho, los pacientes con antecedentes violentos supuestamente estaban encerrados. Y, aunque alguno hubiera logrado escapar, ¿cómo habría podido salir de los terrenos para raptar, no a una sino a seis niñas? Luego volvió a los terrenos, preparó la cámara y pasó tiempo allí abajo. ¿Y nadie vio nada?

—Puede que ya no fuera un paciente —replicó Sinkus—. Robbards me informó de otro dato interesante. A principios de la década de 1980 empezó a notar una tendencia inquietante: mascotas perdidas. Muchas, muchas mascotas perdidas. En las afueras, cuando desaparecen Fluffy y Fido te empiezas a preguntar si no habrá una invasión de coyotes. Pero nadie cree que haya depredadores de cuatro patas activos en una zona socialmente deprimida en el centro de la ciudad como es Mattapan, ni siquiera en unos terrenos tan vastos.

—¿En qué estás pensando? —le apremió D.D.

Sinkus se encogió de hombros.

—Todos sabemos que algunos asesinos empiezan matando animales. A Robbards siempre le sorprendió que ese mismo año, cuando el hospital cerró para siempre, empezaran a desaparecer animales locales. Te plantea preguntas. ¿Adónde fueron a parar todos esos pacientes a los que se trataba en el Hospital Psiquiátrico Estatal de Boston? ¿Sanaron todos por arte de magia?

»Cada vez estoy más seguro de que buscamos a un *antiguo* paciente del Hospital Psiquiátrico de Boston. Y, si buscamos antiguos pacientes, Christopher debe encabezar la lista. Según dice todo el mundo, es astuto, hábil y ya se ha ido de rositas tras asesinar a Inge Lovell.

—De acuerdo —dijo D.D. mostrando las manos—, me has convencido. ¿Dónde para el señor Eola últimamente?

—No lo sabemos. He dejado un mensaje a la superintendente de Bridgewater hace una hora. Espero sus noticias.

—Ve a verla —dijo D.D. tras pensarlo—. No es la primera vez que oigo el nombre de Eola hoy.

D.D. se embarcó en un breve resumen de la conversación que habían mantenido Bobby y ella con Charlie Marvin. Les contó los temores del pastor sobre Eola y sobre el antiguo empleado Adam Schmidt. Luego, tras tomar aire profundamente, habló de la aparición de Annabelle Granger.

El equipo pasó de un silencio pétreo a un rugido en menos de diez segundos.

—¿Qué? ¿Cómo? ¡Un momento! —La ronca voz de McGahagin por fin se impuso al guirigay—. ¿Nos estás diciendo que tenemos una testigo?

—Mmmm, yo no diría tanto. ¿Bobby?

D.D. se giró hacia él, con el rostro sereno, como si no estuviera arrojándole un buen montón de mierda en el regazo. Él, por su parte, le regaló una tensa sonrisa forzada y comenzó a intentar resumir tres días de actividades encubiertas en tres puntos principales, que había que someter a la consideración del equipo.

Uno. Annabelle Granger seguía viva y los restos hallados con su guardapelo grabado probablemente pertenecieran a su amiga de la infancia Dori Petracelli.

Dos. Esto delimitaba su línea temporal al otoño de 1982, momento en que existía constancia de que un varón blanco no identificado había estado acosando a la pequeña Annabelle de siete años y posiblemente había raptado a Dori en su lugar cuando la familia Granger huyó a Florida.

Tres. Estaba el pequeño, inquietante, caótico y exasperante detalle de que Annabelle Granger había resultado ser el vivo retrato de otra niña, Catherine Gagnon, que fue raptada y mantenida en un pozo subterráneo en 1980, dos años antes de que desapareciera Dori Petracelli. El secuestrador de Catherine Gagnon, Richard Umbrio, había sido encarcelado a principios de 1982, lo que significaba que no pudo estar implicado en el caso de Annabelle.

Bobby dejó de hablar. Los demás policías se le quedaron mirando.

—Sí —dijo en tono expeditivo—, yo pienso lo mismo.

El detective Tony Rock fue el primero en hablar.

—Mierda —exclamó. Tenía peor aspecto esa noche que la anterior. ¿El exceso de horas de trabajo o la situación con su madre?

—Otra astuta observación.

McGahagin se volvió hacia D.D.

—¿Cuándo pensabais contarnos esto?

Un punto para McGahagin.

—Creí que era importante verificar antes el relato de Annabelle —replicó D.D. rápidamente—, dado el desconcertante impacto que tiene en nuestra investigación. Ella no ha podido aportarnos ningún tipo de documentación. El detective Dodge se ha pasado las últimas veinticuatro horas confirmando los detalles. Yo la creo, pero desgraciadamente no tengo ni idea de lo que significa todo esto.

—Podemos precisar el perfil de nuestro sospechoso —dijo Sinkus tomando la palabra—. Estamos buscando a un depredador metódico y con tendencia al ritual. No se limita a secuestrar a sus víctimas, primero las acosa.

—¿Alguien podría tener alguna conexión con Umbrio? —musitó otro detective expresando sus ideas en voz alta—. ¿Podemos entrevistarle?

—Ha muerto —respondió Bobby sin dar más detalles.

—Pero has dicho que estuvo en la cárcel.

—En Walpole.

—Puede que allí conserven alguno de sus efectos personales. ¿Alguna carta quizá?

—Merece la pena intentarlo.

—¿Qué hay de Catherine Gagnon? ¿Existe alguna conexión entre ella y Annabelle Granger?

—No que sepamos —respondió Bobby—, pero hemos organizado un encuentro entre las dos mujeres mañana por la tarde. Puede que si se ven cara a cara... —Se encogió de hombros.

Unos cuantos detectives le estaban mirando. Los detectives tienen una implacable capacidad para recordar los detalles, como, por ejemplo, que dos años atrás el agente Dodge se había visto envuelto en un tiroteo con un hombre llamado Jimmy Gagnon. Por fuerza, el apellido no era una coincidencia.

Pero no preguntaron y él no dijo nada.

—Charlie Marvin vio a Annabelle en el Hospital Psiquiátrico Estatal de Boston —estaba diciendo D.D.—. Dijo que le resultaba familiar. Yo hablé con él cuando Annabelle se hubo ido e intenté presionarle para sacarle más detalles. Puede que la hubiera visto a ella, o a alguien que se parecía a ella, en Mattapan. Pero se mostró impreciso. Pensó por un momento que la conocía de algo, una de esas sensaciones pasajeras. No sé si es importante o no. Annabelle era una niña cuando cerró el Hospital Psiquiátrico de Boston, de manera que el hecho de que exista alguna conexión entre ella y ese lugar...

—No es probable —terminó la frase Sinkus.

Se hizo el silencio entre el equipo.

—¿Dónde estamos entonces? —se preguntó McGahagin intentando recapitular.

—Hay que encontrar a Christopher Eola —dijo el detective Sinkus.

—Hay que terminar el informe sobre niñas desaparecidas —añadió D.D. dirigiendo una mirada incisiva a McGahagin— y —prosiguió con voz conciliadora, más pensativa—

hay que ahondar en la línea temporal 1980-1982. Sabemos que el manicomio cerró en 1980. Sabemos, gracias al detective Sinkus, que entonces empezaron a desaparecer animales en Mattapan, una pequeña vía secundaria interesante. Sabemos asimismo que al menos a un delincuente, Richard Umbrio, se le había ocurrido encerrar a una niña en un pozo. Y sabemos que, en el otoño, de 1982 un hombre acosaba a una niña en Arlington y que su mejor amiga desapareció poco después a cuarenta kilómetros de allí, en Lawrence. Tenemos razones para creer que todos estos sucesos están relacionados, aunque solo sea por su proximidad en el tiempo, así que vamos a aclararlo.

»Sinkus, tú ocúpate de Christopher Eola desde el momento en el que salió del Hospital Psiquiátrico de Boston: dónde fue, qué hizo, dónde está ahora… McGahagin, tu equipo puede acabar la lista completa de niñas desaparecidas. Quiero que os centréis en todos los nombres de principios de la década de 1980, que resumáis los detalles de las fichas y empecéis a buscar conexiones, *cualquier* conexión, entre las chicas desaparecidas. ¿Cuántos nombres tenéis?

—Trece.

—De acuerdo, empezad a investigar. A ver si podéis relacionar a alguna de esas niñas con Mattapan, Christopher Eola, Richard Umbrio o Annabelle Granger. Quiero saber si alguna de las familias recuerda si recibieron regalos anónimos antes de su desaparición, si hubo incidentes de acosadores en los barrios, ese tipo de cosas. Vamos a suponer que el caso de Annabelle Granger nos da un *modus operandi* y veamos si hay otros casos que encajen en el patrón.

»En cuanto a la relación con Catherine Gagnon, Bobby y yo volamos a Arizona mañana para verla. Lo que le da a Bobby exactamente —se interrumpió para mirar su reloj— doce horas más para descubrir toda conexión relevante entre Richard, Catherine y Annabelle. De acuerdo, equipo, eso es todo.

D.D. se levantó de la silla. Los demás la imitaron poco después.

Bobby siguió a D.D. cuando esta salió de la habitación. No dijo nada hasta que llegaron a la relativa privacidad de su despacho.

—Buena emboscada —comentó.

—Lo has llevado muy bien —respondió D.D., que nunca se disculpaba. Incluso en ese momento parecía impaciente—. ¿Qué pasa?

—Se me ha ocurrido algo esta tarde.

—Me alegro por ti, Bobby. Estoy cansada, hambrienta y vendería mi alma por una ducha. Pero en cinco minutos tengo una reunión con el vicesuperintendente, a quien tengo que convencer de los grandes avances que hemos hecho en la investigación, cuando la verdad es que pienso que hoy sabemos menos que ayer. Ve al grano. Estoy demasiado cansada.

Él recibió el aluvión de quejas con una sonrisa burlona.

D.D. se dejó caer pesadamente en una silla y frunció el ceño.

—¿Qué pasa?

—Según Annabelle Granger, toda su familia huyó una tarde, llevándose solo cinco maletas. ¿Qué fue de la casa?

D.D. le miró parpadeando.

—No tengo ni idea. ¿Qué fue de la casa?

—Exacto. Me he pasado dos horas buscando artículos de prensa de finales de 1982 y de todo el año 1983. Piénsalo: una casa, totalmente amueblada, de repente abandonada en medio del vecindario. Lo normal sería que alguien se diera cuenta. Pero no encuentro nada ni en las noticias ni en los archivos policiales.

—¿En qué estás pensando?

—Creo que la casa no quedó abandonada. Creo que alguien, quizá Russell Granger, volvió para atar los cabos sueltos.

D.D. se irguió.

—Tuvo que darse mucha prisa para que nadie se diera cuenta —musitó.

—Imagino que lo hizo en cuestión de semanas.

—Justo cuando desapareció Dori Petracelli.

—Más o menos.

—¿Has buscado en los guardamuebles, en los registros de inmobiliarias?

—Por ahora no ha aparecido nada registrado en los guardamuebles o en las inmobiliarias a nombre de Russell Granger.

—Entonces, ¿a quién pertenecía la casa de Annabelle en Arlington?

—Según el Registro de la Propiedad, a Gregory Badington.

—¿Quién es Gregory Badington?

Bobby se encogió de hombros.

—Ni idea. Parece que ha fallecido. Intento localizar a su familia.

D.D. frunció el ceño.

—Así que Russell no era el dueño de la casa. A lo mejor la había alquilado. Pero tienes razón. El mobiliario, la ropa de casa, esas cosas. Alguien tuvo que hacerse cargo de todo eso en algún momento. —D.D. cogió un lápiz golpeteó la goma contra la mesa—. ¿Tienes el número de la Seguridad Social del señor Granger? ¿Permiso de conducir?

—Estoy buscando en Tráfico ahora. Voy a llamar a su antiguo jefe en el Instituto de Tecnología de Massachusetts.

—Mantenme informada.

—Una cosa más. Tendremos que trabajar desde tu final.

—¿Y eso qué significa?

—No estaría mal saber el orden en el que murieron las víctimas. Como bien dijiste, parece que estamos delimitando la línea temporal. Creo que debemos situar a cada una de las niñas en esa línea temporal. Supongo que marca una gran diferencia que Dori Petracelli fuera el principio o el final.

D.D. asintió pensativa.

—Llamaré a Christie. Pero no garantizo nada. Sus limitaciones son sus limitaciones y la información que quieres supone, por definición, que debe analizar los seis cuerpos.

—Lo entiendo.

—¿Seguirás trabajando en el enfoque de Russell Granger?

—Sí, claro.

—¿Algo más que debamos hacer antes de mañana?

—Le he dicho a Annabelle que la recogería a las diez.

—Ah, un día con Catherine Gagnon —murmuró D.D.—. ¡Que Dios me dé fuerzas!

—Te dejarás los puños de hierro en casa? —preguntó él secamente.

Ella solo le dispensó una media sonrisa.

—Bueno, Bobby, una chica tiene que divertirse *un poco*.

17

Bella y yo salimos a correr. Bajamos por Hanover y giramos a la derecha brujuleando por una miríada de calles laterales hasta que salimos de golpe a Atlantic Avenue. Aceleramos el paso y entramos en el parque Christopher Columbus. Subimos como una exhalación el corto tramo de escaleras y pasamos volando bajo los largos enrejados abovedados antes de salir por el otro lado, cruzar la calle y llegar a Faneuil Hall. Yo respiraba pesadamente y a Bella le colgaba la lengua.

Pero no dejamos de correr. Como si fuera lo suficientemente rápida como para escapar de mi pasado. Como si fuera lo suficientemente fuerte como para hacer frente a mis miedos. Como si pudiera sacarme de la cabeza la tumba de Dori a base de pura fuerza de voluntad.

Llegamos al Government Center y luego retrocedimos de vuelta hasta el North End, esquivando taxis temerarios y pasando junto a grupos de sintecho que se disponían a pasar la noche. Finalmente volvimos a Hanover Street. Allí redujimos por fin el ritmo, jadeando, y volvimos renqueando al apartamento. En cuanto entramos, Bella se bebió un cuenco entero de agua, se tiró en su cesta y cerró los ojos, suspirando feliz.

Me di una ducha de treinta minutos, me puse el pijama y me tumbé en la cama con los ojos abiertos como platos. Iba a ser una noche larga.

Soñé con mi padre por primera vez en mucho tiempo. No fue un sueño angustioso, ni siquiera suscitó mi enfado apareciendo como un gigante omnipotente, mientras que yo era una persona pequeñita gritándole que me dejara en paz.

Soñé una escena de mi vigésimo primer cumpleaños. Mi padre me había invitado a cenar en Giacomo's. Llegamos a las cinco, porque el local tenía muy pocas mesas y no admitía reservas. Los viernes y sábados por la noche, la cola de gente que esperaba mesa daba la vuelta a la manzana.

Pero era martes y el ambiente estaba tranquilo. Mi padre se sentía locuaz y había pedido una copa de chianti para cada uno. Ninguno de los dos bebíamos mucho, de manera que fuimos tomando el vino a sorbitos mientras mojábamos gruesas rebanadas de pan casero en aceite de oliva con pimienta.

Entonces mi padre habló de repente.

—¿Sabes? Esto hace que todo merezca la pena. Verte tan guapa, tan mayor. Es todo lo que un padre desea para su hija, cariño. Criarte, mantenerte a salvo, ver a la adulta que siempre supe que llegarías a ser. Tu madre estaría orgullosa.

No respondí nada. Tenía la garganta tensa, de manera que tomé un sorbo de vino y mojé más pan. Permanecimos sentados en silencio y ya está.

Dieciocho meses después, mi padre bajaría de la acera para cruzarse en el camino de un taxi zigzagueante. Su rostro quedó tan desfigurado por el impacto que identifiqué su cadáver gracias al vial de cenizas de mi madre que aún llevaba en torno al cuello.

Cumplí su deseo, incineré su cuerpo y mezclé sus cenizas con las de mi madre en mi colgante. Luego llevé la urna a la orilla del mar y, en una noche sin luna, lancé al viento el resto.

Después de tantos años, todas las posesiones materiales de mi padre seguían cabiendo en cinco maletas. Su único objeto personal: una cajita que contenía catorce esbozos a carboncillo de mi madre.

Recogí el apartamento de mi padre en una tarde. Di de baja la luz, el gas y el teléfono y mandé los cheques con las facturas. Cuando cerré la puerta del apartamento por última vez, lo entendí por fin. Era libre, aunque el precio que tendría que pagar por ello sería estar siempre sola.

Bella se subió a mi cama en torno a las tres de la madrugada. Creo que había estado llorando. Me lamió las mejillas y dio tres vueltas antes de dejarse caer a mi lado. La abracé y dormí el resto de la noche con mi mejilla apoyada en su cabeza y mis dedos enredados en su pelaje.

Las seis de la mañana. Bella quería desayunar y yo necesitaba orinar. Aún estaba algo confusa y tenía bolsas oscuras bajo los ojos. Debía terminar el proyecto que llevaba entre manos, mandar la factura y prepararme para ir a Arizona.

Pero me puse a pensar en el día que tenía por delante. La reunión con Catherine Gagnon, a quien, según coincidía todo el mundo, yo no conocía. Pero los polis estaban dispuestos a volar hasta Phoenix para vernos juntas.

Los desconocidos que desconoces. Mi vida parecía estar llena de ellos.

Y, entonces, mientras me lavaba los dientes, la maquinaria de mi cerebro se puso por fin en marcha.

A cuatro horas de emprender el viaje hacia Arizona, supe lo siguiente que tenía que hacer.

La señora Petracelli abrió la puerta y pareció salir directamente de mi recuerdo. Veinticinco años después seguía siendo esbelta, con el cabello castaño oscuro recogido conservadoramente en la nuca. Llevaba pantalones de lana negros y un jersey de cachemira color crema. Con su rostro cuidadosamente maquillado y las uñas pintadas con esmalte rojo estaba tal y como la recordaba: la refinada esposa italiana orgullosa de su impecable hogar, de su familia y de su aspecto.

Sin embargo, mientras yo aguardaba al otro lado de la mosquitera, empezó a tirar de un hilo suelto en el dobladillo de su jersey y vi que sus dedos temblaban.

—Pasa, pasa —dijo alegremente—. ¡Dios mío, Annabelle, no me lo podía creer cuando me llamaste! ¡Qué alegría verte! Te has convertido en una mujer preciosa. ¡Eres la viva imagen de tu madre!

Me invitó a pasar, sin dejar de mover las manos e inclinar la cabeza mientras me llevaba a una cocina color mantequilla, con una mesa redonda sobre la que había humeantes tazas de café y rebanadas de bizcocho. Percibí, no obstante, lo forzada que era la alegría tras sus palabras y el filo crispado de su sonrisa. Me pregunté si podría mirar a alguna de las amigas de la niñez de Dori sin ver lo que había perdido.

Había buscado el número de teléfono de Walter y Lana Petracelli esa mañana en una guía telefónica de internet. Se habían mudado de Arlington a un pequeño cabo en Waltham.

Me había costado una pequeña fortuna pagar un taxi hasta allí, pero pensé que merecía la pena.

—Gracias por recibirme habiendo avisado con tan poca antelación —dije.

—Tonterías, tonterías. Siempre tenemos tiempo para los viejos amigos. ¿Leche, azúcar? ¿Quieres una rebanada de bizcocho de plátano? Lo hice anoche.

Tomé leche, azúcar y una rebanada de bizcocho. Me alegraba que los Petracelli se hubieran mudado. Tener a la señora Petracelli ante mí ya me estaba causando una terrible sensación de *déjà vu*. No sé si habría podido soportar visitarla en su antigua casa, en la vieja cocina.

—¿Y tus padres? —preguntó la señora Petracelli de repente, sentándose frente a mí y cogiendo su taza de café, que tomaba solo.

—Han muerto —dije suavemente, y me apresuré a añadir como si supusiera alguna diferencia—, hace ya algunos años.

—Lamento mucho oír eso, Annabelle —respondió la señora Petracelli y yo la creí.

—¿El señor Petracelli?

—Sigue en la cama. ¡Ah! El precio de hacerse viejo… Pero todavía salimos mucho. Lo cierto es que tengo una reunión en la fundación a las nueve, de manera que me temo que no puedo quedarme contigo mucho rato.

—¿La fundación?

—La Fundación Dori Petracelli. Financia pruebas de ADN en casos de personas desaparecidas, sobre todo si se trata de casos muy antiguos que podrían resolverse gracias a las pruebas que existen hoy en día, pero que los departamentos de policía no pueden o no quieren pagar. Te sorprendería saber cuántos esqueletos se conservan sin más en morgues y en sitios por el estilo, casos que se archivaron antes de la aparición de las pruebas de ADN. Son los casos en los que la nueva tecnología podría tener un mayor impacto, y, sin embargo, son precisamente las víctimas a las que se pasa por alto. Se produce un círculo vicioso, las víctimas suelen precisar un abogado para presionar en la investigación, pero sin una identidad ninguna familia puede abogar por la víctima. La fundación pretende cambiar este estado de cosas.

—Es maravilloso.

—Me pasé dos años llorando cuando Dori desapareció —dijo la señora Petracelli en tono neutro—. Después me sentí muy, muy furiosa. Creo que la ira fue más útil.

Cogió su taza y bebió café. Un momento después yo hice lo mismo.

—Hasta hace muy poco no supe lo que le había pasado a Dori —dije en voz baja—. No sabía que la hubieran secuestrado, que hubiera desaparecido. Sinceramente…, no tenía ni idea.

—Pues claro que no. Solo eras una niña cuando ocurrió y, sin duda, tendrías tus propios problemas para adaptarte a una nueva vida.

—¿Sabía que nos habíamos mudado?

—Cariño, cuando llegaron los camiones de la mudanza a tu casa nos dieron una pista. Dori estaba destrozada. Para serte sincera te diré que nos sorprendió mucho. Éramos… buenos amigos de tu familia y pensamos que nos habríamos tenido que enterar de otra manera. Pero fue una época enloquecida para tus padres. Y, ahora, más que nunca, entiendo su deseo de mantenerte a salvo.

—¿Qué le contaron?

La señora Petracelli ladeó la cabeza, parecía estar recopilando recuerdos de los viejos tiempos.

—Tu padre vino una tarde. Dijo que, en vista de todo lo que estaba pasando, había decidido llevarse a la familia fuera unos días. Yo lo entendí perfectamente y estuve preocupada preguntándome qué tal os iría. Dijo que lo llevabais bien, pero que unos días de vacaciones puede que fueran de ayuda para que todos desconectarais.

»No pensé mucho en ello la primera semana. Estaba demasiado ocupada entreteniendo a Dori, pues tu ausencia la tenía tristona. Una noche sonó el teléfono y era tu padre de nuevo; decía que no nos lo íbamos a creer, que le habían hecho una magnífica oferta de trabajo y que había decidido aceptarla. De manera que no volveríais. De hecho, nos contó que había hablado con una empresa de mudanzas para que empaquetaran todo y lo enviaran a vuestra nueva dirección. Dijo que creía que sería mejor hacer las cosas así.

»Nos quedamos desolados. Walter y yo disfrutábamos mucho de la compañía de tus padres y, además, vosotras estabais tan unidas… Te confieso que lo primero que pensé fue en cómo darle la noticia a Dori. Luego me enfadé un poco. Sentí…, me habría gustado que tus padres hubieran vuelto una última vez para que tú y Dori hubierais podido despediros en condiciones. Yo no era idiota, tu padre fue muy impreciso por teléfono, ni siquiera nos dijo a qué ciudad os mudabais. Aunque respetaba su derecho a la privacidad, me sentí ofendida. Después de todo éramos amigos. Yo creía que buenos amigos. No sé…, fue un otoño tan extraño.

Me miró con la cabeza ladeada y su siguiente pregunta fue sorprendentemente delicada.

—Annabelle, ¿recuerdas lo que estaba pasando antes de que os mudarais? ¿Recuerdas que la policía estuvo en tu casa?

—Algo. Recuerdo que aparecían pequeños regalos en el porche. Y recuerdo que a mi padre le ponían furioso.

La señora Petracelli asintió con la cabeza.

—Yo no sabía qué pensar por entonces. No sabía siquiera si creer los informes iniciales sobre un acosador. ¿Para qué iba a asomarse un hombre adulto al dormitorio de una niña? Éramos tan increíblemente inocentes en aquella época. Tu padre fue el único que supo ver el peligro. Evidentemente, cuando nos enteramos de que un desconocido había estado viviendo en el desván de la señora Watts nos quedamos horrorizados. Se suponía que esas cosas no pasaban en nuestro barrio.

»El señor Petracelli y yo empezamos a hablar de mudarnos, sobre todo tras vuestra marcha. Eso hacíamos aquella semana. Habíamos mandado a Dori a casa de mis padres para ir a buscar una casa. Acabábamos de volver de una inmobiliaria cuando sonó el teléfono. Era mi madre. Preguntaba si yo sabía dónde estaba Dori.

»"¿Qué quieres decir? —pregunté—. Dori está contigo". Entonces hubo un largo, largo silencio y oí cómo mi madre empezaba a llorar.

La señora Petracelli dejó su taza de café sobre la mesa. Me dedicó una sonrisa dulce, de disculpa, y se retiró las lágrimas de la comisura de los ojos.

—Las cosas no mejoran. Te dices a ti misma que todo pasará, pero no es verdad. Hay dos momentos en mi vida que llevaré conmigo hasta el día de mi muerte: el momento en el que nació mi hija y el momento en el que me dijeron por teléfono que había desaparecido. A veces procuro hacer un pacto con Dios. Le digo que le daré todos mis recuerdos gozosos si él me libera de los dolorosos. Está claro que las cosas no funcionan así. Tengo que vivir con todo, absolutamente con todo, tanto si me gusta como si no. Toma —dijo con voz alegre de nuevo—, toma otra rebanada de bizcocho.

Cogí otra rebanada. Ambas actuábamos por inercia, usando los rituales de los buenos modales para mantener a raya el horror latente durante toda nuestra conversación.

—¿Hubo alguna pista? —pregunté—. ¿Sobre Dori?

Saqué una avellana del bizcocho con los dedos índice y pulgar y la deposité sobre la mesa junto a mi taza.

—Uno de los vecinos dijo haber visto una furgoneta blanca sin ningún distintivo por la zona. Solo recordaba a un joven con pelo negro corto y una camiseta blanca al volante. El vecino pensó que podía ser un obrero que estaba trabajando por la zona. Pero nadie apareció. Y en todos estos años ninguna de las pistas ha llevado a nada.

Me obligué a mirarla a los ojos.

—Señora Petracelli, ¿mi padre sabía que Dori había desaparecido?

—La verdad, no lo sé. Desde luego, yo nunca se lo dije. No volví a hablar con tu padre tras aquella llamada telefónica. Lo que, bien pensado, no deja de ser raro. Pero después de todo lo que había pasado ese mes de noviembre, la verdad es que ya no pensamos en ti o en tu familia; estábamos demasiado ocupados intentando salvar a la nuestra. Sin embargo, la desaparición de Dori salió en las noticias. Sobre todo, en los primeros días, cuando había muchos voluntarios y la policía lanzaba mensajes de búsqueda las veinticuatro horas del día. No tengo ni idea de si tus padres lo vieron. ¿Por qué me lo preguntas?

—No lo sé.

—¿Annabelle?

No podía seguir mirándola. No había ido a decir aquello, no quería decirlo. Se suponía que iba en misión de reconocimiento y a obtener información de la señora Petracelli sobre la desaparición de Dori para prepararme para la guerra que me esperaba. Pero allí, sentada en aquella alegre cocina amarilla, no pude más. Sabía que, cuando me miraba, veía a su hija, la pequeña que nunca había llegado a crecer. Y que, cuando yo la miraba a ella, veía a mi madre, la mujer que nunca llegó a envejecer. Ambas habíamos perdido demasiado.

—Di a Dori mi guardapelo —exploté—. Era uno de los regalos. Una de las cosas que ese hombre dejó para mí. Mi padre me ordenó que lo tirara. Pero no pude hacerlo. Y se lo di a Dori.

La señora Petracelli no dijo nada. Echó la silla hacia atrás, se levantó y empezó a recoger los platos de la mesa.

—Annabelle, ¿crees que asesinaron a mi hija por un estúpido guardapelo?

—Es posible.

Ella cogió mi taza y luego la suya. Las dejó en la pila con todo cuidado, como si fueran muy frágiles. Cuando se dio la vuelta, se agachó, puso su mano en mi hombro y me envolvió una dulce fragancia a lavanda.

—Tú no mataste a mi hija, Annabelle. Eras su mejor amiga. Le diste mucha felicidad. No está en nuestra mano el tiempo que pasamos en este mundo. Lo único que podemos hacer es controlar nuestras vidas mientras vivimos. Dori tuvo una vida llena de amor, gracia y alegría. Lo pienso cada mañana al levantarme y todas las noches cuando me acuesto. Mi hija tuvo siete años de amor. Eso es más de lo que nunca llega a tener mucha gente. Tú fuiste parte de ese regalo, Annabelle, y te doy las gracias por ello.

—Lo siento —dije.

—Chsss...

—Es usted tan valiente...

—Juego con las cartas que me han tocado —respondió la señora Petracelli—. El valor no tiene nada que ver con todo esto. Annabelle, me alegra hablar contigo. No tengo muchas ocasiones de hablar con alguien que conoció a Dori. Era muy joven cuando desapareció y hace de eso mucho tiempo… Pero debes irte, querida, tengo una reunión.

—Por supuesto, por supuesto.

Eché mi silla hacia atrás y dejé que la señora Petracelli me acompañara hasta la puerta. Cuando atravesábamos el cuarto de estar, vi al señor Petracelli que bajaba las escaleras vestido con pantalones oscuros, una camisa a cuadros azules y un chaleco de punto azul marino. Me miró, cambió completamente la expresión de su rostro y volvió a subir las escaleras con una taza de café vacía colgando de la punta de sus dedos.

Miré a la señora Petracelli y vi en las líneas de su rostro la tensión que le producía haber mentido sobre su marido. No dije nada, me limité a apretar su mano.

Sin embargo, al llegar a la puerta se me ocurrió una última cosa.

—Señora Petracelli —pregunté—, ¿conserva usted alguna foto?

18

El Aeropuerto Internacional de Phoenix era un mar de humanidad vestida con pantalones bermudas blancos, amplios sombreros de paja y chanclas rojas. Esquivamos a familias, hombres de negocios y grupos juveniles, empujando nuestro equipaje en un carrito por una terminal inacabable. Recordaba de Arizona sus brillantes colores del sudoeste, sus verdes muñecos danzarines que representan a Kokopelli, un dios de la fertilidad de los nativos americanos de la región, y la cerámica de terracota roja.

Al parecer, los diseñadores del aeropuerto no habían oído hablar de nada de eso. Esa terminal, al menos, estaba decorada en lúgubres tonos grises. Cuando bajabas por las escaleras mecánicas se volvía aún más deprimente. Oscuras paredes de cemento daban a todo el lugar el aspecto de una mazmorra.

Nada contribuía a mejorar mi estado de ánimo. *Corre,* me repetía a mí misma. *Corre mientras puedas.*

Acababa de llegar a casa tras visitar a los Petracelli cuando apareció el detective Dodge. Le pedí que esperara abajo mientras metía a toda velocidad cuatro cosas en mi bolsa de viaje. Luego le comuniqué que debíamos dejar a Bella en el veterinario de camino al aeropuerto. No pareció importarle, cogió mi bolsa y abrió la puerta trasera a mi entusiasta perra.

—Llámame Bobby —dijo camino del veterinario.

Dejamos a Bella, que me dirigió una terrible mirada de pena antes de que el ayudante del veterinario se la llevara. Luego seguimos nuestro camino.

D.D. estaba sentada en la terminal del aeropuerto con su habitual expresión ceñuda.

—Annabelle —dijo secamente.

—D.D. —contesté devolviendo el golpe. Ni pestañeó ante la familiaridad.

Parecíamos una gran familia feliz hasta que subimos al avión. D.D. abrió su cartera y extrajo un montón de carpetas antes de ponerse a trabajar. Con Bobby no fue mucho mejor. Sacó a la luz sus propias carpetas, su bolígrafo y cierta propensión a musitar.

Leí la revista *People* de cabo a rabo y luego estudié las ofertas de productos para mascotas de Sky Mall. Puede que si le compraba a Bella su propia fuente de agua me perdonara haberla dejado.

Nunca había volado. A mi padre no le gustaba. «Demasiado caro», solía decir, cuando en realidad lo que quería decir era que resultaba demasiado *peligroso*. Para volar había que comprar billetes que se podían rastrear. Él se limitaba a viajar en coches de segunda mano que pagaba en metálico. Siempre que nos íbamos de una ciudad parábamos en algún patio abandonado por el camino. Adiós, coche familiar. Hola nuevo cubo de óxido.

Ni que decir tiene que algunos de aquellos coches eran más de fiar que otros. Mi padre se convirtió en un experto arreglando frenos, reemplazando radiadores, sellando ventanillas y puertas y pegando parachoques con cinta de embalar. Me asombraba no haber reparado antes en lo raro que resultaba que un matemático sobrecualificado fuera tan hábil con las manos. ¿La necesidad agudiza el ingenio? O puede que simplemente no viera las cosas que no quería ver.

Por ejemplo, si un camión de mudanzas se había llevado nuestras cosas de la casa vieja, ¿por qué no había vuelto a ver ni un mueble de mi infancia?

Por fin llegamos a la salida del aeropuerto. Las gruesas puertas de cristal opaco se abrieron y salimos a un calor envolvente. De inmediato vino hacia nosotros un hombre con uniforme de chófer. Llevaba un cartel blanco con el nombre de Bobby escrito en él.

—¿De qué va todo esto? —preguntó D.D. bloqueando el paso al chófer.

El hombre se detuvo.

—¿Detective Dodge? ¿Sargento Warren? Si me hacen el favor de seguirme…

Hizo un gesto señalando a una elegante limusina negra, que estaba aparcada enfrente, a sus espaldas, junto a la mediana.

—¿Quién ha organizado todo esto? —preguntó D.D. en el mismo tono cortante.

—La señora Catherine Gagnon, por supuesto. ¿Puedo ayudarla con la bolsa?

—No. Rotundamente no. No es posible. —D.D. se volvió hacia Bobby y afirmó con vehemencia en voz baja—: En el reglamento se determina específicamente que los miembros de la policía no pueden aceptar bienes ni servicios. Esto es claramente un servicio.

—Yo no soy miembro de la policía —intervine.

—Tú —dijo ella sin ninguna entonación— estás con nosotros.

D.D. echó a andar de nuevo. Bobby le seguía los pasos. Como no sabía qué hacer dediqué al perplejo chófer un encogimiento de hombros a modo de disculpa y luego fui tras ellos.

Estuvimos veinte minutos esperando un taxi. Tiempo suficiente para que se formaran cercos de transpiración en mis axilas y el sudor bajara por mi espalda. Tiempo suficiente para recordar que mi familia de Nueva Inglaterra solo había aguantado nueve meses en Phoenix antes de huir hacia un clima más frío.

Ya en el taxi, D.D. dio una dirección de Scottsdale y empecé a encajar las piezas. Antigua residente de Back Bay que en la actualidad vivía en Scottsdale con tendencia a enviar limusinas. Catherine Gagnon era rica.

Me pregunté si necesitaría ayuda con la decoración de sus ventanas y tuve que taparme la boca para no emitir una risita histérica. Había perdido un poco el control. Sería por el calor, la compañía o la sobrecarga sensorial de mi primer viaje en avión. La tensión había formado un nudo en mi estómago y me temblaban las manos.

Todo el mundo quería que conociera a esa mujer, pero nadie me decía por qué. Ya les había dicho que jamás había oído hablar de Catherine Gagnon. Aun así, la ciudad de Boston estaba dispuesta a pagar un viaje de ocho mil kilómetros, noche en Phoenix incluida, a dos detectives y a una civil. ¿Qué sabían Bobby y D.D. que yo ignoraba? Y, si yo era tan lista, ¿por qué me sentía un peón del departamento de policía de Boston?

Apreté la frente contra el cristal caliente de la ventanilla. Ansiaba desesperadamente un vaso de agua. Cuando levanté la mirada vi a Bobby mirándome con expresión indescifrable. Giré la cabeza.

El taxi torció a la izquierda. Fuimos ascendiendo y descendiendo colinas polvorientas de color púrpura. Pasamos ante enormes saguaros, arbustos de creosota plateados y cactus erizo de espinas rojas. Mi madre y yo sentíamos tanta curiosidad cuando nos mudamos aquí… Pero no nos adaptamos nunca. El paisaje jamás dejó de parecer el hogar de otra persona. Estábamos demasiado acostumbradas a montañas de picos nevados, densos bosques verdes y acantilados grises de granito. Nunca supimos qué hacer con esta belleza terrible pero ajena.

El taxi llegó a una larga pared de estuco blanco. A nuestra derecha apareció una verja de hierro negro. El taxista redujo la velocidad, giró en dirección a la cancela y halló un telefonillo en la pared exterior.

—Diga que la sargento Warren está aquí —le indicó D.D.

El taxista hizo lo que le pidieron. La elaborada cancela se abrió y entramos en un país de las maravillas verde y umbrío. Pude ver media hectárea de césped en perfecto estado de conservación, con árboles de grandes hojas a ambos lados. Seguimos una carretera serpenteante hasta llegar a una plazoleta donde manaba agua de una fuente recubierta de azulejos en medio de una alfombra de flores. Era el escenario perfecto para la enorme casa estilo misión española que apareció ante nuestros ojos.

A la izquierda: grandes ventanales con marcos de caoba oscura y gruesos muros de adobe. A la derecha: más de lo mismo, excepto que, en ese lado, también había un atrio acristalado y lo que imaginé que era una piscina cubierta.

—Santa madre de Dios —murmuré. Y, para mi gran bochorno, realmente sentí curiosidad por saber si la misteriosa señora Gagnon necesitaría una redecoración de ventanas. ¡Menudo tamaño y cantidad! El reto. El dinero…

—Los dólares de Back Bay dan mucho de sí en Arizona —dijo Bobby despreocupadamente.

D.D. se limitó a mirarlo todo con expresión adusta.

Pagó al taxista y le pidió una factura. Echamos a andar por el largo y sinuoso camino que llevaba a una doble puerta maciza de madera de nogal oscura. Bobby llamó. D.D. y yo nos situamos tras él, aferradas a nuestro equipaje como tímidas invitadas.

—¿Cuánto creéis que costará regar este césped? —farfullé—. Apuesto a que se gasta más en su jardín al mes que yo en pagar el alquiler. ¿Se volvió a casar?

Se abrió el batiente de la derecha y nos vimos ante una matrona hispana de pelo color gris acero, baja y fornida, con bata de trabajo de tono apagado.

—¿Sargento Warren, detective Dodge, *señorita** Nelson? Pasen, por favor. La *señora*** Gagnon los recibirá en la biblioteca.

Se hizo cargo de nuestro equipaje y nos preguntó si queríamos un refresco tras un viaje tan largo. Todos pusimos el piloto automático, le dimos nuestras bolsas, le aseguramos que estábamos bien y la seguimos por el vestíbulo abovedado al interior de la mansión.

Recorrimos un ancho pasillo con las paredes pintadas de blanco crema y, de trecho en trecho, azulejos mejicanos ordenados de cuatro en cuatro. Las vigas a la vista, de madera oscura, sujetaban un techo de tres metros y medio de altura. Gruesas planchas de madera cubrían el suelo bajo nuestros pies.

Pasamos por un atrio, una piscina cubierta y una buena colección de antigüedades. Si el exterior impresionaba, el interior dejaba boquiabierto: para Catherine Gagnon el dinero no era un problema.

Justo cuando empezaba a preguntarme qué longitud podía llegar a tener un pasillo, la criada giró hacia la izquierda y se

---

* En español en el original. *[N. de la T.]*
** En español en el original. *[N. de la T.]*

detuvo ante una pesada puerta doble de nogal. Supuse que era la biblioteca.

La empleada llamó.

—Pase —replicó una voz que sonó amortiguada.

Las hojas de la puerta se abrieron y vi por primera vez a Catherine Gagnon.

19

Catherine estaba de pie ante unos enormes ventanales por los que entraba el sol a raudales. El brillo de la luz exterior oscurecía sus rasgos, revelando únicamente una esbelta silueta con largo cabello oscuro. Tenía sus finos brazos cruzados sobre el estómago. Los huesos de su cadera se marcaban, protuberantes, bajo las tablas de la larga falda campesina. La blusa cruzada color chocolate sin mangas dejaba ver sus hombros torneados.

Miré a Bobby, que parecía estar mirándolo todo menos a Catherine. Ella, en cambio, no podía apartar sus ojos de él. Acariciaba con sus dedos su propio antebrazo desnudo como si ya pudiera sentir sus dedos desplegados sobre el pecho de Bobby. La tensión en la estancia era palpable y nadie decía nada.

—Catherine —dijo Bobby, por fin, volviendo en sí—, gracias por recibirnos.

—Una promesa es una promesa —contestó ella, mirándome brevemente sin detener la vista en mí—. Espero que hayáis tenido un buen viaje.

—No nos podemos quejar. ¿Cómo está Nathan?

—Estupendamente, muchas gracias. Va a un excelente colegio privado y tengo muchas esperanzas puestas en él.

Sonreía, con una mirada de complicidad, mientras Bobby seguía rezagado y ella se acariciaba el brazo sin cesar. Por fin se volvió hacia D.D.

—Sargento Warren. —Su voz se enfrió diez grados.

—Cuánto tiempo sin vernos —murmuró D.D.

—Y aun así no lo bastante.

Su mirada regresó hacia mí, aunque solo fuera para hacer patente su desprecio hacia D.D. Esta vez me examinó a conciencia, paseando la mirada de la punta de mi cabeza a las puntas de mis pies y, de nuevo, a mi cabeza. Aguanté el escrutinio, pero era muy consciente de mi camiseta de algodón barata, mis vaqueros deshilachados y mi vieja mochila. Tenía dos trabajos para poder pagar el alquiler. Peluquería, manicura y ropa bonita eran lujos para mujeres dedicadas al ocio como ella, no para una trabajadora como yo.

Su rostro aún seguía a contraluz y no podía ver su expresión, pero noté cómo un estremecimiento le recorría la espalda. De repente me di cuenta de que este encuentro era tan difícil para ella como para mí.

Se volvió abruptamente hacia la mesa de madera oscura que dominaba la sala.

—¿Nos sentamos? —preguntó señalando las sillas de cuero y a un caballero mayor, de pelo cano, que estaba en la habitación, aunque yo no me había dado ni cuenta—. Detective Dodge, sargento Warren, les presento a mi abogado, Andrew Carson; le he pedido que se una a nosotros.

—¿Se siente culpable? —preguntó D.D. en tono ligero.

—Solo católica —respondió Catherine sonriendo.

Se sentó y yo elegí un asiento enfrente de ella. Hubo algo en la manera en la que se apartó el pelo justo antes de sentarse, de forma algo desafiante, que me produjo una sensación de *déjà vu*. Y en ese instante lo entendí. Era cierto que se parecía mucho a mí.

Bobby sacó una grabadora y la colocó en medio de la mesa. Catherine miró a su abogado, pero, como él no protestó, no dijo nada. D.D. también procuraba recuperar la compostura, poniendo pilas de papeles a su alrededor a modo de pequeña fortaleza. Las únicas que no hacíamos nada éramos Catherine y yo. Nos limitábamos a permanecer sentadas, invitadas de honor de esta extraña y pequeña fiesta.

Bobby puso en marcha la grabadora. Mencionó la fecha, el lugar y los nombres de los presentes. Se detuvo al llegar a mi nombre, empezó a decir Annabelle y se corrigió a tiempo para terminar diciendo Tanya Nelson. Agradecí su discreción.

Empezaron con los preliminares. Catherine Gagnon confirmó que había vivido en Boston en tal y cual dirección. En 1980 volvía a casa andando del colegio. Un vehículo se había parado a su lado y un hombre le había dicho por la ventanilla: «Oye, cariño, ¿me puedes ayudar un momento? He perdido a mi perro».

Describió su secuestro, rescate y, por último, el juicio al secuestrador, Richard Umbrio, en mayo de 1981. Su voz carecía de entonación, parecía aburrida mientras desgranaba la cadena de sucesos; una mujer que ha contado su historia muchas veces.

—Tras la conclusión del juicio de 1981, ¿tuvo usted ocasión de volver a ver al señor Umbrio? —preguntó D.D.

El abogado, Carson, levantó la mano inmediatamente.

—No conteste.

—Señor Carson...

—La señora Gagnon ha tenido la gentileza de acceder a responder a preguntas relacionadas con su secuestro en octubre-noviembre de 1980 —aclaró el abogado—. El hecho de que viera o no al señor Umbrio después de 1980 queda fuera del ámbito de su interrogatorio.

D.D. parecía muy molesta y Catherine se limitó a sonreír.

—Cuando estuvo usted con el señor Umbrio, *en octubre y noviembre de 1980* —subrayó D.D.—, ¿le habló de otros crímenes, secuestros o agresiones a otras víctimas?

Catherine negó con la cabeza y añadió un «no» un momento después, pensando en la grabadora.

—¿Ha estado alguna vez en el Hospital Psiquiátrico Estatal de Boston?

Carson volvió a levantar la mano.

—Señora Gagnon, ¿visitó alguna vez el Hospital Psiquiátrico Estatal de Boston *en el otoño de 1980?*

—Ni siquiera había oído hablar del Hospital Psiquiátrico Estatal de Boston, ni antes ni después de 1980 —respondió Catherine magnánimamente.

—¿Y el señor Umbrio? —insistió D.D.

—Si él estuvo, resulta evidente que se le olvidó mencionármelo, porque en tal caso sí habría oído hablar del hospital, ¿no le parece?

—¿Amigos, confidentes? ¿Umbrio llegó a mencionar a alguien que le fuera cercano o tal vez llevó a algún «invitado» al pozo?

—¡Por favor! Richard Umbrio era una versión adolescente del mayordomo de *La familia Addams.* Era demasiado grande, demasiado frío y, francamente, demasiado friki incluso a los diecinueve años. ¿Amigos? No tenía. ¿Por qué cree que me mantuvo viva tanto tiempo?

El discurso suscitó algunas expresiones de asombro. Catherine extendió las manos mirándonos como si fuéramos idiotas.

—¿Qué? ¿Creen que no me di cuenta de que pretendía matarme? De hecho, lo intentó más de una vez. Ponía sus grandes dedos sudorosos alrededor de mi cuello y apretaba como si yo fuera un pollo. Le gustaba mirarme a los ojos mientras lo hacía. Pero, luego, en el último segundo, paraba. ¿Amabilidad? ¿Compasión? No creo, no Richard.

»Simplemente no estaba preparado aún para asumir mi muerte. Era la compañera de juegos perfecta. Nunca discutía, siempre hacía lo que me decía. Algo así no lo iba a encontrar en la vida real ni en broma.

Se encogió de hombros; el tono neutro de su voz hacía sus palabras mucho más cortantes.

—¿La asfixiaba? —presionó D.D.—. ¿Con sus manos desnudas? ¿Está segura de eso?

—Muy segura.

—¿Nunca usó un cuchillo, ligaduras, o jugaba por ahí con un garrote?

—No.

—Dijo que la ataba. ¿Con una soga, esposas o de alguna otra forma?

—Una soga.

—¿Siempre el mismo tipo, tipos diferentes, nudos favoritos?

—Pues no lo sé. Una soga. Tenía una bobina entera. Era gruesa, quizá de un centímetro. Blanca. Sucia. Fuerte. Clavaba estacas en el suelo de madera y ataba mis miembros a las estacas. Debo reconocer que en aquel momento no sentía los nudos —prosiguió con voz distante.

—¿Alguna vez llevó bolsas de basura?

—¿Bolsas de basura? ¿De qué tipo?

—Cualquier tipo de bolsa de basura.

Catherine negó con la cabeza.

—A Richard le gustaban las bolsas de plástico del supermercado. Llenas de suministros o comida. Hubieran estado orgullosos de Richard. Era un campista escrupuloso, lo que traía se lo llevaba. Todo un *boy scout*.

—Señora Gagnon, ¿sabe usted por qué la secuestró el señor Umbrio?

—Sí.

D.D. vaciló un segundo, como si no esperara esa respuesta, aunque ella hubiera hecho la pregunta.

—¿Lo sabe?

—Sí. Llevaba una falda de pana y medias hasta las rodillas. Al parecer, Richard estaba obsesionado con las niñas de colegio católico. Me echó un vistazo y decidió que era yo. No había nadie más alrededor, así que… ¡mala suerte para mí!

D.D. y Bobby se miraron. Bobby había estado tomando notas frenéticamente mientras D.D. hacía las preguntas. Suponía que registraba los detalles del ataque a Catherine para hacer comparaciones con las víctimas halladas en el Hospital Psiquiátrico de Boston. Pero ambos parecían preocupados y miraban a Catherine.

—Catherine —preguntó D.D. con calma—, ¿había visto a Richard antes de aquella tarde?

—No.

—¿La había estado vigilando? ¿Mencionó haberla seguido desde el colegio, haberla mirado mientras jugaba en el patio o algo similar?

—No.

—De manera que esa tarde, cuando su coche apareció en la calle, ¿fue la primera vez que se vieron Richard y usted?

—Como he dicho, ¡mala suerte!

D.D. frunció el ceño.

—¿Qué pasó después de que entrara en su coche?

—La puerta estaba atascada, cerrada, no sé. No podía abrirla.

—¿Gritó, luchó?

—No me acuerdo.

—¿No se acuerda?

—No. Recuerdo haber subido al coche y recuerdo que cada vez me sentía más confusa e incómoda. Creo que cogí la manilla de la puerta y... no recuerdo más. La policía y los terapeutas llevan años preguntándomelo, pero no consigo recordarlo. Supongo que gritaría, supongo que lucharía. Pero también es posible que no hiciera nada. Puede que lo que encubra mi amnesia sea un sentimiento de vergüenza. —Sus labios se curvaron ligeramente, pero su sonrisa cohibida no llegó a alcanzar su mirada.

—¿Qué puede recordar? —preguntó D.D. con voz algo más amable. Eso pareció hacer que Catherine recuperara su sangre fría.

—Me desperté en la oscuridad.

—¿Él estaba ahí?

—Listo para el baile.

—¿En el pozo?

—Sí.

—¿De modo que ya había preparado el pozo antes de verla y decidirse a actuar?

Bobby y D.D. volvieron a intercambiar esa mirada. Esta vez habló Bobby.

—Según dijiste antes, Umbrio te secuestró movido por un impulso repentino, a causa de tu ropa. ¿Cómo estaba tan preparado?

Catherine le miró.

—El pozo no era nuevo. Lo encontró un día explorando el bosque. Lo convirtió en un lugar secreto para esconderse, mirar sus revistas y menearse la colita lejos de sus padres. Y, por supuesto, para ocultar a su esclava sexual personal —contestó y volvió a encogerse de hombros.

»El caso es que *yo* no creo que me raptara siguiendo un impulso. No. Fue lo que dijo, pero nunca le creí. Tenía soga, material para amordazarme y taparme los ojos. ¿Qué persona normal lleva eso en su coche? Richard era un pirado del *bondage*. Todas y cada una de sus jodidas revistas porno iban de «ata a esa perra» o «azótale el culo». Ustedes son los expertos y ya me dirán, pero creo que la idea de ese pequeño santuario para violar había ido tomando forma lentamente en su cabeza. Era lo suficientemente fuerte como para hacer lo que quisiera y tenía el lugar perfecto. Solo le faltaba un sujeto que no quisiera estar ahí. Así que una tarde de octubre se fue de compras.

—¿De compras? ¿Esas son sus palabras o las de Richard? —preguntó D.D. en tono cortante.

—¿Acaso importa?

—Sí.

Catherine enarcó una ceja.

—No lo recuerdo.

—Catherine —dijo Bobby ganándose una mirada asesina de D.D., que esperaba dirigir la sesión—, ¿cómo te pareció Umbrio de experimentado cuando te secuestró? ¿Fuiste la primera, la tercera, la duodécima?

—Eso es especulativo —intervino Carson.

—Lo comprendo.

Bobby no dejaba de mirar a Catherine. Ella había puesto las manos sobre la mesa y flexionaba y extendía los dedos mientras pensaba en sus palabras.

—¿Te refieres a sexualmente? ¿Quieres saber si era virgen?

—Sí.

Tardó algo en responder.

—Yo tenía doce años —dijo al fin— y no tenía la suficiente experiencia propia como para juzgar ese tipo de cosas. Pero…

—Pero… —la animó Bobby cuando vio que no proseguía.

—Si lo considero desde mi perspectiva de mujer adulta, al principio estaba demasiado excitado. Se corría incluso antes de penetrarme, luego se avergonzaba y me pegaba para ocultar su vergüenza. Ocurrió con frecuencia en los primeros días. Llegaba con planes muy elaborados sobre lo que quería hacer, pero estaba tan excitado que eyaculaba antes de poder ponerlos en práctica. Con el tiempo se fue calmando. Estaba menos ansioso y se volvió más imaginativo. —Sus labios se torcieron—. Aprendió a ser cruel.

»Así que, si me pides mi opinión de mujer adulta, diría que al principio carecía de experiencia. Sus fantasías se fueron volviendo más y más complicadas y exigentes con el tiempo, si eso os dice algo.

De repente su mirada se detuvo en mí.

—¿Lo conocías?

—¿A quién? —pregunté, desconcertada por ser el centro de todas las miradas.

—A Richard. ¿Qué opinabas de él?

—Yo no…, no…, no lo conozco.

Catherine frunció el entrecejo y miró a Bobby.

—Me dijiste que era una superviviente.

—Y lo es. Sobrevivió al acoso de un sujeto blanco desconocido a principios de la década de 1980. Estamos intentando determinar quién era ese sujeto, si era Umbrio.

Me observó con cara de pocos amigos y mirada escéptica.

—¿Basándote en qué? ¿En que se parece a mí? Sinceramente, tampoco veo que nos parezcamos *tanto*.

Echó hacia atrás su brillante melena negra logrando resaltar sus pechos en el mismo movimiento. Pensé que eso dejaba claro lo que ella consideraba diferencias clave entre nosotras.

—¿La ha visto antes? —preguntó D.D. a Catherine intentando encauzar la conversación—. ¿Tanya le resulta familiar?

—Claro que no.

D.D. me miró.

—Yo tampoco la había visto nunca —confirmé—. Pero haz números. En el otoño de 1980 yo tenía cinco años. ¿Qué probabilidades hay de que recordara a una chica de doce?

Me volví hacia Catherine.

—¿Has vivido en Arlington? —le pregunté.

—Waltham.

—¿Ibas a la iglesia?

—En contadas ocasiones —respondió.

—¿Visitabas a familiares o amigos en Arlington?

—No que yo recuerde.

—¿Qué hay de tus padres? ¿A qué se dedicaban?

—Mi madre era ama de casa y mi padre reparaba electrodomésticos para Maytag —nos informó.

—Viajaba entonces.

—Nunca iba a la ciudad. Se movía por los barrios residenciales de las afueras. ¿Y los tuyos?

—Mi padre era un matemático del MIT —respondí.

—Muy diferente —dijo Catherine, ahora con más curiosidad—. Evidentemente no creo que en 1980 se cruzaran nuestros pasos, al menos de forma memorable.

—¿Y qué hay de otros parientes? —preguntó Bobby—. Dado el aire de familia, digo.

Catherine se limitó a encogerse de hombros.

—D.D. y tú estáis buscándole tres pies al gato. Ambas parecemos italianas. Debe de haber cientos de mujeres en Boston que podrían decir lo mismo.

Todos me miraron. No tenía nada que añadir y, la verdad, estaba de acuerdo con Catherine. No creía que el parecido fuera tan grande. Ella era mucho más delgada y yo tenía las piernas más bonitas.

La conversación se estaba agotando. D.D. tenía una expresión perpleja. Bobby miraba fijamente su grabadora. No habían conseguido lo que habían ido a buscar. *Modus operandi*, pensé; intentaban comparar a Umbrio con mi acosador, excepto que, según Catherine, Umbrio la había raptado porque vio la oportunidad, mientras que la persona que me había dejado regalos...

Puede que las víctimas nos pareciéramos, pero los delitos eran diferentes.

Cuando no se formularon más preguntas Catherine apoyó las manos sobre la mesa como para levantarse.

—Un momento —dijo Bobby de forma cortante.

—¿Qué?

—Piénsalo bien, Catherine. ¿Estás totalmente segura de que el hombre que te secuestró era Richard Umbrio?

—¿Perdón?

—Eras joven, te sentías atrapada, estabas traumatizada y la mayor parte del tiempo que pasaste con él viviste en la oscuridad...

—Señora Gagnon —empezó a decir el abogado nervioso, pero Catherine no necesitaba su ayuda.

—Veintiocho días, Bobby, durante veintiocho días Richard Umbrio fue la única persona en mi mundo. Si comía, era porque él me llevaba comida. Si bebía, era porque se dignaba a darme agua. Se sentaba a mi lado, se tumbaba sobre mí. Me follaba sujetando mi rostro entre sus enormes manazas gritándome que no dejara de mirarle.

»Aún hoy veo su cara tal y como la vi a través de la ventanilla del coche. Le veo rodeado de luz cada vez que aparecía en la boca de mi prisión y entonces sabía que, por fin, iba a comer. Recuerdo cómo me miraba a la luz de la linterna, que dormía como un bebé con mi puño atado al suyo para que no me escapara.

»No me cabe duda de que Richard Umbrio me secuestró hace veintisiete años. Y no tengo la menor duda de que todos y cada uno de mis días doy gracias por haber metido el cañón de la pistola en su boca y haberle volado los sesos.

Carson, el abogado, abrió los ojos de asombro al escuchar el final del discurso de su cliente. Bobby se limitó a asentir. Alargó la mano y apagó la grabadora.

—De acuerdo, Cat —dijo suavemente—. Ahora danos tu opinión: si Richard Umbrio fue a prisión en 1981, ¿quién pudo construir una cámara subterránea aún más grande en los terrenos de un antiguo manicomio? ¿Quién raptó a otras seis niñas y las metió bajo tierra?

—No lo sé y, sinceramente, me ofende bastante que pienses que puedo saberlo.

—Tenemos que preguntarte, Cat. Tú eres lo más cerca de Umbrio que llegaremos a estar nunca.

Eso la enfadó claramente. Esta vez se levantó de la mesa.

—Creo que ya hemos terminado.

—Estuviste a solas con él en el vestíbulo —continuó Bobby implacable—. Habló contigo en la *suite* del hotel. ¿Mencionó a algún amigo? ¿Un amigo por correspondencia, quizá? ¿Alguien a quien hubiera conocido en prisión?

—¡Me explicó detalladamente cómo iba a matarme!

—¿Qué hay de Nathan? Richard lo secuestró a él primero, puede que cuando estuvieron a solas...

—¡No metas a mi hijo en esto!

—Seis niñas muertas, Catherine. Seis niñas que no sobrevivieron a la oscuridad.

—¡Maldito seas!

—Necesitamos saber y tú vas a contárnoslo. Si Richard tenía un amigo, un cómplice o un mentor, debemos saberlo.

Catherine respiraba pesadamente con los ojos fijos en Bobby. Por un instante no estuve muy segura de lo que iba a hacer. ¿Gritar? ¿Darle una bofetada?

Puso las manos en el borde de la mesa. Se inclinó hacia delante hasta que su nariz prácticamente tocaba la de Bobby.

—Richard Umbrio no tuvo *nada* que ver con tu escena del crimen. Estaba en la cárcel. Y, cuando ejercía de hijo de puta homicida, también era, desgraciadamente para ti, un solitario. No tenía amigos ni cómplices. Hemos terminado para siempre. Cualquier otra pregunta que tengas se la pasas a mi abogado. Carson.

Carson sacó obedientemente sus tarjetas de visita.

Catherine se enderezó.

—Y ahora, si nos excusas, Annabelle o Tanya o como se llame y yo tenemos cosas de que hablar.

—Ah, ¿sí? —pregunté estúpidamente.

—Un momento —replicó Bobby.

—De ninguna manera —intervino D.D. levantándose de la mesa.

Fue la vehemencia de su reacción, la posesividad que implicaba, lo que me hizo seguir a Catherine.

—No os preocupéis, queridos —dijo nuestra anfitriona a Bobby y a D.D. por encima del hombro—. La traeré de vuelta antes de medianoche.

Cerró las puertas de la biblioteca a nuestras espaldas y echó a andar por el pasillo.

—¿Adónde vamos? —pregunté acelerando el paso para no quedarme atrás.

—¡Oh, querida! Obviamente, te llevo de compras.

20

Catherine eligió Nordstrom para su terapia de compras. El chófer de su limusina nos dejó delante y Catherine le informó alegremente de que le llamaría cuando le volviera a necesitar. Se fue a hacer lo que quiera que hagan los chóferes de limusina entre una llamada de sus jefes y otra. Yo entré en la tienda con Catherine.

Sugirió que fuéramos a comer. Como mi estómago emitía gruñidos audibles no protesté.

Pasaban de las seis y el café de Nordstrom estaba bastante lleno. Hice cola para pedir *focaccia* de pollo asado con pesto. Catherine pidió una taza de té.

Miró mi enorme sándwich con su guarnición de batatas. Enarcó una ceja y luego siguió dando sorbos a su té verde. Me tomé todo el sándwich y la ración de batatas y volví a por una porción de pastel de zanahoria por mero despecho.

—¿Qué opinas del detective Dodge? —preguntó cuando me quedaba medio pastel y, presumiblemente, estaba tan llena de azúcar que no iba a percibir la suave nota de anhelo en su voz.

Me encogí de hombros.

—¿En calidad de poli o de qué?

—De qué —respondió sonriendo.

—Si me lo encontrara desnudo en mi cama, no lo echaría a patadas.

—¿Lo has hecho?

—No es esa la naturaleza de nuestra relación —respondí, aunque la imagen de Bobby desnudo permaneció en mi mente algo más de lo necesario—. Pero creo que D.D. y él…

—Imposible —respondió Catherine inmediatamente—. Sexo, tal vez, ¿pero una relación? Ella es demasiado ambiciosa para él. No creo que ponga los ojos en algo por debajo de un fiscal de distrito con aspiraciones políticas o un jefe del sindicato del crimen. Bueno, eso sería interesante.

—No os gustáis mucho.

Fue su turno de encogerse de hombros.

—Produzco ese efecto en las mujeres. Quizá porque me acuesto con sus maridos. Pero si sus maridos no se acostaran conmigo lo harían con sus secretarias y, puestos a que te pongan los cuernos, ¿no preferirías que fuera con alguien como yo en vez de con una rubia de bote con mal gusto para los zapatos?

—Nunca lo había considerado desde ese punto de vista.

—Poca gente lo hace.

Catherine dejó la taza en la mesa y trazó un dibujo al azar en el mantel con su uña pintada de esmalte rojo. Cuando volvió a hablar lo hizo con voz grave en la que, de nuevo, había rastros de vulnerabilidad.

—Hace tiempo —dijo con calma— invité a Bobby a venirse a Arizona conmigo. Le ofrecí todo: mi cuerpo, mi hogar, una glamurosa vida de ocio. Me dijo que no. ¿Lo sabías?

—¿Eso fue antes o después de que matara a tu marido?

Sonrió; pareció divertirla que supiera ese pequeño detalle.

—Después. Has estado hablando con D.D., ¿verdad? Está obsesionada con la idea de que yo lo planeé todo para que

Bobby matara a mi marido. Creo que ha leído demasiadas novelas policiacas. ¿Has oído hablar de la navaja de Ockham? ¿Lo de que la explicación más sencilla suele ser la más probable...?

Asentí con la cabeza.

—Bueno, por ser breve, Jimmy me pegó una paliza, Bobby hizo lo correcto aquella noche y yo sigo felizmente viva por siempre jamás, ¿no se nota?

Su voz se quebró ligeramente al decir la última palabra. Pareció darse cuenta, cogió su taza de té y dio otro sorbo. No dije nada durante un rato, me limité a absorber a la mujer que tenía ante mí. Mostraba una imagen como de anuncio sexual ambulante, pero yo ahora estaba bastante segura de que no había sentido nada en los últimos veintisiete años.

¿Era ese el destino del que había escapado por poco cuando mi padre decidió huir? Y, de ser así, ¿por qué entonces no me sentía más aliviada? Porque básicamente me sentía triste. Era una tristeza profunda y dolorosa. El mundo era cruel. Hombres adultos acosaban a niñas pequeñas. La gente traicionaba a sus seres queridos. Lo que se hacía nunca podía deshacerse. Así era como funcionaban las cosas.

Catherine levantó la cabeza como si hubiera estado leyendo mi mente. Me miró a los ojos.

—¿Por qué estás aquí, Annabelle?

—No lo sé.

—Richard no era tu acosador. Cuando tú tenías siete años, ya lo habían condenado a cadena perpetua. Además, las fantasías de Richard implicaban intimidación y dominio. No era lo suficientemente sutil como para acosar a nadie.

—Tú solo tenías doce años. No fue culpa tuya.

—¿Crees que no lo sé? —preguntó dedicándome una sonrisa.

—Sobreviviste.

Empezó a reír, un hondo sonido gutural que hizo que otros comensales nos miraran.

—¿Crees que sobreviví? Ay, Annabelle, eres sencillamente *adorable*. Venga ya, tú fuiste un objetivo a los siete años, no me digas que no has aprendido nada.

—Soy una experta luchadora de *kick boxing* —me oí decir con cierta rigidez—. Mi padre se tomaba el tema de la seguridad muy en serio y me enseñó defensa personal, nociones básicas de criminología, cuándo correr, cuándo luchar y cómo distinguir la diferencia. Crecí bajo toda una serie de alias y viví en docenas de ciudades diferentes. Créeme, sé lo serio que es.

—¿Tu padre te enseñó? —preguntó de nuevo con la ceja enarcada.

—Sí.

—¿El profesor del MIT?

—El mismo.

—Y ¿cómo sabía tu padre tanto de criminología y de defensa personal?

Me encogí de hombros.

—La necesidad agudiza el ingenio, ¿no es eso lo que dicen?

Catherine me miraba con expresión confundida.

—Espera, espera —dijo cuando se dio cuenta de que me estaba enfadando—. No me burlo de ti. Quiero entender. Cuando ocurrió todo aquello tu padre…

—Se llevó a su familia. Una tarde hicimos las maletas, cargamos el coche y desaparecimos.

—¡No!

—Sí.

—¿Con nombres falsos y todo?

—Todo. No se puede estar a salvo de otra forma. Lo que me recuerda que se supone que debes llamarme Tanya.

Pasó de mi alias, en absoluto preocupada.

—¿Tu padre consiguió otro puesto en una universidad de Florida?

—No pudo. No sin un currículum vitae, y los permisos de conducir falsos rara vez se acompañan de ese tipo de documentación. Se hizo taxista.

—¿*De verdad?* ¿Y tu madre?

Me encogí de hombros.

—Una vez que te conviertes en un ama de casa, supongo que siempre eres ama de casa.

—Pero ¿no protestó? ¿No intentó detenerle? ¿Tus dos padres hicieron eso por ti?

—Pues claro, ¿qué podían hacer? —pregunté desconcertada.

Catherine se recostó en la silla y cogió su taza de té. Su mano empezó a temblar y el líquido se derramó. Volvió a dejar la taza de porcelana en la mesa.

—Mis padres nunca hablaron de lo que pasó —dijo abruptamente—. Un día desaparecí. Otro día volví a casa. Nunca hablamos del tiempo transcurrido entre ambos sucesos. Fue como si esos veintiocho días hubieran sido una pequeña irregularidad en el continuo espacio-temporal que era mejor olvidar. Seguimos viviendo en la misma casa y volví al mismo colegio. Mis padres retomaron sus antiguas vidas.

»Nunca se lo perdoné. Nunca les perdoné que pudieran seguir viviendo, funcionando, respirando, cuando cada pedacito de mí dolía tanto que quería tirar la casa abajo, tablón a tablón. Quería sacarme los ojos; quería gritar y chillar tan fuerte que era incapaz de emitir un solo sonido.

»Odiaba esa casa, Annabelle. Odiaba a mis padres por no haberme salvado. Odiaba la manzana donde vivía y odiaba a todos y cada uno de los niños de mi colegio que habían vuelto tranquilamente a casa el 22 de octubre porque no habían intentado ayudar a un desconocido a encontrar a su perro.

»Murmuraban, ¿sabes? Contaban cosas de mí en el patio, compartían guiños y gestos en los vestuarios. Yo nunca dije nada porque todo lo que murmuraban era cierto. Ser una víctima es un billete de ida, Annabelle. Es en lo que te has convertido y nadie te permitirá nunca volver atrás.

—Eso no es cierto —protesté—. Mírate, no eres débil ni estás indefensa. Cuando Umbrio salió de la cárcel no te limitaste a encogerte como un erizo. Lo mataste, por amor de Dios, y eso te hizo más poderosa. Estuviste a la altura del reto. Ganaste, Catherine.

»Yo no. No he dejado de entrenar, pero no he hecho frente a ninguna prueba. Me he pasado la vida corriendo y ni siquiera sé a quién se supone que debo temer. "No te fíes de nadie" era el lema favorito de mi padre. "El hecho de que estés paranoica no significa que no vayan a ir a por ti". No sé. Tal vez mi padre tenía razón. Parece que siempre es el marido guapo y encantador quien mata a su mujer brutalmente, el tímido líder de los *boy scouts* el que es un asesino en serie, el compañero de trabajo tranquilo el que un día abre fuego con un AK-47. ¡Diablos, sospecho hasta del cartero!

—Yo también —intervino Catherine inmediatamente— y de los revisores del gas, de los de mantenimiento y de los representantes de atención al cliente. La cantidad de información que tienen al alcance de sus manos da miedo.

—¡Exacto!

—Creé una empresa fantasma —prosiguió Catherine en tono neutro—. Puse todo a nombre de la compañía y, ¡tachán!, dejé de existir en los papeles. Es la única forma de estar segura. Puedo pedirle a Carson que te lo solucione.

—Gracias, pero yo no tengo ese tipo de cuentas…

—Tonterías, no se trata de dinero, sino de seguridad. Hazme caso en esto. Le diré a Carson que te cite. Debes pensar en el futuro, Annabelle. El truco para estar a salvo es ir siempre un paso por delante.

Asentí con la cabeza, pero sus palabras apagaron mi entusiasmo. Un paso por delante ¿de qué? ¿Qué podía depararle el futuro a alguien como yo? Me habían entrenado durante veinticinco años para vivir viajando de un lado a otro, mintiendo, desconfiando, no comprometiéndome con nadie. Incluso en Boston solo conocía de pasada a mis compañeros de trabajo de Starbucks y apenas era algo más que una criada para mis clientes ricos. Iba a la iglesia, pero siempre me sentaba atrás. No quería que nadie me hiciera demasiadas preguntas ni quería mentirle a un hombre de Dios.

En cuanto a mi negocio, ¿qué pasaría si me fuera bien y quisiera contratar empleados? ¿Aguantaría mi identidad falsa el intenso escrutinio de las comisiones reguladoras y de las agencias intermediarias? Me decía a mí misma que era optimista, me decía que tenía el control, que tenía un sueño. ¡No iba a ser el peón de mi padre! Pero lo cierto era que, semana tras semana, seguía la misma rutina manteniéndome fuera del alcance del radar. Mi negocio no crecía. No había hecho amistades ni había salido con nadie en serio.

Nunca me enamoraría. Nunca tendría una familia. Veinticinco años después de haber empezado a correr mis padres habían muerto y yo estaba sola y aterrorizada.

Entonces entendí a Catherine Gagnon. Tenía razón. Nunca había escapado de ese pozo en el suelo. Al igual que yo nunca había dejado de ser un objetivo.

—Tengo que ir al cuarto de baño —murmuré.

—Yo he acabado también.

—Por favor, creo que necesito un minuto.

—Me empolvaré la nariz —dijo encogiéndose de hombros.

Me siguió al tocador de señoras y se colocó ante el espejo dorado. Yo me metí en una de las cabinas, apreté la frente contra la fría puerta de metal e intenté recobrar la compostura, centrarme.

¿Qué solía decir mi padre? Era fuerte, era rápida y tenía instinto de luchadora.

¿Qué sabía mi padre? Pese a toda su planificación había sido incapaz de esquivar a un taxi perdido.

Cerré los ojos con fuerza y pensé en mi madre. En cómo me había acariciado el pelo. En su mirada aquella tarde otoñal en Arlington, cuando me dijo que me quería, que siempre me querría.

Saqué del bolsillo la foto que me había dado la señora Petracelli. La habían tomado durante una barbacoa celebrada en el patio trasero de los Petracelli. Yo estaba sentada a la mesa de pícnic junto a Dori. Sonreíamos a la cámara, cada una con nuestro polo. Mi madre estaba a un lado brindando hacia la cámara con un cóctel margarita y sonriéndonos con indulgencia. Mi padre estaba en la parte de atrás ocupado ante la barbacoa. También miraba a la cámara, puede que hubiera oído a la señora Petracelli decir «patata» y se hubiera dado la vuelta exhibiendo una amplia sonrisa.

El olor de las hamburguesas haciéndose, del césped recién cortado y de las mazorcas asándose. El sonido del aspersor de los vecinos y el ruido que hacían unos niños pequeños que jugaban en la casa de al lado.

Sentí la nostalgia subir por mi garganta. Las lágrimas me ardían en los ojos. Y entendí que si no avanzaba era porque en realidad quería volver atrás. A los últimos días de aquel verano.

A aquellas últimas semanas en las que el mundo aún parecía un lugar seguro.

Me sequé los ojos y tiré de la cadena. Recuperé la calma, porque ¿qué podía hacer si no?

Me dirigí a los lavabos y dejé la fotografía cuidadosamente a un lado para que no se mojara mientras me lavaba las manos. Catherine se acercó y se quedó mirando mi reflejo en el espejo. Se había retocado los labios y peinado su largo cabello negro.

Así, una junto a la otra, parecíamos hermanas. Ella era la glamurosa, destinada a una vida entre estrellas, mientras que yo me convertiría en la anciana loca que vive sola rodeada de gatos al final de la calle.

Miró hacia abajo y vio la foto.

—¿Tu familia?

Asentí y noté, más que vi, cómo se ponía rígida.

—Me dijiste que tu padre era matemático —comentó con tono áspero.

—Lo era.

—No me mientas, Annabelle. Le conocí. Le vi dos veces, de hecho. No sé por qué no me has dicho que trabajaba para el FBI.

21

Nos saltamos el toque de queda. Catherine no me llevó de vuelta al hotel que Bobby y D.D. habían reservado hasta las 00:23. Salí tambaleándome de la limusina, dije adiós a mi nueva mejor amiga y me dirigí al vestíbulo andando con resolución. Supuse que Bobby o D.D. estarían de guardia. Fue Bobby quien apareció.

Echó un vistazo a mi apariencia desaliñada y constató lo obvio.

—Estás borracha.

—Solo he bebido una copa de champán —protesté—. Hemos estado brindando.

—¿Por qué?

—Oh, tendrías que haber estado allí.

Habíamos brindado por las mentiras y los hombres que las contaban. Y no nos habían traído una copa de champán, sino tres. Yo había acabado con una cara de mierda y una borrachera de las que te llevan a odiarte a la mañana siguiente. Catherine tan solo se había relajado lo bastante como para enseñarme fotos de su hijo y sonreír feliz. Tenía un hijo precioso. Yo quería tener un hijo algún día. Y una hija; una preciosa pequeña a la que mantendría muy, muy a salvo.

Y quería sexo. Al parecer, el champán me excitaba.

—¿Te gustan las barbacoas? —pregunté a Bobby. Al rato me encontré canturreando: «Si te gusta la piña colada o que te sorprenda la lluvia...».

Los ojos de Bobby se abrieron de par en par.

—No hemos debido dejarte a solas con ella —dijo.

Bailé un poco por el vestíbulo. Era difícil intentar mover los pies siguiendo las órdenes de mi cerebro. Creo que lo hice bastante bien, a pesar de todo. En el *ring* siempre habían admirado mi trabajo de pies. A lo mejor me animaba a aprender bailes de salón; estaba muy de moda y tal vez me sentara bien. Hacer algo hermoso y fluir y flirtear. Ya sabes, en vez de andar por gimnasios donde hombres sudorosos se daban palizas de muerte.

Sí, por la mañana pasaría página. Reclamaría mi nombre. Annabelle Granger iba a estrechar la mano del primer desconocido con el que se cruzara. Qué demonios, colgaría mi número de la Seguridad Social en internet y toda la información bancaria. ¿Qué era lo peor que podría pasarme?

Bobby tenía bonitos hombros, no estaba demasiado musculado, algo que no me gusta en un hombre. Los hombros de Bobby eran compactos y estaban bien definidos. Llevaba un polo holgado y era divertido ver cómo se tensaban sus pectorales bajo el algodón. Me gustaba cómo se movía, serpenteante, flexible, como una pantera.

—Necesitas agua y una aspirina —dijo.

—¿Vas a cuidarme, detective? —pregunté poniéndome a su lado. Él se retiró.

—Ay, Dios—musitó.

—¿Tiene una piscina el hotel? ¡Vamos a nadar desnudos! —propuse sonriendo.

Creo que literalmente rechinó.

—Voy a llamar a D.D. —dijo y se fue derecho al teléfono del vestíbulo.

—¡Venga, no me estropees la diversión! —grité tras él—. Además, querrás oír las noticias que traigo.

—¿Qué noticias? —preguntó parándose en seco.

—Secretos —murmuré—, oscuros secretos de familia.

Pero no me dio tiempo a contarle nada. Justo entonces, miles de pequeñas burbujas de champán penetraron en mi cerebro y me desmayé.

D.D. no tenía ningún sentido del humor. Ya lo sospechaba. Ahora lo sabía. Bobby me llevó, medio en brazos, medio arrastrando, a la habitación de D.D. Ninguna entrada romántica con la preciosa Annabelle. El detective Dodge me tiró en el sofá de D.D. La sargento me vació encima un vaso de agua helada.

Salté sobre los pies, escupiendo agua, y luego salí corriendo hacia el retrete a vomitar.

Cuando regresé, aún con paso vacilante, D.D. me recibió con unas aspirinas y una lata de zumo de verduras picante.

—No vomites eso —me advirtió—. Es del minibar y le está costando al departamento una fortuna.

Los zumos de verduras caros no saben mejor que los normales. Intenté que no se me revolviera el estómago.

—¡Siéntate! ¡Habla! —Aún había ira en la voz de D.D.

De alguna manera conseguí darme cuenta de que estaba completamente vestida, aunque era la una de la madrugada. Su ordenador estaba abierto sobre la mesa y su teléfono móvil parpadeaba enloquecido avisando de la entrada de nuevos mensajes.

Por lo visto esos días D.D. había tenido que renunciar a un sueño reparador y eso la convertía en una hija de puta irritable.

Intenté sentarme, pero las náuseas empeoraron, así que empecé a caminar por la habitación.

Más tarde, cuando pude reflexionar al respecto, sentí mucho haberme tomado el champán. No porque me hiciera sentir enferma, sino porque había bajado mis defensas. Me hizo decir cosas que la Annabelle sobria no habría dicho.

—Mi padre era un agente encubierto del FBI —solté.

D.D. frunció el ceño, parpadeó y me miró.

—¿De qué demonios estás hablando?

—Mi padre era del FBI. Catherine le conoció. ¡Dejad de hacer eso!

—¿De hacer qué? —preguntó Bobby.

—Intercambiar miraditas. Es desesperante, no es tan guay como os creéis.

Decir eso me valió un doble enarcamiento de cejas.

—¿Catherine conoció a tu padre? —preguntó Bobby en tono escéptico.

—Fue a la habitación de hospital donde ella se recuperaba tras su rescate —dije sintiendo que mi pecho reventaba de orgullo o de burbujas—. La visitó en dos ocasiones.

—¿Tu padre interrogó a Catherine?

—Sí. Te estoy diciendo que era un agente del FBI y eso es lo que hacen los agentes del FBI: interrogan a las víctimas de un crimen.

D.D. suspiró, se frotó la frente y suspiró de nuevo.

—Voy a hacer café —anunció secamente—. Annabelle, te quiero sobria de nuevo.

—No miento. Preguntad a Catherine y os lo confirmará. Estuvo dos veces en su habitación.

—En el hospital —señaló Bobby.

Asentí con la cabeza, un movimiento no calculado que casi me hizo vomitar de nuevo.

—Le dijo que era un agente especial del FBI y le preguntó todo tipo de cosas sobre su secuestro.

D.D. se paró en medio de la habitación y luego se puso en movimiento de nuevo.

—¿Todo tipo de preguntas? —inquirió—. ¿Qué tipo de preguntas?

—Ya sabéis, las típicas preguntas del FBI. Quién la secuestró, qué aspecto tenía, qué tipo de coche conducía, dónde la llevó el delincuente…

—¿El delincuente?

—Sí, el delincuente. Y todo lo que le preguntasteis vosotros, sobre el material, cuánto tiempo estuvo bajo tierra, qué le decía Umbrio, si había más víctimas, cómo logró escapar, bla-bla-bla.

El café estaba pasando por el filtro y un rico aroma a cafeína impregnó el aire.

—¿Visitó a Catherine dos veces? —preguntó Bobby.

—Eso dice ella.

—¿Le mostró su placa?

—No lo sé.

—¿Había alguien más con él? ¿Otro agente o un compañero?

—No mencionó que hubiera nadie más —respondí poniendo mi mano sobre su musculado brazo—. Aunque creo que los compañeros solo son un mito televisivo —añadí en tono amable—. El FBI no hace ese tipo de cosas.

—Pero sí tiene agentes encubiertos —señaló él arrastrando las palabras.

—Sí.

—¿Que siguen viviendo en casa con su familia?

Al otro lado de la habitación D.D. movía frenéticamente la mano en un gesto de incredulidad. Eso fue lo que llamó mi atención. De repente me di cuenta de lo ridículas que sonaban mis palabras. De pronto entendí las auténticas implicaciones de las palabras de Catherine, sentí el estómago en los pies y el suelo desapareció debajo de mí. Pero ya no podía vomitar ni desmayarme. Ya había jugado mis cartas de la negación bajo los efectos del alcohol y no me quedaban ases en la manga.

—¿No hay agentes encubiertos? —me oí a mí misma preguntar—. Quiero decir, que podrían…

Mi mano seguía posada en el brazo de Bobby. Él la tomó y me llevó hasta el sofá. Me dejé caer en él. No me moví.

Se sentó frente a mí, en el borde de la cama. D.D. me dio una taza de café.

—¿Alguna vez te mencionó tu padre que fuera un agente del FBI? —preguntó Bobby.

Di un sorbo al café solo hirviendo y negué con la cabeza.

—¿Alguna vez le oíste decirle a otra persona que era un agente del FBI?

Otra negativa, otro sorbo amargo.

—Evidentemente llamaremos a Boston y preguntaremos en la oficina local del FBI —dijo Bobby con tono suave.

—Pero…

—Es el FBI, Annabelle, no la CIA. Además, ningún agente del FBI llamaría a emergencias por algo tan tonto como un acosador. Primero, lo solucionaría él. Segundo, si pensara que es una amenaza para él o para su familia, pediría a sus colegas que le cubrieran las espaldas. Tu padre fue interrogado tres veces por agentes locales y nunca mencionó que fuera un agente del FBI. Hubiera sido una pieza del rompecabezas lo suficientemente importante como para mencionarlo. No…, no tiene sentido.

—Pero ¿por qué le diría a Catherine que era del FBI?

Me paré en seco. Por fin vi la respuesta lógica que ellos habían entendido desde el principio. Porque mi padre quería información sobre el secuestro de Catherine. Información personal, de primera mano, algo lo suficientemente importante para él como para hacerse pasar por un agente del FBI, no una vez, sino dos.

En noviembre de 1980 mi padre ya estaba obsesionado con la violencia hacia las niñas. Pero, al menos en teoría, nadie me había acosado aún.

Derramé café en mi mano y me quemé. Lo usé de excusa para retirarme una vez más al cuarto de baño, donde abrí el grifo y miré mi reflejo en el espejo. Tenía el rostro ceniciento y gotas de sudor perlaban mi frente.

Quise estar indispuesta de nuevo. No iba a tener tanta suerte.

Me lavé la cara con agua fría. Una y otra vez.

Cuando volví a la habitación había recompuesto mi rostro, pero era mera fachada y no nos lo tragábamos ninguno.

—Me voy a mi habitación —dije en voz baja.

—Te acompaño —contestó Bobby.

—Me gustaría estar sola.

Bobby y D.D. intercambiaron miradas incómodas. ¿Pensaban que iba a echar a correr? Entonces lo vi: claro que lo creían. Ese era mi *modus operandi,* ¿no? La reina de las identidades múltiples, una chica nacida para correr.

Excepto que, en realidad, yo no era esa. Ese era mi padre.

Mentiroso, mentiroso, supermentiroso.

Cada vez que nos mudábamos mi madre y yo cometíamos muchos errores. Dábamos los nombres que no eran, hablábamos de las ciudades equivocadas, olvidábamos los detalles clave. Mi padre nunca. Mi padre siempre actuaba con calma, fluido y bajo control. ¿Cómo no me pregunté nunca dónde había aprendido a mentir tan bien? ¿Cómo aprendió a vivir huyendo? ¿Cómo aprendió a adaptarse y a reconfigurarse tan fácilmente?

Mi padre me advirtió que no me fiara de nadie. Puede que eso le incluyera a él.

Bobby y D.D. no habían dicho ni una palabra. No pude esperar más. Giré sobre los talones y me dirigí a la puerta.

No me detuvieron, ni siquiera cuando la puerta se cerró detrás de mí y me quedé sola en el pasillo.

Lo pensé durante un instante.

Corre, no es tan difícil. Pon un pie delante del otro y *vete.*

Pero no corrí. Anduve. Despacio, con gran cuidado, paso a paso hasta mi habitación.

Me tiré completamente vestida en la cama de hotel barato y miré el techo blanco. Conté las horas hasta el amanecer, sujetando en mi mano el vial con las cenizas de mis padres y rezando desesperadamente para tener fuerzas en los días que me esperaban.

22

La alarma del despertador de Bobby saltó a las cinco de la mañana. Le pareció cruel, así que apretó el botón de «repetir». Eso solo le dio dos minutos antes de que sonara su teléfono. Era D.D., por supuesto.

—¿Es que no duermes nunca? —preguntó.

—¿Es que te crees mi puñetera madre?

—Ves, necesitas descansar.

—Bobby, tenemos tres horas antes de salir hacia el aeropuerto. ¡Trae tu culo aquí!

Oyó las palabras, pero no las encontró inspiradoras. Así que se duchó, se afeitó, hizo la bolsa y se sirvió una humeante taza de café solo caliente. Cuando llegó a la habitación de D.D., esta parecía estar a treinta segundos de estallar.

Bobby pensó que iba a soltarle otra diatriba, pero, en el último momento, D.D. pareció darse cuenta de que no eran maneras y abrió la puerta del todo para dejarle pasar.

Parecía que había pasado un huracán por su habitación. Había papeles por todas partes, café derramado y platos sucios en una bandeja del servicio de habitaciones. Fuera lo que fuese lo que había estado haciendo en ausencia de Bobby, no parecía haber descansado.

—Ya he hablado con el gerente del hotel —dijo con tono cortante—. Ha prometido avisarnos inmediatamente si Annabelle intenta irse.

Bobby se quedó mirándola.

—Porque, evidentemente, si Annabelle decide huir, pasará por recepción para formalizar su marcha.

—Ay, Dios…

—D.D., siéntate. Toma aire. Por amor de Dios, estás a un paso de bailar la conga de los Looney Tunes —dijo, meneando la cabeza con desesperación. Ella se limitó a fruncir el ceño.

D.D. llevaba la misma ropa de la noche anterior. Estaba arrugada y olía a sudor. Tenía la piel cetrina y el cabello rubio erizado; sus ojos azules estaban inyectados en sangre.

—D.D. —musitó volviéndolo a intentar—, no puedes seguir así. En cuanto te ponga la vista encima el vicesuperintendente te quitará el mando y te enviará a casa. No basta con saber gestionar el agotamiento del equipo, tienes que saber gestionar tu propio agotamiento.

—No emplees ese tono de voz conmigo.

—Mírate al espejo, D.D.

—No tienes que decirme cómo hacer mi trabajo.

—Mírate al espejo, D.D.

—Ya sabes que soy una persona que no necesita dormir mucho.

La agarró por los hombros y la giró con firmeza hasta ponerla delante del espejo.

—¡Mierda! —exclamó ella.

—Exacto.

Levantó el brazo y arregló su melena en estado salvaje.

—Es por la humedad.

—Estamos en Arizona.

—¿Algún nuevo producto para el cabello?

—D.D., tienes que dormir. Por no hablar de que necesitas una ducha y unas vacaciones de dos semanas en Tahití. Por lo pronto prueba con un baño.

Ella arrugó la nariz. Finalmente suspiró y dejó caer los hombros.

—Este rompecabezas tiene tantas piezas —dijo con cansancio—, y ninguna encaja.

—Lo sé.

—Christopher Eola, Richard Umbrio, el padre de Annabelle. Me da vueltas la cabeza.

Bobby acercó la silla que había ante el escritorio, se sentó y unió las manos en la nuca.

—De acuerdo, hablemos de ello. Noviembre de 1980…

—Umbrio rapta a una niña y la encierra en una cámara subterránea que, convenientemente, había encontrado en el bosque —comenzó D.D., dejándose caer en el borde de la cama, inclinándose hacia delante y apoyando los codos en las rodillas.

—Creemos que es su primer delito y que actuó solo —continuó Bobby.

—Encaja en su perfil de solitario con escasas habilidades sociales.

—Selecciona a su víctima al azar, aprovechando la ocasión.

—Porque va vestida de la forma adecuada —añadió D.D.

—Pero también porque está sola y cae en su trampa. Lo fundamental es que no hubo premeditación. Una diferencia esencial entre Umbrio y el SNI que acosaba a Annabelle Granger.

—Catherine se muestra categórica en que Umbrio prefería usar las manos desnudas. —D.D. titubeó—. No podría asegurarlo, pero me pareció que había algo en torno a los cuellos de las víctimas de las bolsas de plástico. Algún tipo de ligadura.

—Las ató con gran estilo —respondió Bobby mostrando su acuerdo.

—Otra diferencia.

—Suponemos.

—Umbrio solo raptó a una víctima —señaló D.D.

—El sujeto del Hospital Psiquiátrico de Boston secuestró a seis, pero a lo mejor las raptó de una en una, de manera que no tenemos certezas.

—Sí. —D.D. afirmó con la cabeza despacio. Parecía estarse recuperando y recobrando la compostura—. Además, está la joyita del padre de Annabelle.

—Ah, sí, eso también.

—El padre de Annabelle nos devuelve a nuestra primera teoría: que alguien se inspiró en el crimen de Umbrio y lo replicó en el Hospital Psiquiátrico de Boston. Hemos dado por supuesto que este «aprendiz» entró en contacto con Umbrio en prisión, en persona o por carta. Pero hacerse pasar por un agente del FBI e interrogar a Catherine en el hospital también puede valer.

—Pues sí —convino Bobby con expresión lúgubre.

—¿Qué información tenemos sobre Russell Granger?

Bobby hizo una mueca.

—No he encontrado ningún permiso de conducir a su nombre, ni su número de la Seguridad Social. He buscado en diversas bases de datos, probando a escribir el nombre con diferentes grafías. También he buscado a Leslie Ann Granger, la madre de Annabelle, y no he encontrado nada, cero.

—En otras palabras: Russell Granger es un alias.

—Puede ser. Hablé con una directora de personal del MIT antes de venir aquí. Me dijo que no tenía constancia de ningún

Russell Granger en los archivos de recursos humanos. Está intentando localizar al jefe del departamento de matemáticas de los años ochenta. Espero poder hablar con él en cuanto volvamos a la ciudad.

—¿Qué hay de su vida en la carretera? —preguntó D.D.—. Cada vez que Annabelle y su familia salían pitando, debía de haber una buena razón para hacerlo. ¿Has mirado en las ciudades y has llamado a la policía local?

—Claro, jefa, son las típicas llamadas que hago en mi tiempo libre, ya sabes, entre las dos y las cuatro de la madrugada —dijo Bobby mirándola.

—Oye, si este caso te supera...

—¡Cállate la boca, D.D.!

Le dedicó una sonrisa. No había mucha gente que se atreviera a decirle a D.D. que se callara la boca. Bobby supuso que era parte de su encanto.

D.D. volvió a adoptar una expresión seria.

—Bobby, ¿cuál era el alias que usaba el padre de Annabelle en Boston?

—Russell Granger. Creía que era de lo que estábamos hablando —respondió él mirándola con desconcierto.

—No en 1982, Bobby. Más tarde, cuando volvió a Boston con Annabelle. Ella se convirtió en Tanya Nelson y él en...

—¿El señor Nelson? —conjeturó Bobby repasando sus notas. La primera vez que habían interrogado a Annabelle en la central del departamento de policía de Boston, les había dado una relación de ciudades, nombres falsos y fechas. Encontró la página y la repasó dos veces.

—Boston no está en mi lista. Annabelle no nos habló de su vuelta.

D.D. enarcó una ceja.

—Interesante omisión, ¿no crees?

—Hay muchas ciudades y nombres falsos —respondió él enseñándole la página—. Venga, hasta a nosotros se nos ha pasado por alto esa información.

D.D. parecía escéptica.

—Encuentra el alias de Boston, detective. Busca en las bases de datos. Puede que Russell Granger lograra mantenerse fuera del radar a comienzos de los ochenta, pero cuando volvió…

—De acuerdo, en algún momento, en algún lugar, alguien conoció a este tipo.

—Exacto. Una última cosa: no se lo digas a Annabelle.

—No lo he hecho.

—No quiero mostrar nuestras cartas. Si Russell Granger es la clave de todo esto, nuestro único nexo con él es Annabelle. Es decir, la necesitamos si queremos llegar a alguna parte. —D.D. hizo una pausa—. Debemos volver a hablar con Catherine.

—Quieres decir que *tengo* que volver a hablar con Catherine —la corrigió—. No es nada personal, pero, como bien has dicho, el reloj no se para y os llevaría medio día controlar vuestra agresividad. Tenemos —dijo echando un vistazo a su reloj—, aproximadamente, dos horas, lo que significa que yo voy a ver a Catherine mientras tú ejerces de niñera con Annabelle. A lo mejor la puedes poner a limpiar —concluyó echando una ojeada a la habitación.

—Muy gracioso.

—Prométeme que te darás una ducha.

—Todavía más gracioso.

—Y que te pondrás ropa limpia.

Él se levantó de la silla y D.D. le dio un golpe en el brazo. Le hizo daño, y así supo que ella se encontraba mejor.

—Os veo en el aeropuerto —gritó por encima de su hombro.

—Estoy deseándolo.

Bobby tardó diez minutos en coger su equipaje, salir de la habitación y parar un taxi. Estaba amaneciendo y el sol teñía el cielo de un tono rosáceo veteado de un morado difuminado, antinatural. El tráfico no plantearía problemas.

No sabía si Catherine estaría levantada a esa hora. Podría jugar a su favor o en su contra. Se preguntó si seguía teniendo pesadillas, y, si era así, ¿soñaría con Richard Umbrio? ¿O con su difunto esposo?

Tuvo que llamar dos veces al telefonillo que había en el exterior de la cancela hasta que alguien contestó. Los ojos del taxista se abrieron de asombro cuando entraron en la finca, pero no dijo nada.

—¿Podría esperarme? —preguntó Bobby al conductor sacando su placa.

Lo único que logró fue poner más nervioso al hispano de hombros encorvados.

—De acuerdo, puede dejar el taxímetro en marcha —le tranquilizó Bobby—. En cuanto acabe mi reunión tengo que salir pitando hacia el aeropuerto y estaría bien tener un taxi esperando.

El conductor accedió con renuencia y Bobby asintió satisfecho. Quería que el taxi se viera desde la casa; un recordatorio sutil de que Bobby solo estaba de paso.

La criada abrió la puerta y no mostró sorpresa al verle. Se limitó a decirle que la *señora** estaría con él enseguida. ¿Quería algo de beber?

Bobby declinó el ofrecimiento y la siguió hasta el atrio,

---

* En español en el original. *[N. de la T.]*

donde le condujo a una pequeña mesa de jardín decorada con un bonito mosaico de un pavo real en la que descansaba un servicio de café de plata.

Se sentó, se sirvió un café y procuró no mirar el reloj. Se preguntaba cuánto tiempo lo tendría esperando Catherine. ¿Expectativa o castigo? Con ella era difícil saberlo.

La respuesta correcta era quince minutos.

Cuando apareció por fin, llevaba una túnica de satén de un azul intenso ceñida a la cintura. La larga y sinuosa tela se movía con ella mientras avanzaba hacia él. El intenso color resaltaba su brillante pelo negro. Una sonrisa juguetona bailaba en las comisuras de su boca. Él reconoció su mirada inmediatamente.

Bobby había conocido a Catherine después del tiroteo, en el museo Isabella Stewart Gardner. Estaba parada delante de un cuadro de Whistler, *Lapis Lazuli,* que mostraba a una mujer desnuda recostada sobre una hermosa tela oriental azul. Catherine le había mostrado las líneas sensuales de la pintura y el erotismo de la pose.

Había elegido ese cuadro para aturdirlo entonces, del mismo modo que había escogido esa túnica para aturdirlo ahora.

Y aunque había aprendido la lección sintió la tensión en el estómago.

Avanzó hacia él y se paró ante la mesa. No se sentó.

—¿Me echabas de menos, detective?

—Me han dicho que hay buen café.

—Sigues haciéndote el difícil —replicó ella con una amplia sonrisa.

—Y tan astuto como siempre —reconoció él—. ¿Qué tal está Nathan esta mañana?

Una sombra cruzó sus ojos.

—Ha pasado mala noche. No creo que vaya al colegio hoy.

—¿Pesadillas?

—Le ocurre a veces. Está yendo a un buen psicoterapeuta y tiene un perro. ¿Quién iba a pensar que el cachorro de Richard le ayudaría tanto? Pero el perro le tranquiliza a menudo mejor que yo. Creo que está mejorando.

—¿Y tú?

Le lanzó una mirada juguetona.

—Soy demasiado vieja para contarle a un completo desconocido cómo me siento realmente —respondió. Apartó por fin una silla de la mesa y se sentó con gracilidad. Él le sirvió café en una taza de porcelana tan fina que parecía de papel. La aceptó en silencio.

Durante unos minutos ambos se limitaron a beber su café, cómodos con el silencio.

—Has venido por Annabelle —dijo Catherine por fin—, porque reconocí a su padre.

—Ha sido una sorpresa —admitió él—. ¿Qué me puedes decir al respecto?

—¿Qué hay que decir? Estaba en el hospital y entró en mi habitación. Me hizo algunas preguntas.

—¿Te dio su nombre?

—No, solo dijo que era un agente especial del FBI.

Bobby enarcó una ceja, pero ella depositó su taza en la mesa, ahora muy seria.

—Le recuerdo porque discutió conmigo. Yo estaba en el hospital, feliz de que, por fin, se hubieran ido todos y hubieran dejado de hacerme preguntas ridículas. *¿Cómo te encuentras, Catherine? ¿Necesitas algo? ¿Podemos traerte algo?* La verdad, estaba muerta de hambre, deshidratada, me habían violado y había perdido la cabeza. Lo que quería era que me dejaran en paz.

»Entonces entró ese hombre, con traje oscuro y corbata.

No era muy alto, pero sí bastante guapo. Sacó su placa y anunció: "Agente especial del FBI". Sin más. Con autoridad. Recuerdo que me impresionó. Su tono era firme y severo. Lo que cabía esperar de un agente del FBI.

—¿Qué hizo, Catherine?

—Preguntas —respondió encogiéndose de hombros—. ¿Qué recordaba del vehículo: color, marca, modelo, matrícula, interior? Por favor, describe al conductor. Estatura, peso, color de la piel, edad, raza. ¿Qué dijo, qué hizo? Dónde me llevó, cómo llegamos hasta ahí, etcétera, etcétera. Luego me enseñó un dibujo.

—¿Un dibujo?

—Sí, hecho a lápiz. En blanco y negro. Con mucho detalle, como los retratos robot que imaginaba que hacía la policía. Sentí esperanza porque nadie había intentado todavía identificar a mi asaltante. Pero el dibujo no era de Richard.

Bobby parpadeó un par de veces.

—¿El hombre del dibujo *no* era Richard Umbrio?

—No, era más pequeño, con una mandíbula más fina. Cuando se lo dije al señor agente especial no se lo tomó muy bien.

—¿Qué quieres decir?

—Quiero decir que empezó a discutir conmigo. Puede que no recordara bien, estaba oscuro, bajo tierra. Lo cierto es que el agente me irritó. Entonces se abrió la puerta, entró una enfermera y se fue.

—¿El señor agente especial se fue sin más?

—Sí. Cerró su bloc de notas y salió.

—¿La enfermera dijo algo?

—No que yo recuerde.

Bobby frunció el entrecejo intentando unir las piezas.

—¿El señor agente especial dejó alguna dirección de contacto, un nombre, una tarjeta de visita?

—No.

—¿Mencionaste su presencia a alguien?, ¿a la policía o a tus padres?

Catherine negó con la cabeza.

—Todo el mundo me hacía preguntas. ¿Qué importancia tenía un poli más en la habitación?

—Pero volvió…

—El día en que me dieron el alta. Esa vez había una enfermera en la habitación tomándome la tensión. Se abrió la puerta y apareció él. Tenía el mismo aspecto que la otra vez: traje oscuro, camisa blanca, corbata oscura. Puede que fuera el mismo traje, ahora que lo pienso.

»Esta vez enseñó su identificación a la enfermera y le pidió que nos dejara un minuto a solas. Ella salió rápidamente. Él se acercó a mi cama y sacó el bloc de notas. Volvió a hacerme las mismas preguntas. Esta vez su voz era más amable, pero me gustó menos. Todo el mundo me preguntaba de todo y no me informaba de nada. Luego, claro, volvió a mostrarme el dibujo.

—¿El mismo dibujo?

—El mismo. Solo que esta vez lo fue modificando mientras yo miraba. Le puso más pelo y sombreó sus mejillas. «¿Y ahora?», iba preguntando. Yo negaba con la cabeza y él hacía otro cambio.

—Espera un momento —la interrumpió Bobby—. ¿Me estás diciendo que el dibujo original lo había hecho él mismo? ¿No era un retrato robot policial?

—En principio di por supuesto que se trataba de un retrato robot, pero tras verle modificarlo con ese entusiasmo ya no lo creí. Sus retoques se fundían perfectamente con el retrato original. ¿Quién iba a imaginar que los agentes del FBI poseían tales habilidades? —respondió Catherine encogiéndose de hombros.

—Así que modificó el retrato ante tus ojos.

—Sí, pero en el fondo no alteró nada. El hombre del retrato no era Richard y eso no iba a cambiar por mucho pelo que le pintara. Se lo dije y no se lo tomó a bien. Insistía en que me equivocaba, en que quizá la persona del dibujo había ganado peso o se había puesto una peluca.

La boca de Catherine dibujó un gesto de desdén.

—La verdad es que tenía doce años. ¿Qué coño sabía de disfraces? El señor agente especial me había hecho una pregunta y yo le había dado mi respuesta. En cuanto empezó a llevarme la contraria me cabreó.

—¿Y qué pasó? —la animó a seguir Bobby.

—Le pedí que se fuera.

—¿Y lo hizo?

Catherine vaciló, cogió la taza de café y la dejó ante sus labios.

—Por un instante…, durante un momento dudé de que se fuera. Recuerdo que empecé a sentirme incómoda. Pero entonces entró el celador y el señor agente especial salió disparado. Adiós y hasta nunca. —Catherine sopló la superficie de su café y finalmente dio un sorbo.

—¿Le volviste a ver?

—No.

—¿Mencionaste sus visitas a alguien?

—Unas semanas después, cuando la policía por fin me enseñó un montón de fotos. Vi la foto de Richard inmediatamente; la señalé y dije: «Por lo menos vosotros me escucháis». La policía no sabía de qué les estaba hablando, pero no me sorprendió. Hasta una niña de doce años se da cuenta de que los defensores de la ley no se llevan bien entre ellos.

Bobby lanzó un gruñido al oír aquello.

—¿Viste a otras personas del FBI? ¿Alguna vez te interrogaron otros agentes del FBI?

—No.

—¿No te pareció raro?

Otro encogimiento de hombros.

—¿Por qué? No me faltaban agentes tomándose interés en mi caso. Todo maldito hombre de uniforme quería conocer los detalles sórdidos. ¿Os interesa, chicos? ¿Os excita en secreto? ¿Os masturbáis cuando os quedáis solos en vuestros despachos leyendo vuestras notas de los interrogatorios sobre las violaciones?

Bobby no respondió. Catherine tenía buenas razones para estar furiosa. Él no podía hacer nada al respecto tantos años después. Ella, al parecer, tampoco.

Tras un instante el rostro de Catherine se relajó y volvió a beber su café.

—¿Era un impostor? —preguntó abruptamente.

—¿El padre de Annabelle?

—¿Estás aquí por eso? ¿Porque mintió?

—Es lo que intento averiguar.

—Se la llevó lejos. Eso debería significar algo. Cuando amenazaron a su hija, él la mantuvo a salvo. Me suena a algo más que a un matemático.

—Tal vez.

Bobby no la engañó ni por un instante.

—Si no era del FBI, ¿por qué fue a mi habitación de hospital para preguntarme tantas cosas? —explotó—. ¿Por qué no dejaba de enseñarme ese retrato?

—No lo sé.

—¿No lo sabes o no quieres decírmelo? —preguntó en tono amargo. Luego suspiró y pareció más que nada deprimida.

—Tienes una casa preciosa —comentó él al fin—. Arizona te sienta bien.

—Ah, el dinero.

—Me alegra oír que le va bien a Nathan.

—Es el amor de mi vida —contestó ella con fiereza.

Bobby la creyó. Sabía mejor que nadie hasta dónde había estado dispuesta a llegar para proteger a su hijo. Por esa razón su relación solo era de negocios.

—Gracias por el café —dijo.

—¿Ya te vas? —preguntó con una sonrisa melancólica, aunque él se dio cuenta de que no estaba sorprendida.

—Mi taxi espera.

Él creyó que protestaría, al menos un poco. Pero se levantó de la mesa sin un murmullo y lo acompañó a la puerta. Se sintió tentado de mostrarse ofendido, pero no habría sido justo con ninguno de los dos.

En el último minuto, en el vestíbulo, bajo las enormes puertas de nogal, ella rozó su brazo, sorprendiéndole con el roce de la punta de sus dedos en su piel desnuda.

—¿Vas a ayudarla?

—¿A Annabelle? —preguntó confuso—. Es mi trabajo.

—Es muy hermosa —murmuró Catherine.

Él no respondió.

—Lo digo de verdad, Bobby, es hermosa. La sonrisa le ilumina los ojos. Cuando habla de sus telas, de cualquier cosa, lo hace con entusiasmo. Me pregunto…

Catherine se calló. Ambos sabían lo que quería decir. Se preguntaba cómo habría sido su vida si un Chevrolet azul no hubiera dado la vuelta a la esquina, si un joven no le hubiera pedido que lo ayudara a encontrar a su perro perdido y si una niña de doce años no se hubiera extraviado en un pozo infinitamente oscuro.

Bobby tomó la mano de Catherine y apretó sus dedos

entre los suyos.

—Tú eres hermosa para mí —le dijo dulcemente.

La besó una vez, en la mejilla. Al rato se había ido.

23

Annabelle estaba en el aeropuerto. Se encontraba sentada a cuatro sillas de D.D., mirando la pista por la ventana con los brazos alrededor de las rodillas. Levantó la mirada brevemente cuando apareció Bobby, luego volvió a su atento examen de cualquiera que no fuera un detective investigando su caso. Él lo tomó como una indirecta y la dejó tranquila.

D.D. le saludó con un gesto de la mano. Sus rubios rizos estaban húmedos y sus ropas limpias. Lo consideró un buen augurio. Ella hablaba por teléfono, soltando tal ristra de palabrotas que una madre que viajaba con un niño pequeño se levantó y se fue exhibiendo su desagrado.

Bobby vio un Starbucks. Su estómago no soportaba la idea de más café. Compró tres botellas de agua y yogures. Luego volvió al redil.

D.D. seguía hablando por teléfono y arrugó la nariz al ver el yogur. Seguramente habría preferido un bollo de azúcar, pero le indicó por gestos que dejara la comida en su asiento. Entonces Bobby se dirigió hacia Annabelle, que, por imposible que pareciera, se encogió aún más en su silla.

Alargó la comida. Ella la aceptó con reticencia, así que se sentó a su lado y sacó cucharitas blancas de plástico de la bolsa.

—¿Cómo te sientes?

Ella puso cara de circunstancias.

—¿Quieres otra aspirina?

—Lo que necesito es una cabeza nueva.

—Conozco la sensación.

—¡Cállate! —le dijo ella, pero se acercó un poco cuando intentó destapar el yogur. El colgante, que llevaba siempre, quedó a la vista. Él miró el vial hasta que ella se dio cuenta y se ruborizó al percibir lo que miraba. Cerró los dedos en torno al vial, ocultándolo de nuevo bajo su blusa.

—¿De quién son? —preguntó él en voz baja al adivinar que contenía cenizas.

—De mi madre y de mi padre —murmuró y fue evidente que no quería hablar de ello.

Así que, por supuesto, él insistió en el tema.

—¿Qué ocurrió con los restos?

—Los dispersé. Enterrarlos bajo nombre falso no tenía sentido. Me pareció una falta de respeto hacia los otros difuntos.

—¿Cómo se llamaba tu madre cuando murió, Annabelle?

—¿Por qué? —preguntó mirándole desconcertada.

—Porque apuesto a que de todos los nombres que usó a lo largo de los años hay dos que no se te habrán olvidado. El de Arlington y el del día de su muerte.

Annabelle asintió lentamente con la cabeza.

—Mi madre se llamaba Leslie Ann Granger, pero murió como Stella L. Carter. Recuerdo esos nombres y los recordaré siempre.

—¿Y tu padre?

—Se llamaba Russell Walt Granger y murió como Michael W. Nelson.

—Me gusta el colgante —dijo Bobby suavemente.

—Es morboso.

—Es sentimental.

—¿Hoy eres el poli bueno? Eso quiere decir que D.D. me va a dar un repasito en el avión —dijo ella suspirando.

Él sonrió.

—Sabes que estamos todos en el mismo bando, Annabelle. Todos queremos averiguar la verdad. Si hay alguien que quiera saber la verdad, supongo que esa eres tú —contestó.

—No me trates con condescendencia, Bobby. Para ti es un ejercicio analítico, pero se trata de mi vida.

—¿De qué tienes tanto miedo, Annabelle?

—De todo —respondió en tono neutro.

Cogió el yogur, se dio la vuelta y retomó su estudio de los aviones.

—El último alias conocido de su padre era Michael W. Nelson —informó Bobby tres minutos después cuando volvió junto a D.D.

Esta miró a Annabelle, que les daba la espalda a los dos y no se había percatado de que estaban hablando.

—Excelente trabajo, detective.

—Tengo un don —respondió Bobby, intentando que no se notara que se sentía como un auténtico canalla.

Su avión alcanzó la altitud de crucero. Annabelle, al otro lado del pasillo, iba durmiendo reclinada en su asiento. D.D., sentada junto a Bobby, le miró con ojos brillantes.

—Hemos encontrado a Christopher Eola —dijo llena de excitación—. O al menos hemos confirmado que anda perdido. No te lo vas a creer, pero salió de Bridgewater en 1978.

—¿Qué?

—Pues sí, algún Einstein nunca llegó a incorporar en los registros policiales los cargos contra Eola por liderar una revuelta de pacientes mientras estaba en el Hospital Psiquiátrico de Boston. Y, aunque en su historial clínico aparecen notas sobre los supuestos «incidentes» y la policía local lo tenía registrado como «posible sospechoso» en el asesinato de una joven, estrictamente hablando carecía de antecedentes. Bridgewater estaba hasta arriba y adivina a quién le ofrecieron la libertad...

—Vaya por Dios.

—Según su historial médico, se portaba muy bien en Bridgewater, de manera que nunca se plantearon contrastar información con la institución en la que había estado encerrado antes. De hecho, en Bridgewater están muy orgullosos de Eola. Lo consideran un éxito.

Bobby empezó a reír por no llorar. Papeles perdidos, burocracias incompetentes. La opinión pública culpaba a la policía por el aumento en las tasas de criminalidad. Pero si estuvieran mejor informados sin duda irían tras los chupatintas.

—De acuerdo —dijo Bobby resumiendo—. En 1978 Eola vuelve al mundo de los vivos. ¿Qué pasó después?

—Desapareció.

—¿De verdad?

—Nunca se registró en el centro de reinserción social, ni solicitó una pensión, ni acudió a sus citas de seguimiento. Un día existía y al día siguiente había desaparecido.

—¿Ahuecó el ala o desapareció en el agujero negro de los albergues para los sintecho?

—Sé tanto como tú. Creo que, teniendo en cuenta su gran inteligencia, posiblemente se integrara usando una identidad falsa. Piénsalo: procedía de una familia privilegiada. ¿Qué chico rico aceptaría vivir en la calle? Además, hasta en el circuito de los sintecho se conocen. Van a los mismos comedores gratuitos, duermen en los mismos albergues y pasan un día tras otro juntos en la misma esquina. Antes o después alguien como Charlie Marvin, que trabaja con enfermos mentales y gente sin hogar, lo hubiera reconocido. Ya nadie desaparece del todo, ni siquiera en las peores calles de Boston.

—Sí y no. Por lo que he oído, los datos oficiales cifran en seis mil las personas sin hogar. Teniendo en cuenta que incluso en un albergue grande como el de Pine Street solo se puede acoger a setecientos, hay mucha gente cuyos rostros no se ven nunca.

—Sí, pero te estás refiriendo a alguien que ha conseguido escapar a los radares durante casi treinta años. Es mucho tiempo para ser invisible, lo que sugiere la posibilidad de que Eola simplemente esté muerto. —D.D. frunció los labios mientras reflexionaba—. Nunca hemos tenido esa suerte. Los pirados de verdad tienden a vivir para siempre. ¿Te has fijado en eso, o son cosas mías?

—Sí que me he fijado —dijo Bobby frunciendo el ceño—. ¿Sinkus ha logrado localizar a la familia de Eola?

—Fue a verlos ayer por la tarde a su residencia de Back Bay —contestó haciendo un gesto de complicidad—. Ni siquiera pudo pasar de la puerta, hasta ese punto les apetecía volver a oír hablar de Christopher.

—¿Te has fijado en que cuanto más ricas son las familias más jodidas están, o son cosas mías?

—Sí que me he fijado. Nuestros miserables sueldos parecen tener ciertas ventajas; nunca seremos lo suficientemente ricos como para que nuestras familias estén tan jodidas.

—Exacto.

—Milagro de milagros, los Eola ya han avisado a sus abogados. No van a contestar preguntas sobre su hijo sin una citación oficial y un abogado en la habitación. De manera que Sinkus está haciendo el papeleo. Te apuesto un pavo a que esta misma tarde los tiene en nuestras oficinas, tan elegantes, con sus trajes caros. En cuanto se tomen un par de tazas de café recalentado seguro que empiezan a hablar, aunque solo sea para salvaguardar sus papilas gustativas.

»Supongo que no sabrán dónde está Eola —prosiguió D.D. tras una pequeña pausa—. Sinkus dijo que resultaba evidente que su hijo solo les provocaba repugnancia. Me gustaría saber mucho más sobre el incidente que lo llevó al Hospital Psiquiátrico de Boston. Estaría bien contar con un mejor perfil de Eola, ver si su *modus operandi* de la infancia encaja con otras cosas que ya sabemos.

D.D. asintió a sus propias palabras, repasando sus carpetas con las mejillas arreboladas y llena de energía. Nada como dos sospechosos viables para transformar a la sargento en una colegiala atolondrada.

—Bueno —dijo de repente—, ¿qué tal te ha ido con Catherine?

Bobby resumió los detalles más importantes.

—Catherine dice haber hablado con Russell Granger dos veces. Se presentó como un agente especial del FBI, no dio ningún nombre y le hizo preguntas parecidas a las que le habían hecho otros agentes. Lo más interesante es que le enseñó un retrato a lápiz de su supuesto asaltante.

—¿En serio? —preguntó D.D. abriendo mucho los ojos de asombro.

—Según Catherine, el dibujo no representaba a Richard Umbrio. El hombre del dibujo de Granger era mucho más pequeño. Cuando se lo dijo a Granger, este se puso a discutir con ella. Puede que no hubiera mirado bien a su asaltante. O que, tal vez, si el hombre del dibujo se hubiera disfrazado, o hubiera ganado peso, sí que encajaría con la descripción que había hecho. Ese tipo de cosas.

D.D. mantenía los ojos muy abiertos.

—¿Cómo?

Bobby suspiró, intentó cruzar los brazos tras la nuca y se golpeó en el codo con la ventanilla. Recordó al instante por qué odiaba la estrechez de los asientos de un avión y eso que él no era un hombre grande.

—Catherine sugirió que lo que realmente le importaba a Granger era quién la había atacado —dijo Bobby pensando en voz alta—. Quería una descripción física, conocer la entonación de su voz e información sobre cualquier marca de nacimiento. Le enseñó el dibujo. Pudo haber sido una coartada. Quizá intentó bajar las defensas de la niña, fingiendo que había un sospechoso, cuando lo que quería saber en realidad eran los detalles escabrosos del secuestro y lo que le había hecho Umbrio. Si esa fue su estrategia funcionó muy bien porque Catherine no se dio cuenta de nada.

—Consiguió que se centrara en un único aspecto de la entrevista —añadió D.D.—, el dibujo, cuando, en realidad, el noventa por ciento de las preguntas que le hizo iban sobre el ataque en sí. Una entrevista que fue un truco de prestidigitación.

—Hay que concederle al tipo que tiene mérito —dijo Bobby sonriendo—, es lo típico que hubiéramos hecho nosotros.

—Genial, lo que nos faltaba, un psicópata hijo de puta listo. —D.D. se frotó las sienes. Suspiró. Se volvió a frotar las sienes—. ¿Existe la posibilidad de que Catherine se lo esté inventando? Nos ha dado un montón de información sobre un agente del FBI cualquiera al que solo vio dos veces y hace veintisiete años.

—Cierto —concedió Bobby —. Creo, sin embargo, que el señor agente especial le causó una fuerte impresión. Llevó el dibujo de un sospechoso y luego se empeñó en que el hombre del dibujo tenía que ser la persona que la había secuestrado, incluso después de que ella le dijera que no era así. Su reacción fue inesperada, por eso lo recuerda. Además, ¿qué gana mintiendo?

—Volviste a su casa, ¿no? Eso le da una baza en una investigación en curso. Ya tiene una excusa para llamarte a ti y atormentarme a mí. Es su estilo.

Bobby se encogió de hombros. Era una posibilidad, pero...

—Creo que Annabelle le cae bien de verdad.

—¡Por favor! Catherine no tiene amigos. Amantes, tal vez, pero amigos no.

—Yo soy un amigo —replicó él.

D.D. enarcó una ceja dejando claro lo que opinaba al respecto. El desacuerdo era antiguo y no tenía solución; él volvió al asunto que se traían entre manos.

—Creo que decía la verdad. Cuando se dio cuenta de que el hombre que recordaba como un agente demasiado impulsivo era el padre de Annabelle se sintió confusa y desconcertada. Ayer por la tarde estaba convencida de que no había ninguna conexión entre su caso y el de Annabelle. Pero esta mañana...

Ambos guardaron silencio, dándole vueltas al asunto. Bobby fue el primero en hablar.

—Caben dos posibilidades. Una: Granger jugaba con Catherine. Fue a verla solo para obtener detalles sobre su secuestro sin más. Dos: Granger sospechaba realmente de alguien e hizo un dibujo del hombre que creía que la había violado.

D.D. siguió su línea de razonamiento.

—Suponiendo que estuviera pensando en un sospechoso, ¿por qué no se lo contó a la policía?

—No lo sé.

—Hablamos de 1980, ¿no? Dos años *antes* de que la hija de Granger, supuestamente, empezara a recibir regalos. ¿Por qué estaba Granger tan obsesionado con la actividad criminal?

—¿Un ciudadano preocupado, tal vez?

—¿A quién se le ocurre que la mejor manera de servir a la justicia es haciéndose pasar por un agente del FBI? ¡Por favor! La gente honrada no se disfraza de oficial de la policía.

—La gente honrada aparece en los registros de Tráfico o tiene número de la Seguridad Social —señaló Bobby.

—Lo que significa…

—Russell Granger no era muy honrado.

—Y pudo estar recabando información sobre otros delitos para inspirarse. Sinkus está buscando a Eola —dijo D.D. bruscamente—, quiero que tú te encargues de Granger. Habla con los vecinos, localiza a su exjefe en el departamento de matemáticas del MIT. A ver si averiguamos qué tipo de vida llevaba el padre de Annabelle en Arlington. Luego ponte con la vida que llevaron mientras huían. Tienes ciudades y fechas. Quiero saber si la familia salió huyendo porque Russell *tenía miedo* de algo o debido a alguna cosa que *había hecho* Russell. ¿Me entiendes?

Bobby asintió con la cabeza.

—Deberíamos pedir información a Walpole —comentó—. Diga lo que diga Catherine, debemos consultar la ficha de Umbrio en prisión para ver con quién se escribía, quién lo visitó según el registro, ese tipo de cosas. Asegurémonos de que seguía siendo el hijo de puta antisocial que conoció tan bien.

—De acuerdo.

—Yo…, bueno, estoy muy ocupado cubriendo el asunto de Granger…

—Sí, sí, sí, pondré a otra persona a hacerlo.

—Perfecto —dijo Bobby.

—Perfecto —respondió D.D.

Satisfecha, recogió sus carpetas y se apoltronó en el asiento.

—Buenas noches, Bobby —murmuró. Treinta segundos después estaba dormida.

Bobby echó un vistazo al otro lado del pasillo donde Annabelle seguía durmiendo, con el asiento reclinado y el largo cabello oscuro ocultándole el rostro. Luego dirigió la mirada a D.D. que recostaba la cabeza en su hombro.

Un caso complicado, pensó, e intentó dormir un poco.

24

Encontramos la nota en el coche de D.D., debajo del parabrisas derecho, en la tercera planta del aparcamiento del aeropuerto Logan.

Ninguno de nosotros había dicho nada desde que dejamos el avión. Recorrimos, cansados, la terminal, el enorme paso elevado para peatones y el laberinto de aceras protegidas por pequeños muretes que atraviesan el aparcamiento principal. Fuera hacía frío y llovía.

La climatología hacía juego con nuestro estado de ánimo. Yo estaba preocupada pensando en mi padre, haciéndome preguntas sobre mi pasado y..., ah, sí, recordando que tenía que recoger a Bella del veterinario, lo que siempre resultaba complicado en transporte público. D.D. y Bobby debían de estar sin duda rumiando ideas propias de policías de alto nivel, como, por ejemplo, quién habría secuestrado y asesinado a seis niñas, si ya lo habría hecho antes y..., ah, sí, ¿cómo podrían culpar a mi difunto padre de todo el asunto?

Entonces vimos la nota. Papel liso blanco. Tinta negra y gruesa. Escrita a mano.

D.D. se movió rápido para impedir que pudiera leerla. Pero las dos primeras líneas ya se habían quedado grabadas en mi cerebro.

Devuelve el guardapelo
o morirá otra niña.

Había más texto. Letras más pequeñas, muchas palabras después de la amenaza inicial. No pude leerlas. Supuse que daría detalles. Cómo tenía la policía que devolver el guardapelo. O cómo moriría la siguiente niña. Puede que ambas cosas.

—Mierda —dijo D.D.—. Mi coche. ¿Cómo pudo él saber...?

Se dio una rápida vuelta por el gran espacio de hormigón. ¿Buscaba al mensajero? Vi que su mirada se dirigía a las esquinas y me di cuenta de que buscaba cámaras de seguridad por si había suerte. Yo también empecé a intentar localizar las cámaras. Pero no hubo suerte.

Bobby se inclinaba sobre el capó del coche, mirando la hoja de papel con mucho cuidado de no tocar nada.

—Debemos considerarlo una escena del crimen —dijo con voz tensa y entrecortada.

—No me jodas.

—¿Cuánto tiempo hemos estado fuera? ¿Treinta horas, treinta y una? Una ventana de tiempo amplia...

—Lo sé —respondió D.D. tan cortante como él. Me miró por encima del hombro con expresión enojada de nuevo.

—¡Oye! ¡De esto no podéis echarle la culpa a mi padre! Me fulminó con la mirada.

—Annabelle, creo que ha llegado el momento de que cojas un taxi.

—Perfecto. Me pregunto a cuántos periodistas voy a poder ver por el camino… Estoy segura de que les encantaría enterarse de esto.

—No te atreverás…

—¿Vais a devolverle el guardapelo?

—Uno: esto es un asunto policial. Dos: esto es un asunto policial…

—¿Quién lo ha escrito? ¿Hay algún tipo de firma? ¿Me menciona? Quiero leer la nota.

—Annabelle, ¡coge un taxi!

—¡No puedo!

—¿Por qué no?

—¡Porque se trata de mi vida!

D.D. apretó los labios. Se volvió hacia la nota que seguía sin tocar en el parabrisas del coche. No me iba a dejar verla. No la iba a compartir conmigo. Las fuerzas de seguridad eran un sistema. Un sistema al que no le preocupaba alguien como yo.

Fue pasando el tiempo. D.D. leía. Bobby estudiaba su cara, su propia mirada resultaba impenetrable. Ellos estaban dentro y yo fuera, contemplándolos.

Hasta yo tengo mis límites. Me di por vencida y empecé a alejarme.

—¡Espera! —D.D. miró a Bobby—. Ve con ella.

—No necesito niñera.

D.D. me ignoró. Siguió hablando con Bobby.

—Yo me ocupo de esto. Tú quédate con ella.

—Tenemos que hablar —contestó él con calma.

—Lo haremos.

—No quiero que cometas una imprudencia.

—Bobby…

—Lo digo en serio, D.D. Puede que tú seas la sargento, pero yo he trabajado en operaciones especiales. —Señaló la nota—. Entiendo de estas cosas. Esto es una mierda y no harás lo que te piden.

—Luego —murmuró D.D. señalando hacia mí con la cabeza—. Ocúpate de ella. Yo reuniré al equipo y lo discutiremos.

Él frunció el ceño, la mirada cargada de escepticismo.

—Luego —aceptó a regañadientes, alejándose del Crown Victoria y dirigiéndose hacia mí. Quise utilizar la oportunidad para leer el resto de la nota. Pero solo volví a ver las mismas dos líneas: «Devuelve el guardapelo o morirá otra niña».

Bobby me cogió por el brazo y me arrastró con él. Le dejé hacer, pero solo hasta que estuvimos lo bastante lejos como para que D.D. no pudiera oírnos.

—¿Qué dice? —pregunté.

—Nada. Probablemente no sea más que un truco publicitario.

—El público no sabe nada del guardapelo. La prensa no ha publicado nada al respecto.

Al parecer, ni el mejor detective del mundo había caído en ese detalle. Ralentizó el paso, pero se recompuso y siguió adelante. Llegamos al ascensor y pulsó el botón con más fuerza de la necesaria.

—Bobby...

—Entra en el ascensor, Annabelle.

—Tengo derecho a saberlo. Estoy implicada.

—No, Annabelle, no tiene nada que ver contigo.

—¡Y una mierda!

—Annabelle —dijo mientras se cerraban las puertas del ascensor—, en la nota no se te menciona. El autor quiere a D.D.

Me llevó en silencio al veterinario, donde Bella me recibió enloquecida. Dio vueltas, saltó y me empapó la cara a besos. La abracé más tiempo del que pretendía, hundiendo mi cara en la densa melena de su nuca, agradeciendo su calor, su cuerpo escurridizo, su alegría delirante.

Entonces la traidora se dio la vuelta y saltó sobre Bobby con el mismo entusiasmo. No hay lealtad en este mundo.

Bella se calmó en cuanto la llevé al coche de Bobby. Le gustaba viajar en automóvil tanto como a cualquier otro perro. Se pegó a la puerta del acompañante y fue decorando la ventanilla con las huellas que dejaba su nariz húmeda. Ya había dejado un rastro de pelo blanco sobre los asientos recién aspirados. Me sentí mejor.

Cuando llegamos a mi edificio Bobby aparcó en un sitio prohibido, salió y rodeó el coche hasta el lado del acompañante. Abrí la puerta por mí misma, toda una declaración de intenciones. Él se limitó a dirigir su atención a Bella, que, por supuesto, salió del coche como una bala y empezó a dar vueltas en torno a sus piernas haciendo caso omiso de la lluvia.

—Siempre es un placer ayudar a una dama —dijo él dando golpecitos en su cabeza.

Quería pegarle, vapulearle, patearle y chillarle como si todo fuera culpa suya. La violencia de mis pensamientos me desconcertó. Me dirigí hacia el edificio con pasos vacilantes, buscando la llave con dedos temblorosos.

Bella echó a correr escaleras arriba. Yo la seguí más lentamente, intentando recuperar la compostura mientras hacía los movimientos mecánicos necesarios para abrir las puertas, mirar el buzón y volver a cerrarlo todo tras de mí. Tenía el estómago revuelto y sentía una necesidad casi infantil de parar y llorar. O, mejor aún, de hacer cinco maletas.

Mi padre se había hecho pasar por un agente del FBI y había interrogado a una joven víctima de secuestro dos años antes de que me acosaran a mí. Habían matado a mi mejor amiga en mi lugar y ahora, veinticinco años después, alguien exigía que le devolvieran mi guardapelo.

Me dolía la cabeza, o puede que fuera el corazón.

Una vez en el apartamento, Bobby hizo la ronda. Sus movimientos fluidos deberían haberme hecho sentir mejor. Pero que creyera que tenía que comprobar que mi apartamento era seguro tan solo aumentó mi ansiedad, pues me di cuenta de que era exactamente lo que hace mucho tiempo hubiera hecho mi padre.

Cuando acabó, Bobby me hizo un lacónico gesto con la cabeza, dándome permiso para entrar en mi casa, y se colocó junto a la encimera de la cocina. Me contempló mientras realizaba mi propia rutina de llegar a casa, dejando el correo, depositando mi maleta en el dormitorio y dándole a Bella un cuenco lleno de agua. En la pantalla digital de mi contestador automático parpadeaban seis mensajes sin oír, un número inusual en mi pequeño y tranquilo mundo. Me retiré instintivamente. Ya miraría los mensajes después, cuando Bobby no anduviera por ahí.

—Bueno —dijo él.

—Bueno —respondí yo.

—¿Tienes planes para esta noche?

—Tengo que trabajar.

—¿Tienes costura?

—Starbucks.

—¿Esta noche? —preguntó frunciendo el ceño.

—La gente quiere su café de Java veinticuatro horas al día, siete días a la semana. ¿Por qué? ¿Estoy bajo arresto domiciliario?

—Teniendo en cuenta los sucesos recientes, no sería mala idea mantener cierto nivel de precaución —replicó él en tono neutro.

No pude aguantar más. Alcé mi barbilla y fui al grano.

—Mi padre no lo hizo. Sea lo que fuere lo que estés pensando, mi padre no era así. Y la nota lo demuestra. Los muertos no siguen manteniendo correspondencia personal.

—La nota no es asunto tuyo, Annabelle. Es un asunto policial oficial que puede o no tener algo que ver con este caso.

—Mi padre se hizo pasar por un agente del FBI y visitó a Catherine tras el ataque que sufrió. Puede que en su calidad de padre quisiera saber, de primera mano, qué tipo de monstruo asalta a niñas. Puede que, como académico, pensara que era la forma correcta de conducir una investigación. ¡Sé que hay una explicación!

Las palabras sonaban defensivas, las teorías eran descabelladas, pero no lo pude evitar. Tras toda una vida de pelearme con mi padre, de acusarlo de ser controlador y manipulador, de repente me había convertido en su mayor defensora. Una cosa era que yo no me fiara de mi padre. Pero jamás iba a permitir que otra persona le faltara.

Bobby parecía estar considerando muy seriamente mis palabras.

—De acuerdo, Annabelle. Dame una razón. Haz un intento mejor. Yo estoy abierto a todo. Los linchamientos pueden esperar.

—Ni siquiera estaba por ahí cuando desapareció Dori —dije fríamente—. Por entonces ya estábamos en Florida.

—Eso es lo que tú crees.

—¡Eso es lo que sé! Mi padre nunca nos dejó cuando nos establecimos en Florida.

Solté la mentira sin el menor esfuerzo. Pensé, con amargura, que mi padre se habría sentido orgulloso de mí.

Dos semanas después de instalarnos en Florida me desperté en medio de la noche gritando. Quería a mi padre, rogaba que viniera. La que vino fue mi madre. «Chsss, cariño. Chsss. Papá vendrá a casa pronto. Tenía que atar unos cuantos cabos sueltos. Chsss, cariño, todo irá bien».

Mentiroso, mentiroso y más que mentiroso.

La voz monótona de Bobby me devolvió implacablemente al presente.

—Annabelle, ¿dónde están los muebles de tus padres? Toda tu familia desapareció una tarde. ¿Qué pasó con vuestras cosas?

—Se las llevó un camión de mudanzas.

—¿Perdón?

—Hablé con la señora Petracelli.

—Que tú ¿qué?

—Me escondí en una esquina y cerré los ojos —dije cortante, notando cómo volvía a bullir de ira—. ¿Qué creías que iba a hacer? ¿Esperar a que D.D. y tú sirváis mi vida en una bandeja de plata? ¡Por favor! ¡Sois la poli y no os importo una mierda!

Dio un paso hacia mí. Su mirada ya no era impasible. Sus ojos se habían vuelto de un profundo gris tormenta. Pensé que debería sentir miedo, pero estaba encendida. Quería pelear, guerrear, estallar. Quería hacer cualquier cosa para dejar de sentirme indefensa.

—¿Qué le contaste a la señora Petracelli? —preguntó.

—Vaya, Bobby —me burlé con voz de falsete—. ¿Acaso no te fías de mí? ¿No estamos todos en el mismo *bando*?

—¿Qué demonios le contaste a la señora Petracelli?

—¡Nada, imbécil! ¿Qué pensabas que iba a hacer? ¿Creías que iba a ir a casa de una mujer, a la que no veo desde hace veinticinco años, para decirle que la policía ha encontrado el cuerpo de su hija desaparecida hace tanto tiempo? No soy tan cruel.

También di un paso hacia delante y le clavé el índice en el pecho. Me hizo sentir dura, aunque la sombra de sus ojos adoptó un tono gris granito.

—Me dijo que había ido una empresa de mudanzas y se había llevado nuestras cosas. Sin duda, mi padre lo dispuso por teléfono para que se lo llevaran todo a un guardamuebles. Quizá imaginara que la policía solucionaría el caso algún día. Entonces podríamos volver a casa y empezar donde lo habíamos dejado. Mi padre tenía una fe absoluta en la planificación.

—Annabelle, no hay transacciones inmobiliarias registradas, ni alquiler de ningún guardamuebles, nada a nombre de Russell Granger.

Era mi turno de quedar perpleja.

—Pero…, pero…

—Pero ¿qué, Annabelle? Dime qué estaba pasando en el otoño de 1982. Dame algo que pueda creer.

No podía. No sabía…, no entendía…

¿Cómo era posible que no hubiera nada a nombre de Russell Granger? Se suponía que Arlington era mi vida real. Al menos había vivido en Arlington en 1982.

Bobby cogió mis manos entre las suyas. Entonces me di cuenta de que había empezado a temblar y a balancearme sobre los pies. Bella emitió un quejido lastimero desde su cesta. No podía ir hacia ella, no podía hablar. Volví a pensar en mi padre, en los susurros en medio de la noche. En cosas que no quería saber. En verdades que no podría soportar.

Dios, ¿qué pasó en el otoño de 1982? Ay, Dori, ¿qué hicimos?

—Annabelle —ordenó Bobby con suavidad—, pon la cabeza entre las piernas y suelta el aire. Estás hiperventilando.

Hice lo que me pidió, me doblé por la cintura y contemplé el suelo de madera rayada mientras luchaba por el aire. Cuando me incorporé, Bobby me sujetó entre sus brazos y me acoplé a su abrazo de forma natural. Olí su loción para después del afeitado, el olor a verbena y otras especias cosquillearon en mi nariz. Sentí sus brazos, cálidos y duros en torno a mis hombros. Oí latir su corazón, regular y rítmico en mi oreja. Y me abracé a él como una niña, avergonzada y abrumada, sabiendo que tenía que recuperar la compostura, pero deseando desesperadamente permanecer en el santuario de sus brazos.

Si Russell Granger nunca existió, ¿qué pasaba con Annabelle? ¿Y por qué, por qué había creído que cuando nos mudamos a Florida fue la primera vez que mi padre mentía?

—Chsss —susurraba Bobby en mi oído—, chsss…

Sus labios rozaron mi pelo, me dio un besito sin pensar, pero no fue suficiente para mí. Levanté la cabeza y hallé la suya.

El primer contacto fue electrizante. Labios suaves, bigote rasposo. El olor de un hombre, la sensación de sus labios presionando los míos. Sensaciones que rara vez me permitía experimentar. Necesidades que rara vez me permitía sentir. Abrí la boca buscando su lengua; quería sentirle, tocarle, saborearle. Lo necesitaba. Quería creer en ello. Quería sentir cualquier cosa que no fuera ese miedo que acechaba en el fondo de mi cabeza.

Si él se limitaba a sujetarme, puede que el momento durara. Entonces me olvidaría del resto y no tendría que sentir miedo, ni tendría que sentirme sola, ni tendría que escuchar esas voces que sonaban cada vez con más fuerza en mi cabeza…

«Roger, por favor, no te vayas. Roger, te lo suplico, por favor, no hagas esto…».

Cuando quise darme cuenta, Bobby me estaba apartando y yo me batí en retirada. Nos situamos en esquinas opuestas de la cocina, respirando pesadamente y evitando la mirada del otro. Bella se levantó de su cesta y se apretó contra mí ansiosa. Yo me agaché y empecé a acariciarle el suave pelaje de la cara.

Pasaban los minutos. Utilicé el tiempo para recomponer mis rasgos y rehacerme. Si Bobby hubiera dado un paso, yo habría ido hacia él. Pero, en cuanto hubiéramos terminado, le habría rechazado, oculta tras la perfecta compostura que había ido perfeccionando con los años.

Y volví a comprender que mi madre no había sido la única baja en la guerra de mi padre. A mí también me había privado de algo que no sabía cómo recuperar.

—¿Qué hay de mi madre? —dije de repente—. Leslie Ann Granger. Puede que, por alguna razón, mis padres lo tuvieran todo a su nombre.

—Annabelle, he buscado rastros de tu padre y de tu madre. Nada.

—Existíamos —insistí débilmente, acariciando el pelaje de Bella, notando el tranquilizador peso de su cabeza en mis manos—. Jugábamos con los vecinos, teníamos vida social y un papel en la comunidad. Yo iba al colegio, mi padre tenía un empleo y mi madre estaba en la AMPA. Todo eso es real. Lo recuerdo. Arlington no es un producto de mi imaginación.

—¿Qué recuerdas de antes de Arlington?

—No sé…, no recuerdo que hubiera un antes.

—Podemos preguntar a los vecinos —dijo él.

—Supongo.

Bobby se enderezó parecía haberse recuperado.

—No tengo ni idea de adónde nos llevará todo esto —dijo de repente—. Seis cadáveres son seis cadáveres. Tenemos la obligación de formular cada pregunta, de seguir cualquier pista. Este caso tiene vida propia.

—Ya lo sé.

—Puede que debas mantener un perfil bajo una temporada.

Tuve que sonreír, pero fue una sonrisa torcida.

—Bobby, vivo bajo un nombre falso. No tengo amigos, nunca hablo con mis vecinos y no pertenezco a ningún tipo de organización social. Lo más parecido a una relación duradera es la que mantengo con el repartidor de mensajería. Francamente, si cayera un poco más en la escala social sería una ameba.

—No me gusta que trabajes de noche —continuó Bobby como si no hubiera dicho nada. Entrecerró los ojos y dirigió la mirada de mí a Bella y de nuevo a mí—, ni que corras por la noche.

Negué con la cabeza. Lo peor del *shock* estaba pasando y noté cómo levantaba mis defensas.

—Soy una mujer adulta, Bobby. No voy a seguir escondiéndome.

—Annabelle…

—Entiendo que tienes que hacer tu trabajo, Bobby. Pero tendrás que comprender que yo debo hacer el mío.

Evidentemente no estaba satisfecho, pero tuvo la consideración de dejar de discutir. Bella notó que había disminuido la tensión. Fue hacia Bobby y estrujó la nariz contra su mano sin la menor vergüenza.

—Tengo que irme —dijo él sin moverse.

—Reunión del equipo para hablar de la nota.

No picó, así que seguí su ejemplo y lo dejé pasar.

—Yo me tengo que vestir para ir a trabajar —dije esperando que mi voz no sonara tan cansada como me sentía.

—Annabelle…

—Bobby.

—No puedo. Tú y yo. Es una cuestión ética, no puedo.

—No te lo he pedido.

De repente frunció el ceño.

—Lo sé y me cabrea.

Sonreí y esta vez fue una sonrisa más suave, honesta, un auténtico paso adelante para mí. Fui hacia él y puse mi mano en su mejilla. Sentí la barba de un día y la fuerte línea de su mandíbula. Solo nos separaban unos centímetros, de manera que percibía el calor que desprendía su cuerpo, pero nada más.

Lo sentí como una promesa y, por un momento, me permití creer que cosas así eran posibles, que tenía un futuro, que la mujer en la que se había convertido Annabelle Granger tenía la posibilidad de ser feliz en su vida.

—¿Te gustan las barbacoas? —musité.

Sentí cómo curvaba sus labios contra la palma de mi mano.

—En mis tiempos era famoso por cómo daba la vuelta a las hamburguesas.

—¿Alguna vez sueñas con vallas pintadas de blanco, 2,2 niños y tal vez un perro increíblemente blanco?

—Mis sueños suelen incluir un sótano acabado, una mesa de billar y un televisor de plasma.

—Eso está muy bien —dije retirando mi mano, suspirando al perder el contacto y lamentando la fría realidad que invadió el espacio entre nosotros—. Nunca se sabe —terminé en tono despreocupado.

—Nunca se sabe —contestó él.

Se fue bajando las escaleras. Bella se lo tomó a la tremenda y gimió patéticamente cuando cerré la puerta tras él.

Sonó el teléfono y contesté.

—Annabelle —susurró una voz masculina.

25

Bobby se abrió paso entre el tráfico de Boston. El puente de luces de emergencia destellaba mientras avanzaba hacia el sur en dirección a Roxbury. Había pasado más tiempo del que pensaba en el apartamento de Annabelle. Había hecho más de lo que pensaba en el apartamento de Annabelle. ¡Demonios! Casi se había portado como un imbécil en el apartamento de Annabelle.

Pero estaba de vuelta en su coche, había recuperado el control y se había familiarizado de nuevo con la fría y dura realidad. Era un detective. Trabajaba en un caso importante y las cosas iban de mal en peor.

Alguien sabía de la existencia del guardapelo. Según la nota, la persona en cuestión solo accedía a encontrarse con la sargento D.D. Warren, que debía llevar el guardapelo a los terrenos abandonados del Hospital Psiquiátrico de Boston a las 3:33 de la madrugada.

De no cumplirse estas exigencias tendrían que atenerse a las consecuencias. Moriría otra niña.

La reacción de Bobby al ver la nota había sido instintiva y acorde con casi una década de entrenamiento táctico: un puto desastre.

Alguien estaba jugando con ellos. Pero eso no significaba que no cumplir con lo exigido no pudiera tener consecuencias reales.

Llegó a Ruggles Street conduciendo con una sola mano porque estaba sacando el móvil con la otra. Tenía una llamada del MIT en la que le daban los datos de contacto de un tal Paul Schuepp, antiguo director del departamento de matemáticas. Otra de las llamadas era de una agencia inmobiliaria que se había ocupado de la antigua casa de Annabelle en Oak Street. Más gente a la que llamar, más pistas que seguir. Hizo lo que pudo en los diez minutos que le quedaban antes de llegar a la central.

Estaba anocheciendo y las nubes bajas y grises hacían que pareciera más tarde de lo que realmente era. Los peatones se movían con dificultad por ambos lados de la calle, ocultos bajo sus paraguas o embutidos en impermeables oscuros. Vivir tan cerca de la central de policía los había vuelto inmunes a las sirenas y nadie levantó la mirada cuando pasó.

Por fin surgieron ante él unas luces brillantes: la monstruosa central de policía de acero y cristal había cobrado vida una larga noche más. Bobby pulsó el botón de bloqueo de su móvil y se puso serio: aparcar en Roxbury no era cosa de risa. La primera vez que pasó todas las plazas en la calle estaban ocupadas, pero Bobby no giró en dirección al aparcamiento central, y no solo porque el aparcamiento de la policía fuera conocido como el lugar ideal donde ser atracado. Como la mayoría de los detectives, quería tomar posiciones por si surgía algo inesperado y había que salir pitando. Eso quería decir que convenía aparcar lo más cerca posible del edificio.

A la tercera tuvo suerte. Un compañero salió y Bobby se metió en el hueco vacío.

Llevaba su identificación en la mano mientras corría hacía el edificio. Las 18:07. Probablemente D.D. y el resto del equipo estuvieran sentados hablando de la estrategia a seguir en el encuentro previsto para las 3:33 de la madrugada. ¿Debían llevar el guardapelo original o arriesgarse a las represalias llevando una copia?

Accederían a la entrega, a Bobby no le cabía duda. Era una oportunidad demasiado buena para hacerle salir a campo abierto. Además, D.D. no tenía suficiente buen juicio como para tener miedo.

Bobby pasó por seguridad, puso su identificación ante el lector y se lanzó por las escaleras, subiendo los peldaños de dos en dos. Necesitaba hacer ejercicio. Le permitiría deshacerse de lo peor de su adrenalina y de la agitación que aún sentía por haber besado a una mujer a la que nunca debería haber besado.

No vayas por ahí. Tienes una misión. Céntrate en tu cometido.

Acababa de pasar por la puerta de la escalera y empezaba a correr por el largo pasillo que conducía a la unidad de homicidios, en una loca carrera contra sí mismo, cuando se abrió la puerta que había enfrente y D.D. asomó la cabeza.

Dio un salto al ver que le había pillado.

—¿El equipo está reunido ahí? —preguntó confuso, intentando descubrir por qué habían cambiado el lugar de reunión.

D.D., sin embargo, negó con la cabeza.

—El equipo se reúne dentro de treinta minutos. Los padres de Eola acaban de llegar. Únete a la fiesta y no digas ni una sola palabra.

Bobby enarcó las cejas. Se unió a la fiesta. No dijo ni una sola palabra.

Bobby no había estado nunca en esa sala central de conferencias. Era bastante más impresionante que los famosos armarios de la *suite* de homicidios. Con solo una mirada Bobby entendió la elección de escenario. Los Eola no estaban solos, habían llevado a su gente y a la gente de su gente, a juzgar por la multitud.

Tardó cinco minutos en entender la situación. Enfrente y a su izquierda, estaba sentado un caballero, de una edad estimada de entre ochenta y cien años, vestido con un traje gris marengo, escaso pelo repartido en forma de herradura por su cabeza, una finísima piel y una aguileña y aristocrática nariz: el padre de Christopher Eola, Christopher sénior. A su derecha, se encontraba una mujer frágil con manchas de edad, vestida con un traje azul marino de Chanel y unas perlas del tamaño de una pelota de golf: la madre de Christopher Eola, Pauline.

A su lado, había otro caballero con un carísimo traje cruzado, él sí con mucho pelo y más rellenito, el consabido pez gordo: el abogado de los Eola, John J. Barron. A su izquierda, una copia suya más joven y delgada: el socio en perspectiva, Robert Anderson. Luego, para salvar las apariencias, una mujer abogada, con su discreto traje de Brooks Brothers, el pelo tirante y sujeto en la nuca y gafas de montura fina: su nombre era Helene Niaru. Se sentaba junto a la última mujer de la fila, una joven increíblemente bella que tomaba abundantes notas y a la que nunca se refirieron por su nombre: la secretaria.

Un montón de horas a facturar, pensó Bobby, a causa de un hijo del que los Eola supuestamente no habían oído hablar en décadas.

—Quiero que conste en acta mi oposición a esta reunión —afirmó el señor Eola. Su voz, temblorosa por la edad, aún conservaba esa nota implacable de quien está acostumbrado a que sus órdenes sean obedecidas inmediatamente—. Me parece prematuro, por no decir irresponsable, que acusen a mi hijo.

—Nadie está acusando a nadie de nada —replicó el detective Sinkus en tono conciliador. Su misión había sido investigar a los Eola, así que el espectáculo era todo suyo—. Le aseguro que se trata de preguntas de rutina. Tras el descubrimiento de Mattapan, intentamos averiguar todo lo que podamos sobre los pacientes que vivieron en el Hospital Psiquiátrico Estatal de Boston, incluido, aunque no solo —añadió fríamente—, su hijo.

El señor Eola enarcó una fina ceja gris con suspicacia. Su esposa tenía los hombros caídos, se sonaba la nariz y se frotaba los ojos. Al parecer, el mero hecho de pensar en su hijo la había hecho llorar.

Bobby se preguntó dónde estaría su hija, con la que Christopher supuestamente había mantenido relaciones «inapropiadas». Treinta años después tenía que ser una adulta de mediana edad. ¿No tenía nada que decir en todo esto?

El abogado se aclaró la garganta.

—Naturalmente, mis clientes desean cooperar —dijo—. Después de todo, estamos aquí. Evidentemente los incidentes de hace treinta años siguen siendo muy dolorosos para todos los implicados. Confío en que lo tenga en cuenta.

—Solo usaré mi tono amable —le aseguró Sinkus—. ¿Procedemos?

Gruñidos de asentimiento procedentes de los presentes trajeados. Sinkus encendió la grabadora y ellos no protestaron.

—Para que conste, señor, ¿puede usted confirmar que Christopher Walker Eola, nacido el 16 de abril de 1954 y con el siguiente número de la Seguridad Social, es hijo suyo? —dijo Sinkus leyendo el número a continuación.

El señor Eola lo confirmó con un gruñido.

—¿Christopher Walker Eola residía con usted y su mujer en su casa de Tremont Street en abril de 1974?

Otro gruñido de afirmación.

—¿En la casa vivía asimismo su hija, Natalie Jane Eola?

Ante la mención de la hija, intercambiaron miradas nerviosas y se les erizaron los pelos de la nuca.

—Sí —respondió por fin el señor Eola mascando la palabra y escupiéndola.

Sinkus tomó nota.

—¿Qué otras personas vivían en la casa? Parientes, servicio, invitados…

El señor Eola se volvió hacia su esposa, que al parecer se encargaba del personal. Pauline dejó de frotarse los ojos el tiempo suficiente como para mencionar cuatro nombres: la cocinera, la criada, la secretaria personal de Pauline y un chófer a tiempo completo. Hablaba muy bajo y no era fácil entenderla. Mantenía la barbilla pegada al pecho, como si se la hubiera clavado. Osteoporosis avanzada, supuso Bobby. Ni todo el dinero del mundo podía evitar el envejecimiento.

Sinkus acercó la grabadora a la señora Eola. Terminados los preliminares, fue al grano.

—Tenemos entendido que, en 1974, usted, señor Christopher Eola, y su esposa, la señora Pauline Eola, ingresaron a su hijo Christopher júnior en el Hospital Psiquiátrico Estatal de Boston.

—Correcto —confirmó el señor Eola.

—¿Recuerda la fecha exacta?

—El 19 de abril de 1974.

—¿Tres días después del vigésimo cumpleaños de Christopher? —preguntó Sinkus levantando la mirada.

—Habíamos celebrado una pequeña fiesta —dijo la señora Eola levantando algo la voz de repente—. Nada suntuoso, unos cuantos buenos amigos. La cocinera había preparado pato a la naranja, el plato favorito de Christopher. Después discutimos, a Christopher le encantaba discutir.

Su voz sonaba nostálgica y Bobby se dio cuenta de que era el eslabón débil. El señor Eola estaba enfadado con la policía por la reunión y por tener que recordar a su hijo. Pero la señora Eola estaba triste. Si lo que decían era cierto, ¿se había visto obligada a internar a un hijo para proteger a otro? Y aunque creyera que su hijo era un monstruo, ¿le echaría de menos? Quizá echara de menos la idea de lo que podría haber sido.

Sinkus se giró levemente hacia la señora Eola con la intención de quedar justo enfrente de ella y poder sostenerle la mirada para darle ánimos.

—Parece que fue una bonita fiesta, señora Eola.

—Sí. Christopher había vuelto a casa hacía unos meses de sus viajes. Queríamos hacer algo especial para celebrar su cumpleaños y su vuelta a casa. Había invitado a sus amigos del colegio y a muchos de nuestros socios. Fue una hermosa tarde.

—¿Sus viajes, señora Eola?

—Bueno, estuvo viajando, claro. Se había tomado un tiempo tras terminar el instituto para ver mundo, echar una cana al aire. Chicos. No puedes pretender que sienten la cabeza demasiado pronto. Tienen que vivir ciertas experiencias antes. —Sonrió débilmente, como si se hubiera dado cuenta de repente de lo frívolo que sonaba ahora. Retomó su discurso con más energía—. Pero había vuelto en Navidades para empezar a enviar sus solicitudes de ingreso a distintas universidades. A Christopher le gustaba el teatro, pero no creía tener talento. Se planteó en cambio licenciarse en Psicología.

—¿Tras pasar más de un año de viaje? ¿Puede ser un poco más precisa, señora Eola? ¿En qué países estuvo y durante cuánto tiempo?

La señora Eola hizo un movimiento de revoloteo con la mano, como si fuera un pájaro.

—Oh, estuvo en Europa. Los lugares habituales. Francia, Londres, Viena, Italia. Le interesaba Asia, pero no nos pareció un sitio seguro por entonces. Ya sabe —dijo inclinándose confidencialmente hacia delante—, por la guerra y eso.

Ah, sí, el conflicto de Vietnam que Christopher había soslayado tan oportunamente. ¿Objetor de conciencia, el dinero de papá, sus aspiraciones universitarias? Había infinitas posibilidades.

—¿Viajaba solo o con amigos? —preguntó Sinkus.

—Las dos cosas —respondió con otro breve revoloteo de la mano.

Sinkus cambió de estrategia.

—¿Guarda usted algo escrito de aquella época? Postales que le mandara Christopher, alguna línea que escribiera usted en su diario...

—Protesto —exclamó Barron.

—No le estoy pidiendo su diario —aclaró Sinkus rápidamente—. Solo quiero tener una imagen más detallada de las aventuras de Christopher. Fechas, lugares, personas. Si puede.

La idea era que podía proporcionar una lista de los lugares donde se podría haber escondido Christopher tras ser liberado de Bridgewater en 1978. ¿Por qué esconderse en algún hotel de Estados Unidos dejado de la mano de Dios si podías volver a París?

El señor Eola asintió gruñendo. Sinkus prosiguió.

—De manera que Christopher acabó el instituto, viajó un poco y luego volvió a casa para redactar sus solicitudes de ingreso en la universidad.

—¿A qué universidades escribió? —preguntó Bobby. Sinkus le dedicó una mirada de advertencia, pero la ignoró. Tenía sus razones.

—Oh, las habituales. —Una vez más, la señora Eola se mostró imprecisa—. Harvard, Yale, Princeton. Quería quedarse en la costa Este, cerca de casa. Aunque, ahora que lo pienso, también solicitó el ingreso en el MIT. Qué raro, ¿no? ¿El MIT para estudiar Bellas Artes? Bueno, con Christopher nunca se sabía.

Sinkus volvió a tomar las riendas.

—¿Fue agradable tenerle de vuelta?

—Por supuesto —exclamó la señora Eola. El señor Eola le lanzó una mirada y ella se calló.

—Mire —intervino el señor Eola con impaciencia—, ya sé lo que intenta preguntar. ¿Por qué no vamos al grano? Ingresamos a nuestro hijo, llevamos personalmente a nuestro único hijo varón a un psiquiátrico. ¿Qué tipo de padres hacen algo así?

—De acuerdo, señor Eola. ¿Qué tipo de padres hacen algo así?

El señor Eola había alzado la barbilla, lo que hizo que pareciera que le habían estirado demasiado la piel sobre su esquelético rostro.

—Lo que diga a continuación no debe salir de esta habitación.

—Bueno, señor Eola… —respondió Sinkus titubeando por primera vez.

—Lo digo en serio. Apague la grabadora ahora mismo, joven, o no diré nada más.

Sinkus miró a D.D., que asintió con la cabeza lentamente.

—Apágala. Oigamos lo que tiene que decirnos el señor Eola.

Sinkus se inclinó hacia delante y apagó la grabadora. En ese instante la secretaria soltó el bolígrafo y juntó las manos sobre el regazo.

—Tiene que entenderlo —empezó el señor Eola—. No fue del todo culpa suya. Esa chica belga. Ella fue su ruina. Si hubiéramos sido conscientes de la situación antes, si hubiéramos intervenido más deprisa…

—¿Qué situación, señor? ¿En qué sentido afirma que no actuó? —preguntó Sinkus en tono paciente, con respeto. Eola iba a darles lo que querían. Todo a su tiempo.

—Una *au pair*. La contratamos cuando Christopher tenía nueve años y Natalie tres. Habíamos tenido una niñera maravillosa hasta entonces, pero dejó su puesto para formar su propia familia. Fuimos a la misma agencia y nos recomendaron a Gabrielle. Como la experiencia anterior había sido excelente no lo dudamos. Pensamos que una *au pair* bien formada era igual que cualquier otra.

»Gabrielle era más joven de lo que esperábamos. Veintiún años, recién terminados sus estudios. Tenía una personalidad totalmente diferente. Era más festiva, más… juguetona —dijo torciendo el gesto. Evidentemente, «juguetona» no era un cumplido—. A veces pensaba que se portaba de forma demasiado informal con los niños. Pero desplegaba mucha energía y tenía un sentido de la aventura que los niños parecían apreciar. Christopher, sobre todo, estaba muy apegado a ella.

»Cuando Christopher cumplió doce años hubo un incidente en su escuela. Era delgado para su edad y sensible. Algunos de los chicos empezaron a… desaprobar su forma de ser. Se metían con Christopher y empezaron a fastidiarle. Un día las cosas se les fueron un poco de las manos. Hubo un intercambio de golpes y Christopher no salió ganando precisamente.

Los labios del señor Eola se contrajeron en un gesto de desagrado. Bobby no pudo dilucidar si al hombre le asqueaba la idea de la violencia o que su hijo hubiera sido incapaz de enfrentarse a ella.

La señora Eola volvió a frotarse los ojos.

—Naturalmente —prosiguió el señor Eola con tono enérgico—, se adoptaron las medidas adecuadas y los culpables recibieron su castigo. Pero Christopher… parecía ausente. No dormía bien. Se volvió… reservado. Por entonces pillé a Gabrielle un día saliendo de la habitación de Christopher de madrugada. Cuando le pregunté, me dijo que le había oído llorar y había querido comprobar que todo iba bien. Debo admitir que no hice más averiguaciones.

»Fue la criada quien, finalmente, habló con mi esposa. Le dijo que la cama de Gabrielle permanecía intacta durante largos periodos de tiempo, mientras que había que cambiar con mayor frecuencia las sábanas de la cama de Christopher porque tenían manchas. Ya se puede imaginar el resto.

Sinkus había abierto los ojos de asombro, pero se recompuso.

—Sintiéndolo mucho, señor, tengo que pedirle que cuente el resto.

—Bien. Nuestra *au pair* estaba manteniendo relaciones sexuales con nuestro hijo de doce años —respondió el señor Eola suspirando—. ¿Ya está contento? ¿Ha quedado lo suficientemente claro?

Sinkus hizo caso omiso de la observación.

—Y cuando descubrieron lo que pasaba, ¿qué ocurrió, señor Eola?

—Oh, la despedimos. Pedimos una orden de alejamiento y conseguimos que la deportaran. Por supuesto en todo momento contamos con asesoría jurídica.

—¿Y Christopher?

—Era un niño —respondió el señor Eola con impaciencia—. Lo había seducido y utilizado una estúpida belga. Naturalmente, estaba destrozado. Me gritó, se enfadó con su madre y se encerró en su cuarto durante muchos días. Se sentía Romeo y creía que le había separado de su Julieta. ¡Tenía doce años, por Dios! ¿Qué podía saber él?

—Llamé a un médico —intervino la señora Eola con su suave voz—, a nuestro pediatra. Me dijo que llevara a Christopher a la consulta para un reconocimiento. Pero no tenía ningún problema físico. Gabrielle no le había hecho daño, solo había... —La señora Eola se encogió de hombros sin saber qué decir—. El médico dijo que la mejor cura era el tiempo, así que nos llevamos a Christopher a casa y esperamos.

—¿Y Christopher qué hizo?

—Se enfurruñó —contestó el señor Eola displicentemente—. Se encerró en su cuarto y se negó a hablar o a comer con nosotros. Duró semanas, pero luego pareció superarlo.

—Volvió a clase —dijo la señora Eola—. Comía con nosotros, hacía sus deberes. Si acaso parecía haber madurado con la experiencia. Empezó a llevar trajes y a ser extremadamente amable. Nuestros amigos decían que se había convertido en un hombrecito de la noche a la mañana. Era realmente encantador. Me traía flores y pasaba mucho tiempo con su hermana pequeña. Natalie lo idolatraba, ¿sabe? Creo que, cuando él se retiraba a su cuarto, se sentía dolida. Durante un tiempo las cosas fueron... sobre ruedas.

—Durante un tiempo —repitió Sinkus.

La señora Eola suspiró y volvió a callar. La tristeza se había vuelto a adueñar de su rostro. El señor Eola retomó el relato con voz enérgica, carente de emoción.

—La criada empezó a quejarse por el estado de la habitación de Christopher. Hiciera lo que hiciese, su cama no dejaba de apestar. Algo andaba mal ahí dentro, dijo. Algo andaba mal con él. Quería permiso para no limpiar su habitación.

»Naturalmente, le dije que no. Le dije que estaba siendo tonta. Tres días después yo estaba en casa cuando la oí gritar. Entré corriendo en la habitación de Christopher y la vi de pie junto a la cama con el colchón levantado. Por fin había encontrado la fuente del mal olor: allí, entre el colchón y el somier, había media docena de ardillas muertas. Christopher las había… despellejado. Les había sacado las entrañas y cortado las cabezas.

»Le hablé del asunto en cuanto llegó del colegio. Se disculpó inmediatamente. Solo había estado "practicando", me dijo. Tenían que diseccionar una rana en clase de ciencias al final del semestre. Le preocupaba ser demasiado aprensivo, desmayarse a la vista de la sangre, porque pensaba que si volvía a mostrar debilidad ante sus compañeros volverían a acosarlo.

El señor Eola se encogió de hombros.

—Yo le creí —prosiguió—. Su lógica, sus miedos, tenían sentido. Mi hijo podía resultar muy convincente. Retiró los cadáveres de su cuarto y los enterró en el jardín. Consideré zanjado el asunto, pero…

—¿Pero?

—Las cosas dejaron de ir bien en casa. Maria, la criada, empezó a tener pequeños accidentes. Se daba la vuelta y se tropezaba con una escoba puesta en su camino. En una ocasión abrió una botella de lejía porque se había acabado la anterior, la vertió y se puso enferma por las emanaciones. Se dio cuenta justo a tiempo. Al parecer alguien había reemplazado la lejía en la segunda botella por amoniaco. Maria se fue al poco tiempo. Insistía en que la casa estaba embrujada, pero la oí musitar a continuación que el fantasma se llamaba Christopher.

—¿Creía que intentaba hacerle daño?

—Creía que intentaba matarla —corrigió el señor Eola sin rodeos—. Puede que se enterara de que había sido ella quien denunció su relación con Gabrielle, quizá quisiera vengarse, la verdad es que no lo sé. Christopher era educado, cooperaba, iba a clase, sacaba buenas notas. Hacía todo lo que le pedíamos. Pero ni… —el señor Eolo tomó aire—, ni siquiera a mí me gustaba ya estar con mi hijo.

—¿Qué pasó en abril de 1974? —preguntó Sinkus con tacto.

—Christopher se fue —respondió en voz baja el señor Eola—. Durante casi dos años fue como si la nube negra que se había cernido sobre nuestra casa hubiera desaparecido. Nuestra hija parecía menos ansiosa. La cocinera silbaba en la cocina. Todos andábamos con paso más ligero. Nadie decía nada, ¿qué podíamos decir? Nunca vimos a Christopher hacer nada malo. Tras el episodio de las ardillas y la marcha de Maria no hubo más incidentes, ni olores extraños, ni nada remotamente sospechoso. Pero la casa estaba mejor sin Christopher. Éramos más felices.

—Y entonces volvió.

El señor Eola hizo una pausa, su voz se fue apagando. Había perdido el tono comedido, carente de emoción. Su rostro reflejaba el cambio en su estado de ánimo. Oscuro, furioso, deprimido. Bobby se inclinó hacia delante. Sintió tensarse los músculos de su estómago, blindándose ante lo que vendría a continuación.

—Natalie cambió —dijo el señor Eola con una voz que parecía provenir de la distancia—. Estaba de mal humor, retraída. Se sentaba y pasaba en silencio mucho tiempo hasta que, de repente, estallaba por cualquier nimiedad. Pensamos que estaba sufriendo problemas de adaptación. Tenía catorce años, una edad difícil. Además, durante más de un año había tenido la casa para ella sola, como si fuera hija única. Puede que no le gustara la vuelta de Christopher.

»Él no parecía tomarse a mal sus rabietas. Le llevaba flores y sus dulces favoritos. Le ponía apodos tontos e inventaba cancioncillas absurdas. Cuanto más le rechazaba, más deseaba captar su atención, llevándola al cine, presentándola a sus amigos y ofreciéndose para acompañarla al colegio. Durante su ausencia Christopher se había convertido en un guapo joven. Estaba más fuerte, más asentado. Creo que más de una amiga de Natalie estaba enamorada de él, lo que usaba a su favor, claro. Pauline y yo pensamos que a lo mejor los viajes le habían sentado bien. Parecía haberlo superado.

»Al día siguiente de la cena de cumpleaños de Christopher recibí la llamada de un cliente de Nueva York. Había surgido algo y quería que fuera a verlo. Pauline decidió venirse. Pensamos que podríamos ir a ver algún espectáculo. No queríamos sacar a Natalie del colegio, pero no era problema porque Christopher estaba en casa. Así que le dejamos a cargo de todo y nos fuimos.

Hubo una nueva pausa. Una vacilación que duró lo que un latido de corazón, mientras el señor Eola luchaba con sus recuerdos, intentando encontrar las palabras. Cuando volvió a hablar su voz sonó ronca y baja, difícil de entender.

—Mi reunión de urgencia resultó no ser tan urgente y Pauline no consiguió entradas para el espectáculo que quería ver, así que volvimos. Un día antes. Ni se nos ocurrió llamar.

»Pasaban de las ocho de la tarde. Nuestra casa estaba a oscuras, el servicio se había ido al acabar su jornada. Les encontramos en el salón. Christopher estaba sentado en mi sillón de cuero favorito. Estaba completamente desnudo. Mi hija…, Natalie…, la estaba obligando a realizar… un acto sexual. Estaba llorando y oí a mi hijo decir en una voz que nunca le había oído antes: "¡Estúpida puta, será mejor que te lo tragues o la próxima vez te la meto por el culo!".

»Entonces levantó la mirada y nos vio ahí parados. Se limitó a sonreír con una sonrisa muy, muy fría. "¡Hola papá!", dijo. "Tengo que darte las gracias. Esta es mucho mejor que Gabrielle".

El señor Eola se interrumpió de nuevo. Sus ojos se fijaron en un punto de la mesa de madera pulida. Su esposa, a su lado, se había derrumbado y sus hombros temblaban espasmódicamente mientras se balanceaba hacia delante y hacia atrás.

D.D. fue la primera en ponerse en movimiento. Cogió una caja de pañuelos de papel y se la acercó en silencio a la señora Eola. La anciana tomó uno, lo estrujó entre sus manos plegadas y reanudó su balanceo.

—Gracias por hablar con nosotros —dijo D.D. con suavidad—. Soy consciente de que esto es terrible para su familia. Solo quedan unas pocas preguntas y creo que lo podremos dejar por hoy.

—¿Qué quiere saber? —preguntó el señor Eola con aspecto cansado.

—¿Podría darnos una descripción de Gabrielle?

Fuera lo que fuere que esperaba, desde luego no era eso. El señor Eola parpadeó.

—Yo no…, no he pensado mucho en ella. ¿Qué quiere saber?

—Lo básico. Estatura, peso, color de ojos, aspecto general.

—Medía aproximadamente un metro setenta y cinco, pelo y ojos oscuros, esbelta, pero no tan escuálida como suelen ser hoy las chicas. Era robusta, vivaz. Una especie de Catherine Zeta-Jones.

D.D. asintió mientras Bobby probablemente establecía la misma conexión que ella. En otras palabras, la descripción de Gabrielle se ajustaba perfectamente a Annabelle.

Sinkus se aclaró la garganta atrayendo la atención de todos. Era hora de ir terminando, pero el detective parecía preocupado.

—Señor Eola, señora Eola, si no les importa…, cuando pillaron a Christopher, ¿les acompañó voluntariamente al Hospital Psiquiátrico de Boston?

—No tuvo ocasión.

—¿Cómo es eso?

—Mi dinero es mi dinero, detective Sinkus. Y puede tener la certeza de que después de ese… incidente no iba a darle ni un céntimo a Christopher. Pero él tenía sus propios recursos: un fideicomiso que le habían dejado sus abuelos. Según los términos del fideicomiso, no podía tocarlo hasta los veintiocho años e incluso entonces necesitaría la aprobación del fideicomisario. Que era yo.

Bobby lo entendió a la vez que D.D.

—Le amenazó con cortarle el grifo del dinero, con negarle su herencia.

—Exactamente —contestó tajante el señor Eola—. Le dejé vivir esa noche, lo que ya fue suficientemente generoso.

—Le pegaste —susurró la señora Eola—. Corriste hacia él. Te tiraste encima de él y le pegaste, le pegaste. Natalie chillaba y tú gritabas y no parabas. Christopher se limitó a permanecer sentado, con esa terrible sonrisa y la boca llenándosele de sangre.

El señor Eola no se molestó en disculparse.

—Llevé su escuálido culo escaleras arriba hasta su dormitorio, donde se encerró. Mientras yo… intentaba pensar qué debía hacer. Sinceramente no era capaz de matar a mi único hijo, pero tampoco podía someter a mi hija al escrutinio de la policía. Consulté con mi abogado —dijo mirando a Barron—, que me sugirió una alternativa. Me advirtió que, dada la edad de Christopher, internarlo en un psiquiátrico no sería fácil. Tendría que quedarse voluntariamente o necesitaría una orden judicial, lo que significaba ir a la policía.

»Mi hijo es listo, eso se lo concedo, y, como he dicho, aprecíaba las cosas buenas de la vida. No lo imagino viviendo en las calles, ni creo que él se imagine a sí mismo haciéndolo. De manera que, a la mañana siguiente, hicimos un trato. Se quedaría en el Hospital Psiquiátrico de Boston hasta cumplir los veintiocho años. En ese momento, si había cumplido su parte del trato, le cedería su herencia. No se hace ascos a tres millones de dólares y Christopher lo sabía. Se fue y no volvimos a verlo nunca más.

—¿Nunca fueron a visitarlo? —preguntó Sinkus.

—Para nosotros nuestro hijo estaba muerto, detective.

—Así que no saben que su hijo montó un pequeño lío en el Hospital Psiquiátrico de Boston. Acabó en Bridgewater.

—Cuando el hospital de Boston anunció su cierre, les llamé. El médico me dijo que a Christopher ya lo habían enviado a Bridgewater. Me pareció bien.

—¿Y qué pasó cuando Christopher cumplió los veintiocho años? —preguntó Sinkus frunciendo el ceño.

—Mi bufete de abogados recibió una nota. «Un trato es un trato», decía. Yo liberé los fondos.

—Espere un momento —intervino D.D. fríamente—. Christopher cumplió veintiocho años en abril de 1982. ¿Me está diciendo que ese día entró en posesión de tres millones de dólares?

—Lo cierto es que heredó tres millones y medio. Los fondos se habían administrado bien.

—¿Y se hizo con los fondos?

—Ha ido retirando dinero periódicamente a lo largo de los años.

—¿*Qué?*

—John, por favor —dijo el señor Eola volviéndose hacia su abogado.

Barron cogió del suelo un maletín de cuero y lo abrió con energía.

—Esto es información confidencial, detectives. Confiamos en que lo tengan en cuenta.

Repartió copias de una pila de papeles. Registros financieros, se dio cuenta Bobby, apresurándose a ojear su ejemplar. Eran registros detallados del fideicomiso de Christopher con las fechas de las retiradas de efectivo.

—¿Cómo se ponía en contacto? Cuando Christopher quería dinero, ¿qué hacía, cogía el teléfono? —preguntó Bobby mirando a Barron.

—No sea ridículo —respondió Barron—. Es un fideicomiso, no un cajero automático. Se requiere una petición por escrito, debidamente firmada ante notario, que guardamos con los registros oficiales. Si sigue usted mirando, verá una copia de cada hoja. Comprobará que Christopher ha estado solicitando cien mil dólares unas dos o tres veces al año.

—¿Escribía y le hacían un cheque? —preguntó Bobby pasando rápidamente las hojas.

—Escribía, vendíamos fondos, reequilibrábamos la cartera y luego le hacíamos un cheque, sí.

—¿De manera que nunca recogía personalmente los cheques? ¿Tienen una dirección postal? —Era demasiado bueno para ser verdad; lo era, como pudo comprobar en la última página—. Espere un momento, ¿mandaba el cheque a un banco en *Suiza?*

Barron se encogió de hombros.

—Como bien ha dicho la señora Eola, Christopher pasó un tiempo en Europa. Obviamente abrió una cuenta bancaria mientras estuvo allí.

Bobby enarcó una ceja. Los adolescentes normales de diecinueve años no van por ahí abriendo cuentas bancarias en

Suiza. No lo hacen ni siquiera los hijos echados a perder de la clase alta de Boston. Parecía un acto preventivo. El acto de un hombre que da por supuesto que quizá alguna vez necesite recursos para llevar una vida de fugitivo. Bobby se preguntó qué habría estado haciendo Christopher durante su «gran viaje» por Europa.

La reunión tocaba a su fin. El señor Eola había pasado su brazo algo tarde en torno a su esposa, que se retiraba el rímel corrido. Le susurró algo al oído y ella le devolvió una sonrisa temblorosa.

—¿Cómo se encuentra su hija, señora Eola? —preguntó Bobby con suavidad.

La mujer le sorprendió con su dura respuesta.

—Es lesbiana, detective. ¿Qué otra cosa cabría esperar?

La señora Eola se levantó. La ira le había dado fuerzas. El señor Eola aprovechó el momento para acompañarla hasta la puerta. Los abogados y la secretaria desfilaron tras ellos; una brigada descomunalmente cara que se dirigía hacia los ascensores.

En la calma que siguió, Sinkus fue el primero en tomar la palabra.

—Bien —preguntó a D.D.—. ¿Significa esto que puedo ir a Suiza?

26

La reunión urgente del equipo empezó tarde debido a lo largo que había sido el interrogatorio a los Eola. Sin embargo, la mayoría de los detectives habían llegado a la hora prevista, así que, cuando aparecieron Bobby, D.D y Sinkus, las cajas de pizza estaban vacías, los refrescos se habían acabado y no quedaba ni un colín de pan.

Bobby echó un vistazo a lo único que había sobrado: un recipiente de plástico lleno de pieles de pimiento rojo. Ni consideró meterles mano.

—De acuerdo, vamos allá —dijo D.D. con energía—. Acercaos, escuchad. Tenemos cosas que discutir, para variar, así que vamos a ponernos a ello.

El detective Rock bostezó e intentó ocultarlo ordenando sus pilas de papeles.

—He oído que tenemos una nota —dijo—, ¿se trata de nuestro hombre o de un aspirante a pirado?

—No estamos seguros. Dimos el nombre de Annabelle Granger al principio, pero nunca publicamos detalles sobre el guardapelo u otros objetos personales. De manera que nuestro autor anónimo o ha obtenido la información desde dentro o es nuestro hombre.

Eso les espabiló, aunque el siguiente anuncio de D.D. provocó gruñidos colectivos.

—He traído copias de la nota para distribuirlas, pero todavía no. Lo primero es lo primero: nuestro informe de cada noche. Repasemos lo que sabemos y luego veremos si juntos averiguamos —dijo D.D, agitando la pila de fotocopias— cómo encaja esto en el rompecabezas. Sinkus, tú primero.

A Sinkus no le importó. Como era el encargado de Christopher Eola estaba vibrando de excitación. Contó la entrevista que habían mantenido con los padres de Eola, lo que habían averiguado sobre sus actividades sexuales y cómo la descripción de su antigua niñera casaba bien con la descripción general de Annabelle Granger, una de las víctimas amenazadas. Aún más interesante, Eola contaba con abundantes recursos financieros. Era más que probable que entre su cuenta en un banco suizo y un fideicomiso multimillonario pudiera llevar una vida oculta, sin ser detectado, etcétera. De hecho, todo era posible, de manera que debían estar abiertos a cualquier cosa.

Siguientes pasos: llamar al Departamento de Estado para rastrear el pasaporte de Eola. Hablar con la Interpol por si andaban detrás de Eola o tenían entre manos algún caso que implicara un SNI con un *modus operandi* parecido. Por último, había que determinar el procedimiento a seguir para poder rastrear las transferencias de fondos desde una cuenta en Suiza o, todavía mejor, congelar los fondos.

—Habría que declarar a Eola como terrorista —apuntó McGahagin.

Unos cuantos detectives se rieron al oír el comentario.

—No estoy de broma —insistió el sargento—. Homicidio no significa nada para el gobierno suizo, ni, ya puestos, para nadie. En cambio, si pones en un informe que crees que Eola ha enterrado material radiactivo en medio de la ciudad, congelarán sus fondos en menos que canta un gallo. ¿No son radiactivos los cuerpos? ¿Alguno de los presentes recuerda algo de clase de ciencias?

Se miraron unos a otros sin comprender. Al parecer, ninguno de ellos veía los programas de divulgación científica de Discovery Channel.

—Bueno —dijo McGahagin tozudamente—, creo que es así y os digo que funcionaría.

Sinkus se encogió de hombros y tomó nota. No sería la primera vez que encajaban una pieza cuadrada en un hueco redondo. Las leyes estaban para eso, para que los detectives de homicidios emprendedores pudieran buscar la forma de obviarlas.

Sinkus también era el encargado de localizar a Adam Schmidt, el auxiliar de enfermería del Hospital Psiquiátrico de Boston al que habían despedido por acostarse con una paciente. Decidió hablar del señor Schmidt a continuación.

—Por fin he podido localizar a Jill Cochran, la antigua jefa de enfermeras —informó Sinkus—. Me ha dicho que conserva la mayoría de los historiales médicos del centro que cerraron. Los han catalogado, archivado, no sé muy bien lo que se hace con los papeles de un manicomio. Voy a verla mañana por la mañana para ver qué sabe del señor Schmidt.

—¿Algo en los registros sobre los antecedentes de Schmidt? —preguntó D.D.

—No tenemos nada. De manera que, o Adam se ha portado como un chico bueno después de lo ocurrido en el Hospital Psiquiátrico de Boston, o se ha tomado muchas molestias para que no lo pillen. De todas formas, mi sexto sentido me dice que no hay nada por ese lado. Me gusta más Eola.

D.D. simplemente se quedó mirándolo y Sinkus levantó las manos para defenderse.

—Lo sé, lo sé, un buen investigador no deja de remover hasta la última piedra. Remuevo, remuevo, remuevo.

Al parecer Sinkus estaba un poco grogui por la falta de sueño. Se sentó. El detective Tony Rock saltó a la palestra y empezó a informar sobre las últimas actividades en la línea directa de Crime Stoppers.

—¿Qué os puedo contar? —retumbó la grave voz del detective, que parecía exhausto, sonaba exhausto y, sin duda, se sentía como parecía y sonaba—. Estamos recibiendo una media de treinta y cinco llamadas por hora. A la mayoría las podemos clasificar en tres categorías básicas: un poco locas, muy locas o demasiado tristes como para expresarlo en palabras. Las categorías «un poco locas» y «muy locas» se refieren a lo que cabe esperar: fueron los alienígenas; hombres vestidos de blanco; si de verdad quieres estar a salvo en este mundo, debes ponerte papel de aluminio en la cabeza.

»Las "demasiado tristes como para expresarlo en palabras"…, bueno, son demasiado tristes como para expresarlo en palabras. Padres. Abuelos. Hermanos. Todos con algún miembro de la familia desaparecido. Ayer llamó una señora de setenta y cinco años cuya hermana menor lleva desaparecida desde 1942. Había oído que los restos eran ya esqueletos y pensó que a lo mejor tenía suerte. Cuando le dije que no creíamos que los restos fueran tan antiguos empezó a llorar. Lleva sesenta y cinco años esperando que su hermana pequeña vuelva a casa. Me dijo que no puede dejarlo, que hizo una promesa a sus padres. La vida, a veces, es una mierda.

Rock se presionó el puente de la nariz, parpadeó y prosiguió.

—Tengo una lista de diecisiete mujeres desaparecidas entre 1970 y 1990. Algunas son chicas de aquí. Una es de muy lejos, de California. He pedido a las familias la mayor cantidad de información posible para poder identificarlas, incluidas joyas, ropas, arreglos dentales, fracturas de huesos y/o sus juguetes favoritos, ya sabéis, por si coinciden con alguno de los objetos personales que aparecieron con cada uno de los cadáveres. Voy a enviar la información a Christie Callahan. Y hasta aquí. Eso es todo.

Regresó a su asiento y el aire pareció abandonar su cuerpo hasta que se derrumbó, más que sentarse, en la silla plegable de metal. No tenía buen aspecto y dedicaron un momento a contemplarlo y a preguntarse quién sería el primero en decir algo.

—¿Qué pasa? —ladró.

—Seguramente tú... —empezó a decir D.D.

—No puedo solucionar lo de mi madre —la interrumpió Rock—. De manera que, quizá, encuentre al hijo de puta que asesinó a seis niñas.

No había gran cosa que añadir, así que siguieron.

—De acuerdo —dijo D.D. con tono expeditivo—. Tenemos un sospechoso principal con una inteligencia por encima de la media y recursos financieros; otro sospechoso al que hay que seguirle la pista, un antiguo empleado del hospital, y una lista de diecisiete chicas desaparecidas obtenida por la línea directa de Crime Stoppers. Además, tal vez exista un vínculo con un secuestro que tuvo lugar dos años antes de que ninguna de estas chicas desapareciera. ¿Alguien más quiere unirse a la fiesta? ¿Jerry?

El sargento McGahagin era el encargado de bucear en casos no resueltos de personas desaparecidas del departamento de policía de Boston. Buscaba mujeres menores de edad cuya desaparición se hubiera producido en los últimos treinta años. Su equipo había elaborado una lista de veintiséis casos de Massachusetts y ahora habían comenzado a ampliar su búsqueda al área de Nueva Inglaterra.

Estaba repasando la copia del informe de Tony Rock sobre Crime Stoppers y encontró cinco nombres que aparecían en ambas listas.

—Lo que necesito —aseguró— es el informe de victimología. Si Callahan me brinda una descripción física de los restos, puede que logre encajarlos en alguno de los casos sin resolver. Eso podría darnos una identificación positiva, lo que, tachán, nos proporcionaría una línea temporal en el asunto de la tumba colectiva.

McGahagin miró a D.D. expectante.

Ella le devolvió una mirada tranquila.

—¿Qué diablos quieres que haga, Jerry? ¿Que me saque del trasero seis informes de victimología?

—Vamos, D.D., han pasado cuatro jodidos días. ¿Cómo es posible que aún no sepamos nada de los seis cadáveres?

—Se llama «momificación húmeda» —respondió D.D. acaloradamente—. Nadie había visto nada igual en Nueva Inglaterra.

—En ese caso, y con el debido respeto a Christie, llama a alguien que sí lo haya visto.

—Ya lo ha hecho ella.

—¿Qué? —McGahagin parecía sorprendido. Los investigadores pedían constantemente recursos, expertos y pruebas forenses. Lo que no significaba que los poderes fácticos se los concedieran—. ¿Han mandado refuerzos a Christie?

—Mañana. Eso me han dicho. Una celebridad de Irlanda especializada en esta mierda que siente curiosidad por ver un ejemplar «moderno». El fiscal del distrito se ha puesto manos a la obra; por lo visto la línea directa de Crime Stoppers no es la única que se ha vuelto loca. La ciudad entera está inundando la oficina del gobernador de quejas histéricas porque un asesino en serie anda suelto y sus hijas bien podrían ser sus siguientes víctimas. Lo que me recuerda que al gobernador le gustaría que resolviéramos este caso… anteayer.

D.D. puso los ojos en blanco. El resto de los detectives rieron entre dientes.

—En serio, chicos —dijo D.D. volviendo a tomar la palabra—. Christie hace lo que puede. Todos hacemos lo que podemos. Cree que necesita una semana más. De manera que podemos echarnos a llorar o, tengo una idea, ¿quizá hacer un poco de buen trabajo policial a la antigua usanza?

Se volvió a dirigir a McGahagin.

—Dijiste que tenías una lista de veintiséis mujeres desaparecidas en Massachusetts. Veintiséis me parecen muchas.

—Como bien ha dicho Tony, este es un mundo de mierda.

—¿Has hecho un gráfico? ¿Hay, por ejemplo, mucha actividad en torno a ciertas fechas?

—Los años que van de 1979 a 1982 no fueron buenos para ser una mujer joven en Boston.

—¿Cómo fueron de malos?

—Nueve casos en cuatro años, todos sin resolver.

—¿Edades?

—Entre cero y dieciocho.

D.D. sopesó su respuesta.

—¿Y si estrechas la franja a, digamos, entre cinco años y quince?

—El número se reduce a siete.

—¿Nombres?

McGahagin los recitó, incluido el de Dora Petracelli.

—¿Lugares?

—Por todas partes. Southie, Lawrence, Salem, Waltham, Woburn, Marlborough, Peabody. Si damos por supuesto que el responsable fue el mismo en seis de los siete casos…

—Adelante, supongámoslo.

—Estamos hablando de alguien que dispone de un vehículo, para empezar —afirmó McGahagin—, alguien que conoce el estado y se integra tranquilamente en un montón de lugares diferentes. Quizá un trabajador de algún servicio público o alguien que se dedica a las reparaciones. Alguien listo. Organizado. Con un enfoque ritualizado.

—La línea temporal encaja con Eola —comentó Sinkus—. Lo liberaron en 1978 y probablemente no tuviera nada mejor que hacer…

—Excepto que —murmuró D.D.— los incidentes acaban en 1982 y Eola no tenía ninguna razón para parar; teóricamente hubiera podido seguir para siempre. Lo que, por cierto, se aplica a cualquier delincuente de este tipo. Los depredadores no suelen despertarse por la mañana un día y arrepentirse. Tuvo que pasar algo. Otros sucesos, otras influencias tienen que haber intervenido. Lo que nos lleva —dijo girándose hacia Bobby— a Russell Granger.

Bobby suspiró e inclinó su silla hacia atrás. Había estado tan ocupado desde que volvió a la central que no había tenido tiempo ni de orinar, no hablemos ya de preparar notas. Todos clavaban sus ojos en él, los chicos de la ciudad evaluando el juego del estado. Bobby hizo lo que pudo, sin pararse mucho a pensar.

—Según los informes de la policía, Russell Granger informó por primera vez de la existencia de un acosador en su casa de Arlington en agosto de 1982. Eso desencadenó una serie de sucesos que llevaron a Russell a hacer su equipaje y el de la familia y a desaparecer dos meses después, al parecer para proteger a su hija de siete años, Annabelle. De modo que, a primera vista, tenemos a una víctima en el punto de mira, Annabelle Granger, y a su pobre y atribulado padre. Salvo que…

—Salvo que… —confirmó D.D.

Bobby levantó el índice.

—Uno —dijo con tono enérgico—: Catherine Gagnon, que fue raptada en 1980, reconoció a Russell Granger en una fotografía. Solo que Gagnon creía que era un agente del FBI que la había entrevistado dos veces en el hospital tras su rescate. Estamos hablando de noviembre de 1980, casi dos años *antes* de que el acosador del que informó Russell Granger apareciera en Arlington.

Rock, sentado a la mesa, parecía medio dormido, pero esta información le hizo levantar súbitamente la cabeza.

—¿Eh?

—Lo mismo que dijimos nosotros. Dos: durante sus visitas a Catherine, Granger hizo un dibujo que le mostró. Catherine afirmó que el hombre del retrato en blanco y negro no era su atacante. Granger insistió en que debía serlo y se enfadó cuando la niña se mantuvo firme negándolo. Así pues, el dibujo ¿fue un intento por parte de Granger de distraer a Catherine o realmente creía saber quién la había raptado? Yo opino una cosa. —Señaló con la cabeza a D.D.—. La sargento, otra.

»Lo que nos lleva a… Tres: no hay registros sobre Russell Granger. Ningún permiso de conducir expedido a su nombre ni número de la Seguridad Social; tampoco a nombre de la madre de Annabelle, Leslie Ann Granger. Según el Registro de la Propiedad, la casa de los Granger de Oak Street fue propiedad de Gregory Badington, de Filadelfia, entre 1975 y 1986. Supuse que los Granger habían alquilado la casa, pero Gregory murió hace tres años y su esposa, que parecía tener unos ciento cincuenta años por teléfono, no tenía ni idea de lo que le estaba hablando. De manera que, en este punto, estamos en un callejón sin salida.

»Ayer inicié una comprobación de los registros financieros y tampoco llegué a ninguna parte. Hice otra búsqueda, la de los muebles de la familia, que supuestamente se llevaron a un guardamuebles. Nada. Es como si la familia no hubiera existido nunca. Exceptuando, por supuesto, las denuncias de Granger a la policía.

—¿Crees que Russell Granger acosó a su propia hija? —preguntó Rock confuso—, ¿que lo fingió todo?

—Yo no lo creo —respondió Bobby encogiéndose de hombros—, pero la sargento Warren…

—Sería la cobertura perfecta —dijo D.D. en tono neutro—. Puede que en 1982 Russell se diera cuenta de que la policía empezaba a notar el aumento súbito de niñas desaparecidas. Pensó que al hacerse pasar por una víctima no lo considerarían un sospechoso. Además, es el camuflaje perfecto para su marcha en octubre. Pensadlo. Tenemos a siete niñas desaparecidas entre 1979 y 1982, una de ellas era una conocida de Russell Granger, la mejor amiga de su hija, pero ningún detective lo busca para interrogarlo. ¿Por qué? Porque ya se ha definido como un padre protector. Es perfecto.

Sinkus estaba cabizbajo. Deseaba que su hombre, Eola, fuera el criminal, de manera que la alternativa de Russell Granger fue como un jarro de agua fría para él.

—Un pequeño detalle —intervino Bobby—. Russell Granger ha muerto. Lo que significa que, al margen de lo que hiciera a principios de la década de 1980, él no ha dejado la nota en el parabrisas de D.D.

—¿Estás seguro de eso?

—No estarás sugiriendo…

—Analiza los hechos, detective —dijo D.D.—. Por lo pronto no puedes ni probar que Russell Granger existiera. ¿Cómo puedes estar tan seguro de que está muerto?

—Oh, venga ya.

—Lo digo en serio. ¿Tienes un certificado de defunción? ¿Algo que lo corrobore? No, solo tienes el testimonio de la hija de Russell Granger, que afirma que a su padre lo mató accidentalmente un taxi. Ningún documento o detalle lo confirman. Muy conveniente, en mi opinión.

—¿De manera que Russell Granger no solo es un asesino en serie, sino que, además, su hija lo encubre? ¿Ahora quién pasa de los datos a la ficción?

—Lo único que digo es que no debemos sacar conclusiones aún. Hay dos cosas que quiero saber —señaló D.D. mirándole con dureza—. Uno: ¿cuándo llegó Russell Granger a este estado por primera vez? Dos: ¿por qué siguió huyendo tras salir de Arlington? Dame respuestas a estas dos preguntas y entonces hablaremos.

—Uno —respondió Bobby tajantemente—: me acaba de dejar un mensaje el exjefe de Russell en el MIT. Espero ver al doctor Schuepp a primera hora de la mañana para que me proporcione información sobre Russell Granger, incluida su línea temporal en Massachusetts. Dos: tengo que rastrear los datos y las ciudades donde estuvo la familia tras marcharse de Arlington, pero he estado demasiado ocupado corriendo detrás de ti como para hacer todo lo demás.

D.D. sonrió tristemente.

—En cuanto a la nota… —dijo alzando las fotocopias—. Hablemos del suceso principal de la noche.

27

El hombre que me llamaba resultó ser el señor Petracelli. No fue más cálido por teléfono de lo que lo había sido en persona. Deseaba verme y no quería que se enterara la señora Petracelli. Cuanto antes mejor.

Oír mi nombre real por teléfono me dejó inquieta. No quería que viniera a mi apartamento. El mero hecho de que usara el número de teléfono que había dado a la señora Petracelli ya era lo suficientemente invasivo.

Decidimos quedar en Faneuil Hall, en el extremo este de Quincy Market, a las ocho de la tarde. El señor Petracelli protestó por tener que conducir hasta la ciudad y aparcar, pero acabó aceptando a regañadientes. Yo tenía mis propios problemas, tenía que planear estratégicamente mi pausa en el trabajo para que coincidiera con la hora justa, pero creí que era viable.

El señor Petracelli colgó y yo me quedé ahí, sola en casa, apretando el auricular contra mi pecho y luchando por centrarme. Tenía que fichar en el trabajo en diecisiete minutos y no había dado de comer a Bella, ni me había cambiado de ropa, ni había deshecho el equipaje.

Cuando me moví por fin fue para colgar el teléfono y pulsar el «play» en el contestador. El primer mensaje no era tal, colgaban. Lo mismo, el segundo. El tercer mensaje era de mi actual cliente, que había decidido, tras pensarlo mucho, que no le gustaban las cenefas después de todo. Había visto un nuevo modelo de decoración de ventana precioso en casa de su amiga Tiffany y pensaba que quizá podríamos empezar de cero, o, si eso era un problema para mí, podía llamar al decorador de interiores de Tiffany. *Ciao, ciao!*

Garabateé una corta nota y escuché los tres mensajes restantes. Siempre colgaban.

¿La señora Petracelli, quizá, que se mostraba reticente a dejar un mensaje? ¿U otra persona desesperada por contactar conmigo? De repente, tras años de aislamiento, era una chica popular. ¿Buenas o malas noticias? Me puse nerviosa.

Me mordisqueé la uña del pulgar mirando la penumbra oscura y lluviosa del exterior. Alguien quería que le devolvieran el guardapelo. Alguien había localizado el coche de la sargento Warren. ¿Era solo cuestión de tiempo que ese alguien diera conmigo?

—Bella —dije de repente—, ¿te gustaría venirte al trabajo conmigo?

A Bella la idea le gustó mucho. Dio media docena de vueltas, fue trotando hasta la puerta y me miró expectante. No le sentó bien enterarse de que aún tenía que cambiarme de ropa, pero eso le dio ocasión de cenar. Mientras masticaba su comida de perro me puse unos vaqueros viejos, una camiseta blanca y zuecos negros, perfectos para pasar toda la noche de pie. Por supuesto cogí mi táser, el mejor amigo de una chica, y lo metí en mi enorme bolso.

Bella y yo nos apresuramos hacia la puerta parando solo para que pudiera echar todos los cerrojos a mis espaldas. Cuando llegamos a la calle, volví a dudar, mirando primero a la izquierda y luego a la derecha. A esa hora había mucho tráfico, la gente emprendía su largo peregrinaje de vuelta a casa tras el trabajo. En Atlantic Avenue probablemente estuvieran parados, sobre todo teniendo en cuenta que llovía.

Mi pequeña calle lateral, sin embargo, estaba vacía, solo se veía la luz de las farolas reflejándose sobre el escurridizo asfalto negro.

Cogí la correa de Bella y nos adentramos en la penumbra.

Trabajar en una cafetería no me gustaba nada. Pasaba la mayor parte de mi turno de ocho horas intentando no gritar a los clientes repletos de cafeína ni a mi descafeinado jefe. Esa noche no fue una excepción.

Dieron las ocho. Quedaban cinco personas en una desordenada fila, pidiendo esto sin grasa y aquello con leche de soja. Puse expresos mientras me preocupaba por Bella, atada apenas a cubierto fuera de las puertas de cristal, y por el señor Petracelli, que me esperaba en el otro extremo de Quincy Market, ocupado por puestos de comida en toda su extensión.

—Necesito un descanso —recordé a mi gerente.

—Hay clientes —respondió él cantarín.

Las ocho y cuarto.

—Tengo que ir al baño.

—Aprende a aguantarte.

Las ocho y veinte. Entró una familia de adictos a la cafeína y mi gerente no mostró signo alguno de transigir. Me harté. Me quité el delantal y lo dejé sobre el mostrador.

—Voy al baño —dije—. Si no te gusta cómprame otra vejiga.

Salí corriendo, dejando a Carl ante cuatro clientes con la boca abierta de asombro, incluida una niña pequeña que preguntó en voz alta si iba a «tener un *accidente*».

Limpié rápidamente los posos de café de mi camiseta, salí por las pesadas puertas de cristal y me lancé hacia Bella, que estaba ahí, con la lengua fuera, lista para marcharnos.

Se quedó un poco sorprendida cuando, en vez de empezar a correr con ella, la llevé andando hasta el otro lado de Quincy Market, donde confiaba en que el señor Petracelli siguiera esperándome.

No le vi al principio, cuando intentaba abrirme paso entre la pequeña multitud reunida ante Ned Devine's. Había dejado de llover, lo que significaba que habían vuelto los parroquianos. Empezaba a desesperarme cuando alguien me dio un golpecito en el hombro. Me giré. Bella comenzó a ladrar locamente.

El señor Petracelli retrocedió.

—Vale, vale —dijo con los brazos en alto mirando nerviosamente a la perra.

Me obligué a respirar hondo y traté de calmar a Bella porque la gente se había quedado mirando.

—Lo siento —musité—, a Bella no le gustan los desconocidos.

El señor Petracelli asintió con escepticismo, sin dejar de mirar a Bella cuando se calmó y se apoyó en mi pierna.

El señor Petracelli iba vestido de forma acorde con la climatología. Llevaba una gabardina larga de color tostado y un paraguas negro. Cubría su cabeza con un sombrero fedora marrón oscuro. Me recordaba a los actores de las películas de espías y me pregunté si veía así nuestro encuentro, como si fuera una operación clandestina entre profesionales.

En ese momento no me sentía demasiado profesional. Agradecía, sobre todo, la presencia de mi perra.

Era el señor Petracelli quien había pedido el encuentro, de manera que me quedé esperando a que hablara.

Se aclaró la garganta. Una, dos, tres veces.

—Siento lo de ayer —dijo—. Es que, cuando Lana me dijo que ibas a venir a casa…, no estaba preparado.

Hizo una pausa, pero, como yo no dije nada, prosiguió sin dilación.

—Lana tiene su fundación, su causa. Pero yo no tengo nada parecido. No me gusta demasiado recordar aquellos días. Me resulta más sencillo fingir que nunca vivimos en Oak Street. Arlington, Dori, nuestros vecinos… se han convertido en un sueño. Algo muy lejano. Con un poco de suerte solo ocurrió en mi cabeza.

—Lo siento —musité de manera poco convincente porque no se me ocurría otra cosa que decir. Nos habíamos desplazado al otro lado, lejos de la gente, hasta situarnos en una esquina del enorme edificio jalonado de columnas de granito. El señor Petracelli se mantenía algo apartado y no dejaba de observar a Bella con suspicacia. Yo lo prefería así.

—Lana me dijo que le habías dado el guardapelo a Dori —exclamó de repente—. ¿Es cierto? ¿Le diste a ella uno de tus… regalos? ¿Fue el pervertido que te los enviaba quien mató a mi hija? —preguntó en voz cada vez más alta. Vi que algo se movía en la sombra de sus ojos, una luz no del todo cuerda.

—Señor Petracelli…

—Les insistí a los detectives de Lawrence que tenía que haber una relación. Quiero decir, primero tenemos a un acosador espiando por la ventana del vecino y luego desaparece nuestra hija de siete años. Son dos ciudades diferentes, alegaron; distinto *modus operandi*. Lo que querían decir era que me ocupara de mis asuntos. Déjenos hacer nuestro trabajo, puñetero chiflado.

Se estaba poniendo histérico por momentos.

—Intenté localizar a tu padre. Pensé que, si al menos él podía hablar con la policía, tal vez los convenciera. Pero no tenía su número de teléfono. ¿Cómo era posible después de cinco años de amistad? Barbacoas, fiestas de Año Nuevo, viendo crecer a nuestras hijas juntos y, de repente, un día, tu familia decide marcharse sin despedirse.

»Odié a tu padre por haberse ido. Pero puede que no fuera más que envidia porque él se fue y salvó a su pequeña mientras que yo no hice nada y perdí a la mía.

Su voz aguda se quebró y ya no logró disimular su amargura. Yo seguía sin saber qué decir.

—Echo de menos a Dori —me atreví por fin a susurrar.

—¿La echas de menos? —repitió como un loro y esa cosa fea volvió a brillar en sus ojos—. No he tenido noticias de tu familia desde hace veinticinco años. Es una forma curiosa de echar de menos a alguien, en mi opinión.

De nuevo el silencio. Desplacé mi peso de una pierna a otra, incómoda. Sentía que él tenía algo importante que decir, que había una razón que le había hecho salir de casa en una noche lluviosa y oscura, pero no sabía cómo expresarlo con palabras.

—Quiero que vayas a la policía —declaró finalmente, mirándome desde debajo del ala de su sombrero—. Si les cuentas tu historia, sobre todo el asunto del guardapelo, recobrarán el interés por el caso. El delito de asesinato no prescribe, ¿sabes? Y si encuentran nuevas pistas... —Le falló la voz, pero se recompuso y prosiguió con valentía—. Estoy enfermo del corazón, Annabelle. Cuádruple baipás, derivaciones. Qué demonios, actualmente hay en mí más plástico que carne y sangre. Va a acabar conmigo. Mi padre apenas pasó de los cincuenta y cinco y mi hermano tampoco. No me importa morir. Debo admitir que hay días en los que la idea hasta me produce alivio. Pero cuando muera… quiero que me entierren junto a mi hija. Quiero saber que estará a mi lado. Quiero saber que ha vuelto a casa por fin. Solo tenía siete años. Mi pequeña. ¡Dios, cuánto la echo de menos!

Entonces empezó a llorar, con enormes sollozos que hicieron que los transeúntes se nos quedaran mirando asombrados. Rodeé sus hombros con mis brazos. Se agarró a mí con tanta fuerza que casi me tiró al suelo. Pero me apuntalé para sostener todo su peso y sentí las oleadas de su crudo y violento dolor.

Bella gemía, saltaba nerviosa, arañaba mis piernas. Lo único que podía hacer era esperar.

Poco a poco se fue enderezando, se limpió la cara, se apretó el cinturón de la gabardina, ajustó el ala de su sombrero. Ni volvió a mirarme ni yo lo esperaba.

—Iré a la policía —le prometí sin problemas puesto que ya lo había hecho—. Nunca se sabe. La patología forense avanza día a día; a lo mejor ya han hecho algún descubrimiento importante.

—Bueno, está el pozo ese de Mattapan —murmuró—. Seis cuerpos. ¡Quién sabe! A lo mejor tenemos suerte. —Su rostro se contrajo—. ¡Suerte! ¿Me estás oyendo? Dios, esto no es vida.

No respondí. Eché un vistazo a mi reloj. Llevaba fuera veinte minutos. Probablemente ya estaba despedida, de manera que ¿qué importaban unos minutos más o menos?

—Señor Petracelli, ¿alguna vez vio usted al acosador?

Él negó con la cabeza.

—Pero usted creía que existía, ¿verdad? ¿Creía que había alguien viviendo en el desván de la señora Watts que me espiaba?

Me miró de forma extraña.

—Bueno, no creo que la señora Watts y tu padre se inventaran algo así. Además, la policía encontró los útiles de acampada que había dejado el hombre en la casa de la señora Watts. Eso me parece bastante real.

—¿Así que nunca llegó a ver al tipo?

Él negó con la cabeza.

—Qué va. Pero dos días después del descubrimiento de todas esas cosas en el desván de la señora Watts celebramos una reunión de vecinos. Tu padre nos proporcionó una descripción del acosador, junto a la lista de los «regalos» que habías recibido y la fecha en la que los habías recibido. Nos dijo que no había gran cosa que pudiera hacer la policía; tenían las manos atadas hasta que hubiera una actuación criminal. Todos nos pusimos furiosos, por supuesto, sobre todo los que teníamos niños. Votamos por poner en marcha un programa de vigilancia vecinal. De hecho, tuvimos nuestra primera reunión el día en el que tu padre anunció que os ibais a tomar unas pequeñas vacaciones. Ninguno pensamos que no os fuéramos a volver a ver.

—¿No conservará los papeles que les dio? ¿La descripción del acosador que hizo circular mi padre? Ya sé que ha pasado mucho tiempo, pero…

El señor Petracelli sonrió dulcemente.

—Annabelle, cariño, tengo una carpeta que contiene hasta el último fragmento de documentación. La he llevado a todas las reuniones que hemos celebrado con la policía desde que desapareció mi pequeña y en todas ellas la dejaron cortésmente a un lado. Pero yo lo conservo todo. En el fondo de mi corazón siempre he sabido que existía un nexo entre la desaparición de Dori y la vuestra. El problema es que nunca conseguí que me creyera nadie.

—¿Me puede dar una copia? —pregunté hurgando en mi bolso en busca de una de mis tarjetas de visita.

—Haré lo que pueda.

—Señor Petracelli, dice usted que conoció a mi padre durante cinco años. ¿Fueron ustedes quienes llegaron nuevos al barrio o fuimos nosotros?

—Tu familia llegó en 1977. Lana y yo vivíamos allí desde que Lana estaba embarazada de Dori. Oímos decir que venía una familia que tenía una hija de la edad de Dori. Lana acababa de sacar las galletas del horno cuando llegó el camión de mudanzas. Pasó inmediatamente a tu casa con las galletas en una mano y la manita de Dori en la otra. Vosotras os hicisteis inseparables esa misma tarde. Invitamos a cenar a casa a tus padres la segunda noche y eso selló nuestra amistad.

—¿De verdad? —le dije sonriendo para incentivar sus recuerdos—. Si le soy sincera, no me acuerdo. Creo que era demasiado pequeña.

—Teníais…, ¿qué? ¿Un año y medio, dos? Andabais como un pato. Dori y tú solíais jugar a perseguiros por nuestra casa, chillando a pleno pulmón. Lana meneaba la cabeza y aseguraba que no entendía cómo no os tropezabais con vuestros propios pies —recordó el señor Petracelli sonriendo.

No me extrañó que estuviera tan atormentado. Pese a lo que había dicho al principio recordaba el pasado perfectamente, como si fuera una fotografía vieja que mirara a menudo.

—¿De dónde procedía mi familia? ¿Lo sabe usted?

—De Filadelfia. Tu padre había estado trabajando en la Universidad de Pensilvania o un lugar parecido. Nunca entendí muy bien a qué se dedicaba Russell. Aunque debo decir que para ser un profesor de universidad tenía muy buen gusto en cuestión de cervezas. Además, era fan de los Celtics y a mí me bastaba con eso.

—Yo tampoco entendí nunca a qué se dedicaba mi padre —murmuré—. Enseñar matemáticas siempre me pareció tan aburrido… Recuerdo que me gustaba fingir que trabajaba para el FBI.

—¿Russell? —El señor Petracelli soltó una carcajada—. No es probable. Nunca he conocido a un hombre tan remilgado respecto a las armas de fuego. En la reunión de la vigilancia vecinal hablamos de comprar armas para protegernos. Tu padre no quiso ni oír hablar de ello. «Bastante malo es ya que un hombre haya traído el miedo a mi casa», insistía. «Maldito sea si le permito traer también la violencia». No, tu padre era un académico liberal hasta el tuétano. «¿No podemos solucionar esto hablando?». «Demos una oportunidad a la paz». Todo ese tipo de estupideces.

—¿Compró usted una pistola?

—Lo hice. ¿Qué sabía yo? Debí mandarla a Lawrence con Dori.

El señor Petracelli contrajo el rostro de nuevo y la amargura se apoderó de él. Respiraba menos hondo, de forma contenida. Me preocupé por su corazón.

—Lana me ha dicho que tus padres han fallecido —dijo de repente.

—Sí, señor.

—¿Cuándo?

—¿Acaso importa? —respondí pensando en adónde quería ir a parar.

—Puede.

—¿Por qué?

Apretó los labios.

—¿Adónde os fuisteis, Annabelle? —preguntó con brusquedad e ignorando mi pregunta—. Cuando os fuisteis de vacaciones, ¿adónde fuisteis a parar?

—A Florida.

—¿A tu padre de verdad le ofrecieron un trabajo allí? ¿Por eso os quedasteis?

—Se hizo taxista. No es lo mismo que ser un profesor, pero supongo que pensó que merecía la pena.

La noticia pareció sorprender al señor Petracelli. ¿Lo que no le encajaba era que hubiera estado dispuesto a tirar por la borda su carrera académica o que no hubiera mentido sobre que había conseguido un empleo? No estaba segura. Él parpadeó.

—Lo siento —dijo un momento después—. Supongo que me he vuelto paranoico con la edad. Es fácil teniendo en cuenta que la mayoría de las noches me despierto gritando.

Había empezado a llover de nuevo. El señor Petracelli ya se había dado la vuelta para marcharse, pero lo detuve poniendo mi mano en su brazo.

—¿Por qué me ha preguntado por mi padre, señor Petracelli? ¿Qué quiere saber?

—Es solo que…, tras la desaparición de Dori, un vecino dijo haber visto a un hombre conduciendo una furgoneta blanca sin distintivos por la zona e incluso dio a la policía una descripción del tipo. Lana nunca ha estado de acuerdo conmigo, claro, pero lo primero que se me vino a la cabeza…

—¿Sí?

—Pelo corto y oscuro, piel bronceada, un tipo realmente guapo. ¡Venga, Annabelle! —El rostro del señor Petracelli volvió a cambiar de pronto y ese lúgubre resplandor volvió a apoderarse de sus ojos—. Dime quién es.

Tardé un momento en darme cuenta. Luego, cuando comprendí lo que me decía, intenté retirar mi mano. Él me agarró con fuerza de los dedos.

—¡No sea absurdo! —dije con dureza.

—Pue sí, Annabelle, el hombre que se llevó a mi Dori era exactamente igual que tu viejo y querido papá.

Soltó mi brazo de repente y caí sobre la acera mojada, apretando los dedos doloridos protectoramente contra mi pecho mientras Bella empezaba a ladrar hasta el paroxismo. Yo la abracé intentando calmarla, intentando calmarme.

Cuando volví a levantar la mirada el señor Petracelli había desaparecido y lo único que quedaba era su fea acusación flotando en el aire húmedo y oscuro.

28

Carl me despidió. Me lo tomé bastante bien, teniendo en cuenta que necesitaba el empleo para pagar lujos como el alquiler. Fue un gran alivio salir del espacio ruidoso y caótico de Quincy Market, donde las feas palabras del señor Petracelli aún teñían la noche. Hasta Bella estaba apagada y andaba obedientemente a mi lado cuando salimos de Faneuil Hall y atravesamos el terreno conocido del parque Columbus.

El parque, que discurría junto al puerto, era pequeño comparado con otros espacios verdes de Boston. Pero tenía una fuente que hacía reír a los niños y los mantenía húmedos en verano, mientras los adultos dormitaban en el césped o a la sombra de largos emparrados de madera. Había columpios, una rosaleda y una pequeña piscina reflectante en torno a la cual velaban los sintecho.

A veces traía a Bella a correr aquí con sus vecinos del North End, antes de empezar mi turno en Starbucks. Era un grupo de perros informal. Yo me limitaba a estar de pie junto a otros seres humanos mientras los perros correteaban por ahí.

En ese momento hacía demasiado frío y había demasiada humedad para los niños. Era demasiado tarde para grupos de dueños de perros o reuniones vecinales. Los sintecho dormían en los bancos. Los parroquianos pasaban deprisa, conscientes de la niebla, mientras se dirigían desde sus bares de Faneuil Hall a los restaurantes del North End. Por lo demás, el parque estaba tranquilo.

Me encontré pensando en la nota de nuevo. «Devuelve el guardapelo o morirá otra niña».

¿Acaso había alguna en la cama en ese momento, aferrada a su perro de peluche favorito y a su mantita rosa de felpa? ¿Confiaba en que sus padres la mantendrían a salvo? ¿Pensaba que en su casa no podía ocurrirle nada?

Él se acercaría cruzando el jardín, con una pesada barra de metal golpeando su muslo. Se escondería, quizá, detrás de un árbol o arbusto y luego se deslizaría centímetro a centímetro por las paredes de la casa hasta llegar a su ventana.

Alzaría la barra y empezaría a trabajar en el marco de la ventana…

Apreté las manos contra mis ojos, como si eso pudiera hacer desaparecer las imágenes. Me sentía sumergida en la fealdad, asfixiada por la violencia. Veinticinco años después seguía sin poder escapar.

No quería pensar en las palabras del señor Petracelli. No quería pensar en la amenaza depositada en el parabrisas del coche de D.D. El pasado era el pasado. Era una adulta. Llevaba más de diez años viviendo en la ciudad. ¿Por qué había vuelto a aparecer el hombre del saco de repente, reclamando mi guardapelo, amenazando con nuevas víctimas? No tenía ningún sentido.

El señor Petracelli estaba loco. Un hombre amargado y desquiciado que nunca había podido superar la terrible pérdida de su hija. Claro que culpaba a mi padre. Le ahorraba todo tipo de sentimientos de culpa a él como padre.

En cuanto a las acusaciones de Bobby y de D.D…

Ellos no habían conocido a mi padre. No lo conocían como yo. No sabían cómo hincaba los colmillos en un problema, como si fuera un *pitbull* negándose a soltar. Obviamente, Catherine disponía de información que a él le interesaba. Tenía sentido que mi padre se hubiera hecho pasar por un agente del FBI. Probablemente los padres normales no hacían ese tipo de cosas, pero tampoco se mudaban con sus familias a Florida solo porque la policía no pusiera sobre alerta a la Guardia Nacional para que buscara a un acosador.

En cuanto a la breve desaparición de mi padre poco después de que llegáramos a Florida… Sin duda quedaban cabos sueltos por atar. Había que cerrar cuentas bancarias y llevar nuestras cosas a algún guardamuebles. Aunque también pudo cerrar sus cuentas antes de partir y aparentemente había contratado la mudanza por teléfono…

No quería seguir pensando en esas cosas. Mi padre era obsesivo, paranoico y sistemático.

Eso no significaba que fuera un asesino.

Claro que, a lo mejor, ni siquiera era Russell Granger…

Las sienes me empezaron a latir de nuevo, un dolor de cabeza de primera que había comenzado veinticinco años antes y amenazaba con seguir sin fin. No sabía qué hacer. Solo quería…, tan solo deseaba…

—Hola.

La voz me sorprendió tanto que di un salto, giré y casi caí. Una mano fuerte me cogió del brazo y me sostuvo.

Bella ladraba excitada mientras me daba la vuelta y descubría al anciano del Hospital Psiquiátrico de Boston a mi lado. Charlie Marvin. Bella ladró más fuerte. Lejos de preocuparse, Charlie se limitó a agacharse y a extender la mano.

—Bonito perro —murmuró esperando hasta que Bella dejó de ladrar el tiempo suficiente como para olisquear su mano. Otro olisqueo vacilante y se dirigió hacia él meneando el rabo.

Al parecer, Charlie era un amante de los perros.

—¡Qué buena chica! ¡Qué guapa eres! Mira este pelaje. Debes de ser una pastora australiana. No es que haya muchas ovejas que pastorear por aquí, me temo. ¿No te gustaría pastorear taxis? ¿Sí? Pareces rápida, seguro que cazas un montón de taxis.

A Bella le gustó la idea. Se apoyó en Charlie mirándome, buscando mi aprobación. El hombre se había ganado completamente a mi perra.

Al final se puso de pie, sonriendo compungido al notar cómo chascaban sus rodillas; hubo de apoyarse en mi brazo.

—Lo siento —dijo alegremente—, una cosa es bajar y otra subir.

—¿Qué hace usted aquí? —pregunté fríamente, sin disimulos.

Sus azules ojos estaban rodeados de patas de gallo. Parecía divertirle mi preocupación. Levantó ambas manos en un gesto de *mea culpa*.

—¿Recuerdas que te dije que me resultabas familiar?

Asentí, reticente.

—Seguí dándole vueltas hasta que recordé por qué. Este parque. Corres aquí con tu perra. Por lo general algo más pronto que hoy, pero te he visto algunas veces. Nunca olvido una cara, sobre todo si es bonita. —Miró hacia abajo y acarició a Bella bajo la barbilla—. Me refiero a ti, cariño, por supuesto —canturreó.

No pude evitarlo y, al fin, sonreí. Pero enseguida adopté de nuevo un gesto serio.

—¿Y qué hace usted en el parque tan a menudo?

Él indicó con la cabeza hacia la esquina de Atlantic Avenue.

—Trabajo con los sintecho. El que no tengas un techo sobre tu cabeza no significa que se te deba negar la palabra de Dios.

No encontré nada que objetar.

—Peeero... —dijo arrastrando la palabra y balanceándose sobre los tobillos con las manos metidas en los bolsillos— confesaré. Te he estado buscando.

No dije nada, pero sentí cómo se me aceleraba el pulso cuando pasé a alerta máxima.

—No eres policía —constató.

No contesté.

—Pero te llevaron a la escena del crimen. —Ladeó la cabeza y me miró fijamente—. De manera que pensé que podías ser algún tipo de experta. Botánica o especialista en huesos. No es que sepa mucho, me limito a ver la cadena Court TV. Aunque sé juzgar a la gente y creo que tienes tan poco de científica como de poli. Lo que quiere decir... Pensé en una familiar de esas pobres niñas. Pero eres demasiado joven para ser una de las madres. ¿Una hermana quizá? Mi teoría es que conocías a alguna de esas niñas cuyos cuerpos han encontrado, lo que me entristece enormemente.

Asentí con la cabeza muy lentamente. Hermana. Se aproximaba bastante.

—¡Uf! —dijo Charlie sonriendo y simuló que se secaba la frente con un gesto histriónico—. La verdad es que me saco las cosas de la manga, ¿sabes? Aunque lo cierto es que tengo razón la mayoría de las veces. El Señor me ha dado un don y lo uso en beneficio de Su obra. Pero en cuanto termine este trabajo se acabó. Voy a pasarme la vida en las mesas de póquer. Cuando llegue a la tercera edad me voy a comprar un Cadillac.

Su sonrisa era contagiosa. Sonreí a mi vez, mientras Bella daba saltos a nuestro alrededor, claramente enamorada de su nuevo amigo.

—De acuerdo —dije—, soy una familiar, ¿a usted qué le importa?

Charlie adoptó inmediatamente un gesto serio y meneó la cabeza con tristeza.

—No duermo. Sé que es una locura. Soy un pastor. ¿Quién mejor que yo conoce el mal del que es capaz el ser humano? Pero soy un idealista. Siempre que he estado cerca del mal lo he sabido. Podía sentirlo, tocarlo, olerlo. Christopher Eola apestaba a maldad.

»Sin embargo, en todos los años que pasé en el Hospital Psiquiátrico de Boston nunca sospeché nada tan grave como una tumba colectiva subterránea. Andando por las calles de Mattapan nunca imaginé que estaban raptando a niñas de sus casas. Nunca creí oír gritos infantiles mientras recorría los terrenos boscosos del hospital, e iba a esos bosques con mucha frecuencia. Muchos de nosotros lo hacíamos. Es una de las mejores reservas naturales del estado, hubiéramos sido tontos de no disfrutar de la generosidad de Dios. Eso sentía mientras paseaba por los terrenos, rodeando las ciénagas, perdiéndome en los bosques. Me sentía sincera y genuinamente más cerca de Dios.

Su voz se quebró. Levantó la vista y me miró fijamente con sus sombríos ojos azules.

—Estoy profundamente conmocionado, jovencita. Si no fui capaz de reconocer el mal en esos terrenos, ¿qué clase de pastor soy? ¿Cómo voy a ser el mensajero de Dios si estoy tan ciego?

No sabía qué decir. Nunca había hablado con un pastor de asuntos de fe. Pero rápidamente quedó claro que Charlie Marvin no pedía mi opinión. Ya tenía formada la suya.

—Se ha convertido en una obsesión —afirmó—. Esa tumba en el Hospital Psiquiátrico de Boston, las almas de esas pobres niñas. Fallé una vez y mi deber es no volver a fallar. Me gustaría hablar con las familias, pero no han identificado a nadie todavía. Solo estás tú. Por eso estoy aquí.

—No lo entiendo —respondí frunciendo el ceño—. ¿Qué quiere?

—No he venido a pedir, querida. He venido para que hables conmigo de cualquier cosa que quieras. Ven, siéntate. Hace frío, es tarde y estás en el parque en vez de en tu cálido lecho. Evidentemente, algo te preocupa.

Charlie señaló un banco vacío y se dirigió hacia él. Le seguí con reticencia. No me apetecía seguir hablando, pero, curiosamente, tampoco deseaba acabar el encuentro. Bella estaba contenta y sentí que algo se abría en mi interior ante la calidez y la amabilidad del hombre que tenía al lado. Charlie Marvin había visto lo peor de la humanidad. Si él aún hallaba razones para sonreír puede que yo fuera capaz de encontrarlas también.

—De acuerdo —dijo con energía cuando llegó al banco y descubrió que aún no había echado a correr—. Empecemos por lo más básico —dijo ofreciéndome su mano—. Buenas noches. Me llamo Charlie Marvin. Soy pastor y es un placer conocerte.

Le seguí el juego.

—Buenas noches. Mi nombre es Annabelle, me dedico al diseño de decoración de ventanas y para mí también es un placer conocerle.

Nos estrechamos la mano. Me di cuenta de que Charlie no había mostrado ninguna reacción al oír mi nombre. ¿Y por qué iba a hacerlo? Pero sentí vértigo al pronunciarlo en público por primera vez después de veinticinco años.

Charlie se sentó y yo lo imité. Era tarde, el parque estaba húmedo y desierto, de manera que solté la correa de Bella. Ella saltó y me llenó de besos de agradecimiento antes de salir corriendo hacia el emparrado.

—Si me permites decirlo —comentó Charlie—, no tienes acento de Boston.

—Mi familia se mudó muchas veces durante mi infancia, pero considero Boston mi casa. ¿Y usted?

—Crecí en Worcester, sigo arrastrando las erres.

Eso me hizo reír.

—De manera que es de aquí. ¿Esposa, hijos, perros?

—Tuve una esposa. Intenté tener hijos. No entraba en los planes de Dios. Mi esposa enfermó de cáncer de ovarios. Murió…, hace ya doce años. Teníamos una casita en Rockport. La vendí y volví a la ciudad. Me ahorra el viaje diario. Ya no soy el mejor tras el volante de un coche. Mi cerebro funciona bien, pero mis manos hacen lo que les ordeno demasiado lentamente.

—¿Trabaja con los sintecho?

—Sí, señorita. Trabajo como voluntario en Pine Street. Ayudo en el albergue y en el comedor. Además, soy un firme defensor del trabajo de campo. Los sintecho no siempre encuentran el camino hacia ti, de manera que tú tienes que ir a ellos.

Sentí una genuina curiosidad.

—Así que viene a lugares como este y ¿qué hace? ¿Predica? ¿Les compra sopa? ¿Les da folletos?

—Básicamente, escucho.

—¿En serio?

—En serio —respondió, asintiendo con la cabeza vigorosamente—. ¿Crees que los sintecho no se sienten solos? Se sienten solos. Hasta los retrasados mentales y los económicamente desfavorecidos sienten la necesidad básica del contacto humano. Así que me siento con ellos y ellos me cuentan sus vidas. A veces no hablamos y puede ser igual de bonito.

—¿Funciona? ¿Ha «salvado» a alguien?

—Me he salvado a mí mismo, Annabelle. ¿No basta con eso?

—Lo siento. Quería decir…

—Sé lo que querías decir, querida, solo te estaba tomando el pelo —contestó, haciendo un gesto de barrido con la mano, como para hacer desaparecer mi bochorno.

Me sonrojé, lo que pareció divertirle aún más. Pero entonces se inclinó hacia delante y su tono fue más serio.

—No, no puedo decir que haya cambiado la vida de nadie por arte de magia. Y es una puñetera desgracia, porque la edad media de los sintecho es de veinticuatro años. —Vio la sorpresa en mi mirada y asintió con la cabeza—. Asusta pensarlo, ¿no? Y casi la mitad de todos los sintecho son enfermos mentales. Sinceramente no son personas que vayan a cambiar sus vidas por el hecho de que les ofrezcan una ducha gratis o un plato de sopa. Necesitan ayuda, necesitan guía y, en mi humilde opinión, lo que mejor les vendría sería una estancia, por breve que fuera, en un entorno terapéutico. Pero eso no va a suceder pronto.

—Es usted un buen hombre, Charlie Marvin.

Se llevó las manos al pecho.

—Vaya, ¡mi pobre corazón! Soy demasiado mayor para recibir tales alabanzas de una cara bonita. Ten cuidado o el espíritu de mi esposa vendrá a castigarnos a ambos. Siempre fue un demonio.

Me hizo reír, lo que, a su vez, pareció hacerle feliz. Bella volvió para comprobar cómo lo llevábamos. Al ver que no hacíamos nada, se sentó a mis pies, lanzó un fuerte suspiro y bajó la cabeza. Los tres estuvimos un rato ahí sentados, mirando la luna, escuchando el agua, apreciando la paz del silencio.

Evidentemente yo fui la primera en romper ese silencio.

—¿Sabe usted quién lo hizo? —pregunté sin necesidad de especificar a qué me refería con «lo».

Charlie se tomó su tiempo antes de contestar.

—Me temo que conozco a quien hizo esas cosas tan horribles —respondió al fin—. Quiero decir que cuando la policía lo averigüe todo, el culpable será alguien a quien conocí en el hospital.

—Usted mencionó a un par de posibles sospechosos. A un tal Adam Schmidt y a Christopher Eola.

—Así que escuchabas a escondidas.

—Soy parte interesada —dije con calma.

—No te estoy criticando, querida —replicó guiñándome un ojo—. En tu lugar yo habría escuchado a escondidas también.

—¿Cuál de los dos le parece más probable?

—¿Sin saber nada, ningún detalle sobre el crimen?

—Ninguno de nosotros sabe mucho del crimen —contesté a la pregunta subyacente.

—Christopher Eola —dijo de inmediato—. Hay que ser un depravado, pero también muy calculador para organizar el secuestro y asesinato de seis niñas. Adam era un pervertido, no me entiendas mal, pero demasiado vago para ese tipo de delito. En cambio, a Christopher…, le hubiera gustado el reto.

—¿Sabe dónde se encuentra en la actualidad?

—Bueno… —empezó Charlie, pero se detuvo.

—¿Bueno? —insistí.

—He estado pensando en ello tras hablar con el detective Dodge y la sargento Warren…

—¿Sí?

—Cuanto más pensaba en Christopher, más creía que había sido él. Así que llamé a un colega de Bridgewater, pero no había oído el nombre de Eola en la vida; mala cosa en un sitio como ese, ¿entiendes? Hizo algunas averiguaciones y resulta que soltaron a Eola en 1978. Es decir, ha pasado mucho tiempo y no se ha vuelto a saber nada de él. Eso me pone nervioso.

—¿No cree que pudo conseguir un empleo por arte de magia, integrarse y convertirse en un ciudadano modelo?

Charlie reflexionó sobre mi pregunta.

—¿Crees que Ted Bundy, el asesino en serie, era un ciudadano modelo? Porque si dices que sí, tal vez Christopher tenga una oportunidad.

—¿De ese grado de maldad estamos hablando?

—Ese hombre carecía de moral. No sentía ninguna empatía hacia sus congéneres. Para un tipo así el mundo entero es un sistema con el que jugar. Y el juego favorito de Eola era manipular a los demás para hacer realidad sus violentas fantasías privadas.

Pensé en las palabras de Charlie.

—Si ese es el caso, ¿cómo cree que ha logrado no llamar la atención de la policía en los últimos treinta años?

—No lo sé.

—Pero debe de tener alguna idea.

Charlie acarició la cabeza de Bella, pensando.

—La familia de Eola era rica, así que a lo mejor tiene recursos. Un poco de dinero hace maravillas cubriendo las huellas de cualquiera.

—Cierto.

—Y es listo. Eso ayuda. Pero creo que su principal baza es su aspecto.

—Les dijo a los detectives que era algo afeminado.

—Sí, señorita, pero también era fuerte, todo músculo y tendón. Tiene, tenía, al menos cuando yo lo conocí, un aspecto ciertamente aristocrático. Por alguna razón nadie sospecha de un académico culto.

—¿Académico? —me oí decir a mí misma.

—No es que tuviera un título ni nada parecido, pero era una imagen que cultivaba. Algunas de nuestras enfermeras, de hecho, creían que tenía un doctorado hasta que difundimos la noticia de que ni siquiera había ido a la universidad.

—¿Qué título fingía tener?

—Ufff, hace mucho tiempo —dijo Charlie frunciendo los labios—. ¿Historia, Bellas Artes, Literatura quizá? No me acuerdo. Sí recuerdo que hizo creer a algunas personas que daba clases en el MIT. No sé por qué. Yo habría dicho que le pegaba más Harvard.

Charlie esbozó su amable sonrisa, pero yo ya no sonreía. Algo me estaba alarmando. Demasiadas coincidencias.

—¿Tiene una foto de Christopher? —pregunté.

—No, señorita.

—Pero debe de haber alguna en algún archivo. En un anuario, una foto de carné, algo…

—La verdad, no estoy seguro. Puede que le hicieran una foto en Bridgewater.

Asentí lentamente con la cabeza y empecé a golpetear el suelo con el pie, agitada. Si Eola salió del psiquiátrico en 1978…, cualquier vínculo con su familia roto, sin un lugar a donde ir…

¿Alguien así terminaría en Arlington? ¿Se colaría en el desván de una pequeña anciana? Y, como tenía dinero, cuando desapareció el objeto de su interés, ¿se esfumó él también? Puede que la policía de Boston no supiera nada de Christopher Eola por la misma razón por la que no sabían nada de mí. Porque desaparecimos y pasamos los siguientes veinticinco años viajando de un lado a otro.

Se estaba haciendo tarde. Perdida en mis propios pensamientos no me había dado cuenta de que Charlie se había puesto en pie para marcharse. Me levanté y hurgué en mi bolso hasta que encontré una de mis tarjetas de visita.

—Si se le ocurre alguna otra cosa —le dije—, apreciaría mucho cualquier ayuda que pudiera prestarme.

—De acuerdo, será un placer —contestó mirando mi tarjeta—. ¿Tanya? —preguntó frunciendo el ceño.

—Es mi segundo nombre. Lo uso por motivos de trabajo. Ya sabe, una chica nunca es lo bastante precavida.

Nos dimos la mano por última vez. Charlie se fue hacia Faneuil Hall; Bella y yo enfilamos hacia el North End.

Ya en el límite del parque, cuando me disponía a cruzar Atlantic Avenue, algo me hizo darme la vuelta. Vi a Charlie, bajo el emparrado, mirándonos fijamente a Bella y a mí. ¿Era un anciano caballero asegurándose de que llegaba bien a casa u otra cosa?

Me vio mirarle y levantó la mano a modo de saludo, sonrió ligeramente, se giró y se fue.

Eché a correr con Bella, bajo las farolas, por las calles principales, el táser en la mano y mis demonios atormentándome de nuevo.

29

Bobby estaba a nueve metros del suelo, sentado en las ramas desnudas de un enorme roble. Se había puesto un traje de camuflaje negro y encima un chaleco antibalas ligero. Unas gafas de visión nocturna descansaban sobre su frente y sujetaba en los brazos un rifle Sig Sauer 3000, equipado con una mira de aumento variable Leupold 3-9X de 50 milímetros y cargado con proyectiles Remington calibre .308, de 11 gramos.

Lo lógico habría sido pensar en los viejos buenos tiempos, cuando era capaz de correr más deprisa que una bala y de salvar altos edificios de un solo salto. Cuando era el mejor de los mejores y el peor de los peores. Cuando tenía una misión, un equipo y un propósito en la vida.

Más que nada, quería retorcerle el cuello a D.D.

La nota que habían dejado en el coche de D.D. contenía instrucciones precisas. A las 3:33 de la madrugada había que entregar el guardapelo en los terrenos del antiguo Hospital Psiquiátrico de Boston, delante de las ruinas del edificio de administración. D.D. debía llevar el guardapelo en persona, colgado del cuello, y debía ir sola.

Puede que Bobby fuera un detective novato, pero había formado parte de una unidad táctica durante siete años. Sabía de estrategia y estaba a gusto en operaciones especiales.

D.D. leyó la nota y vio una oportunidad. Él leyó la nota y vio un *cebo*.

¿Por qué D.D.? ¿Por qué sola? ¿Por qué, si se trataba de devolver el guardapelo, debía llevarlo colgando del cuello?

Luego estaban los terrenos. Unas sesenta y nueve hectáreas de bosque. Dos edificios en ruinas, una zona en obras y una escena del crimen bajo tierra. No había grupos de operaciones especiales suficientes en Nueva Inglaterra para garantizar la seguridad en semejante escenario, sobre todo con tan poco tiempo para prepararse.

D.D. había alegado que solo había dos carreteras de acceso a la propiedad y que no resultaban difíciles de controlar. Bobby había señalado que solo había dos entradas/salidas *oficiales,* pero que los vecinos habían cavado bajo las verjas, hecho hoyos y campado a sus anchas en los terrenos durante décadas. El emplazamiento parecía un queso suizo, los límites no eran seguros y las verjas no servían para nada.

Necesitaban unidades tácticas. A su antiguo equipo, por ejemplo, que podía poner a treinta y dos hombres sobre el terreno. Incluso consideró la posibilidad de trabajar con los SWAT de la ciudad, siempre y cuando prometieran no tocar su rifle. Los cuerpos siempre eran cuerpos, el entrenamiento siempre era entrenamiento, y, sin duda, el equipo de Boston era muy bueno, aunque a la policía estatal no le gustara decirlo en voz alta.

También le hubiera gustado disponer de helicópteros, perros y cámaras de seguridad con visión nocturna colocadas a intervalos estratégicos.

D.D., por supuesto, había decidido recurrir a un único hombre en los terrenos: él. El resto crearía un perímetro discreto preparado para rodear al sujeto en cuanto apareciese. Demasiada gente podría asustarlo y lo mismo cabía decir del apoyo aéreo. Las cámaras de seguridad no eran mala idea, pero no tenían tiempo para colocar algo tan sofisticado.

Ella había optado por lo básico: perros entrenados para detectar bombas se habían dado un paseo por el terreno tres horas antes y dos docenas de agentes habían peinado los bosques adyacentes. Los técnicos habían instalado rápidamente sensores que lanzaban rayos de luz infrarroja de un punto a otro, formando un perímetro en torno a la zona de encuentro designada. Si alguno de los rayos de luz quedaba interrumpido, se mandaría una señal al mando central para que advirtieran a Bobby y D.D. de que se aproximaba el sujeto.

D.D. llevaba un micrófono bajo su chaleco de Kevlar revestido de boro. También un pinganillo como receptor y un transmisor integrado en el chaleco. Eso le permitía comunicarse, tanto con Bobby como con el mando central que esperaba en una furgoneta al otro lado de la calle, en el cementerio.

D.D. era tonta. Una sargento obstinada, terca, estrecha de miras, que creía sinceramente que era capaz de salvar al mundo en una sola tarde.

Bobby no creía que lo hiciera por ambición. En su opinión era peor: D.D. era curiosa.

Pensaba que el sujeto aparecería. Y que, cuando lo hiciera, podría determinar si el hombre era Christopher Eola o el padre de Annabelle, largo tiempo desaparecido. Entonces esperaba mantener al asesino de niñas tan ocupado con su deslumbrante belleza y su aguda conversación que ni se le volvería a ocurrir secuestrar a otra niña. De hecho, diría a D.D. todo lo que esta necesitaba saber antes de que llegara el equipo y se lo llevaran esposado.

D.D. era tonta. Una sargento obstinada, terca y estrecha de miras…

Bobby se inclinó y ajustó la mira Leupold. Hizo lo que pudo por no prestar atención al sonido del viento que susurraba entre los árboles desnudos.

Al menos no le temblaban las manos, lo que era de agradecer.

Después del tiroteo, en aquella época en que seguía viendo cómo la cabeza de Jimmy Gagnon rebotaba hacia atrás, la sangre y el cerebro estallando desde el cráneo, Bobby había dudado de si alguna vez podría volver a sentirse cómodo con un arma. Ni siquiera había tenido la certeza de que *quisiera* volver a sentirse a gusto con un arma.

A él nunca le habían gustado las armas. Disparó un rifle por primera vez en la Academia de Policía y descubrió que se le daba bastante bien. Con un poco de entrenamiento se convirtió en un experto. Un empujoncito y llegó a ser un francotirador. Pero nunca había sido amor de verdad. El rifle no era una extensión de su brazo ni parte de su alma. No era más que una herramienta que sabía utilizar muy bien.

Tres días después de la muerte de Jimmy Gagnon había entrado en una zona de tiro cubierta y cogido una pistola. La primera serie había sido terrible, la segunda no había estado tan mal. Se dijo a sí mismo que era un fontanero familiarizándose de nuevo con su oficio. Mientras mantuviera esa perspectiva todo iría bien.

Volvía a soplar el viento que estaba cargado de humedad y movía las ramas del árbol a su alrededor. Creyó oír otro gemido en tono grave y tuvo que recordarse que no creía en fantasmas, ni siquiera en los terrenos de un psiquiátrico abandonado.

Maldita D.D.

Miró los dígitos de su reloj: las 3:21 de la madrugada. Doce minutos y contando. Bajó las gafas de visión nocturna y localizó a su testaruda amiga.

D.D. paseaba de un lado a otro delante de las ruinas de ladrillos desmoronados del antiguo edificio. Su silueta normalmente estilizada parecía gruesa y deforme debido al chaleco de Kevlar. Dado el tiempo, llevaba un chaquetón impermeable de un amarillo brillante sobre su habitual camisa blanca impecable. No llevaba sombrero porque hubiera reducido su visibilidad. Tampoco paraguas, porque necesitaba las manos libres.

Se giró hacia él y Bobby vio el viejo guardapelo de plata bamboleándose en su garganta. Por un momento recordó la foto en blanco y negro de Dori que habían utilizado en el cartel de aviso de persona desaparecida, con el mismo guardapelo brillando en torno a su cuello.

El sujeto estaba jugando con ellos. El guardapelo no le importaba. Si quería secuestrar a otra niña, lo haría. Era lo que hacían los pervertidos.

Pero tal vez D.D. también tuviera razón. Con su impetuosidad les estaba comprando una noche más. Las instrucciones del sujeto habían sido explícitas y personales. Obviamente el hombre había desarrollado algún tipo de apego hacia D.D., como cabía deducir del hecho de que quisiera volver a ver un antiguo trofeo de sus víctimas tintineando en torno a la garganta de la sargento.

A lo mejor ya estaba ahí, subido a otro viejo árbol o escondido en el interior del edificio de ladrillo en ruinas. Puede que estuviera mirando, viendo a D.D. pasear, admirando sus piernas largas y fuertes y su gracilidad atlética natural.

Llegó a la esquina en ruinas del edificio, pivotó sobre su talón y empezó a pasear en dirección opuesta. Las 3:31.

¿Por qué a las 3:33, en cualquier caso? ¿Por qué una hora tan precisa? ¿Le gustaba al sujeto la simetría que se desprendía de 333? ¿O era otra forma de tomarles el pelo?

De repente sonó la voz del teniente Trenton, del mando central, en la oreja de Bobby: «Tenemos actividad. Se ha roto el perímetro por el oeste».

D.D. siguió paseando sin pausa, aunque tenía que haber oído las novedades.

Bobby escudriñó la escena a su izquierda en busca de algún signo de vida.

De pronto salió una figura oscura de entre los arbustos.

El teniente Trenton volvió a sonar en su oído: «Más movimiento. Norte. Actividad. Este. No, sur. No, espera. Dios. Se ha roto el perímetro por los cuatro costados. ¿Me oyes, Bobby?».

Bobby lo oyó. Bobby lo vio. Bobby se movió.

Giró en redondo el rifle. Ajustó la mira, apuntó, apretó el gatillo. Sonó un gruñido sofocado y una figura oscura cayó rodando. Pero salieron tres formas rabiosas más del bosque.

D.D. empezó a gritar y súbitamente todo sucedió a la vez.

Bobby se dio la vuelta, trató de ajustar la mira y comprobó que los perros de ataque se movían muy deprisa y ahora estaban demasiado cerca para el alcance del visor. Blasfemó, levantó la cabeza e hizo las cosas a la antigua usanza. Una rápida presión del gatillo. Un aullido fantasmagórico, retumbante, y el segundo perro cayó.

Se oyeron disparos abajo. Bobby vio a D.D. a unos cincuenta metros. Corría hacia el árbol donde estaba él disparando frenéticamente por encima de su hombro. Se movía a mucha velocidad.

Pero no iba a lograrlo.

Él estaba respirando demasiado pesadamente, demasiado rápidamente. Céntrate. Vive el momento, pero desde fuera. Encuentra el objetivo. Enfoca el objetivo. Un gran perro negro con marcas tostadas en la piel; converge con otro perro negro de unos cuarenta y cinco kilos. Están uniendo fuerzas para hacerse con la presa.

Tres ramas bloqueando la vista. Luego otra. Ahora, cuando pasen por esa estrecha franja entre las ramas.

Apretó el gatillo y se derrumbó el tercero, justo cuando el cuarto saltaba en el aire y aterrizaba sobre la espalda de D.D.

Ella cayó cuando el perro cerró sus enormes mandíbulas en torno a su hombro rompiendo su chaquetón de vinilo amarillo.

—¡Agente herido, agente herido! —gritó Bobby—. Necesitamos ayuda, *¡ahora, ahora, ahora!*

Inmediatamente se puso a abrirse camino entre las ramas, bajando desde una altura de nueve metros, enredándose con el rifle mientras el perro buscaba la nuca de D.D. con un terrible gruñido, húmedo y profundo.

Bobby apartó las ramas y saltó los cuatro metros que lo separaban del suelo, rodando a pesar del dolor que atenazó sus tobillos. El rifle no le era de utilidad, la fuerza del proyectil atravesaría a D.D. junto con el perro. En su lugar, sacó de la espalda su Glock mientras se abría paso entre los árboles.

D.D. aún se movía. Veía sacudirse sus brazos y sus piernas mientras luchaba por apartar de ella al enorme perro y propinaba al can débiles puñetazos en la cabeza.

El perro estaba ocupado destrozando el chaleco de Kevlar. Intentaba morderlo y atravesarlo con las zarpas. Quería hundir los dientes en la carne blanca y suave.

Bobby corrió. El *rottweiler* ni se enteró de que apoyaban el cañón de una pistola en su oreja. Bobby apretó el gatillo, el enorme animal se desplomó y el silencio volvió a reinar en los bosques.

Les llevó diez minutos sacar las mandíbulas del animal encajadas en el hombro izquierdo de D.D. La pusieron de lado mientras lo hacían y Bobby no dejó de hablarle ni un momento. Ella le había agarrado la mano con fuerza, no quería dejarlo marchar, lo cual estaba bien, porque él no tenía intención de irse.

Sangre. Un poco de sangre en su mejilla y en su cuello. No tanta como habían temido. El chaleco había evitado que las zarpas del animal se clavaran en su espalda. Cuando ella había caído hacia delante, el Kevlar se había deslizado hacia arriba, protegiéndole la nuca de las fauces del perro. Había perdido piel en la mandíbula y unos mechones de pelo de la parte posterior de la cabeza. Teniendo en cuenta lo que podría haber ocurrido, no podía quejarse.

Los agentes consiguieron soltar al *rottweiler* por fin y su cuerpo cayó desmadejado a su lado.

D.D. se abrazó a Bobby y él la incorporó.

—¿De dónde han salido los perros? —quiso saber. Había llegado un técnico de emergencias médicas que intentaba tomarle la tensión. El impermeable era demasiado grueso y ella se lo quitó haciendo un gesto de dolor.

—Del bosque —informó Sinkus, que acababa de llegar, casi sin aliento—. No hay señales de intrusos humanos, pero hemos encontrado cuatro jaulas a unos doscientos metros. Estaban ocultas entre los arbustos y equipadas con temporizadores. En cuanto el reloj marcó las 3:33, se cortó la corriente eléctrica y las puertas se abrieron, dejando en libertad a los perros.

—¿Y los cuatro perros corrieron hacia el mismo objetivo? —preguntó Bobby levantando la mirada.

—Cada jaula contiene… cosas innombrables —dijo Sinkus.

—¿Cómo que «innombrables»? —exclamó D.D., que se tocaba la mandíbula con cuidado, inspeccionando con los dedos el corte sanguinolento.

—Sí, ropa interior. Un par de prendas en cada jaula. Sé que estoy especulando, pero apostaría a que los tangas son tuyos.

—¿*Qué?* —D.D. se giró con brusquedad. El técnico de emergencias le ordenó que se estuviera quieta y ella le clavó una mirada tal que retrocedió.

Era tranquilizador ver que D.D. se encontraba mejor, aunque eso significara que estaba aplastando la mano de Bobby con sus dedos.

—¿Has visto que hubiera algo fuera de su sitio en tu casa? —preguntó Sinkus—. ¿Como si alguien hubiera registrado tus cajones o, lo que es más probable, hubiera revuelto entre tu ropa sucia? El método funciona mejor si las prendas conservan tu olor.

—No he estado en casa el tiempo suficiente los últimos cuatro días como para mirar en mis cajones ni… —gruñó y luego suspiró— hacer la colada.

—Pues ahí lo tienes. El tipo se hizo con unas cuantas marcas de olor. Ningún buen perro de ataque tendría problema alguno a partir de ahí.

A D.D. definitivamente no le gustaba la idea. Se dio la vuelta y contempló el cadáver del perro que yacía en el suelo. Grande, negro, muy musculoso. Tocó su flanco. La expresión de su mirada no era de ira, sino de compasión.

—Mi tío tenía una *rottweiler*. Se llamaba Meadow y era la perra más grande y dulce que quepa imaginar. Me dejaba subirme a su lomo —dijo D.D. palpando con los dedos el collar adornado con alambre de espino en torno al cuello del animal, el tipo de collar preferido por los traficantes de drogas y los entrenadores de perros de pelea—. Hijo de puta —gruñó de repente—, a este perro seguramente lo entrenaron desde que nació. Nunca tuvo una oportunidad.

Bobby no pudo seguir mirándola. Después de todo, él había acabado con los cuatro perros que la habían atacado. Y aunque, dadas las circunstancias, no lo lamentaba, tampoco le hacía sentirse especialmente satisfecho.

—No lo entiendo —musitó D.D.—. Hacerme llevar el guardapelo tenía sentido. Desquiciado, pero lo tenía. Era excitante para el tipo. Pero ¿por qué hacer este montaje? Es como un ataque a distancia. El problema es que yo no creo que nuestro sujeto sea un tipo de mando a distancia, creo que le gusta actuar de cerca, de un modo personal.

—Es sofisticado —señaló Sinkus—. Le permite demostrar su inteligencia. Es algo que haría Eola.

D.D. no comentó nada. Bobby tampoco. Estaba pensando en lo que ella acababa de decir. La nota que habían dejado en el parabrisas de D.D. era personal. La elección de trofeos que habían encontrado junto a cada cadáver también lo había sido y lo mismo cabía decir de la forma de acosar a Annabelle, dejando regalos. El montaje implicaba que había tenido que robar la ropa interior de D.D., algo que el sujeto seguramente había disfrutado, de manera que ¿por qué no quedarse por ahí para ver el espectáculo? D.D. tenía razón. El sujeto había invertido mucho en preliminares para luego perderse el evento principal.

Algo no encajaba. No era el modo en que ese psicópata trabajaba.

—Seguid registrando los terrenos —estaba diciendo D.D.—. Avisad a los técnicos: que no solo busquen a personas no autorizadas, sino también equipos de vídeo y aparatos de escucha. A lo mejor el tipo decidió organizarlo todo para poder grabarlo y verlo desde la seguridad de su casa. Igual quería un poco de acción que colgar en internet.

—Seguiremos buscando —le aseguró Sinkus.

—Necesitamos helicópteros —prosiguió D.D. enojada, haciendo un gesto impaciente con la mano para que se apartase al técnico de emergencias que daba vueltas a su alrededor—. Y perros. ¡Demonios, llamemos a la Guardia Nacional! Casi un kilómetro cuadrado, ¡maldito loco de mierda! Podría permanecer escondido durante días y no veríamos nada.

Sinkus asentía, tomaba notas y se preparaba para gastarse el presupuesto de un año del departamento en la búsqueda de una noche.

A Bobby seguía sin gustarle.

¿Por qué montar algo tan elaborado? Buscaban a un pedófilo, a un hombre acostumbrado a acechar niñas. ¿De repente una mujer adulta se había convertido en su objetivo? ¿Una sargento de la policía que presumiblemente sería inteligente, iría armada y estaría preparada?

¿Los pedófilos cambiaban de gustos así de fácilmente? ¿Pasaban de niños pequeños a figuras de autoridad?

A menos que...

Se le ocurrió de repente. A menos que el hombre nunca hubiera cambiado de objetivo. A menos que siguiera con los ojos puestos en el mismo. Un objetivo que había vuelto a emerger a la superficie recientemente y había pasado los últimos dos días bajo protección policial. Hasta esa noche, cuando debido a otra operación...

Bobby se volvió súbitamente hacia sus compañeros detectives.

—¡Annabelle!

30

Me costó despertarme, me aferraba a las sábanas con los puños y tenía tensos todos los músculos del cuerpo. Por un segundo me alarmé. Corre, lucha, grita. Pero no lograba pensar, estaba adormilada y era incapaz de rellenar los espacios en blanco.

Me obligué a sentarme porque respiraba de forma irregular. El reloj de la mesilla marcaba las 2:32 de la madrugada. He tenido un mal sueño, pensé. Mala noche.

Salí de la cama. Llevaba puestos unos bóxers de hombre de algodón y una camiseta de tirantes negra desvaída. Bella alzó la cabeza estudiando la situación. Estaba acostumbrada a mis problemas para dormir. Volvió a bajar la cabeza. Una de las dos bien podía seguir durmiendo. Caminé sin hacer ruido hacia la cocina, abrí el grifo del fregadero y me serví un vaso de agua. Si no me despertaba el agua de la ciudad, no me despertaría nada.

Estaba ahí, de pie, contemplando la delgada línea de la luz del rellano que entraba por la rendija bajo mi puerta, atrancada con los cerrojos y la cadena, cuando me asustó el sonido del telefonillo. Del sobresalto me derramé agua sobre la camiseta, mientras Bella salía del dormitorio de un brinco, cruzaba la cocina arañando el suelo y ladraba furiosamente ante la puerta.

Dejé de pensar y empecé a moverme. Deposité la taza de plástico en el fregadero. Volví corriendo al dormitorio. Me tiré sobre la almohada y cogí el táser que siempre ocultaba bajo ella. Vamos, vamos, vamos.

Regresé a la cocina. Bella ladraba. El corazón se me salía del pecho. ¿Eso que oía era el ruido que hacía la puerta de entrada del edificio al abrirse? ¿Pasos en las escaleras?

Por fin cogí a Bella por el collar y la hice tumbarse. Chsss, chsss, chsss, musitaba, pero mi propio nerviosismo impedía que se tranquilizara. Emitió un gruñido desde lo más hondo de su garganta mientras yo contemplaba el rayo de luz que había bajo mi puerta, esperando que aparecieran las negras sombras de pisadas, esperando a que el enemigo se dejara ver.

Y…

Nada.

Transcurrieron los minutos. Mi respiración se normalizó. Pasé de estar totalmente preparada para huir o luchar a estar directamente perpleja. Demasiado tarde, pensé en asomarme a las ventanas y echar un vistazo a la calle. No había coches desconocidos aparcados abajo. Nadie merodeaba entre las sombras.

Me dejé caer en el asiento junto a la ventana, apretando el táser contra mi pecho. Estaba reaccionando de forma exagerada, pero no me decidía a abandonar la vigilancia. Bella era más práctica. Con un jadeo, se fue a la cesta de perro que había en el salón. En cuestión de segundos se había enroscado sobre sí misma y volvía a dormir, con su nariz de perro hundida entre sus zarpas de perro. Yo decidí seguir de centinela, sobreexcitada, intentando convencerme de que no había sido nada.

A veces suena el telefonillo en medio de la noche, me recordé a mí misma. Ya había ocurrido otras veces y volvería a suceder. Borrachos que pasaban o incluso invitados de otros inquilinos que se equivocaban de piso. Mis convecinos estaban preocupados por la seguridad y ninguno abría la puerta a desconocidos que llamaban desde la calle, lo que aumentaba las probabilidades de que alguna persona presionara más y más botones hasta agotar todas las posibilidades.

En otras palabras: había un millón y medio de explicaciones lógicas cuando sonaba un timbre en medio de la noche, pero ninguna me convencía.

Dejé la ventana y volví a la puerta de entrada. Apreté la oreja contra su superficie pintada y procuré oír cualquier ruido proveniente de la escalera.

El problema es que la vida real carece de banda sonora. En las películas sabes que va a pasar algo malo porque suenan los bajos. No hay persona en el mundo cuyo corazón no se sobresalte al oír la banda sonora de *Tiburón* y, francamente, resulta reconfortante. Nos gustan nuestros marcadores. Dotan al mundo de un sentido del orden. Pueden ocurrir cosas malas, pero solo después de que suenen de fondo los compases de *da-da, da-da, da-da-da-da-da-da*.

En el mundo real las cosas no son así. Una joven llega a casa una tarde soleada, sube las mismas viejas escaleras de siempre, escucha el mismo rumor de los aires acondicionados viejos, entra en su apartamento y encuentra a su madre muerta en el sofá.

Un hombre sale a dar un paseo por la ciudad. Oye el ruido del tráfico, las bocinas, el bullicio de los demás peatones que pasan hablando por sus teléfonos móviles. Baja la acera un instante demasiado pronto y lo siguiente que se sabe es que su rostro ha quedado hecho papilla al reventarse contra una farola.

Una niña pequeña sale a jugar al patio de casa de sus abuelos. Los pájaros cantan, las hojas otoñales crujen bajo sus pies, la brisa susurra y acaba gritando en la parte trasera de una furgoneta sin distintivos.

La vida cambia en un instante sin banda sonora que te guíe.

Por eso alguien como yo salta cada vez que oye un ruido, porque no sé distinguir la diferencia...

Yo quería ser como el resto de mis vecinos urbanos, que cuando los despierta el telefonillo en medio de la noche pueden decir con ganas: «¡Que te follen!», antes de darse la vuelta y seguir durmiendo. Eso sí que era vida.

Volví a mi dormitorio iluminado por tres lamparitas de noche. Me estiré en mi cama individual deslizando los dedos por el estrecho colchón.

Me permití imaginarme brevemente qué pasaría si Bobby Dodge no fuera un detective y yo no fuera una ¿víctima?, ¿sospechosa?, ¿testigo? Podríamos ser dos personas corrientes que coincidían en la reunión parroquial. Yo llevaría mi ensalada de judías y él el plato favorito de todo soltero: una bolsa de nachos. Hablaríamos de *kick boxing*, perros y vallas blancas. Luego le dejaría acompañarme a casa. Él deslizaría sus brazos en torno a mi cintura y, en vez de ponerme rígida por la desconfianza, me apretaría contra él. Sentiría su duro cuerpo viril y sus pectorales apretarían mis pechos. Notaría el pequeño cosquilleo provocado por su bigote justo antes de besarme.

Podríamos cenar, ir al cine y pasar fines de semana enteros practicando sexo. En el sofá, en el dormitorio, sobre la encimera de la cocina. Estaba en forma, era atlético. Seguro que era muy bueno en la cama.

Podríamos hacernos novios como el resto de la gente. Yo sería normal y no tendría que buscar su nombre o su descripción en las bases de datos de delincuentes sexuales.

Pero el problema era que yo no era normal. Llevaba demasiados años con el miedo grabado a fuego en mi cerebro. Y él tenía que vivir con la carga de la muerte de un hombre a sus espaldas. Su trabajo ya le había llevado a tener que mentirme y manipularme. Mi pasado ya me había llevado a tener que mentirle y manipularle. Y los dos habíamos pensado que hacíamos lo correcto.

Por primera vez me pregunté cómo dormiría Bobby por las noches. Y, si alguna vez estábamos juntos, cuál de los dos se despertaría primero gritando. La idea debería haber sido suficiente para quitarme la tontería de la cabeza, pero me hizo sonreír. Estábamos traumatizados, él y yo. Tal vez, con el debido tiempo, pudiéramos descubrir si nuestros traumas nos hacían encajar.

Suspiré, me di la vuelta. Escuché los ruidos que hacía Bella al volver al dormitorio tomando posiciones junto a mi cama. Le rasqué las orejas y le dije que la quería, lo que nos hizo sentir mejor a las dos.

Para mi sorpresa estaba relajada. Se me cerraron los ojos y empecé a soñar.

Entonces volvió a sonar el telefonillo. Alto, agudo, sobresaltándome. Una y otra y otra vez. Un violento despliegue de sonido que reverberaba por mi pequeño apartamento.

Salté de la cama y corrí hacia la ventana. Las farolas iluminaban el negro y resbaladizo espacio, pero no se veía nada. Fui a la cocina, avanzando de puntillas, con los músculos a punto, el táser preparado y los ojos clavados en la línea de luz que se veía bajo la puerta.

Buscando una sombra reveladora.

Me quedé inmóvil. Contuve el aliento. Observé fijamente.

Me dejé caer lentamente sobre mis rodillas y mis manos. Miré por debajo de la puerta buscando desesperadamente ver una pequeña porción del rellano. No había pies, ni hombre alguno.

Había otra cosa. Algo pequeño, rectangular y perfectamente envuelto en un brillante papel de colores, las tiras cómicas de la edición del domingo...

Me puse en cuclillas y me lancé contra la puerta, abriendo frenéticamente la media docena de cerrojos con el corazón encogido de miedo y las manos temblando de furia. Bella empezó a ladrar en cuanto cayó la cadena. Salimos juntas al rellano del quinto piso, donde me quedé, medio desnuda, con mi táser en la mano gritando a pleno pulmón:

—¿Dónde estás, hijo de puta? ¡Sal y lucha como un hombre! ¿Quieres pelea?

Salté por encima del paquete envuelto. Bella se lanzó escaleras abajo. Nos precipitamos hacia el vestíbulo, impulsadas por adrenalina pura y preparadas para enfrentarnos a todo un ejército.

Pero el edificio estaba vacío, las escaleras, desiertas y el vestíbulo, solitario. Oí cómo golpeaba la puerta exterior, que hallé abierta y batiendo al viento.

La abrí de par en par. Sentí la lluvia fría en mi cara. La noche estaba tormentosa, pero eso no era nada comparado con lo que sentía por dentro.

En la calle no había señales de vida. Cerré la puerta exterior y llamé a Bella para volver a subir.

Seguía esperándome ante la puerta. Una caja plana y rectangular. Snoopy, encima de su caseta de perro roja, sonreía en la parte superior.

De repente no lo pude aguantar más. No habían bastado veinticinco años. El entrenamiento que me había dado mi padre era insuficiente. La amenaza había vuelto, pero seguía sin saber contra quién pelear, cómo atacar o hacia dónde dirigir mi ira.

Lo que me dejaba solo con el miedo. De cada sombra de mi apartamento en semipenumbra. De cada ruido que producía ese viejo y crujiente edificio. De cada persona que pasara por la calle al azar.

Dejé el paquete en el descansillo. Cogí a Bella por el collar y la llevé al baño, eché el pestillo a la puerta, me metí en la bañera y recé para que acabara esa noche.

—¿Estás segura de que no viste nada? —estaba preguntando Bobby—. Un coche, una persona, la parte posterior de un abrigo desapareciendo por la calle…

No le contesté. Me limité a mirarle mientras paseaba arriba y abajo en mi minúscula cocina.

—¿Qué me dices de una voz? ¿Habló, hizo algún tipo de ruido subiendo o bajando las escaleras?

Seguí callada. Bobby llevaba horas haciéndome las mismas preguntas. Lo poco que tenía que decir ya se había registrado. Pero él seguía echando leña al fuego e intentando comprender sucesos que yo me negaba a aceptar.

Por ejemplo, que veinticinco años después el sujeto blanco no identificado me hubiera vuelto a encontrar.

Mi teléfono había sonado poco después de las cuatro de la madrugada; otro sonido agudo y estridente que me heló la sangre en las venas. Pero la voz que se oyó a través de mi contestador automático no era la de un lunático acosador. Era Bobby que pedía que contestara.

Su voz me centró y me hizo recuperar la determinación. Por él, tuve que dejar la bañera, abrir la puerta del baño y afrontar mi oscuro apartamento. Por él, pude levantar el teléfono inalámbrico y llevármelo a la oreja mientras encendía con denuedo todas las luces y le informaba de los sucesos de la noche.

Bobby no necesitó oír más. Dos minutos después había colgado y venía hacia mi apartamento.

Llegó con un grupo de hombres con trajes arrugados. Tres detectives: Sinkus, McGahagin, Rock. Tras ellos, un escuadrón de agentes uniformados que procedieron rápidamente a registrar el edificio. Luego llegaron los técnicos de la escena del crimen, que se pusieron a trabajar en las puertas del portal, el vestíbulo y el hueco de la escalera.

A mis vecinos no les hizo gracia que los despertaran antes del amanecer, pero sintieron la curiosidad suficiente como para salir de sus casas y asistir al espectáculo gratuito.

Bella se había vuelto loca al ver a tantos desconocidos invadiendo su casa. La acabé encerrando en el coche de Bobby; era la única manera de que los técnicos de la escena del crimen pudieran hacer su trabajo. Nadie se mostraba muy optimista. Las lluvias de la noche se habían convertido en una gris neblina matutina. La lluvia eliminaba las pruebas. Eso lo sabía hasta yo.

Los técnicos de la escena del crimen habían empezado en la planta baja y se abrían camino hacia arriba espolvoreándolo todo con polvo negro para hallar huellas dactilares. Se centraron en la zona cero: una pequeña caja rectangular de diez por quince centímetros, cuidadosamente envuelta en tiras cómicas, que esperaba ante mi puerta.

Ninguna nota. Ningún lazo. El paquete no necesitaba presentaciones. Yo ya sabía quién lo mandaba.

Volvió a abrirse la puerta del apartamento. Esta vez entró D.D. Inmediatamente se detuvo toda actividad, todos los ojos estaban puestos en la sargento. D.D. estaba pálida, pero se movía con su habitual eficiencia y expresión sombría. No estaba mal para una mujer con un buen montón de gasa pegada en la parte inferior de su rostro.

—No deberías... —empezó a decir Bobby.

—¡Por favor! —D.D. puso los ojos en blanco—. ¿Qué demonios vas a hacer? ¿Atarme con las esposas a la cama del hospital?

Según Bobby, D.D. había sido atacada por un perro que a punto había estado de matarla hacía tan solo algunas horas. Pero ella no iba a dejar que una nimiedad así redujera su ritmo de trabajo.

—¿Cuándo ha llegado el paquete? —preguntó con brío, dejando el banquillo e incorporándose al juego.

—En torno a las 3:20 —respondió Bobby.

—¿Es como los que recuerdas? —me preguntó fijando su mirada en mí.

—Sí —contesté en voz queda—. Al menos por fuera, esta caja es como los regalos que recibí siendo joven. Siempre los envolvía en tiras cómicas.

—¿Qué viste?

—Nada. Busqué en el edificio y en la calle. Cuando abrí la puerta ya se había ido.

D.D. suspiró.

—Bueno, pues casi mejor, ya hemos sufrido bastantes daños por una noche.

—Estamos listos —anunció el detective Sinkus acercándose. En su hombro izquierdo lucía una mancha que parecía de vómito.

Bobby vaciló mirándome.

—Puedes salir —me ofreció—. Puedes esperar abajo mientras abrimos la caja.

La mirada que le dirigí lo decía todo. Fue una reacción que ya esperaba y se encogió de hombros.

Llamó al técnico de la escena del crimen, que llevó la caja a la cocina y la dejó sobre la encimera. Los cuatro nos agolpamos a su alrededor, codo con codo, y observamos trabajar al científico. Usó lo que parecía un bisturí quirúrgico para cortar cuidadosamente el papel celo. Luego desenvolvió la caja con la precisión de un artista.

Cuatro minutos después estaban desplegadas sobre la encimera las tiras cómicas del dominical; una tira completa de Snoopy (¿a quién no le gustan Snoopy y Charlie Brown?) y algunas otras de la primera página. Bajo el envoltorio había una caja de regalo color blanco brillante. La tapa no estaba pegada con papel celo y el técnico la levantó sin más.

Papel de celofán blanco. El técnico lo abrió primero por el lado derecho y luego por el izquierdo dejando el tesoro al descubierto.

Lo primero que vi fueron colores. Franjas de color rosa, oscuras y claras. Cuando el técnico levantó la tela de la caja, desplegándola y provocando una lluvia de color rosa, se me paró el corazón.

Una mantita. Franela rosa oscuro con un ribete de raso rosa claro. Di un paso atrás.

Bobby vio la expresión de mi cara y me cogió del brazo.

—¿Qué es?

Intenté abrir la boca. Intenté hablar, pero estaba demasiado conmocionada. No era la mía, no podía serlo, pero era igual. Me horrorizaba, estaba aterrorizada, pero también ansiaba alargar la mano y tocar la mantita de bebé para ver si su tacto era el que recordaba; la suave franela y el fresco raso deslizándose entre mis dedos y acariciando mi mejilla.

—Es una manta —anunció D.D.—, como de bebé. ¿Lleva etiquetas, precio? ¿Hay alguna marca en la caja?

Estaba hablando con el científico. Este había terminado de desplegar la manta y de darle la vuelta con sus manos enfundadas en guantes de látex. Después volvió a dedicar su atención a la caja, retiró el papel de celofán y la inspeccionó por dentro y por fuera. Levantó la cabeza e hizo un gesto de negación.

—Lo sabe —proferí recobrando la voz.

—¿Lo sabe? —inquirió Bobby.

—La manta. Cuando vivía en Arlington tenía una mantita. Franela rosa oscura con un ribete de raso color rosa claro, como esta.

—¿Esta es tu mantita de bebé? —preguntó D.D. conmocionada.

—No es la mía. La mía era algo más grande y estaba gastada en los bordes. Pero es la réplica más parecida a la manta original que ha podido encontrar.

Aún quería tocarla, pero parecía un sacrilegio, como aceptar un regalo del diablo. Cerré las manos con fuerza hasta clavarme las uñas en las palmas. Inmediatamente me sentí mareada y creí que iba a desmayarme.

¿Cómo podía conocerme tan bien esta persona, cuando yo no sabía nada de ella? Dios, ¿cómo luchar contra un mal que parecía tan increíblemente omnipotente?

—Según consta en el informe policial —empezó a decir Bobby—, había unas cuantas fotos hechas con una cámara Polaroid en el desván de la casa de la vecina. ¿Qué os apostáis a que en algunas de ellas aparece Annabelle con su mantita favorita?

—¡Hijo de puta! —susurré.

—Con buena memoria —añadió D.D. con tono sombrío.

El científico había sacado una bolsa de papel en la que anotó con un rotulador negro grueso una breve descripción y un número. Un momento después la mantita falsa se había convertido en una prueba. Luego hubo un proceso similar con la caja y el papel de celofán. Por último, guardaron las tiras cómicas del dominical.

La encimera de mi cocina volvió a quedar vacía. Los técnicos de la escena del crimen se fueron cargados con sus últimos tesoros. Casi podías llegar a pensar que nunca había ocurrido. Casi.

Entré en el salón y miré por la ventana. Conté una docena de turismos, patrullas, los vehículos de los detectives, etcétera, aparcados junto al bordillo. Vi el techo del Crown Victoria de Bobby desde lo alto. Las ventanas traseras estaban un poco abiertas y la punta de la húmeda nariz negra de Bella asomaba por una de ellas.

Me hubiera gustado tenerla a mi lado en ese momento. Me hubiera gustado poder abrazar a alguien.

—¿Estás segura de no haber visto a nadie fuera del edificio? —me preguntó D.D.—. ¿Por la tarde tampoco?

Negué con la cabeza.

—¿Y en el trabajo? ¿Alguien en la cola de Starbucks o que apareciera más tarde cuando te fuiste de Faneuil Hall?

—Soy cuidadosa —respondí. Había dado tarjetas al señor Petracelli y a Charlie Marvin, pero en ellas solo figuraba un apartado de correos, no mi dirección. También aparecía mi teléfono de trabajo, que solo llevaría, a quien buscara en un directorio, a mi apartado postal. Algo que debería haber tenido en cuenta unos días antes, cuando di a Bobby el número de mi casa y, al parecer, invité, sin saberlo, a la mitad del departamento de policía de Boston.

—¿Cuántas personas te conocen ahora por el nombre de Annabelle? —preguntó Bobby situándose junto a D.D.

Era una pregunta lógica. Seguía confusa.

—Tú, la sargento Warren, los detectives de la unidad…

—Muy graciosa.

—El señor y la señora Petracelli, Catherine Gagnon. Ah, y Charlie Marvin.

—¿Qué?

D.D. no pareció muy feliz. Aunque, pensándolo bien, nunca lo parecía.

Les conté mi conversación de la noche anterior con Charlie Marvin. La versión resumida. Al final de mi relato Bobby suspiró.

—¿Cómo se te ocurrió darle a Charlie tu nombre real?

—Han pasado veinticinco años —dije en tono irónico—. ¿Qué tengo que temer?

—Sabes más de defensa personal que nadie en esta habitación, Annabelle. ¿Para qué entrenaste tan duro si vas a comportarte como una tonta?

Me cabreó.

—Oye, ¿no tienes que arrestar a un asesino de niñas?

—Oye, ¿qué demonios crees que estamos haciendo aquí? Annabelle, hace una semana empezaste a usar tu nombre real por primera vez en veinticinco años. Ahora, te han dejado un regalo delante de la puerta. ¿De verdad tengo que unir los puntos?

—No, pedazo de imbécil. Yo fui la que tuvo que esconderse en la bañera. Sé lo asustada que estoy.

Le golpeé. No fue muy duro, no fue personal. Pero estaba cansada, aterrorizada y frustrada y no tenía otra cosa a la que golpear. Encajó el golpe sin protestar y me miró con sus tranquilos ojos grises.

Me di cuenta demasiado tarde de que el resto de los oficiales nos contemplaban. D.D. dirigió su mirada alternativamente a Bobby y a mí uniendo algunos puntos por sí misma. Yo me aparté, necesitaba espacio desesperadamente.

Lamentaba haber dado la bienvenida a Bobby. Quería que se fueran los polis. Quería que se marcharan los técnicos de la escena del crimen. Deseaba estar sola, para poder sacar cinco maletas y empezar a hacer el equipaje.

Sonó el telefonillo. Di un salto y me mordí la lengua. D.D. y Bobby salieron disparados por la escalera. En el último minuto me avergoncé de mi miedo. ¡Maldita sea, no iba a vivir así!

Me dirigí a la puerta. Uno de los detectives —Sinkus, creo— intentó agarrarme del brazo y lo aparté de un manotazo. Era más blando y lento que Bobby; no tenía ninguna posibilidad. Crucé el rellano y bajé las escaleras a toda velocidad. Mis vecinos habían vuelto a la relativa seguridad de sus apartamentos cerrando las puertas de golpe y echando los cerrojos.

Cuando llegué al último tramo de escaleras, salté por encima de la barandilla. Aterricé con un golpe seco y salí disparada por la puerta solo para detenerme bruscamente a continuación.

Ahí estaba Ben, mi repartidor de mensajería de UPS, en posición de firmes, con los ojos saliéndosele de las órbitas. Bobby y D.D. estaban con él.

—¿Tanya? —logró articular Ben.

Y entonces empecé a reír. Era la risa histérica de una mujer reducida a aterrorizar al mensajero que venía a entregar sus últimos pedidos de tela.

—No pasa nada —dije intentando sonar tranquila y oyendo el temblor en mi voz.

—Por favor, deme esa caja —ordenó Bobby.

Ben le alargó la caja.

—Tiene que firmar —murmuró—. Puedo…, debería…, Dios santo.

Ben se calló. Un minuto más bajo la mirada fulminante de Bobby y habría acabado orinándose en los pantalones.

—Smith & Noble —verificó Bobby fríamente leyendo el nombre del remitente.

—Cortinas —dije yo—, estores de tela para ser más exactos. No pasa nada, de verdad. Recibo un paquete al día. ¿A que sí, Ben?

Di un paso adelante colocándome entre Bobby y el repartidor.

—No pasa nada —repetí—, ha habido un incidente en el edificio y la policía está investigando.

—¿Bella? —preguntó Ben.

En los cuatro años que hacía que lo conocía, había descubierto que a Ben no le importaba mucho la gente. Era una especie de antirrepartidor, a quien interesaban más los perros de sus clientes que sus propios clientes.

—Está perfectamente.

Como si le hubieran dado la entrada, Bella oyó al fin mi voz y empezó a ladrar desde el asiento trasero del coche de Bobby. Pero eso no tranquilizó a Ben, que oyó que el ladrido procedía de un coche de la policía camuflado y volvió a abrir mucho los ojos.

—¡Pero si es una buena perra! —estalló.

Tuve ganas de reír de nuevo, pero no hubiera sido una risa alegre.

—Teníamos que sacarla del apartamento —intenté explicarle—. Bella está bien. Acércate a verla, le encantará.

Ben parecía no saber qué hacer. Bobby aún tenía la caja de tela en las manos y fruncía el ceño. D.D. simplemente parecía odiar la vida.

Era el momento de tomar una decisión y actuar. Cogí la muñeca de Ben por el puño de su uniforme marrón y lo llevé hasta el coche de Bobby. Bella intentaba sacar la cabeza por la rendija de la ventanilla y ladraba feliz. Eso bastó.

Ben hurgó en su bolsillo en busca de galletitas de perro y retomamos la vida tal y como la conocíamos.

Bella le sacó cuatro galletas más. Cuando volvimos a la puerta del edificio, el momento había perdido esa intensidad tipo *Corrupción en Miami* y volvimos a empezar.

Bobby quería hacerle unas preguntas a Ben. ¿Qué ruta hacía? ¿Con cuánta frecuencia pasaba por ese vecindario? ¿A qué horas? ¿Había visto a alguien merodeando por el edificio?

Resultó que Ben era un veterano que llevaba veinte años trabajando para UPS y conocía las calles de Boston como la palma de su mano. Le gustaba atajar por mi calle una docena de veces al día para evitar los atascos de Atlantic Avenue. No le había llamado la atención nadie, pero tampoco se había ido fijando. ¿Por qué debería haberlo hecho?

La vida de un repartidor de UPS no era sencilla. Me enteré de que se requería una gran eficiencia para entregar miles de paquetes y había que buscar intrincadas rutas y realizar complejos horarios que se iban al garete debido a la llegada de paquetes de entrega urgente a última hora. Estrés, estrés, estrés. Eso por no hablar de las Navidades. Pero, por lo visto, tenían muy buenas condiciones de jubilación.

A Ben le preocupó mucho la idea de que alguien nos acechara en el exterior de mi edificio a Bella y a mí. Prometió a Bobby que vigilaría, que procuraría pasar por la calle unas cuantas veces al día más. Eso lo podía hacer.

Ben no era un muchachito. Calculo que tendría cincuenta y tantos años y llevaba gruesas gafas de culo de vaso y un bigote canoso a juego. Su trabajo, sin embargo, lo mantenía en forma. Tenía una complexión atlética que empezaba a ablandarse por el centro. Bobby dentro de veinte años. Bajo la visera de su gorra de béisbol color castaño de UPS asomaba el rostro de un exboxeador: la nariz partida por demasiados golpes, la fina cicatriz que discurría hasta el lado izquierdo de la barbilla por su mandíbula reconstruida, que torcía la parte inferior de su rostro ligeramente hacia la izquierda.

Ben cuadró los hombros y sacó pecho. Dio la mano a Bobby solemnemente.

Así pues, tenía a toda la policía de Boston y a un repartidor de UPS vigilando. Debería dormir como un bebé esa noche.

Ben se fue. Bobby llevó la caja dentro de mi edificio. Le seguí y decidí que solo estaba deprimida.

31

Pillé a D.D. y a Bobby discutiendo quince minutos después. Se suponía que debía quedarme sentada en mi sofá y ser una buena chica, pero me encontraba demasiado tensa como para estar sentada y no lograba acostumbrarme a tener a tanta gente a mi alrededor en mi pequeño apartamento. A nadie parecía importarle lo que hiciera, así que bajé a ver cómo estaba Bella.

Bobby y D.D. estaban fuera, junto al bordillo. No había otros detectives por ahí. Oí a D.D. primero y la furia en el tono de su voz me sorprendió.

—¿Qué diablos te crees que estás haciendo? —gruñó D.D.

—No sé de qué me estás hablando —respondió Bobby en tono displicente pero ya a la defensiva, de manera que al parecer sabía exactamente lo que pasaba por la cabeza de D.D.

Volví a meterme en el vestíbulo y presioné mi oreja contra la agrietada puerta exterior.

—¡Estás liado con ella! —le acusó D.D.

—¿Con quién?

D.D. le dio un manotazo en el brazo. Pude oírlo claramente.

—¡Qué demonios! ¿Es que hoy es el día de pegar a Bobby?

—No te hagas el listo. Nos conocemos desde hace demasiado tiempo.

Pausa. Bobby seguía sin decir nada.

—¡Dios, Bobby! ¿Qué te pasa? Primero Catherine y ahora Annabelle. ¿Es que tienes complejo de mesías? ¿Solo te enamoras de damas en apuros? Eres un detective. Deberías saber lo que haces.

—No he hecho nada indebido —dijo Bobby en un tono más frío esta vez.

—He visto cómo la miras.

—¡Por Dios bendito!

—Es cierto, ¿no? Venga, mírame a los ojos y dime que es mentira.

De nuevo hubo un largo silencio. Estaba segura de que Bobby no estaba mirando a D.D. a los ojos.

—¡Maldita sea! —exclamó D.D.

—No he hecho nada indebido —repitió él con frialdad.

—¿Y eso te ennoblece, Bobby? Hice lo posible para pasar por alto el tema con Catherine y te liaste con ella, perdiste el seso. ¡Dios sabe que ejerce ese efecto sobre los hombres! Pero que vayas a hacerlo de nuevo… ¿Por eso rompimos, Bobby? ¿Porque para que te enamores de una mujer tiene que ser una víctima?

Eso me cabreó de verdad y a Bobby pareció tocarle la fibra sensible también.

—A ti te gusta estar al mando y a mí me gusta un reto como a cualquier otro tío, D.D. Solo que tú y yo nunca fuimos un reto el uno para el otro. Somos dos duplicados, D.D. Vivimos nuestro trabajo, comemos nuestro trabajo, respiramos nuestro trabajo. Cuando teníamos una cita, nunca dejábamos el trabajo en casa. Demonios, hace diez años que nos conocemos y acabo de descubrir hace seis horas que tienes un tío. Y que te gustan los *rottweilers*. Nunca salió a relucir porque *nunca dejamos de hablar de trabajo*. Hasta en la cama seguíamos siendo polis.

—Hay más cosas en mi vida aparte de este trabajo —replicó D.D. y durante un terrible instante pensé que se iba a echar a llorar.

—Ay, Dios —dijo Bobby con voz cansada.

—¡Quieto!

Otro manotazo. Supuse que él había intentado tocarla.

—Ni te *atrevas* a sentir lástima de mí.

—Mira, D.D. ¿Quieres bajar al terreno de lo personal? Entonces llama a las cosas por su nombre. Tú nunca buscaste nada serio conmigo. Yo era una curiosidad, un francotirador de élite que molaba cuando hablaba de su arma. Ambos sabemos que tú aspiras a mucho más.

—Eso ha sido un golpe bajo.

—Bueno, no es que estemos intercambiando alabanzas.

Una pausa larga y dura.

—Ella significa problemas, Bobby.

—Ya soy mayorcito.

—Nunca has llevado un caso de este tipo. No puedes implicarte personalmente.

—Te agradezco tu voto de confianza. Y ahora, ¿hay algo específico que quieras decirme de sargento a detective? Porque, si no, voy a volver a entrar.

Se oyó un crujido de ropa que cesó de repente. Supuse que D.D. le había agarrado por el brazo.

—He estado en casa, Bobby, y no he encontrado signo alguno de que hubiera entrado nadie. Las puertas estaban cerradas, las ventanas intactas. Pero Sinkus tenía razón: la ropa interior es mía. Alguien entró, robó la ropa interior de la cesta de la ropa sucia y lo hizo con gran astucia.

—Los técnicos de la escena del crimen...

—No encontrarán nada, Bobby. Al igual que tampoco han encontrado nada aquí. Creo que eso nos da una idea bastante clara de qué terreno estamos pisando.

—Mierda. En cuanto acabemos aquí me pasaré por ahí contigo y echaremos un vistazo.

Debía de parecer dubitativa, porque él prosiguió con cierta desesperación.

—He estado en operaciones especiales, D.D., y sé un par de cosas sobre allanamientos y apertura de puertas.

—¡Venga! Tiráis las puertas abajo con una «llave» de metal gigantesca. Vuestro estilo y el de nuestro sujeto... no tienen nada que ver.

—Sí, sí, sí —musitó Bobby, pero había preocupación en su voz—. Eso es lo que me inquieta. En cuanto al acoso, el *modus operandi* encaja, pero hace veinticinco años, cuando el sujeto actuó por primera vez, su objetivo eran niñas. Annabelle Granger con siete años, su mejor amiga Dori Petracelli. ¿De repente ataca a mujeres adultas? Tú, Annabelle... No me dedico a estudiar perfiles criminales, pero no creo que sea muy habitual.

—Puede que la edad no tenga nada que ver. Annabelle es la víctima que escapó. La ha vuelto a encontrar y ha decidido que esta vez no va a escapar. En cuanto a mí..., soy la investigadora al mando y quiere divertirse conmigo. Pero soy algo menos personal para él, por lo que no le importó mandar a los perros en vez de ir en persona. Ella es la obra de su vida, yo soy un *hobby*.

—Anima verlo así.

—A mí, sobre todo. ¿Quién quiere morir asesinada como un añadido? Mira a Eola. La mayoría de la gente cree que mató a una enfermera en el Hospital Psiquiátrico de Boston. De manera que, si nuestro hombre es Eola, hablamos de alguien que tiene un historial de asaltos a mujeres al margen de su edad. ¿No era Bundy un asesino en serie que actuaba de forma parecida? Pensamos en él atacando a universitarias, pero algunas de sus víctimas eran realmente jóvenes. Estos tipos... ¿quién demonios sabe lo que les excita?

Bobby no dijo nada inmediatamente. Luego preguntó:

—¿Sigues considerando sospechoso a Russell Granger?

—Sí, hasta que me demuestres lo contrario.

—Vuelto de entre los muertos —murmuró Bobby en tono irónico.

D.D. nos sorprendió a ambos.

—Anoche hablé con el forense, Bobby. Teniendo en cuenta lo *mucho* que tienes que hacer, pensé en hacerte un favor investigando las circunstancias de la muerte del padre de Annabelle. Según el informe policial contactaron con Annabelle/Tanya, que identificó el cadáver y eso les bastó. Piénsalo, Bobby. La cara estaba destrozada. Los forenses nunca contrastaron marcas corporales ni le tomaron las huellas. Fue un atropello con fuga y la hija del tipo identificó el cadáver. Lo que significa que podría ser el de cualquiera, aunque llevara en el bolsillo el carné de conducir de Michael W. Nelson. Un desconocido, un vagabundo. Un pobre desgraciado a quien empujó delante del coche...

Las palabras de D.D. parecían haber dejado a Bobby sin habla. Y eso fue bueno, porque no creía que la sangre que latía en mis orejas me permitiera oír lo que decían. ¿D.D. creía que mi padre estaba vivo? ¿Jugaba con la idea de que hubiera podido matar a alguien para fingir su propia muerte? ¿De verdad pensaba que era el cerebro maligno tras esta ola de homicidios?

¡Eso era ridículo! ¡Mi padre no era un asesino! No mataba niñas, no hubiera matada a Dori Petracelli, ni tampoco a otro hombre adulto. Nunca hubiera hecho algo así.

Nunca me habría dejado sola.

Se me doblaron las piernas y di con el hombro en la puerta. Esta se abrió, pero Bobby y D.D. no se dieron cuenta. Estaban demasiado ocupados analizando su caso, destrozando a mi padre, convirtiendo en una gigantesca mentira algunas de las pocas certezas que tenía en la vida.

No nos habíamos ido de Arlington porque mi padre tuviera que cubrir sus huellas. Nos mudamos para protegerme a mí. Nos mudamos porque…

«Roger, por favor, no te vayas. Roger, te lo suplico, por favor, no hagas esto…».

—Sea quien sea —dijo Bobby en tono claramente escéptico—, nuestro SNI quiere atraer nuestra atención. Es muy «listo», pero no está siendo nada sutil. Dejó una nota en tu coche y un regalo delante de la puerta de Annabelle. ¿Por qué? Si es tan brillante, ¿por qué no mataros a las dos y acabar con el asunto? Le gusta la caza. Quiere la ocasión para lucirse. Y es exactamente por ello por lo que le vamos a pillar. Volverá a actuar y, cuando lo haga, le atraparemos.

—Espero que tengas razón —murmuró D.D.—, porque estoy bastante segura de que un tipo como este ya ha planeado algo terrible.

Se dieron la vuelta y avanzaron hacia los escalones de entrada. Me puse de pie demasiado tarde y subí las escaleras como el rayo. Los detectives Sinkus y McGahagin me miraron con curiosidad cuando entré en mi apartamento. Fui directa a mi habitación y cerré la puerta.

Pasaron unos segundos y, finalmente, oí que llamaban a la puerta con suavidad.

No contesté. Quienquiera que hubiera llamado se fue.

Me senté en mi estrecha cama, agarré el vial con las cenizas que llevaba al cuello y me pregunté si incluso ese objeto contenía una mentira.

Al final fue culpa mía. Sonó el teléfono y no me apeteció salir del dormitorio para ir a contestar, así que, naturalmente, el contestador se puso en marcha. Y, naturalmente, el señor Petracelli dejó su mensaje mientras escuchaba la mitad del departamento de policía de Boston.

«Annabelle, he encontrado el dibujo de la reunión para el programa de vigilancia vecinal que me pediste. Como te imaginarás preferiría no mandar estas cosas por correo. Supongo que puedo volver a la ciudad si realmente es importante para ti. ¿Mismo lugar, misma hora? Hazme una llamada». A continuación, recitó un número. Yo me senté en la cama y suspiré.

Esta vez la llamada a mi puerta no fue suave.

Abrí y vi a Bobby con una mirada dura.

—¿Dibujo? ¿Mismo lugar? ¿Misma hora?

—¡Hola! —dije con tono alegre—. ¿Te apetece dar una vuelta?

Al señor Petracelli le alivió saber que no tendría que volver a la ciudad conduciendo. A Bella también le pareció una buena idea hacer una escapada. Bobby y yo estábamos sentados uno junto al otro, intentando no mirarnos a los ojos.

No había mucho tráfico. Bobby llamó a la central para pedir datos sobre nuestros antiguos vecinos. Me sorprendió no ser la única paranoica, para variar. Yo solía comprobar los nombres de todo el mundo que contactaba conmigo a través de Google.

—¿Dónde está D.D.? —pregunté por fin.

—Tenía otras cosas que hacer.

—¿Eola? —aventuré.

Me miró.

—¿De qué conoces ese nombre, Annabelle?

—Lo he visto en internet —respondí soltando una flagrante mentira.

Enarcó una ceja porque claramente no se lo había creído, pero no ignoró mi pregunta.

—D.D. está investigando la escena de un crimen en su propia casa. Puede que el sujeto dejara un regalo en tu puerta, pero entró en casa de D.D. y le robó la ropa interior.

—Eso es porque es rubia —dije, ganándome otra mirada guasona.

Aparcamos en el camino de acceso de la casa de los Petracelli.

El diminuto cabo gris se fundía con el cielo nublado. Postigos blancos. Un jardincito verde. La casa adecuada para una pareja mayor que nunca tendría nietos.

—El señor Petracelli cree que la policía de Lawrence nunca se tomó lo suficientemente en serio el caso de su hija —comenté mientras salíamos del coche. Bella gimió cuando le dije que nos esperara—. Si mencionas que buscas alguna relación entre la desaparición de Dori y mi acosador, creo que el señor Petracelli se mostrará más abierto.

—Yo hablo y tú escuchas —me indicó Bobby con frialdad.

«Borde», articulé con los labios a su espalda, pero no dije nada mientras recorríamos el camino de lajas.

Bobby tocó el timbre. La señora Petracelli abrió la puerta y suspiró al vernos a los dos. Me dirigió una mirada que solo puedo describir como tremendamente contrita.

—Walter —dijo con calma—, han llegado tus invitados.

El señor Petracelli bajó las escaleras con más energía de la que recordaba de mi visita anterior. Llevaba un archivador tipo acordeón bajo su brazo derecho y sus ojos mostraban un brillo casi irreal.

—Pasen, pasen —dijo jovialmente.

Dio la mano a Bobby primero y a mí después; luego miró a su alrededor buscando a mi perro de ataque.

—Me ha alegrado mucho saber que venía, detective. ¡Tan pronto! Tengo toda la información, está aquí dentro, enterita. Pero ¿qué hacemos aquí de pie en medio del vestíbulo? ¡Qué falta de educación por mi parte! Pongámonos cómodos en el estudio. Lana, querida, ¿podrías llevarnos un poco de café?

Lana suspiró de nuevo y se dirigió a la cocina. Bobby y yo seguimos al señor Petracelli hasta el estudio. Una vez allí se dejó caer en el borde de un sillón de orejas de cuero y abrió con tanta energía el archivador que salieron volando hojas de papel. Comparado con su aspecto lúgubre y taciturno de la noche anterior, parecía otro, casi silbando mientras extraía del archivador una página tras otra repletas de los detalles más sombríos del secuestro de su hija.

—¿Es usted de la policía de Boston? —preguntó a Bobby.

—Soy el detective Robert Dodge, señor, de la policía estatal de Massachusetts.

—¡Excelente! Siempre dije que habría que haber implicado a la policía estatal. La local no dispone de recursos suficientes. Ciudades pequeñas, policías con mentes pequeñas.

El señor Petracelli parecía haber colocado correctamente sus papeles. Cuando levantó la mirada, vio que Bobby y yo aún seguíamos en el umbral de la puerta.

—Siéntense, por favor. Están en su casa. He conservado notas detalladas durante años. Tenemos mucho que repasar.

Me senté en el borde de un sofá de dos plazas tapizado con una tela a cuadros verde y Bobby se colocó a mi lado.

Apareció la señora Petracelli y dejó sobre la mesa tazas, leche y azúcar. Salió en cuanto pudo y no se lo reproché.

—Bueno, en cuanto al 12 de noviembre de 1982...

Las notas del señor Petracelli ciertamente eran muy detalladas. A lo largo de los años había ido reconstruyendo el último día de la vida de Dori. Sabía a qué hora se había levantado y lo que había desayunado. La ropa que llevaba y los juguetes que había sacado al jardín. Al mediodía, la abuela la había llamado para comer, pero Dori quería organizar una merienda colocando su colección de osos de peluche en la mesa de pícnic. A la abuela de Dori no le había parecido mal y le había llevado un plato con sándwiches sin corteza de mantequilla de cacahuete y mermelada y una manzana pelada y troceada. La última vez que la había visto estaba repartiendo golosinas entre sus invitados de peluche. La abuela de Dori había entrado en la cocina para recogerla y luego había estado hablando por teléfono con un vecino. Cuando volvió a salir, unos veinte minutos después, los osos seguían ahí sentados. Cada uno de ellos tenía un pedacito de sándwich y una rodajita de manzana delante de la nariz. Dori no estaba en ninguna parte.

El señor Petracelli sabía a qué hora habían llamado a emergencias, qué agente había respondido a la llamada, lo que les preguntó y lo que ellos respondieron. Tenía notas sobre las partidas de búsqueda que se organizaron, listas de los voluntarios que se habían ofrecido. Detrás de los nombres de algunos de ellos había asteriscos, porque nunca pudieron explicar satisfactoriamente qué habían estado haciendo entre las 12:15 y las 12:35 de aquel día. Tenía una lista de los adiestradores de perros que le habían ofrecido sus servicios y de los buceadores que habían registrado los estanques cercanos. Había condensado siete días de actividad policial y vecinal en elaborados gráficos cronológicos y exhaustivas listas de nombres.

Y luego tenía la información que le había proporcionado mi padre.

Por la expresión de Bobby no pude deducir lo que opinaba de la presentación del señor Petracelli. Su voz subía y bajaba varios niveles de intensidad. A veces escupía las palabras cuando describía lo que consideraba negligencias en la búsqueda concienzuda de una niña desaparecida. El rostro de Bobby permanecía impasible. El señor Petracelli hablaba y Bobby tomaba alguna nota de vez en cuando. Pero la mayor parte del tiempo se limitaba a escuchar y su cara no delataba nada.

Yo quería ver el dibujo. Quería ver el rostro del hombre que supuestamente me había estado acosando y había condenado a mi familia a una vida de huida, antes de matar a mi mejor amiga.

Fue una gran decepción.

Esperaba ver a un hombre con más furia en la mirada. El dibujo en blanco y negro de un varón de ojos oscuros y mirada esquiva, con una lágrima tatuada en la mejilla derecha. Pero lo que vi fue un dibujo artístico, casi pretencioso, que, sin duda, era obra de mi padre. El sujeto era joven, yo diría que de veintipocos años. Pelo negro y corto, ojos oscuros, mandíbula pequeña, casi refinada. No era un matón en absoluto. De hecho, el retrato me recordó a un chico con el que había trabajado en la pizzería del barrio.

Miré el dibujo un rato esperando que me hablara, que me desvelara todos sus secretos. Pero siguió siendo el retrato rudimentario de un joven que, francamente, podía ser cualquiera de las decenas de miles de varones morenos de veinte años que vivían en Boston.

No conseguía entenderlo. ¿Mi padre había salido huyendo por este tipo?

Bobby preguntó al señor Petracelli si tenía un fax. De hecho, ambos divisábamos perfectamente uno que había sobre la mesa situada detrás de él. Bobby le explicó que sería más rápido enviar por fax las notas, etcétera, a la oficina, para que otros detectives pudieran ponerse con ello inmediatamente. El señor Petracelli estaba más que encantado de que, por fin, alguien se tomara en serio sus papeles.

Vi cómo Bobby introducía el número de fax. Añadió un código de distrito que hubiera sido innecesario si lo estuviera mandando a Boston. Además, lo único que envió fue el dibujo.

Bobby mandó el resto poniendo el fax en modo copiadora y cogiendo los duplicados. El señor Petracelli se balanceaba adelante y atrás en el borde de su sillón. Su rostro había adquirido un tono rojo antinatural y lucía una enorme sonrisa. Era evidente que la excitación le había subido la tensión. Me pregunté cuánto tardaría en tener otro infarto. Me pregunté si lograría alcanzar su objetivo de vivir lo suficiente como para recuperar el cadáver de su hija.

Acabamos el café por pura cortesía. El señor Petracelli parecía reticente a dejarnos marchar y estrechaba nuestras manos una y otra vez.

Cuando por fin conseguimos llegar al coche, mi antiguo vecino se quedó en el porche diciendo adiós con la mano sin parar.

Cuando enfilamos la calle, le eché una última mirada. Era un anciano de hombros caídos, rostro congestionado y sonrisa demasiado amplia, que seguía despidiendo al detective de la policía que, estaba convencido, le iba a devolver a su hija.

—Has mandado el dibujo a Catherine Gagnon —dije en cuanto llegamos a la autopista—. ¿Por qué?

—Tu padre enseñó un dibujo a Catherine cuando estaba en el hospital —respondió Bobby con brusquedad.

—¿Eso hizo?

—Quiero saber si es el mismo dibujo.

—¡Pero eso es imposible! Catherine estuvo en el hospital en 1980 y ese dibujo no se hizo hasta dos años más tarde.

—¿Cómo lo sabes?

—Porque el tío que me acosaba no empezó a dejar regalos hasta agosto de 1982. Y no puedes tener un retrato del tío que me acosaba si no había un acosador.

—Pero hay un problema.

—¿Qué problema?

—Según los informes policiales nadie vio nunca el rostro del «tío que te acosaba». Ni tu padre, ni tu madre, ni la señora Watts, ni ninguno de vuestros vecinos. De manera que, teóricamente, el tío que te acosaba no podía ser el hombre del retrato.

Me dejó sin palabras. Lo deglutí diciéndome a mí misma que debía de haber una explicación lógica, pero era consciente de que recurría a ese argumento demasiado a menudo últimamente. Decidí que mi padre se había enterado de algo en 1980. Algo lo suficientemente serio como para inducirle a disfrazarse de agente del FBI y visitar a Catherine con un dibujo en la mano. ¿Pero qué?

Rebusqué en mis bancos de memoria. En 1980 tenía solo cinco años. Vivía en Arlington y…

No me venía nada a la mente. Ni siquiera el recuerdo de un regalo envuelto en tiras cómicas. Estaba segura de que habían empezado a llegar después, cuando ya tenía siete años.

El zumbido del móvil que Bobby llevaba sujeto a la cintura acabó rompiendo el silencio. Respondió, dijo algunas palabras concisas y me miró de soslayo. Colgó y pareció que iba a hablar, pero el teléfono sonó de nuevo.

Esta vez puso una voz diferente. Cortés, profesional. La voz de un detective que se dirige a un desconocido. Parecía estar fijando una cita y no le estaba resultando fácil.

—¿Cuándo se va a la conferencia? Seré sincero con usted, señor, necesito hablar con usted lo antes posible. Tiene que ver con uno de sus profesores. Russell Granger…

Hasta yo pude oír el repentino graznido al otro lado de la línea. Y, a continuación, en un cerrar de ojos, Bobby estaba asintiendo.

—¿Dónde me ha dicho que vive? Lexington. Lo cierto es que estoy a la vuelta de la esquina.

Me miró y yo me encogí de hombros, contenta de no tener que entrar en detalles. Obviamente, Bobby estaba tratando de concertar una entrevista con el antiguo jefe de mi padre y, obviamente, tenía que ser en ese momento.

No me importó. Estaba claro que no me iba a quedar en el coche esperando bajo ningún concepto.

32

¡Hora de dar un paseo a Bella! —anunció Bobby cuando cogió una sinuosa calle lateral justo al norte de la estatua del Minuteman en el Lexington Center. Paul Schuepp le había dicho que vivía en el número 58. Bobby vio primero el 26 y luego el 32, de manera que se estaba moviendo en la dirección correcta—. Parece una zona bonita para estirar las piernas.

Annabelle se lo tomó casi tan bien como esperaba.

—Ja, ja, muy gracioso.

—Lo digo en serio. Esto es una investigación policial oficial.

—Pues ya puedes ir nombrándome tu ayudante porque voy a entrar.

Número 58… Ahí estaba. La casa colonial blanca con la fachada de ladrillo rojo.

—Esto ya no es el lejano Oeste, ¿sabes? —contestó Bobby.

—¿Has visto las últimas cifras de tiroteos en la ciudad? Igual me equivoco —replicó ella.

Bobby aparcó en el camino de entrada de la casa. Tenía que tomar una decisión. O bien gastaba diez minutos de los treinta que le había concedido Schuepp discutiendo con Annabelle o la dejaba pasar para recibir luego otra lección de D.D. sobre cómo aplicar correctamente las técnicas policiales. Aún estaba molesto por la última conversación que había tenido con la sargento, lo que no ayudó a inclinar la balanza a favor de D.D.

Bobby abrió su puerta y no dijo nada cuando Annabelle hizo lo mismo.

—El detective Sinkus ha seguido el rastro de Charlie Marvin —le informó mientras se encaminaban hacia la puerta principal—. Marvin pasó la noche en el albergue de Pine Street, donde permaneció desde las doce hasta las ocho de la mañana. Nueve sintecho y tres miembros del equipo dan fe de ello. De manera que, quienquiera que te dejara el regalo anoche, no fue él.

Annabelle se limitó a gruñir. Charlie Marvin había sido uno de sus principales sospechosos. Por un lado, era un extraño cruce urbano entre un sacerdote y Santa Claus. Por otro, no era su padre.

A Bobby le hubiera gustado poder decir que él tampoco creía que el padre de Annabelle hubiera vuelto de entre los muertos, pero cada vez estaba más perplejo. El señor Petracelli había resultado ser una desgarradora muestra del poder de la obsesión. Bobby pondría a un agente a averiguar qué había hecho la noche anterior, aunque, sinceramente, dejar regalos envueltos en tiras cómicas fuera con toda probabilidad un poco demasiado sutil para alguien que, obviamente, estaba loco de atar.

Bobby decidió que el dibujo era la clave de todo. ¿A quién había conocido Russell Granger y por qué se había sentido amenazado casi dos años antes de que pusiera la primera denuncia a la policía?

A los cinco minutos de conocer a Walter Petracelli, a Bobby le había quedado claro que el antiguo vecino de Annabelle no les daría las respuestas a esas preguntas. Puede que tuviera más suerte con el antiguo jefe de Russell, a quien había llamado por primera vez a las siete de esa mañana, desde fuera del apartamento de Annabelle. Últimamente solo parecía trabajar a través del teléfono. Pero las *muchas tareas* que le habían impuesto permitían a D.D. operar a sus espaldas, hablando con el forense en un intento por dar un empujoncito a su propia teoría sobre el caso... Solo de pensarlo se puso de nuevo furioso.

Bobby encontró el aldabón de bronce, estratégicamente colocado en medio de una guirnalda gigante de bayas rojas. Tres llamadas y media docena de bayas en el suelo después, se abrió la puerta.

La primera impresión de Paul Schuepp: unos dos centímetros más alto que Yoda y dos años más joven. El pequeño y arrugado exdirector del departamento de Matemáticas del MIT tenía escaso cabello cano, un cráneo lleno de manchas de edad en la piel y unos acuosos ojos azules que te miraban desde debajo de sus espesas cejas blancas. El rostro de Schuepp se hundía con los años, dejando al descubierto párpados enrojecidos en los bordes, mofletes temblorosos y pliegues de piel extra en torno al cuello.

Schuepp alargó una mano nudosa y agarró el brazo de Bobby con una fuerza sorprendente.

—Pasen, pasen. Me alegro de verle, detective. ¿Y esta es...?

Schuepp se paró de repente y abrió mucho los ojos.

—¿Será posible? ¡Pero si eres la viva imagen de tu madre! Annabelle, ¿verdad? ¡Cómo has crecido! Es increíble... Pasen, por favor, es un honor. Voy a traer algo de café. ¡Vaya, pero si ya es la hora del aperitivo! Mejor traigo whisky.

Schuepp salió del vestíbulo arrastrando los pies con energía y se dirigió al salón, desde el que se accedía al comedor atravesando otra puerta en forma de arco. Giraron a la derecha y entraron en la cocina.

Bobby y Annabelle siguieron al hombre por toda la casa. Bobby tomó nota de la tapicería de flores del mobiliario, de los tapetes de ganchillo hechos a mano, de las guirnaldas de eucalipto que decoraban la parte superior de las cortinas color malva que llegaban hasta el suelo. Esperaba que hubiera una señora Schuepp en alguna parte, porque daba miedo pensar que el señor Schuepp hubiera sido el responsable de la decoración.

La cocina era de estilo rústico, con armarios de roble y una mesa ovalada de nogal macizo. En una bandeja giratoria colocada en su centro había un azucarero, un salero y un montón de medicamentos. Schuepp trasteó con la cafetera y luego, tras mucho ruido de vidrio, sacó de la alacena una botella de Chivas Regal.

—Lo más probable es que el café esté malísimo —anunció—. Mi mujer murió el año pasado. Ella sí que hacía un café delicioso. Personalmente —añadió colocando el whisky encima de la mesa—, les recomiendo una copa.

Annabelle le miraba con los ojos muy abiertos. Schuepp sacó tres vasos y, cuando Bobby y Annabelle declinaron su oferta, se encogió de hombros, se sirvió dos dedos y bebió. Por un instante, el cuero cabelludo de Schuepp se volvió de un rojo brillante. Jadeó y empezó a toser, y Bobby tuvo una visión del sujeto al que iba a interrogar desplomándose muerto de repente. Pero el viejo profesor se recuperó, dándose golpecitos en el pecho hundido.

—No estoy acostumbrado a beber —les dijo—, pero, teniendo en cuenta lo que nos ocupa, me vendrá bien.

—¿Sabe usted por qué hemos venido a verle? —preguntó Annabelle suavemente.

—Déjame preguntarte algo, jovencita. ¿Cuándo murió tu querido padre?

—Hace casi diez años.

—¿Logró sobrevivir tanto tiempo? Me alegro por él. ¿Dónde?

—Lo cierto es que volvimos a Boston.

—¿En serio? Interesante. ¿Puedo preguntar cómo murió?

—Lo atropelló un taxi cuando cruzaba la calle.

Schuepp arqueó una de sus blancas cejas y asintió con la cabeza.

—¿Y tu madre?

Annabelle titubeó.

—Hace dieciocho años. En Kansas City.

—¿Cómo?

—Sobredosis. Alcohol y analgésicos. Ella… había empezado a tener problemas con el alcohol. La encontré cuando volví del colegio.

Bobby le lanzó una mirada. Ya le había proporcionado más detalles a Schuepp de los que le había dado a él.

—Daños colaterales —observó Schuepp, como quien comenta un hecho objetivo—. Tiene sentido. ¿Nos sentamos? —preguntó señalando la mesa—. El café está listo, aunque insisto en que deberían decantarse por el alcohol. —Volvió a la cocina y puso la cafetera, las tazas y la leche en una bandeja. Bobby la cogió sin decir nada, sobre todo porque no podía imaginar a un hombre de cuarenta y cinco kilos llevando una bandeja de cuatro. Schuepp le mostró su agradecimiento con una sonrisa.

Se sentaron a la mesa. Bobby no conseguía ordenar sus ideas. Annabelle palidecía por momentos.

—Usted conoció a mi padre —comentó.

—Tuve el honor de ser el director del departamento de Matemáticas durante casi veinte años. Tu padre formó parte de él durante cinco de ellos. No fue mucho tiempo, pero dejó huella. Trabajaba en matemática aplicada, ¿sabes?, no teórica. Tenía una excelente relación con los estudiantes y una gran habilidad para la estrategia. Yo solía decirle que debía dejar la docencia y trabajar para el Departamento de Defensa.

—¿Usted era su jefe? —volvió a preguntar Bobby para dejarlo claro.

—Yo le contraté por recomendación de mi buen amigo el doctor Gregory Badington, de la Universidad de Pensilvania. No hubiera podido contratarle de otra forma, teniendo en cuenta las circunstancias.

—Espere un momento —dijo Bobby reconociendo el nombre—. ¿Gregory Badington de Filadelfia?

—Sí, señor. Greg dirigió los programas de matemáticas entre 1972 y 1989, creo. Murió hace unos años. Aneurisma. Rezo para tener tanta suerte —dijo Schuepp asintiendo vigorosamente sin rastro de sarcasmo.

—Así que Gregory Badington era el anterior jefe de Russell Granger —dijo Bobby lentamente—. Recomendó a Russell para su programa y cedió a los Granger su casa de Arlington. ¿Por qué hizo eso el doctor Badington?

—Greg se graduó en Harvard —respondió Schuepp— y siempre echó de menos Boston. Cuando fue obvio que la familia de Russell debía marcharse de Filadelfia, Gregory no tuvo reparos en echarles una mano. —El anciano profesor se volvió hacia Annabelle y estrechó su mano entre sus dedos moteados de manchas por la edad—. ¿Qué te contó tu padre, querida?

—Nada. Nunca quiso que me preocupara, y luego ya fue demasiado tarde.

—Hasta que descubrieron la tumba de Mattapan —acabó Schuepp por ella—. Lo vi en las noticias, incluso pensé en llamar a la policía cuando vi tu nombre. Estaba bastante seguro de que no podían ser tus restos. Pensé que serían los de esa otra chica de tu calle.

—Dori Petracelli.

—Eso es. Desapareció pocas semanas después de vuestra marcha. Eso casi mata a tu padre. Russell lo había planificado todo, pero nunca vio venir algo así. ¡Qué carga más terrible! Después de eso fue lógico que nunca te contara nada. ¿Qué padre quiere que su hija descubra que salvó su vida sacrificando a su mejor amiga? Fueron decisiones horrendas adoptadas en días terribles.

—Señor Schuepp... —empezó Annabelle.

—Señor Schuepp —la interrumpió Bobby, buscando con torpeza su bolígrafo, desesperado por anotarlo todo.

El enjuto anciano sonrió.

—Está claro que hoy no voy a dar mi conferencia —dijo. Cogió el whisky, se sirvió una copa y se la bebió de un trago.

Y empezó su relato desde el principio.

—Tu padre, que por entonces se llamaba Roger Grayson, perdió a sus progenitores a los doce años. No le gustaba hablar del tema y nunca supe los detalles por él sino por Greg, que había prestado oídos a los rumores que circulaban por el departamento. Me temo que fue un caso de violencia doméstica. Russell, bueno, quiero decir, Roger...

—Russell, llámele Russell —dijo Annabelle—. Así es como yo le recuerdo.

Sus labios se torcieron. Parecía estar probando las palabras: «Roger Grayson. Roger, por favor, no te vayas...».

Frunció el entrecejo, hizo una mueca y repitió más enérgicamente:

—Russell.

—Pues que así sea. Russell. La madre de Russell quiso dejar al padre de Russell. El padre no se lo tomó a bien y volvió una noche a casa con una pistola. Le disparó a ella y luego se suicidó. Russell estaba en casa esa noche y su hermano pequeño también.

—¿Hermano? —exclamó Annabelle perpleja.

El bolígrafo de Bobby se detuvo sobre el papel.

—¿Dos Grayson varones?

Recordó de nuevo el dibujo. Vio el parecido con la descripción que tenían del padre de Annabelle y, de repente, todo cobró sentido.

Schuepp asintió con la cabeza.

—Un hermano. Tienes un tío, querida, aunque estoy segura de que nunca has oído hablar de él.

—No, nunca.

—Es lo que quería tu padre y por una buena razón. Después del suceso, Russell y su hermano, Tommy, tuvieron la suerte de ser admitidos en el colegio Milton Hershey para niños sin recursos. Ya entonces, los dos hermanos mostraban grandes aptitudes para el estudio y el internado de Hershey era magnífico. Rigor académico en un entorno maravilloso y bucólico.

»A tu padre le fue increíblemente bien. A Tommy, siete años menor, no tanto. Mostró desde el principio síntomas de enfermedad mental. Problemas de ira y de control de impulsos. TDAH, trastorno por déficit de atención e hiperactividad. Trastorno de apego reactivo. Me interesa ese campo; he estado trabajando en un modelo estadístico para ayudar a los evaluadores a examinar a niños pequeños. Pero eso no importa ahora.

Schuepp concluyó el inciso con un gesto de la mano y prosiguió con brío.

—Tu padre se graduó enseguida y lo admitieron en la Universidad de Pensilvania. Era un estudiante increíblemente dotado y Gregory se quedó prendado de él. Bajo su orientación, Russell se matriculó en el programa del máster y empezó a pensar seriamente en doctorarse en Matemáticas. Por el camino se enamoró de una hermosa estudiante de enfermería y a mitad de su programa de doctorado se casó con tu madre.

»Por entonces Tommy salió de Hershey. Como no tenía más familia, buscó a tu padre. Este no supo qué hacer y lo acogió. No es que fuera la situación ideal para un hombre recién casado, que tenía que hacer malabarismos para atender a sus difíciles estudios y a su joven esposa, pero así actúan las familias.

»Tommy empezó a trabajar lavando platos en un restaurante local. Luego encontró un empleo como portero de discoteca de noche, y durante el día no paraba de meterse en líos. Russell lo sacó de la cárcel tres veces, donde aterrizaba por infracciones menores relacionadas con peleas, drogas, alcohol. Según Tommy, siempre era culpa de otro. El otro había empezado.

»Por fin, tu madre se sentó una noche con Russell y le contó que estaba asustada, porque había pillado a Tommy ya dos veces espiándola cuando se cambiaba de ropa en su dormitorio. Una vez, estando en la ducha, estaba casi segura de que había entrado en el baño. Cuando gritó su nombre se asustó y se fue corriendo.

»Fue suficiente para tu padre. Él había salido del pozo por sus propios medios y Tommy tendría que hacer lo mismo. De manera que Russell echó a su hermano menor. Justo a tiempo, al parecer, porque unas semanas después tu madre descubrió que estaba embarazada.

»Desgraciadamente Tommy no terminó de irse nunca. Se presentaba sin avisar a horas intempestivas. A veces Russell estaba en casa, pero a menudo no era así. Tu madre, Leslie, Lucy la llamábamos entonces...

Bobby escribió rápidamente el nombre mientras veía cómo Annabelle formaba la palabra con sus labios. Lucy. Lucy Grayson. Se preguntó qué significaría para ella oír por primera vez el nombre real de su madre, después de tantos años. Pero Schuepp seguía hablando y no dejaba tiempo para la especulación.

—... estaba tan preocupada que apagaba todas las luces y mantenía el volumen del televisor siempre bajo para que pareciera que no había nadie en casa —prosiguió Schuepp—. Pero Tommy seguía presentándose allí, por lo general unos diez minutos después de que ella volviera a casa tras cumplir su turno en el hospital. Leslie, tu madre, estaba convencida de que la seguía.

»Russell se enfrentó a su hermano. Le dijo que esas tonterías se tenían que acabar y que no querían que siguiera formando parte de sus vidas. Si volvía a aparecer por ahí, le dijo Russell, llamaría a la policía.

»Poco después empezaron a aparecer animales mutilados y muertos delante de su edificio de apartamentos. Gatos despellejados. Ardillas decapitadas. Russell estaba convencido de que era Tommy y habló con la policía. No había mucho que pudieran hacer sin pruebas. Russell compró un sistema de alarmas, instaló cadenas de seguridad e incluso puso sensores de movimiento delante de la puerta. Leslie dejó de regresar andando sola del trabajo. Russell empezó a acompañarla siempre.

»Gregory recordaba haber encontrado a Russell una noche en su despacho mirando al frente sin ver nada. Cuando Gregory llamó cortésmente a la puerta, Russell le dijo:

"Va a matarla. Mi padre mató a mi madre. Tommy quiere acabar con mi esposa".

»Gregory no supo qué decir. La vida siguió y, unos meses después, Leslie dio a luz. Tommy había desaparecido. Russell no sabía dónde estaba ni le importaba. Le encantaba ser padre, le enloquecía todo lo relacionado con ello. Tu madre y él se adaptaron a la nueva situación y tuvieron la luna de miel de la que no habían podido disfrutar. Hasta que…

—Tommy volvió —terminó Annabelle la frase en voz baja.

—Tenías un año y medio —confirmó Schuepp—. Más tarde Russell supo que Tommy había desaparecido porque había estado en la cárcel por agresión. En cuanto lo soltaron retomó todo donde lo había dejado. Pero ya no le interesaba Leslie, le interesabas tú.

»La primera vez, se cruzó con Russell y Leslie en la calle. Volvían a casa del parque contigo en el cochecito de bebé. Era de día. En cuanto vio a Russell y Leslie, Tommy cruzó la calle y les bloqueó el paso. "¿Qué tal? Encantado de veros. ¿Esta es mi sobrina? ¡Es preciosa!". Te cogió antes de que Russell pudiera reaccionar y empezó a acariciarte. Russell intentó cogerte y Tommy le esquivó. Tenía un extraño brillo en los ojos, dijo Russell, que estaba aterrorizado. No sabía qué iba a hacer Tommy, si besarte o tirarte delante de un coche.

»Naturalmente Russell fue amable. Leslie también. Finalmente, te recuperaron, te pusieron en el cochecito y siguieron andando. Pero ambos estaban terriblemente asustados.

»Al día siguiente Russell cambió todas las cerraduras y pagó de su bolsillo un nuevo sistema de seguridad para todo el edificio. Volvió a la policía, donde buscaron los antecedentes de Tommy y vieron su historial delictivo. Pero seguían sin poder hacer nada. Después de todo, visitar a una sobrina no es delito. Tomaron nota de la preocupación de Russell y escribieron un informe.

»Russell salió de la comisaría de policía más asustado de lo que había entrado. Acabó pidiendo a Greg un permiso. No quería dejar a Leslie sola con el bebé ni siquiera una hora. Greg le convenció de que no lo hiciera; Russell acababa de doctorarse y pedir un permiso en ese momento habría sido desastroso para su carrera. Además, tu madre había dejado el trabajo y alguien tenía que llevar dinero a casa.

»De manera que Russell accedió a seguir trabajando y Leslie invitó a sus padres. Siendo más se sentirían más seguros, creían.

—Oh, no —musitó Annabelle cubriéndose la boca con la mano. Bobby supo lo que estaba pensando. Le habían dicho que sus abuelos habían muerto en un accidente de coche. Tenía la sensación de que la verdad iba a resultar más devastadora que una trágica colisión en carretera.

—Sí —asintió tristemente Schuepp—. Vinieron tus abuelos. Te llevaron de paseo. Nunca volvieron a casa. Un agente uniformado los encontró sentados juntos en el banco de un parque. Ambos habían recibido un disparo de pistola de pequeño calibre en el pecho. Tú dabas vueltas tambaleándote sola por el parque, aferrada a un osito de peluche nuevo, que llevaba una tarjeta colgando del cuello en la que se leía: «Con amor, tu tío Tommy».

»La policía detuvo a Tommy inmediatamente y le interrogaron sobre los disparos, pero él negó cualquier implicación. Dijo que había pasado por el parque, te había dado el oso y había charlado brevemente con tus abuelos. Todos estaban perfectamente cuando se fue. La policía registró su apartamento, pero no encontró nada. Sin la pistola, sin testigos ni pruebas de ningún tipo, la policía no pudo hacer nada. Sugirieron a tu padre que pidiera una orden de alejamiento. Respondió que su madre ya había intentado eso.

»Esa tarde se pasó por el despacho de Greg y le dijo que había tomado una decisión. Iba a desaparecer con su familia. Dijo que era la única forma que tenía de estar a salvo.

»Una vez más, Greg trató de ser la voz de la razón. ¿Qué sabían Russell y Leslie de vivir huyendo? ¿De dónde iban a sacar identidades falsas, permisos de conducir, nuevos empleos? No era tan fácil como parecía en las películas.

»Pero Russell fue inflexible. Cada vez que miraba a su hermano veía a su padre. Ya había perdido suficiente por culpa de la ira obsesiva de un hombre y no pensaba perder nada más. Cuanto más hablaba, más convencido quedaba Greg. Fue idea de Greg que Russell y Leslie se mudaran a su casa de Arlington. La casa era propiedad de Greg y la luz, el gas y el teléfono estaban a su nombre. A Tommy le costaría trabajo seguir su rastro hasta su nueva casa en Massachusetts.

»Gregory me llamó para explicarme la situación. Dio la casualidad de que acababa de quedar una vacante en el departamento, de manera que fijamos los detalles. Russell y tu madre se mudarían a Arlington y yo le ofrecería a tu padre un puesto en el MIT. Evidentemente tenía que figurar en la sección de nóminas con su nombre real, Roger Grayson. Pero hablé con la gente adecuada, y, a todos los efectos, tu padre se convirtió en Russell Granger, casado con Leslie Ann Granger, ambos padres de una adorable niña, Annabelle Granger. Solo aparecía otro nombre en su nómina y en algunos registros financieros.

»Pensamos que habíamos sido muy listos, pero obviamente no lo habíamos sido lo suficiente.

—Tommy los encontró —dijo Bobby con tono inexpresivo. Annabelle no decía nada. Estaba conmocionada, demasiado aturdida como para articular palabra.

—Eso creyó Russell. Cuando se mudaron a Arlington apareció un caso en las noticias: el secuestro de una niña que podría haber sido tu hermana mayor, Annabelle. Russell se puso inmediatamente nervioso. Le preocupaba que Tommy estuviera por la zona buscando a Annabelle.

—El caso de Catherine —intervino Bobby—. Lo hizo otro tipo, Richard Umbrio, pero el enorme parecido físico entre Catherine y Annabelle debió de asustar a Russell, le hizo temer lo peor. —Miró a Annabelle—. Fue entonces cuando tu padre se disfrazó de agente del FBI para llegar hasta Catherine, que estaba en el hospital, e interrogarla.

—El hombre del dibujo es Tommy —murmuró Annabelle—. Mi padre dibujó a Tommy para ver cómo reaccionaba Catherine.

—Probablemente.

Annabelle logró esbozar una sonrisa torcida.

—Ya te dije que habría una explicación lógica —replicó, pero su rostro seguía pálido y ojeroso.

—Umbrio, Umbrio —estaba musitando Schuepp—. Cierto. La policía arrestó a ese enorme bruto y lo acusó del delito. Ahora lo recuerdo. Pero Russell se negó a bajar la guardia. Dio clases de kárate y empezó a leer obsesivamente sobre acosadores. Tuvo que ser muy duro. Había perdido a sus padres muy joven y debía de sentir que la trágica situación se repetía.

»Me consta que se sentía muy culpable por todo lo que estaba pasando tu madre. Siempre que estaban juntos en algún acto, tu padre se mostraba hiperatento e implacablemente alegre. Si podía sonreír lo suficiente, meter la suficiente bulla, todo iría bien.

»Tu madre te amaba, Annabelle —dijo Schuepp con calma—, no dudó ni un instante cuando llegó el momento.

»Russell se pasó por mi despacho a finales de octubre. Tommy había vuelto y dejaba regalos para Annabelle en su casa, la acechaba. Russell insistía en que era culpa suya por no haber sido lo suficientemente concienzudo. Las cuentas bancarias, las declaraciones de la renta podían rastrearse. Solo había sido cuestión de tiempo.

»Esta vez Russell había adquirido nuevas identidades para su familia y había cambiado vuestro viejo coche por uno nuevo. Todo lo demás debía quedar atrás. Ligero y rápido, me dijo. Esa era la clave. No me dijo adónde ibais ni a mí.

»Recuerdo que cuando se fue me pregunté si lo conseguiríais o si me enteraría del final de la historia en las noticias de la noche. Durante dos semanas todo pareció ir bien. Y entonces desapareció esa niña amiga tuya. En cuanto me enteré de en qué calle vivía supe quién lo había hecho. Según tu padre, Tommy nunca había llevado bien la frustración.

—¿Mi padre sabía lo de Dori? —preguntó Annabelle con ansiedad—. ¿Le dijo algo?

—Me llamó tres días después —contestó Schuepp—. Dijo que lo había visto en el telediario y no sabía qué hacer. Por un lado, estaba seguro de que había sido Tommy. Por otro, si volvía para hablar con la policía...

—Tommy lo encontraría de nuevo —completó la frase Bobby—. ¿Y usted, señor? ¿Llamó usted a la policía?

—Dejé un mensaje anónimo en una línea abierta. Bastó para tranquilizar mi conciencia, pero...

—No bastó para salvar a Dori Petracelli —terminó Bobby mirando al hombre fijamente—. Usted tenía una pieza vital de información. Si se la hubiera dado a la policía...

—La policía habría buscado a Russell y a Leslie —dijo Schuepp como quien expone un hecho incontestable—. Los habrían traído de vuelta a Massachusetts, exponiéndolos a que

Tommy los encontrara. Lo más probable era que la niña de los Petracelli ya estuviera muerta. Me centré en la vida que aún podía salvar: la tuya, Annabelle.

Bobby abrió la boca, pero, antes de que pudiera contraargumentar, Annabelle le asestó un buen golpe.

—Eso dígaselo al señor y a la señora Petracelli. También eran padres y merecían algo mejor que el sacrificio de su hija para que sus vecinos pudieran seguir con sus vidas —dijo con amargura.

Schuepp sirvió otro trago de whisky y se lo alargó.

Ella no lo quiso. Recobró la compostura y esa expresión resuelta que Bobby conocía tan bien.

—Una última pregunta, señor Schuepp. ¿Me puede usted decir cómo me llamo?

33

Me llamo Amy Marie Grayson. Amy Marie Grayson. Estaba sentada en el asiento del acompañante del Crown Victoria de Bobby, sujetando entre mis dedos las cenizas de mis padres y repitiendo mi nombre real una y otra vez, deseando que sonara natural. Habíamos vuelto a la autopista 2 y conducíamos hacia alguna parte. Apenas me importaba.

Amy Marie. Grayson. Seguía sin sonar natural, mis labios aún vacilaban.

Toda mi vida me había considerado dos personas: Annabelle Granger y Sobrenombre Vigente, esto es, el nombre que en ese momento hubiera adoptado. Y ahora, según el señor Schuepp, en realidad era tres personas: Amy Grayson, Annabelle Granger y…, bueno, *et. al.*

La idea me confundía. Apoyé la cabeza en el frío cristal de la ventanilla y, por un instante, volví a ver a mi padre sentado frente a mí en Giacomo's, tan feliz, el día que celebramos mi vigésimo primer cumpleaños.

Mi padre había ganado. Nunca lo entendí, porque nunca me dejó formar parte de la guerra que estaba librando. Pero esa noche, la de mi cumpleaños, debió de ser una victoria para él.

Había perdido a su madre. Había perdido a su esposa. Pero su hija… A mí al menos me había mantenido a salvo, aunque hubiera perdido tantas cosas por el camino.

Me sentía anonadada, conmovida hasta las lágrimas al darme cuenta de que había considerado mi vida una victoria. Había renunciado a su carrera por mí. Había renunciado a sus vecinos, a su casa, a su identidad. En último término, había renunciado hasta a su mujer.

Recordaba a mi padre distante. Le recordaba implacable, duro, agresivo. Pero creo que nunca lo vi amargado ni siendo mezquino. Siempre tenía sus causas, sus razones, aunque su paranoia me volviera loca.

Y ahora que conocía toda la historia me hubiera gustado poder retroceder en el tiempo y decirle que lo sentía, darle un abrazo de agradecimiento y hacerle saber que, por fin, lo entendía todo. Pero el hecho es que mi padre nunca quiso de mí que fuera amable. Nos peleábamos constantemente, sin cesar, en parte porque él disfrutaba de las buenas peleas. Había criado a una luchadora y le gustaba probar mis habilidades.

Amy Marie Grayson. Amy Marie.

Por un instante casi pude oírla. La voz de mi madre, canturreando dulcemente: «Aquí está mi angelito… Buenos días, mi dulce Amy».

Me puse a llorar. No quería hacerlo, pero la enormidad de todo me embargó de golpe. El sacrificio de mi madre, la pérdida de mi padre. Sollozaba con fuerza y de manera horrible, solo vagamente consciente de la mano de Bobby sobre mi hombro. Luego sentí que el coche reducía la velocidad y Bobby aparcaba. Soltó mi cinturón y me sentó en su regazo; un movimiento incómodo debido a la dura intrusión del volante. Pero no me importó. Hundí mi rostro en su hombro y me aferré a él como una niña. Lloré y lloré porque mis padres habían renunciado a todo para salvar mi vida y yo me había enfadado con ellos por hacerlo.

—Chsss —decía Bobby una y otra vez.

—Dori murió por mi culpa.

—Chsss.

—Y mi madre y mi padre y otras cinco niñas. ¿Por qué? ¿Por qué soy tan *especial*? Ni siquiera soy capaz de conservar un empleo y mi única amiga es una perra.

Como si le hubieran dado la entrada, Bella gimió angustiada desde el asiento trasero. Me había olvidado de que existía. En ese momento, estaba intentando saltar por encima del asiento para ponerse delante. Sentía su pata en mi pierna. Bobby no la apartó. Murmuraba en voz baja palabras de consuelo. Sentía sus fuertes brazos en torno a mí. La dureza de sus músculos.

Perdí un poco la cordura. Por sentirle tan real, tan fuerte, cuando mi vida se desintegraba a mi alrededor hecha pedazos y se dispersaba como confeti. Y agradecí que estuviéramos viviendo ese momento en el coche, aparcados junto a una concurrida autopista, porque, de haber estado en mi apartamento, le hubiera desnudado. Le hubiera ido despojando, pieza a pieza, de toda la ropa para poder tocar su piel y pasar mi lengua por su estómago y saborear la sal de mis lágrimas en su pecho, porque necesitaba desesperadamente dejar de pensar, sentir la intensidad de un momento de frenesí, sentirme viva.

Amy Marie Grayson. Amy. Marie. Grayson.

Oh, Dori, lo siento tanto. Oh, Dori.

Bobby me besó. Me alzó la barbilla, cubrió mis labios con los suyos. Y fue tan suave, tan entregado, que empecé de nuevo a llorar, hasta que cogí su mano y la apreté contra mi pecho, con fuerza, porque no quería parecer de cristal, no quería que me viera como alguien que se podía quebrar.

Amy Marie Grayson, cuyo tío había destrozado a toda su familia.

Y la noche anterior la había vuelto a encontrar.

Me aparté y me golpeé el codo con el volante. Bella gimió de nuevo. Me bajé del regazo de Bobby, volví a mi asiento y acerqué a Bella.

Bobby no intentó pararme. No dijo nada, pero le oía respirar pesadamente.

Me limpié las mejillas. Bella me ayudó con unos lametones entusiastas.

—Debería ponerme a trabajar —dije de repente.

Bobby me dirigió una mirada extraña.

—¿En qué piensas trabajar?

—Tengo un proyecto pendiente. Back Bay. La clienta se va a preguntar qué ha sido de mí.

—Annabelle... ¿Amy? Annabelle —dijo Bobby mirándome fijamente.

—Annabelle. Es que... es a lo que estoy acostumbrada... Annabelle.

—Annabelle, tienes que encontrar otro apartamento.

—¿Por qué?

Enarcó una ceja.

—Para empezar, porque un loco sabe que vives ahí.

—El loco no es exactamente un jovenzuelo, y yo no soy una presa fácil.

—No piensas con claridad.

—¡Tú *no* eres mi padre!

—Hey, espera un momento. Al margen de mi... obvio interés personal —dijo tirando de sus pantalones, que presentaban un llamativo abultamiento—, sigo siendo un detective del estado. Nos entrenan para estas cosas. Sabemos, por ejemplo, que cuando un acosador obsesionado va a casa de uno de sus objetivos, luego ocurren cosas malas. Este Tommy, o como se llame hoy, obviamente ha descubierto que estás viva y sana en el North End. En las últimas veinticuatro horas ha entrado en casa de una policía, ha organizado una emboscada con cuatro perros de ataque y ha dejado una muestra de su afecto ante tu puerta. En otras palabras, no es alguien con quien se deba jugar. Danos un día o dos. Quédate en un hotel y no asomes la cabeza. Existe una diferencia entre jugar segura y correr aterrorizada.

—No me dejarían llevar a Bella a ningún hotel —dije tercamente abrazando a mi perra.

—¡Por amor de Dios! Hay hoteles donde admiten perros. Déjame hacer unas llamadas.

—Tengo que trabajar, ¿sabes? No puedo pagar las facturas desplegando encanto por ahí.

—Pues llévate la máquina de coser.

—También necesito las telas, mi ordenador, los retales, los diseños…

—Te ayudaré a trasladar todo eso.

Fruncí el ceño y hundí la cabeza en el pelaje de Bella.

—Quiero que esto acabe —le confesé.

Por fin se suavizó su mirada.

—Lo sé.

—No quiero ser Amy —murmuré—; ser Annabelle ya es lo bastante duro.

Bobby me llevó a mi apartamento. Salí del coche y oí un bocinazo. Me di la vuelta, Bella ladraba furiosa.

Calle arriba pasaba lentamente un enorme camión de UPS. Era Ben, mi ya maduro caballero, a lomos de su leal corcel castaño. Redujo la velocidad y nos miró a Bella y a mí preocupado. Levanté el pulgar y siguió de largo con un gesto solemne de asentimiento con la cabeza.

—Ves —dije a Bobby—, podría quedarme en mi apartamento. Con el servicio de reparto nocturno de mi parte, ¿quién necesita a la policía estatal?

A Bobby no pareció hacerle gracia.

Nos acompañó a Bella y a mí escaleras arriba. Alguien, los técnicos de la escena del crimen, algún detective, quién podía saberlo, había intentado volver a colocar las cosas en su sitio. El apartamento estaba un poco revuelto, pero por lo demás todo parecía estar en orden.

—Dame una hora —dijo Bobby—, dos como mucho. Tengo que hacer unas averiguaciones y ordenar un par de cosas...

—Tienes que encontrar a Tommy —respondí—, y dile a D.D. que deje ya de sospechar de mi pobre padre muerto.

Bobby entrecerró los ojos, pero lo dejó pasar.

—Te llamaré cuando esté llegando.

—De acuerdo, mi capitán.

—Coge ropa para una semana, por si acaso. Siempre puedo volver a por más cosas si se te olvida algo.

—¿De veras? ¿Mi sujetador de encaje negro favorito? ¿Un tanga rosa fuerte sumamente necesario?

Sus ojos ardieron peligrosamente.

—Cariño, estaría más que encantado de hurgar en el cajón de tu ropa interior. Pero ten en cuenta que puede que sea un agente de uniforme quien se haga cargo.

—Oh. —Me encogí de hombros—. Supongo que tendré que llevarme las bragas entonces.

—Coge todo lo que necesites, Annabelle. Podemos cargar el coche hasta arriba si hace falta.

—No hará falta. Soy una experta en viajar ligera de equipaje.

Mi bravuconada no le engañó ni por un momento. Se acercó a mí, me abrazó y, antes de que pudiera protestar, me besó intensamente.

—Dos horas —repitió—, como mucho.

Se fue.

Bella lloraba como un bebé ante la puerta. Yo no dejaba de preguntarme cómo una mujer adulta podía sentirse tan vulnerable en su propia casa.

Bobby empezó a hacer llamadas desde su móvil en cuanto se metió en el coche. Ya tenía nombres, ahora quería información. Empezó por D.D., pero saltó el buzón de voz. Lo mismo con Sinkus.

Tras una pequeña lucha interna, Bobby tomó una decisión. La policía de Boston estaba muy ocupada y él necesitaba la información lo antes posible. Qué demonios, trabajaba para el estado, ¿no? Pidió un favor a uno de sus antiguos colegas y el balón echó a rodar.

Necesitaba averiguar todo lo que pudiera sobre Tommy Grayson, Roger Grayson, Lucille Grayson y, por si acaso, sobre Gregory Badington, Paul Schuepp y Walter Petracelli. Eso alimentaría a la máquina durante un rato.

Si el relato de Schuepp era exacto, parecía lo más probable que el acosador de Annabelle fuera su tío, Tommy Grayson. Tenía mucho sentido que la persona que acosaba a Annabelle fuera la misma que había matado a Dori Petracelli y que había enterrado sus restos en Mattapan.

Lo que implicaba que Tommy Grayson se había desplazado de Pensilvania a Massachusetts.

¿Y luego qué?

Tommy sabía que la familia de Annabelle había huido. Si los había seguido de Filadelfia a Arlington, tenía sentido que volviera a seguirlos. Pero, al contrario que Christopher Eola, Tommy no tenía medios económicos. Es decir, que para seguir acosando a la familia de Annabelle tenía que hacer frente a problemas logísticos. Tenía que ganar dinero para el transporte y el alquiler. Tenía que encontrar un empleo en una ciudad diferente cada equis años. Probablemente fueran empleos poco cualificados. Schuepp mencionó que había trabajado de portero de discoteca en Filadelfia. Un tipo de trabajo que se encuentra fácilmente en cualquier parte. Había que distribuir el retrato de Tommy por las comisarías de cada ciudad y pedirles que lo difundieran por los bares de la zona. Puede que así lograran reconstruir los movimientos de Tommy y establecer la línea temporal de sus viajes.

Pero ¿cómo lograba encontrar a la familia de Annabelle una y otra vez? Según Schuepp, el padre de Annabelle era listo y aprendía rápidamente de sus errores. Aunque, por regla general, la familia se había mudado cada año y medio o dos.

¿Medidas preventivas por parte del padre de Annabelle? ¿Cuando salía en el telediario cualquier noticia sobre una niña desaparecida se angustiaba y huía con toda la familia? ¿O Tommy era así de brillante?

Bobby necesitaba saber más sobre Tommy y sobre el padre de Annabelle.

Las buenas plazas de aparcamiento frente al departamento de policía de Boston estaban todas ocupadas, como siempre. Bobby dio cuatro vueltas hasta que, por fin, tuvo la suerte de que alguien se fuera. Aparcó, profundamente sumido en sus propios pensamientos mientras cerraba el Crown Victoria y se dirigía al edificio.

Lo primero que le llamó la atención al cruzar las puertas de cristal de homicidios fue el silencio. La recepcionista, Gretchen, observaba la pantalla de su ordenador con la mirada perdida. Un par de chicos estaban sentados en sus mesas de trabajo moviendo papeles, con expresión apagada.

Dio un golpecito en el mostrador de recepción ante Gretchen y ella levantó la mirada.

—¿Qué pasa? —preguntó él con voz suave.

—La madre de Tony Rock —susurró la recepcionista.

—Ah, mierda.

—Llamó hace una media hora y no estaba nada bien. La sargento Warren lleva intentando hablar con él por teléfono desde entonces, pero no contesta.

—Vaya.

—Probablemente solo necesite algo de tiempo.

—Seguro. Es un trago. Cuando sepas algo sobre el funeral...

—Informaré a todo el mundo —prometió Gretchen.

Bobby le dio las gracias y se dirigió al despacho de D.D. Ella estaba hablando por teléfono, pero levantó un dedo al verle. Él se apoyó contra el marco de la puerta escuchando la mitad de una conversación que básicamente consistía en: «Sí, mmmm, está bien». Debía de estar hablando con el jefe.

Bobby descansó la espalda contra el marco de madera. De repente se sentía exhausto. La vigilancia en el bosque, D.D. cayendo al suelo atacada por un *rottweiler* gigantesco. Comprobar que estaba bien, llamar a Annabelle y oír su voz asustada al otro lado de la línea. Otra carrera atravesando la ciudad, preguntándose qué iba a encontrar, preocupado por llegar demasiado tarde.

¿Era esto lo que había sentido el padre de Annabelle hacía tiempo? ¿Que la vida escapaba a su control? ¿Como si viera acercarse un tren y no pudiera salir de las vías?

Dios. Necesitaba una buena noche de sueño.

D.D. colgó por fin el teléfono.

—Lo siento —dijo cortésmente—, la madre de Rock...

—Ya me he enterado.

—Evidentemente estará de baja unos cuantos días.

—Claro.

—¿Lo que significa?

—Que nos gusta el trabajo duro. Forma el carácter.

—Así pues… —respondió ella.

—Así pues, el nombre real de Russell Granger es Roger Grayson. Él, su mujer, Lucille Grayson, y su hija recién nacida, Amy Grayson, fueron acosados por el hermano demente de Roger, Tommy Grayson, cuando vivían en Filadelfia. Roger creía incluso que Tommy había asesinado a los padres de Lucy una tarde cuando estaban con Amy en el parque. Poco después, Roger lo organizó todo para mudarse con su familia a Arlington y vivir bajo un nombre falso: Granger. Desafortunadamente no sabía cómo hacerse con documentación falsa, de manera que en sus registros financieros aparecía su verdadero nombre. Según Paul Schuepp, antiguo director del departamento de Matemáticas del MIT, en 1982 Roger estaba convencido de que Tommy los había encontrado. Entonces lo dispuso todo para volver a huir con su familia, pero esta vez hizo las cosas bien.

—Dios bendito —dijo D.D.

—Tengo a un amigo buscando el nombre de Roger en todas las bases de datos, junto al de Lucille, Tommy y algunos más. Tommy tiene un historial delictivo, de manera que tendría que estar en el sistema. Ahora la pregunta del millón es: cuando Tommy se dio cuenta de que la familia se le había escapado, ¿se quedó en Massachusetts o se echó a la carretera? Ah, y ¿dónde está ahora?

D.D. se masajeó las sienes.

—¿Nuestro sospechoso principal es Tommy Grayson?

—Pues sí. Siento decepcionarte, pero creo que el padre de Annabelle está muerto.

—Pero eso de hacerse pasar por agente del FBI…

—Russell pensó lo mismo que nosotros, que Catherine se parecía mucho a Annabelle. Le preocupaba que el autor del ataque a Catherine fuera Tommy. Como no quería ser descubierto no podía ir a la policía y solucionó el asunto por su cuenta.

—Pero no fue Tommy quien atacó a Catherine.

—No. El parecido entre Annabelle y Catherine fue pura coincidencia. Pero la metodología de Umbrio probablemente inspirara a Tommy para usar la cámara subterránea dos años después. De manera que sí parece existir una relación entre los casos, pero algo lejana.

—¿Y Christopher Eola?

—Probablemente sea un asesino, pero no es nuestro asesino.

—¿Charlie Marvin?

—Un pastor de la iglesia honesto y jubilado que trabaja en el albergue de Pine Street. Según diversos testigos estuvo allí toda la noche.

—¿Adam Schmidt?

—No tengo ni idea. Tendrás que preguntarle a Sinkus.

—Te ha estado buscando —le informó D.D.—. Ha pasado la tarde con Jill Cochran del Hospital Psiquiátrico de Boston. Tenéis que poneros al día.

—¿Eso es todo? —dijo Bobby mirándola fijamente—. Te proporciono la identidad real del padre de Annabelle, abro por completo el caso ¿y te metes conmigo porque no he podido informar al resto de los detectives por arte de magia?

—No me meto contigo —replicó en tono airado—. Pero creo que tu brillante teoría tiene un fallo obvio.

—¿Cuál?

—¿Dónde está Tommy Grayson ahora? ¿A qué se dedica, aparte de a merodear por el apartamento de Annabelle y a dejar perros de ataque en el bosque?

—Tranquila, la próxima vez te entrego al sospechoso en bandeja de plata.

—Lo que no entiendo —prosiguió D.D. como si no le hubiera oído— es por qué Tommy no adoptó identidades falsas como el resto de la familia. Lo mejor que podemos hacer para descubrir su identidad y encontrar al hijo de puta cuanto antes es usar otra pieza del rompecabezas con la que contamos.

—¿Otra pieza del rompecabezas?

—El Hospital Psiquiátrico de Boston.

—Oh —respondió Bobby de forma bastante estúpida antes de proseguir cuando vio la relación—. De acuerdo, sí, volvamos a la teoría original: el asesino debe tener algún tipo de vínculo con el Hospital Psiquiátrico de Boston para haber podido enterrar seis cadáveres en los terrenos que lo rodeaban. Lo que significa que si nuestro asesino es Tommy Grayson...

—Quien, según tú, tiene un pasado problemático...

—Es un lunático.

—Entonces, es posible que existiera un historial médico suyo en el Hospital Psiquiátrico.

—Y —dijo Bobby, que había acabado hilándolo todo— Sinkus es quien posee toda la información.

—Acabarás siendo un buen detective —exclamó D.D. secamente—. ¿Hay alguna otra cosa que deba saber?

—Intento encontrar un hotel para Annabelle.

D.D. arqueó una ceja.

—Y estoy pensando, aunque no se lo he dicho a ella, que mientras esté escondida en un hotel podríamos usar su apartamento como cebo.

—Eso es caro —dijo D.D. frunciendo los labios.

Bobby se encogió de hombros.

—Ese es tu problema, no el mío. Pero no creo que esta situación dure mucho más. Teniendo en cuenta el nivel de actividad de las últimas veinticuatro horas, me da la impresión de que a Tommy se le está acabando la paciencia.

—Se lo dejaré caer al vicesuperintendente —contestó D.D.

—De acuerdo.

Bobby se dio la vuelta para marcharse. D.D. le detuvo en el último momento.

—Bobby —dijo en voz baja—. No está mal.

34

Cuando tenía doce años contraje una infección vírica muy agresiva. Me quejaba de fiebre y náuseas y lo siguiente que supe fue que estaba en un hospital. Habían pasado seis días y, a juzgar por su aspecto, mi madre no había dormido ninguno de ellos.

Me sentía débil y mareada, demasiado exhausta hasta para levantar una mano, demasiado confusa como para entender el laberinto de cables fijados a mi cuerpo. Mi madre había estado sentada junto a mi cama, pero, cuando abrí los ojos, se levantó de un salto.

—¡Gracias a Dios!

—¿Mami? —Hacía años que no la llamaba mami.

—Estoy aquí, cariño. Todo está bien. Estoy contigo.

Recuerdo que volví a cerrar los ojos y disfruté del tacto fresco de sus dedos apartando el pelo de mi cara sudorosa. Me adormilé aferrada a su otra mano. En ese instante me sentí a salvo y segura, porque mi madre estaba a mi lado y, cuando tienes doce años, crees que tus padres pueden salvarte de cualquier cosa.

Dos semanas después mi padre anunció que nos marchábamos. Hasta yo lo había visto venir. Había pasado una semana entera en un hospital atendida por los mejores médicos. Las personas con identidad falsa no podían permitirse semejante grado de atención.

Hice sola mi maleta. No era difícil. Unos cuantos vaqueros, camisetas, calcetines, ropa interior y el único vestido bonito que tenía. Tenía mi mantita y a Boomer. Sabía que debía dejar atrás todo lo demás.

Mi padre había salido para hacer unos recados: hablar con el casero, poner gasolina al coche, despedirse de otro empleo. Siempre dejaba que mi madre se encargara de hacer las maletas. Al parecer, condensar toda tu vida adulta en cuatro maletas es cosa de mujeres.

Había visto a mi madre realizar esa tarea innumerables veces. Por lo general solía canturrear una cancioncita tonta mientras se movía con el piloto automático puesto. Abrir un cajón, doblar, guardar en la maleta. Abrir el siguiente cajón, doblar, guardar. Abrir el armario, doblar, guardar. Listo.

Aquel día la encontré sentada en el borde de la cama de matrimonio en el atestado dormitorio, mirándose las manos. Gateé por la cama hasta ponerme a su lado y me apoyé en ella, hombro con hombro.

A mi madre le gustaba Cleveland. Las dos mujeres mayores del fondo del pasillo la habían acogido bajo su protección. Iba a su casa los viernes por la noche para jugar a las cartas y beber buen whisky. Nuestro apartamento era pequeño, pero más bonito que el de St. Louis. No había cucarachas ni se oía constantemente el pitido del tren regional que paraba a una manzana.

Mi madre había encontrado un empleo de media jornada como cajera en la tienda de comestibles del barrio. Me dejaba en el autobús escolar y se iba andando al trabajo. Por las tardes dábamos largos paseos por las tranquilas calles flanqueadas de árboles, parando en un estanque cercano para dar de comer a los patos.

Llevábamos allí dieciocho meses e incluso habíamos sobrevivido al duro invierno. Mi madre decía que la nieve aguada y gris no le preocupaba en absoluto. Al contrario, le recordaba a Nueva Inglaterra.

Creo que mi madre lo hubiera logrado en Cleveland.

—Lo siento —musité mientras estábamos las dos ahí sentadas, una al lado de la otra, en la cama.

—Chsss.

—Puede que si nos negamos las dos...

—Chsss.

—Mamá...

—¿Sabes lo que hago en días como este? —me preguntó mi madre.

Negué con la cabeza.

—Pienso en el futuro.

—¿En Chicago? —pregunté confundida, porque mi padre había dicho que era allí adonde íbamos.

—No, tonta, en dentro de diez años, quince, veinte, cuarenta. Me imagino tu graduación, tu boda. Sueño con coger a mis nietos en brazos.

—Puaj, eso no va a ocurrir nunca —respondí haciendo una mueca.

—Claro que sí.

—No, nunca, no voy a casarme.

Esta vez fue su turno de sonreír, de alborotarme el pelo y de fingir que ninguna de las dos veíamos temblar sus dedos.

—Es lo que piensa todo el mundo a los doce años.

—No, lo digo en serio. Ni marido ni hijos. Los niños te obligan a mudarte con demasiada frecuencia.

—¡Ay, cariño! —respondió tristemente dándome un abrazo fuerte, fuerte.

No dejo de pensar en mi madre mientras salgo de mi apartamento llevando a Bella de la correa. Tengo el táser en la mano. Resulta melodramático verme arrastrarme por las escaleras de mi edificio a plena luz del día. Bobby tenía razón: mi apartamento ya no era seguro. Al igual que en el mundo de los agentes secretos y las dobles vidas, mi tapadera había quedado al descubierto. De manera que tenía que hacerle caso y esconderme en un hotel durante un tiempo.

Es lo que hubiera hecho mi padre.

Pero para marcharse había que hacer el equipaje, lo que implicaba maletas y estas estaban guardadas en el trastero; cada inquilino tenía uno asignado en el sótano.

Había sacado cosas del trastero innumerables veces y me convencí de que ese día no era distinto.

La escalera crujió bajo mis pies y me detuve de golpe. Estaba en el descansillo del tercer piso, delante del apartamento 3C. Lo miré con el corazón palpitando en mi pecho, esperando a ver qué pasaba. Un minuto después me calmé, reprendiéndome.

Conocía a los inquilinos del 3C. Una joven pareja de profesionales. Tenían un gato atigrado gris, llamado Ashton, que solía sisear a Bella por debajo de la puerta. Al margen de la actitud de Ashton, habíamos logrado convivir durante los últimos tres años. No era lógico sentir miedo de ellos ahora.

Aunque ¿por qué *no* debía temer al apartamento 3C? Si no podía centrar mi ansiedad en algo tangible me fijaría en cada sombra y vería en ella el contorno del malvado tío Tommy.

Bajé al segundo piso y luego al primero. La parte más dura fue la del vestíbulo. Me temblaban las manos y luchaba por mantener el control.

Busqué en mi llavero hasta encontrar la llave correcta y meterla en la cerradura. La puerta, vieja y pesada, crujió y se abrió hacia dentro, dando paso al negro descenso a los intestinos de un edificio que tenía siglos. Tanteé por encima de mi cabeza hasta encontrar la cadena que encendía la bombilla del hueco de la escalera.

El olor aquí era diferente. Frío y mohoso, como huelen las piedras cubiertas de musgo o la tierra húmeda. Olía igual que la tumba de Dori.

Bella bajó corriendo las estrechas escaleras de madera sin pensárselo dos veces. Por lo menos una de nosotras era valiente.

Abajo había armarios trasteros de contrachapado barato atornillados a la pared del fondo. Como era la inquilina del quinto me habían asignado el armario del extremo, que mantenía cerrado con un candado. Me costó dos intentos abrirlo. Mientras, Bella daba vueltas por el perímetro del sótano, soltando los bufidos felices de un perro que descubre tesoros ocultos.

Saqué el juego de maletas de mis padres. Cinco piezas, de color verde manzana, hechas de algún tipo de tejido industrial que había ido quedando cubierto de parches de cinta aislante a lo largo de los años. La de mayor tamaño chirrió de un modo alarmante cuando la hice rodar por el suelo.

Y en ese momento desfilaron ante mis ojos instantáneas de otra época. Mi padre esa última tarde en Arlington. Mi madre deshaciendo feliz las maletas en nuestro primer apartamento, deslumbrada por el resplandeciente sol de Florida. Haciendo el equipaje en Tampa. Yendo hacia Baton Rouge. La breve temporada que pasamos en Nueva Orleans.

Lo habíamos logrado. Luchando, construyendo, corrigiendo, presentando batalla, penando. Perdiendo, odiando, venciendo, llorando. Habíamos sido caóticos, tumultuosos, amargados, decididos. Pero lo habíamos logrado. Nunca, hasta ese momento, había echado tanto de menos a mis padres. Hasta que mis dedos se cerraron en torno a mi colgante y, podría jurarlo, los sentí allí, de pie junto a mí, en aquel espacio frío y húmedo.

Y, en ese instante, me di cuenta de que, de haber sido ellos, yo habría hecho lo mismo. Habría removido el cielo y la tierra para salvar a mi hija. Habría renunciado a mi identidad, a mi comunidad y hasta a mi vida. Y habría valido la pena, también. Porque en eso consiste ser padres.

«Os quiero, os quiero, os quiero», intenté decirles. Tenía que creer que podían oírme. Porque sin ese pedacito de esperanza no sería mejor que el señor Petracelli, que se ahogaba en un mar de remordimiento y amargura.

«Adelante y arriba», decía mi padre siempre. «¡Este será el mejor lugar en el que hemos estado hasta ahora!».

—Adelante y arriba —susurré—. De acuerdo, papá, hagámoslo.

Puse en orden las maletas, cerré mi armario y silbé a Bella. Eran demasiadas cosas, tendría que hacer dos viajes. Empecé por la maleta más grande, coloqué otra encima y me colgué una de las bolsas pequeñas del hombro.

Atravesé, tanteando con los pies, el estrecho pasillo entre los armarios. Levanté la mirada.

Y vi a Charlie Marvin, cuya silueta se recortaba en lo alto de las escaleras. Miraba fijamente hacia abajo hasta que me distinguió en la penumbra.

Bobby se dirigía al cubículo de Sinkus cuando empezó a sonar su teléfono. Miró el nombre de quien llamaba en la pantalla y contestó.

—¿Te ha llegado el fax?

—Hola —dijo Catherine.

—Lo siento. Han pasado muchas cosas.

—Lo he deducido por lo del fax. Contestando a tu pregunta, el dibujo *podría* corresponder al mismo hombre.

—¿Podría?

—Bobby, han pasado veintisiete años.

—Reconociste la foto del padre de Annabelle sin ningún problema —respondió.

—Interactué con el padre de Annabelle —dijo Catherine con voz enojada—. Discutimos y me presionó hasta que me enfadé con él. Eso deja huella. El dibujo, en cambio… Lo que mejor recuerdo fue lo primero que pensé: que el hombre del dibujo *no* era quien me había atacado.

Bobby suspiró. Necesitaba algo más definitivo.

—Pero ¿existe la posibilidad de que sea el mismo dibujo que viste en el hospital?

—Es posible —admitió ella—. ¿Quién es? —preguntó tras una breve pausa.

—El tío de Annabelle, Tommy Grayson. Al parecer, empezó a acosar a Annabelle desde que tenía un año y medio. La familia huyó de Filadelfia y se estableció en Arlington en un intento de librarse de él. Los encontró.

—¿Tommy conocía a Richard?

—No que sepamos. Probablemente a Tommy se le ocurriera la idea de usar una cámara subterránea viendo tu caso en las noticias.

—Me alegra poder ayudar —murmuró Catherine secamente.

Bobby, que la conocía mejor que la mayoría de la gente, dejó de andar.

—No es culpa tuya.

Ella no dijo nada.

—Además —continuó él con tono enérgico—, ahora que sabemos el nombre de Tommy, el caso está prácticamente cerrado. Lo arrestaremos, lo encerraremos y ya está.

—¿Vendrás a Arizona a celebrarlo?

—Catherine…

—Lo sé, Bobby. Te llevarás a cenar a Annabelle para celebrarlo.

Esta vez fue él quien guardó silencio.

—Me gusta, Bobby. De verdad. Me hace sentir bien saber que será feliz.

—Algún día tú también serás feliz.

—No, Bobby, yo no lo seré. A lo mejor consigo deshacerme de algo de mi ira. Buena suerte con tu caso, Bobby.

—Gracias.

—Cuando todo pase, venid a visitarme Annabelle y tú, si os apetece.

Bobby era consciente de que nunca aceptaría esa oferta de Catherine, pero le dio las gracias antes de colgar.

Un detalle menos, aún quedaban doce. Se dirigió al cubículo de Sinkus.

Sinkus estaba enfadado. Se sentía como un chico que hubiera ido a un estadio por fin y, en el último minuto, se hubiera perdido la jugada ganadora, porque estaba mirando hacia otro lado. También olía a leche agria.

—¿Quieres decir que, durante todo este tiempo, ese profesor lo sabía todo?

—Supongo.

—Bueno, pues yo me he pasado tres horas con Jill Cochran. Lo único que puedo decirte es que las empleadas de antiguos manicomios son más duras que las monjas católicas.

—¿Te golpeó en los nudillos con una regla? —preguntó Bobby frunciendo el ceño.

—No. Me dio una brillante conferencia sobre lo injusto que resulta que todo el mundo piense lo peor de los enfermos mentales. Los lunáticos son personas, tienen derechos. Opina que la mayoría son inofensivos, el problema es que no los entendemos. «Acuérdese de mis palabras», me dijo. «Encontrarán a quien lo hizo y le garantizo que no será uno de nuestros pacientes. No. Será un miembro destacado de la comunidad. Alguien que va a la iglesia, malcría a sus hijos y trabaja de nueve a cinco. Son los "normales" los que cometen auténticas vilezas a los ojos de Dios». La mujer tenía una opinión firme al respecto.

—¿Dónde fueron a parar los archivos? —preguntó Bobby intentando disimular su impaciencia.

—Los tienes delante —contestó Sinkus señalando cuatro cajas de cartón apiladas contra la pared—. No es tan malo como me temía. Recuerda que el lugar cerró antes de la era de los ordenadores. Creí que serían cientos de cajas, pero, cuando cerraron, la señora Cochran sabía que no podrían conservar pilas y pilas de historiales médicos de pacientes, de manera que los condensó hasta que resultaron manejables. De esta manera, cuando alguien necesita información de un antiguo paciente, ella sabe por dónde empezar. Además, me da la impresión de que pensaba escribir un libro sobre los años que había pasado en la institución. Un relato con corazón.

Bobby se encogió de hombros. ¿Por qué no?

Abrió la primera caja. Jill Cochran era una mujer ordenada. Había dividido la información por décadas y por edificios, de manera que había carpetas referentes a los distintos edificios para cada periodo. Bobby intentó recordar lo que había dicho Charlie Marvin sobre la organización del hospital. El edificio I era el de máxima seguridad, o algo así.

Buscó la década de 1970 y sacó el archivador del edificio I. Cada paciente había quedado reducido a una página, pero aun así se hizo con una serie impresionante de hojas.

El primer nombre que encontró fue el de Christopher Eola, así que repasó las notas de Cochran. Fecha de admisión, breve historia familiar y un conjunto de términos clínicos que no significaban nada para Bobby. Luego aparecían las impresiones de la jefa de enfermeras: «Extremadamente peligroso, extremadamente taimado y más fuerte de lo que parece».

Bobby pegó una nota autoadhesiva amarilla en la página para encontrarla rápidamente en futuras consultas. Confiaba en que la escena del crimen de Mattapan fuera obra del tío de Annabelle. Pero, al margen de eso, estaba igualmente seguro de que, en algún momento, en algún lugar, Christopher Eola había cometido sus propias «vilezas a los ojos de Dios». Tenía la sensación de que el equipo querría seguir rastreando al señor Eola aunque se resolviera el caso de Mattapan.

Echó un vistazo a otros historiales esperando que algo llamara su atención. Algo como un *post-it* fosforescente que dijera: «Yo soy el lunático». La nota de un médico que rezara: «Es más que probable que este paciente haya torturado y asesinado a seis niñas».

Muchas de las observaciones se referían a un historial de violencia y a una intensa actividad delictiva. Pero al menos la mitad no tenían un pasado criminal. Frases como «ingresado por la policía» o «vagabundo» eran muy comunes. Ya antes de que la crisis de los sintecho llenara los titulares de los periódicos en la década de 1980, era evidente que en Boston los sintecho habían pasado una crisis.

Bobby repasó el taco entero hasta que se convirtió en una larga y deprimente imagen borrosa. Paró un instante, volvió atrás y empezó de nuevo.

—¿Qué buscas? —preguntó Sinkus.

—No tengo ni idea.

—Eso dificulta bastante las cosas.

—¿Y tú qué haces?

—Personal —respondió alzando el archivador que tenía en la mano.

—Ah, ¿algo prometedor?

—Solo en relación con Adam Schmidt, el auxiliar de enfermería pervertido.

—Qué coñazo. ¿Has dado con él?

—Estoy en ello. ¿Qué hay de la edad?

—¿Qué?

—La edad. Buscas a un paciente que pudiera ser Tommy Grayson, ¿no? Dijiste que era siete años más joven que Russell Granger y que había estado entrando y saliendo de prisiones u hospitales desde los dieciséis, ¿verdad?

—Que Russell supiera.

—Pues, si lo admitieron en el Hospital Psiquiátrico de Boston, buscas a un hombre joven de unos veinte años.

Bobby sopesó su razonamiento.

—Sí, bien visto.

Empezó a repasar las hojas de nuevo, reduciendo la pila a los historiales de catorce hombres, incluidos Eola y otro caso del que había hablado Charlie Marvin. Un niño de la calle llamado Benji, que había estudiado en Boston Latin cuando residía en la moribunda institución mental.

¿Y ahora qué?

Bobby miró su reloj y gimió. Había pasado una hora y media. Era hora de encontrar un hotel en el que admitieran perros y de volver con Annabelle.

—¿Te importa que haga unas copias de estos historiales? —preguntó con los catorce elegidos en la mano.

—Por supuesto que no. Oye, ¿no dijiste que Charlie Marvin había trabajado en el Hospital Psiquiátrico de Boston?

—Fue auxiliar de enfermería —contestó Bobby—, cuando estudiaba en la universidad. Luego, cuando se hizo pastor, siguió pasando por ahí como voluntario hasta que lo cerraron.

—¿Estás seguro de eso?

—Fue lo que nos contó. ¿Por qué?

Sinkus levantó la mirada.

—Bobby, tengo décadas de nóminas delante de mí. Entre 1950 y el cierre de la institución. Te aseguro que no han pagado ni un dólar a ningún Charlie Marvin.

35

N ecesitas ayuda? —me gritó Charlie.

—No, muchas gracias, ya subo.

Bella trepaba ya por las escaleras. A mí me inquietó la súbita aparición de Charlie, pero ella estaba encantada de ver a su nuevo mejor amigo.

Saltó, brincó y lamió. Subí los tres bultos pensando deprisa. Que yo supiera, Charlie no conocía mi dirección. Y, a todo esto, ¿dónde demonios había puesto mi táser?

Me acordé de repente. Lo había soltado. En un estante. Dentro de mi armario trastero, cuando sacaba las maletas. Mi armario trastero cerrado con candado. Estuve a punto de darme la vuelta y volver a bajar. A punto.

—Parece que estás pasando una mañana tranquila —comentó Charlie alegremente cuando Bella y yo surgimos en medio de la luz grisácea del vestíbulo. Vi entonces que uno de mis vecinos había dejado abiertas las dos puertas de entrada, probablemente para subir la compra. Se me ocurrió un magnífico titular para el *Boston Herald:* «Joven apuñalada brutalmente hasta la muerte mientras uno de sus vecinos llena la nevera».

Tenía que calmarme. Volvían a asustarme las sombras. Según Bobby, Charlie había pasado la noche en el albergue de Pine Street, así que no podía haber dejado un regalo ante mi puerta. Cuando estuve de pie a su lado, me di cuenta de que Charlie no era muy alto; no era un hombre grande ni amenazador, dada su avanzada edad. De hecho, mientras depositaba con cuidado las maletas en el suelo para tener las manos libres por si debía defenderme, Charlie permaneció arrodillado acariciando a mi perra bajo la barbilla.

—Un agente de la policía llamó al albergue preguntando por mí —dijo en tono neutro.

—¿Sí? Lo siento mucho.

—No, resulta divertido ser un sospechoso a mi edad —dijo Charlie—. Uno de los chicos que lleva el albergue tiene una radio de la policía, así que la encendimos. La centralita dio esta dirección y, aunque siempre tengo mucho que hacer, decidí pasarme para comprobar que todo iba bien. No puedo evitar pensar que parte de esto es culpa mía.

—¿Culpa suya?

—Me siguen —dijo Charlie súbitamente—. Estoy bastante seguro. Desde el día en que me entrevisté con la sargento Warren y el detective Dodge en Mattapan. Al principio no estaba seguro. No era más que una sensación extraña entre mis omóplatos. Creo que a lo mejor me seguían la noche en que nos encontramos. Creo que la persona que va tras de mí sabe algo sobre la tumba colectiva, puede que incluso sepa algo de ti.

—¿Por qué cree que sabe algo de mí?

—Porque tú eres la clave para resolver el asunto de esa tumba, ¿no, Annabelle? No sé cómo, no sé por qué, pero todo lo que está pasando gira en torno a ti.

Mi vecino eligió ese momento para subir corriendo los escalones de entrada con cuatro bolsas de plástico del supermercado en las manos. Nos saludó con un leve gesto de cabeza, no vio nada sospechoso, tan solo a una joven, a un anciano y a un perro feliz, y se dirigió hacia las escaleras del interior.

Los ojos de Charlie siguieron los movimientos del hombre sin dejar de acariciar las orejas de Bella.

—Usted sabe algo sobre Mattapan —dije a Charlie. Era una constatación, no una pregunta.

Él asintió lentamente.

—Algo que no ha contado a la policía.

Otro gesto de la cabeza, lento y pensativo.

—¿Qué hace usted aquí, señor Marvin? ¿Por qué me está acosando?

—Quiero saber —respondió con calma—, quiero saberlo todo, no solo sobre él, sino también sobre *ti*, Annabelle.

—Cuénteme —exigí de repente, un error absurdo.

—De acuerdo —contestó Charlie Marvin sonriendo—. Pero, en vista de que ahora somos amigos, podrías invitarme a subir a tu apartamento.

—¿Y si la respuesta es no?

—Dirás que sí, Annabelle, no tienes más remedio si quieres averiguar la verdad.

Me había cazado y ambos lo sabíamos. La curiosidad mató al gato, me recordé a mí misma. Pero la verdad era un cebo demasiado apetitoso. Asentí con un gesto de la cabeza, lento pero decidido.

Le hice subir las escaleras delante de mí porque de ese modo me sentía menos estúpida. Al menos no le perdía de vista. Tenía que subir las maletas, le dije. Si iba detrás de mí probablemente le golpearía con alguna de ellas sin querer. No tenía ni idea de lo torpe que era, añadí.

Charlie aceptó mi explicación con su alegre sonrisa. Adoptó un aire comprensivo. En absoluto desafiante.

Como había que subir cinco pisos, y encima con maletas, tuve bastante tiempo para enfadarme conmigo misma. ¿Cómo me había podido olvidar el táser? ¿Y qué extraño destino me había hecho ir a acabar junto a una perra que juzgaba tan mal el carácter de las personas?

Estaba bastante segura de que Charlie Marvin era una amenaza, pero no sabía muy bien de qué tipo.

Tenía a mi favor mi juventud y mi excelente forma física. Cuando llegamos al quinto piso, el señor Marvin respiraba pesadamente y se agarraba el costado.

Se hizo a un lado mientras yo descorría el primer cerrojo, luego el segundo y, finalmente, el tercero.

—Chica cauta —comentó.

—Nunca se sabe.

La puerta se abrió. De nuevo le dejé pasar delante y mantuve la puerta abierta de par en par con mi maleta gigante.

—En un edificio con este tipo de estructura —afirmó—, probablemente todas nuestras palabras reverberarán en el hueco de la escalera.

—Sin duda, y también los gritos. Sabemos que al menos uno de nuestros vecinos está en casa.

Esta vez su sonrisa fue más triste.

—¿Tan mala espina te doy?

—¿Por qué no me dice lo que ha venido a decirme, señor Marvin?

—No soy una amenaza —dijo suavemente, dolido, casi triste.

—Señor Marvin...

—Pero él sí lo es —dijo Charlie señalando a mis espaldas.

Bobby andaba. Muy deprisa. D.D. hablaba. Muy enfadada.

—¿No comprobaste el historial de Charlie Marvin?

—Le investigamos. Sinkus estaba en ello justo esta mañana. Trabaja como voluntario en el albergue de Pine Street y tenía una coartada para ayer por la noche.

—¿Y cómo sabes que el Charlie Marvin voluntario del albergue es nuestro Charlie Marvin?

—¿Qué?

—Hay que ir en persona, enseñarles una fotografía. ¡Qué error más estúpido!

—Yo no hice la llamada —protestó Bobby.

No siguió hablando. D.D. estaba demasiado furiosa como para escuchar. Necesitaba a alguien con quien desahogarse y él era el afortunado al que tenía más cerca. Eso le enseñaría.

Emitieron una orden de búsqueda con la descripción de Charlie Marvin. Puesto que tenían que empezar por lo que sabían, los agentes se dirigieron al albergue de Pine Street, Columbus Park, Fanueil Hall y la antigua sede del Hospital Psiquiátrico de Boston: los lugares donde les constaba que había estado Charlie Marvin. Con un poco de suerte darían con él en una hora. Antes de que llegara a sospechar nada.

—No tiene sentido —gruñó Bobby mientras atravesaban a toda velocidad el vestíbulo—. Marvin no puede ser el tío Tommy, es demasiado viejo.

—Vamos en mi coche —dijo D.D. empujando las pesadas puertas de cristal.

—¿Dónde lo has aparcado?

Se lo dijo y él negó con la cabeza.

—El mío está más cerca y además conduces como una chica.

—Eso no se lo dirías a la piloto Danica Patrick —murmuró D.D. siguiéndole a buen paso hasta su Crown Victoria. Luego, cuando se metían en el coche, añadió—: Charlie Marvin nos mintió. Para mí es suficiente.

—Sigue sin encajar —insistió Bobby encendiendo el motor—. El tío Tommy tendrá unos cincuenta años y Charlie Marvin tiene el aspecto de quien tuvo esa edad hace al menos una década.

—Puede que solo parezca viejo. Es lo que hace a las personas una vida delictiva.

Bobby no contestó. Se limitó a desaparcar, encendió las luces y se dirigió a todo gas al albergue de Pine Street.

Me giré hasta quedar de cara a la puerta abierta. No vi nada. Volví a darme la vuelta con los brazos en guardia y los pies separados para mejorar mi equilibrio, esperando el contraataque.

Charlie Marvin seguía ahí con una beatífica expresión en su rostro. Creí entenderlo. El señor Marvin oía voces que solo estaban en su cabeza. Y, sería injusto no reconocérselo, Bella también parecía haberlo averiguado. Se sentó entre los dos en la pequeña cocina y gimió nerviosa.

—Mejor tarde que nunca —le dije, aunque los perros no pillan el sarcasmo.

—Eres muy guapa —comentó Charlie.

—Vaya, voy a sonrojarme.

—Demasiado mayor para mi gusto.

—Y así, sin más, se acabó la magia.

—Pero tú eres la clave. Eres la persona a la que realmente quiere.

Dejé de respirar de nuevo, sintiendo la boca totalmente seca. Debía hacer algo, coger el teléfono, gritar pidiendo auxilio, bajar corriendo las escaleras. Pero no me moví. No quería moverme. La verdad, que Dios me perdone, era que quería oír lo que Charlie Marvin tenía que decirme.

—Usted lo sabía —susurré.

—Lo encontré. Una noche, hace pocos años. Cuando dijeron que iban a demoler los edificios fui a dar un paseo de despedida. Un último *adiós*[*] al lugar al que había jurado no volver. Entonces oí un crujido en el bosque y me picó la curiosidad. Juro por Dios que ahí había alguien, pero, *puf*, simplemente se desvaneció. Fue casi como para empezar a creer en fantasmas, pero, claro, yo no soy supersticioso.

»Estuve explorando cuatro noches hasta que, por fin, descubrí el leve resplandor en el suelo. Esperé oculto entre los árboles hasta que vi salir al hombre del fondo de la tierra, apagar el farol y desaparecer en el bosque. Me hice con una linterna y volví antes del amanecer. Encontré el agujero y bajé a la cámara. Ni en sueños hubiera podido imaginar lo que vi. Me quedé sin aliento. Era la obra de un maestro artesano. Siempre supe que no podría durar.

—¿Quién lo hizo, Charlie? ¿Quién salió de la tierra? ¿Quién mató a esas niñas?

—Seis niñas —dijo meneando la cabeza—, siempre seis niñas, ni una más ni una menos. Seguí vigilando, esperando que algo cambiara. Año tras año. Dos filas, tres cadáveres en cada una. La audiencia perfecta. Nunca volví a ver al hombre, aunque lo intenté por todos los medios. Tenía muchas preguntas que hacerle.

—¿Las mató usted? ¿Lo que han descubierto en los terrenos es obra suya?

Él prosiguió como si yo no hubiera hablado.

—Vi en las noticias que habían encontrado la cámara.

---

[*] En español en el original. *[N. de la T.]*

Otra víctima del crecimiento urbano. Y entonces caí en la cuenta. Esto le obligaría a salir a la superficie, querría comprobar el estado de su obra una última vez. De manera que volví a hacer guardia esperando verle. Pero solo te vi a ti. Y tú eres una mentirosa.

Por primera vez su voz sonó más baja, amenazadora. Retrocedí un paso instintivamente.

—¿Quién es usted? —pregunté—. Está claro que no es un pastor.

—Antiguo paciente, un tío aficionado a las tumbas colectivas. ¿Quién eres tú?

—Yo estoy muerta —respondí sin rodeos—. Soy el fantasma que recorre los terrenos. Espero al monstruo porque, cuando vuelva, voy a matarlo.

Los ojos de Charlie se entrecerraron.

—Annabelle, Annabelle Granger. Tu nombre apareció en los periódicos. Estabas en el pozo. Es verdad que estás muerta.

Medio segundo después, su rostro recuperó la sonrisa.

—¿Sabes?, había pensado en tu amiga, la sargento rubia —dijo pícaramente.

Vi la hoja de la navaja brillar en su mano.

—Pero, bien pensado, querida Annabelle, tú también me vales.

Bobby hizo una descripción a toda prisa de Charlie Marvin al joven hispano que los recibió en el albergue de Pine Street. Juan López les confirmó que el Charlie Marvin que buscaba la policía era, en verdad, el Charlie Marvin del refugio. Llevaba diez años trabajando allí de voluntario. Un punto para los chicos buenos.

Pero el señor Marvin no estaba en ese momento. Se había marchado hacía aproximadamente una hora. No, López no sabía dónde había ido. Después de todo el señor Marvin era un voluntario; no le pedían cuentas de sus movimientos. Pero era sabido que trabajaba en las calles, visitando a los sintecho. Puede que la policía tuviera suerte si buscaba en los parques.

Bobby le aseguró que ya tenían agentes realizando la búsqueda. Querían interrogar a Marvin lo antes posible.

López se mostró confuso.

—¿A nuestro Charlie Marvin? ¿Pelo cano y abundante, brillantes ojos azules, siempre con una sonrisa en la cara, *Charlie* Marvin? ¿Qué ha hecho, tío? ¿Robar a los ricos para dárselo a los pobres?

—Es un asunto oficial de la policía, relacionado con un asesinato.

—¡Imposible!

—Es cierto.

—¡Vaya con los jubilados!

—Llámenos si le ve, señor López.

—Bueno, pero, ahora que lo pienso, yo iría a Mattapan y buscaría en los terrenos de ese antiguo manicomio, el que empezaron a demoler. Charlie ha pasado gran parte de su tiempo ahí desde entonces… Pero, oiga, no creerán que…

—Gracias, señor López, estaremos en contacto.

Bobby y D.D. se dirigieron hacia Mattapan. Bobby sacó su móvil y marcó el número de Annabelle.

Esquivé la primera e imprudente embestida de Charlie con el piloto automático puesto, mientras mi cerebro pensaba en varias cosas a la vez. Charlie Marvin era un antiguo paciente del Hospital Psiquiátrico de Boston. Charlie Marvin había descubierto la cámara. Lejos de aterrorizarle, le había impresionado.

Al parecer había habido violencia en el pasado del señor Marvin. Desde luego sabía cómo moverse con una navaja.

Tras su primer ataque fallido, intercambiamos posiciones en mi pequeña cocina. Antes de que pudiera felicitarme a mí misma, me di cuenta de que el movimiento de Marvin había estado muy bien calculado: le había situado entre la puerta abierta y yo.

Siguió la mirada que dirigí, por encima de su hombro, a mi mejor posibilidad de huida y sonrió.

—No está mal para un anciano —dijo—. Reconozco que hace años que no hacía esto, pero aún me queda algo de magia.

Bella retrocedió hasta mis piernas. Tenía el pelo erizado y gruñía sordamente desde el fondo de su garganta.

«Ladra», quise gritar a mi excitada perra. «¡Es una ocasión perfecta de meter ruido!». Ella, por supuesto, siguió gruñendo desde lo más profundo de su garganta. No pude culparla, porque en los tres minutos que llevaba enfrentándome por primera vez al mal no había logrado articular ni un grito.

Mi padre decía que, a veces, el miedo paraliza las cuerdas vocales. Él había hecho bien los deberes.

Charlie avanzó un paso, yo retrocedí otro y choqué con la encimera de la cocina. No había mucho espacio para maniobrar en la diminuta cocina, pero no podía permitir que Charlie me obligara a adentrarme aún más en el apartamento. La puerta abierta y el rellano eran mi mejor baza para escapar.

Recuperé el equilibrio y me preparé para resistir. Era viejo y una navaja no resultaba tan amenazadora como una pistola. Tenía una oportunidad aceptable de ganar.

Charlie hizo una finta por el lado inferior derecho.

Yo me preparé para dar una patada giratoria.

Bella saltó en el último minuto.

Y oí a mi tonta, heroica, perra aullar cuando la navaja de Charlie se hundió en su pecho.

Sonaba el teléfono.

Sonaba el teléfono.

Sonaba el teléfono.

Saltó el contestador automático. Bobby oyó la escueta voz de Annabelle anunciar: «No estamos en casa. Deja tu nombre y tu número después de oír la señal».

—Annabelle —dijo ansioso—. Annabelle, coge el teléfono. Tenemos que hablar. Tengo información nueva sobre Charlie Marvin. Se me ha hecho tarde, coge al menos el teléfono.

Nada. ¿Se habría cansado de esperarle y habría huido sola? Con esa mujer cualquier cosa era posible. Tal vez por eso estaba tan asustado.

A la mierda. Pisó el freno.

—¿Qué demonios...? —exclamó D.D.

—La siguió.

—¿Quién?

—Marvin. La encontró en el parque anoche. Te apuesto lo que quieras a que Marvin sabe dónde vive Annabelle.

36

Bella cayó, el teléfono sonó y oí mi propia voz salir desgarrada de mi garganta.

—¡Hijo de puta!

Me lancé sobre Charlie, juntando los dedos y apuntando a la base blanda de su garganta. Él giró, agarró mi brazo y me cortó con la navaja. Tropecé y caímos con los miembros entrelazados. Con esa parte de mi cerebro que prefiere observar a actuar, pensé que no estaba preparada para esta clase de pelea. Estaba acostumbrada a un trabajo de pies elegante y a la suave cadencia de golpes bien calculados. Jadeábamos y gruñíamos golpeándonos mutuamente con rabia mientras rodábamos por el suelo.

Pude sentir el sabor del sudor salado que resbalaba por mi rostro y me dolían las manos y los brazos. Charlie seguía dando navajazos como un loco. Yo le golpeaba en la cara, apuntando mi mano derecha a sus ojos y cubriéndome con la izquierda.

Yo era más rápida, él iba armado. Yo sangraba, a él le faltaba el aliento. Él me quiso cortar en la mejilla izquierda, yo aplasté mi mano contra su esternón y cayó hacia atrás tosiendo y respirando entrecortadamente.

Me apoyé en las manos y me puse de pie. Fui dando tumbos hacia la puerta.

No podía hacerlo. No podía dejar a Bella. Sin duda, la mataría.

Charlie ya estaba en pie, moviéndose hacia delante. Yo retrocedí hacia los armaritos de la cocina. Él avanzaba hacia mí. Tanteé con los dedos el borde de madera del armarito a mis espaldas.

Cuando estuvo a la distancia justa, lancé una patada a su barbilla. Él la esquivó agachándose y, por fin, pude lucirme un poco, invirtiendo el movimiento, cogiendo su cabeza por la parte superior y estampándosela contra las rodillas. No con toda la fuerza que hubiera querido, pero fue suficiente para acabar el trabajo.

Abrí el armarito y empecé a hurgar entre desordenadas pilas de sartenes y cazuelas.

Charlie se estaba levantando.

«Venga, venga, venga».

Entonces la encontré. Mi sartén de hierro fundido. El arma perfecta.

Charlie avanzó hacia mí de nuevo y yo me preparé para hacer algo que nunca pensé que haría: matar a otro ser humano.

De repente, oí en la distancia lo que me pareció el sonido más dulce del mundo. Pisadas, alguien subía con fuertes zancadas las escaleras. Charlie se quedó inmóvil. Yo, quieta.

Bobby, pensé, es Bobby que viene a rescatarme.

Un hombre con el uniforme marrón de UPS atravesó el umbral de mi puerta.

—¡Ben! —jadeé.

—¿Benji? —preguntó Charlie en ese mismo momento.

—¿Christopher? —contestó Ben con voz de sorpresa.

Bobby estaba en un atasco de tráfico. Naturalmente, estaba en un atasco, porque aquello era Boston, donde la conducción era un deporte de riesgo, y el hecho de que un coche estuviera provisto de una sirena de la policía no parecía razón suficiente para dejar de ser un gilipollas.

Volvió a marcar el número de Annabelle. Saltó el contestador. Colgó. Golpeó el volante.

—¡Qué carácter! —dijo D.D. lánguidamente.

—Algo va mal.

—¿Porque tu queridita no está sentada, esperando ansiosamente junto al teléfono?

Bobby la fulminó con la mirada.

—Lo digo en serio. Sabía que iba a volver para llevarla a un hotel. No se hubiera ido sin más.

—Tiene un perro —dijo D.D. encogiéndose de hombros—. A lo mejor lo ha sacado a pasear o ha salido a correr.

—O a lo mejor Charlie Marvin ha sido más listo que nosotros —replicó Bobby en tono neutro.

Sonó su teléfono. Lo abrió sin mirar la pantalla. No era Annabelle, sino su colega el detective Jason Murphy de la policía estatal de Massachusetts.

—He buscado información sobre Roger Grayson como me pediste —comenzó sin preámbulos Jason—. He encontrado el registro de un guardamuebles en una instalación junto a la autopista 2, al norte de Arlington. Grayson fue pagando por adelantado los recibos de cinco en cinco años. El último pago caducó hace unos años, de manera que el propietario procedió al embargo. Me dijo que si nos pasábamos por ahí y limpiábamos el lugar no le importaría. Le gustaría volver a alquilar el espacio.

—Excelente.

—El historial delictivo era insignificante. Una infracción de tráfico hace veinticinco años. Grayson debía de ser un chico del coro.

—¿Una infracción de tráfico?

—Exceso de velocidad. El 15 de noviembre de 1982. Le pillaron a ciento veinte en una zona con límite de cien kilómetros por hora.

El 15 de noviembre de 1982. Tres días después de que Dori Petracelli desapareciera para no volver.

—¿Qué más? —preguntó Bobby al detective de la policía estatal.

—¿Qué más? Bobby, he iniciado la búsqueda hace una hora…

—¿Qué hay de Walter Petracelli?

—Nada por ahora.

—¿Me llamarás?

—Vivo para servir. No es por nada, Bobby, pero no dejes que trabajar con los de la ciudad se te suba a la cabeza.

Jason colgó. Bobby se guardó el teléfono en el bolsillo de la camisa. Volvió a encender las sirenas. Nada. El tráfico era demasiado denso como para que los coches se pudieran apartar.

Echó un vistazo a su reloj. Estaban en Atlantic Avenue. A dos o tres kilómetros de casa de Annabelle.

—Voy a ir corriendo —anunció Bobby.

—¿Qué?

—Olvida el coche, D.D. Somos fuertes, somos rápidos. Corramos.

—Ben, Ben, ¡gracias a Dios que estás aquí! Ha apuñalado a Bella. ¡Está loco! ¡Tienes que ayudarnos! Bella, ¡pobre Bella! Estoy aquí, cariño, todo irá bien.

Había soltado la sartén de hierro fundido para acariciar a mi perra, sujetándola en mi regazo. Sentía cómo la sangre caliente empapaba su blanco y suave pelaje. Gimió, intentó lamer mi mano, luego se centró en su herida.

—¡Ben! —volví a gritar.

Pero Ben no se movía. Estaba en el umbral de mi puerta mirando a Charlie Marvin.

—¿Fuiste *tú*? Vaya, sigue habiendo mucho mar de fondo… —dijo Charlie.

—Es mía —contestó Ben sin entonación alguna—. No puedes tenerla. Es *mía*.

—Llama a la policía —dije sollozando—. Llama a emergencias y pide hablar con el detective Bobby Dodge. Pide una ambulancia. No sé a quién mandan cuando hay un perro herido, pero con una ambulancia bastará. Ben, ¿me estás escuchando? ¿Ben?

Por fin me miró mientras entraba en mi pequeño apartamento, cerraba la puerta y echaba los cerrojos uno a uno.

—Todo está en orden —me dijo solemnemente—. Ya está aquí el tío Tommy, Amy, yo me ocuparé de todo.

Charlie se echó a reír. Su risa se convirtió rápidamente en un estertor. El golpe que le había dado en el esternón debía de haberle roto algo. Ahora que se me estaba pasando el zumbido de los oídos, empecé a sentir mis propias heridas y dolores. Las costillas amoratadas, los cortes en los tobillos y en la mejilla.

Al menos había pegado tanto como había recibido. Charlie tenía el ojo derecho hinchado, medio cerrado, de hecho. Cuando se desplazó para alejarse de Ben, se agarró el costado izquierdo, gimiendo de dolor.

Mi cerebro no funcionaba. No me preocupaba Charlie; no entendía a Ben. Lo único que quería era sacar a Bella de allí. Quería poner a mi perra a salvo.

Era mucho mejor centrarse en eso, porque la conversación era demasiado terrible como para creérsela.

—¿Cómo las mataste? —quiso saber Charlie—. ¿De una en una? ¿Por parejas? ¿Cómo las atraías? Yo siempre he jugado con prostitutas. Nadie las echa de menos.

—¿Le has hecho daño? —preguntó Ben mirando fijamente a Charlie.

—Te he estado buscando, Benji. Desde que descubrí la cámara. ¡Yo me creía listo! Trabajaba con los sintecho para que a nadie le extrañara que estuviera en tal o cual esquina, en tal o cual noche, o que desaparecieran muchas putas que yo conocía. Pero… nunca pude imaginar algo como la cámara: tu gran logro. ¡Ojalá se me hubiera ocurrido a mí! ¡La de cosas que podría haber hecho!

—Está sangrando.

—¿Cuánto tiempo las mantuviste vivas? ¿Días, semanas, meses? ¡Cuántas posibilidades! Mi cobertura me brindaba las oportunidades perfectas para la caza. Pero después… Es la falta de tiempo. El tener que hacerlo deprisa, eso es lo que siempre me ha molestado. Inviertes tanto esfuerzo en acecharlas, atraerlas, atarlas y luego, justo cuando te empiezas a divertir, tienes que ser práctico. Alguien puede oír algo, alguien puede sentir curiosidad. De manera que tienes que acabar con el romance y terminar el trabajo. No hay que llamar la atención, ni siquiera por las especiales.

»Dime la verdad —quiso saber Charlie—. ¿Te inspiraste en mi obra al menos un poquito? La enfermera en 1975, un impulso. Yo estaba en los terrenos, ella estaba en los terrenos y una cosa llevó a la otra. Fue lo más grande que había ocurrido nunca en el Hospital Psiquiátrico de Boston, bueno, hasta que descubrieron tu cámara. ¿Benji? Benji, ¿me estás escuchando?

Ben se inclinó hacia Charlie. La mirada que había en sus ojos me erizó el pelo de la nuca. Hundí los dedos en el pelaje de Bella. No quería que hiciera ningún ruido.

Apoyé una mano en el suelo y empecé a arrastrarme en silencio hacia la puerta con Bella.

—Has hecho daño a mi Amy y ahora yo te haré daño a ti.

En el último minuto Charlie pareció darse cuenta de que Ben no era su aliado. En el último minuto alzó la navaja al darse cuenta del peligro que estaba corriendo.

Ben cogió la muñeca de Charlie con una de sus musculosas manos. Oí crujir los huesos.

Llegué a la puerta y empecé a abrir los cerrojos frenéticamente. ¿Por qué tenía tantos cerrojos?

Procuraba no mirar, pero no podía bloquear el sonido.

Mi tío cogió la navaja que Charlie aún sujetaba en su mano rota y, con gran precisión, la clavó hasta el mango en uno de los ojos de Charlie. Un grito. Un chasquido húmedo. Un largo gemido-silbido, como cuando se deja salir el aire de unos neumáticos.

Después, silencio.

—¡Oh, Amy! —dijo Ben.

No lo pude evitar. Me acurruqué con Bella ante la puerta cerrada y empecé a llorar.

37

E res lo único que siempre quise, Amy —estaba diciendo Ben—. Las otras chicas no significaron nada para mí. Errores. Hace años que comprendí que no estaba actuando correctamente y te esperé. Hasta que un día mi paciencia se vio recompensada. —Alargó su mano ensangrentada y me acarició la mejilla. Intenté retroceder, pero no había adónde ir.

—Por favor, Ben, abre la puerta —dije intentando que mi voz sonara firme, pero no pude evitar que me temblara—. Bella está herida y necesita atención médica inmediatamente. Ben, por favor.

Se quedó mirándome y soltó un fuerte suspiro.

—Sabes que no puedo hacer eso, Amy.

—No le hablaré a nadie de ti. Diré que me atacó Charlie, que estaba loco, que yo lo apuñalé. Tengo el cuerpo lleno de cortes, me creerán.

—Ya no es lo mismo. Al principio, cuando te encontré, todo iba bien. Me di cuenta enseguida de que nadie más sabía quién eras en realidad. Eres alguien especial, intacto. Me perteneces.

—No me mudaré. Me quedaré aquí para que todo siga igual. Encargaré telas que puedas traerme todos los días.

—Ya no es posible. Tú estás al tanto. La policía lo sabe. Ya no es lo mismo.

Cerré los ojos luchando por mantener el control. Bella volvió a gemir y ese sonido me devolvió las fuerzas.

—No entiendo nada. Te apañaste sin mí durante veinticinco años. Te hiciste con todas esas otras chicas. Obviamente, nunca he significado nada para ti.

—Oh, no —contestó enseguida con toda seriedad—, no paré porque quisiera. No fue así.

Ben se quitó la gorra marrón y, por primera vez, pude ver el surco que tenía en la cabeza, una cicatriz fea y retorcida sobre la que no crecía el pelo.

—Esto fue lo que me paró. De no haber sido por esto te hubiera perseguido por siempre jamás. Hubieras sido mía, Annabelle, hace veinticinco años.

—Dios mío —gemí, porque en ese momento por fin pude oírlo. Ben no se parecía a mi padre, pero su voz era igual: intensa, grave, como si quisiera dejar las cosas claras… Sonaba exactamente como la voz de mi padre. El mismo tono, el mismo ritmo, idéntica voz.

¿Me había dado cuenta antes? ¿Había establecido algún tipo de vínculo a nivel del subconsciente? ¿Quizá le dejé pasar, le convertí en mi única conexión con el mundo exterior, porque la sangre es más densa que el agua y parte de mí se había alegrado de hallar a un familiar?

—Lo único que busqué siempre fue a alguien que no me abandonara —estaba diciendo ahora, la fervorosa voz de mi padre aún saliendo de un cráneo cubierto de terribles cicatrices—. Alguien que tuviera que quedarse. Creí que ese alguien sería tu madre, pero no me comprendió y yo acabé en la cárcel —explicó en un tono cada vez más bajo hasta que recobró la fuerza—. Entonces, cuando salí, te vi a ti y comprendí.

»Tenías una forma de sonreírme, Amy... Tenías una forma de agarrarme el pulgar de la mano con tu pequeño puñito regordete... Eras mi familia, la única persona que siempre me querría, que nunca me abandonaría. Era tan feliz. Hasta el día en que llegué y os habíais ido. Toda la familia. Desaparecida.

—Por favor, Bella está herida —rogué.

—Fue una época terrible. Yo sabía, por supuesto, que tú nunca me hubieras dejado por voluntad propia. Obviamente tu padre te había obligado —dijo Ben tomando mi mano y acariciando mi muñeca con sus dedos manchados de sangre—. De manera que empecé a preguntar por ahí. Una familia entera no desaparece así como así. Todo el mundo deja algún tipo de rastro. Pero nadie sabía nada. Entonces se me ocurrió. Mi hermano necesitaba encontrar un empleo para mantener a su familia. ¿Quién podría haberle ayudado a encontrar trabajo? Su antiguo jefe, evidentemente. Así que entré en casa del doctor Badington y encontré a su mujer.

—¿Qué?

—Pasé por la tarde. Naturalmente, la señora Badington se negó a hablar al principio, pero cuando acabé con el gato me contó muchas cosas. Me habló del nuevo empleo de tu padre en el MIT. De la casa de Arlington. Y, lo que es mejor, nunca habló a nadie de mí. Después de todo, lo que le hice no es el tipo de cosa que se pueda contar en sociedad. Le expliqué que si decía una sola palabra alguna vez en su vida volvería para hacerle lo mismo a su marido.

—Dios mío.

—Me fui a Massachusetts. Pensaba verte esa misma noche. Pero era tarde, me perdí y me ocurrió una cosa rarísima. Me asaltaron. Llegué al lugar equivocado en el momento equivocado y di con cuatro colegas grandotes que me pegaron hasta que me dolió el alma. Me quitaron la ropa y me… Y luego se hizo la oscuridad. Durante mucho tiempo.

»Poco a poco me fui recuperando. Aprendí de nuevo a comer, a vestirme, a cepillarme los dientes. Hablé con médicos muy amables que me dijeron que había empezado mal en la vida, pero que tenía una segunda oportunidad. Dijeron que podía ser quien quisiera ser, que podía reinventarme.

»Y durante un tiempo lo intenté. Me pareció una buena idea. Podía ser Benji, hijo de un agente de la CIA, no de un gilipollas borracho que un día mató a su mujer antes de volarse los sesos. Me gustaba ser Benji, me gustaba de verdad.

»Pero me sentía muy solo, Amy. Me gustaría que entendieras lo que significa no tener familia. No tener a nadie que te llame por tu verdadero nombre. No contar con nadie que lo sepa todo sobre ti, sobre tu yo real, no sobre el disfraz que todos nos ponemos en público. No es vida.

—Para —susurré tirando de mi mano—. Para, para.

Pero no se calló, no dejó de hablar, era la voz de mi padre y mis propios pensamientos se agitaban en mi cabeza como serpientes.

—Encontré la alcantarilla abandonada un día que andaba paseando por los terrenos. Me intrigó lo suficiente como para hacer de ella mi hogar lejos de casa. Me iba bien por entonces. Seguía viviendo en el hospital, pero me había matriculado en una escuela cercana. Convertí la alcantarilla en una cámara, acabó siendo mi estudio y entonces, un día…

»La vi. Volviendo a casa desde el colegio. La vi y supe por su mirada que ella me había visto también. Le gustaba, quería estar conmigo. Ella sería la que nunca me abandonaría.

—Chsss —volví a intentarlo—, chsss, chsss. Estás loco. Te odio. Mis padres te odiaban. Desearía que hubieras muerto.

—Cambió de opinión en el último minuto. Peleó conmigo, chilló. Así que tuve que… Todo acabó muy deprisa y después me sentí triste. No había planeado eso. Debes creerme, Amy. Entonces se me ocurrió que podría quedarme con ella. Sabía exactamente dónde llevarla. Ella nunca me abandonaría.

—«¡Estás enfermo!» —exclamé tirando de mi mano otra vez. En esta ocasión conseguí zafarme, aunque el hecho no pareció preocuparle.

—Lo volví a intentar —señaló en tono neutro—, una y otra vez. Todas las relaciones parecían prometedoras al principio, pero se echaban a perder rápidamente. Hasta que un día lo entendí. No quería a ninguna de esas niñas estúpidas que no valían para nada. Te quería a *ti*. Entonces recordé las palabras de la señora Badington y volví a encontrarte.

»Mi Amy, preciosa, preciosa Amy. Esa vez llegamos a estar tan cerca. Me tomé las cosas con calma y empecé a hacerte llegar pequeños obsequios para ganarme tu confianza. Recuerdo la sonrisa de tu rostro cada vez que abrías una caja y descubrías un tesoro nuevo. Era justo como lo había imaginado. Era exactamente lo que quería. Ibas a ser mía.

Se detuvo, suspiró e hizo una pausa. Casi lloré de alivio.

Pero aún no había acabado. ¿Cómo iba a haber acabado si ambos sabíamos que lo peor estaba por llegar?

—Roger me vio. Pensé que estaba siendo listo, pero, ay, los hermanos mayores; saben todo lo que hacen sus hermanos pequeños. Él lo supo. Por supuesto que lo supo. Me di cuenta de que tendría que actuar deprisa. Salvo que lo siguiente que supe fue que la policía había encontrado mi escondite en el desván. En vez de hacerme contigo tuve que empezar a huir de la policía. Cuando pasó el peligro, se había acabado todo. La casa seguía ahí, pero nadie vivía en ella.

»Roger —dijo en tono inexpresivo— siempre fue un hijo de puta muy listo. Naturalmente, se lo hice pagar.

Ben había levantado la mano y se rascaba la cicatriz sin darse cuenta. ¿Un hábito nervioso que lo tranquilizaba? ¿La memoria de un recuerdo que aún escocía?

—Secuestraste a Dori —murmuré.

—No tuve más remedio —contestó encogiéndose de hombros—. Necesitaba a alguien. No quería estar solo y ella te había robado el guardapelo. No podía dejar que se fuera de rositas.

—Ella no me robó el guardapelo, hijo de puta. Era amiga mía y lo compartí con ella porque es lo que hacen las amigas. Eres terrible, eres horrible y nunca estaré contigo. ¡Me enferma que me toques!

—Oh, Amy —dijo, y suspiró de nuevo—. No te pongas celosa. No quería a Dori. Solo fue un medio para un fin. La rapté y Roger volvió a mí.

—¿Volviste a ver a mi padre? ¿En Arlington? —pregunté parpadeando, muy alterada.

—Roger volvió a casa, como sabía que haría. Hace mucho tiempo Roger me quería. Se escondía conmigo en el armario y cogía mi mano cuando nuestros padres se gritaban. «No pasa nada», solía decirme, «no dejaré que te pase nada. Te mantendré a salvo». Una noche nuestro padre entró en la cocina, encontró a mi madre allí y le pegó tres tiros en el pecho. *Bum, bum, bum.* Se giró y me vio. Alzó el arma. Supe que iba a disparar. Pero Roger lo evitó. Le dijo que bajara el arma. Le dijo que, si sentía la necesidad de matar, lo mejor que podía hacer era volarse la tapa de los sesos.

»Fue exactamente lo que hizo. El maldito imbécil presionó el cañón contra su sien y apretó el gatillo. Adiós, papi, ¡hola, internado!

»Pero en el internado perdí a Roger. Tenía sus propias clases, sus amigos, su vida. Me abandonó. Sin más.

»Esperé en la casa de Arlington porque sabía que Roger volvería. Volveríamos a estar los dos solos, con un arma.

—¡Intentaste matar a mi padre!

Ben me miró y meneó la cabeza con tristeza, mientras se tocaba la cicatriz.

—No, Amy. Tu padre, mi querido hermano, intentó matarme a mí.

La recta final. Bobby y D.D. pasaron corriendo por Hanover, esquivando peatones e ignorando las bocinas de los taxis. Caía la tarde y las calles se iban llenando de gente a medida que los restaurantes comenzaban a abrir sus puertas. Bobby y D.D. zigzaguearon entre adolescentes que cotorreaban por sus teléfonos móviles, madres que empujaban carritos de bebé y vecinos que habían bajado a pasear a sus perros.

D.D. avanzaba a buen ritmo. Bobby empezaba a flaquear. No cabía duda: en cuanto se resolviera este caso, tendría que volver a llevar su triste trasero al gimnasio.

Seguía sin saber nada de Annabelle.

Usó el pánico para dar impulso a sus zancadas.

Y corrió.

No le creí. ¿Mi padre con una pistola? Hasta el señor Petracelli había dicho que mi padre no podía soportar las armas de fuego. Tras enterarme de lo que había ocurrido aquella noche con sus padres podía entenderlo perfectamente.

Pero, al parecer, el secuestro de Dori fue la gota que colmó el vaso, incluso para una persona tolerante como mi padre.

De algún modo, se había hecho con una pistola y había cogido un vuelo nocturno a Boston para buscar a su hermano.

«Roger, por favor, no te vayas. Roger, te lo suplico, por favor, no hagas esto…».

Según Tommy/Ben los hermanos se habían encontrado frente a frente en la penumbra de mi antiguo hogar. Tommy llevaba la barra de metal que había usado para forzar la entrada de la casa. Mi padre llevaba una pequeña pistola en la mano.

—No le tomé en serio —me estaba diciendo Tommy—. No creí que Roger fuera capaz de hacerme daño. Me había salvado la vida. Me quería. Me había dicho que siempre se ocuparía de mí. Pero entonces…

»Parecía tan cansado. Me preguntó si había raptado a esa chica. Me preguntó si había secuestrado a otras. ¿Qué podía hacer? Le conté la verdad, que había raptado a seis niñas. Que las había envuelto en plástico y que las conservaba como mi pequeña familia. Pero que no bastaba, que te quería a ti, Amy. Te necesitaba. No descansaría hasta que fueras mía.

»—Siempre había creído —respondió Roger en voz baja— que la naturaleza no importaba. Que la crianza podía superarlo todo, tanto si se trataba de padres criando a un hijo como de una persona como yo, aprendiendo a criarse a sí misma. Creía que, con el tiempo, la atención y la actitud adecuados, cualquiera podía ser lo que quisiera. Me equivocaba. El ADN cuenta. La genética vive. Nuestro padre vive, en tu interior.

»Le dije a mi hermano que era algo fascinante, teniendo en cuenta que era él quien empuñaba un arma. Lo aceptó e incluso asintió como dándome la razón.

»—Cierto —respondió—. Yo nunca hubiera hecho una cosa así por mí mismo.

»Y me disparó. Sin más. Alzó el arma y me metió una bala en la cabeza. —Ben se pasó los dedos por la cicatriz.

»El *shock* es algo curioso. Oí el sonido y sentí una enorme quemazón en la frente. Pero me mantuve en pie largo tiempo o al menos eso creo. Me quedé ahí de pie, mirando a mi hermano.

»—Te quiero —le dije antes de caer. Él pasó por encima de mí—. Prométeme que nunca me dejarás —añadí.

»Roger salió por la puerta. No sé cuánto tiempo estuve ahí. Debí de desmayarme, caer inconsciente o algo así. Cuando recobré la conciencia, descubrí que podía moverme. Así que me fui y estuve andando hasta que me paró un tipo y me dijo: "Tío, creo que necesitas un médico". Llamó a una ambulancia y seis horas después los cirujanos sacaron una bala del calibre veintidós que había rebotado cerca de la parte frontal de mi cerebro. Eso fue hace unos veinticinco años y desde entonces no he sido capaz de sentir gran cosa. Ni felicidad, ni tristeza, ni desesperación, ni ira, ni siquiera soledad. No es vida, Amy, querida.

El relato de Tommy parecía estar llegando a su fin. Yo seguía inmóvil, conmocionada. Mi padre había disparado a su propio hermano, pero Tommy había logrado sobrevivir. La vida de los dos hermanos parecía envuelta en ciclos de violencia.

—¿No sientes nada? —pregunté con vacilación—. ¿Nada en absoluto?

Tommy negó con la cabeza.

—¿No volviste a acechar a otras chicas?

—No puedo enamorarme.

—Entonces no me necesitas.

—Claro que sí. Eres mi familia. Siempre se necesita una familia.

—Ben…

—Tommy. Quiero oírtelo decir. Han pasado muchos años. Venga, Amy, hazlo por tu tío. Déjame oírlo de tus labios.

Lo más sensato hubiera sido seguirle la corriente, pero, cuando me pidió que pronunciara su nombre, no pude hacerlo. Estaba atrapada en mi apartamento, sangrando, exhausta, aferrada a mi perra moribunda. No darle el gusto a mi tío era una de las pocas cosas que podía hacer.

Negué con la cabeza. Mi querido tío Tommy, incapaz de sentir emoción alguna, me pegó un bofetón. Me partió el labio, saboreé mi sangre. Se la escupí a la cara.

—¡Te odio, te odio, te odio! —grité.

Sentí cómo su puño golpeaba mi cabeza y mi cráneo rebotó en la puerta.

—¡Dilo! —rugió.

—¡Que te follen!

Echó el brazo hacia atrás para pegarme de nuevo, pero esta vez lo estaba esperando.

—Oye, Ben —grité—, ¡cógela!

Le tiré a Bella encima, rezando, como no lo había hecho nunca, para que incluso un maniaco homicida conservara el instinto de agarrar.

Bobby fue el primero en oír los gritos de Annabelle. Estaba a media manzana del bloque de apartamentos e iba unos veinte metros por delante de D.D. Intentaba convencerse de que había una explicación lógica para el hecho de que Annabelle no contestara el teléfono, de que, sin duda, se encontraba bien.

Entonces oyó el alarido y aceleró todo lo que pudo.

Se abrió la puerta principal del edificio y un joven salió corriendo a la calle.

—¡Policía, policía! —gritó—. ¡Que alguien llame a la policía! ¡Creo que el repartidor de UPS está intentando matarla!

Bobby se precipitó hacia las escaleras mientras D.D. sacaba su teléfono y pedía refuerzos.

Ben se tambaleó hacia atrás por el peso de Bella. En ese momento, por fin fui capaz de gritar: un sonido estridente que expresaba pura frustración. Me odiaba por haber sacrificado a mi mejor amiga. Odiaba a Ben por haberme obligado a hacerlo.

Me lancé contra la puerta y empecé a descorrer los cerrojos frenéticamente. Abrí los dos primeros, justo cuando Ben tiró a Bella al suelo y me agarró por la parte trasera de la camiseta. Me di la vuelta y le pegué un codazo en la sien, arrancándole las gafas del golpe.

Cayó hacia atrás; encontré la cadena de seguridad.

—Venga, venga, venga…

Mis dedos temblaban demasiado, no querían cooperar. Sollozaba histéricamente, estaba perdiendo el control.

Entonces lo oí. Pasos subiendo las escaleras. Una voz grata y familiar.

—¡Annabelle!

—¡Bobby! —logré gritar antes de que Ben me placara por la espalda.

Caí pesadamente y me aplasté la nariz contra la puerta. Se me saltaron las lágrimas y de mi garganta brotó otro grito de furia. La puerta tembló, Bobby estaba lanzando todo su peso contra ella. Pero aguantó, por supuesto, porque había comprado esa puerta por su resistencia y le había añadido media docena de cerrojos. Había construido una fortaleza para mantenerme a salvo e iba a morir por ello.

—¡Annabelle, Annabelle, Annabelle! —rugía Bobby frustrado al otro lado de la puerta.

Entonces oí la áspera voz de Tommy y sentí su aliento caliente en mi oreja.

—Es culpa tuya, Amy, tú me has obligado a hacerlo. No me has dejado otra salida.

Oí a mi padre, lejos, muy lejos, sus lecciones interminables, sus sermones constantes.

«A veces, cuando estamos asustados, cuesta emitir algún sonido. Así que rompe cosas, da puñetazos a la pared, vuelca los muebles. Haz ruido, cariño, y pelea. Pelea siempre».

Tommy me agarró por los hombros. Tommy me dio la vuelta. Tommy tenía la navaja de Charlie, llena de sangre, en su puño triunfante.

—Nunca te irás.

—Voy a disparar —gritó Bobby—. ¡Aléjate de la puerta! Uno, dos…

Inmovilizada contra el suelo, me arranqué el colgante que llevaba al cuello. Tommy alzó la navaja y yo solté la fina tapa de metal que cerraba el recipiente de cristal.

Le lancé a Tommy las cenizas de mis padres a la cara.

Tommy se irguió y se frotó los ojos con frenesí.

En ese momento Bobby disparó.

Vi cómo el cuerpo de Tommy se sacudía una, dos, tres, cuatro veces. Entonces Bobby abrió la puerta medio rota de una patada.

En vez de caer al suelo, Tommy se lanzó en la dirección del sonido, cargando como una bestia herida.

Salté sobre mis pies y Bobby esquivó hacia la izquierda. Tommy salió como una exhalación por el rellano, chocó con la barandilla de la escalera y abrió los brazos para intentar guardar el equilibrio.

Pensé que iba a lograrlo.

Así que le di un buen golpe bajo por detrás.

A continuación, como buena hija de mi padre, me quedé mirando cómo mi tío acudía al encuentro de la muerte que le esperaba abajo.

38

La verdad os hará libres. Otra vieja cita, aunque esta nunca la oí de labios de mi padre. Ahora que conozco su pasado, creo que lo entiendo.

Han transcurrido seis meses desde aquella última tarde sangrienta en mi apartamento, seis meses de interrogatorios policiales, recuperación de pertenencias del guardamuebles, pruebas de ADN y hasta una rueda de prensa. Ahora tengo una agente. Cree que puede conseguirme millones de dólares de un gran estudio de cine de Hollywood. Por supuesto, habrá un contrato para un libro.

No puedo imaginarme hablando con presentadores de televisión famosos, ni sacando provecho de la tragedia de mi familia. Pero una chica tiene que comer, y estos días apenas hay clientes de decoración de ventanas llamando a mi puerta. Aún no he decidido qué haré.

En este instante estoy en la ducha afeitándome las piernas. Estoy nerviosa y un poco excitada. Creo que ahora, más que nunca, tengo mucho que aprender sobre mí misma.

Por ahora, estas son las certezas con las que cuento:

Uno: mi perra es fuerte. Bella no murió sobre el suelo de mi cocina. Mi increíblemente valiente compañera canina aguantó mejor que yo, cuando Bobby nos metió a las dos en un coche patrulla que acababa de llegar y nos llevó a una clínica veterinaria de urgencia. Charlie había hundido la navaja en el hombro de Bella hasta el hueso dañando algunos tendones. Perdió mucha sangre. Pero volvió a casa, dos mil dólares del mejor tratamiento médico después. Ahora siente debilidad por dormir conmigo en mi cama. Y yo siento debilidad por darle abrazos enormes. Pero ya no hemos vuelto a salir a correr. Aunque estamos recuperando las fuerzas dando paseos a muy buen ritmo.

Dos: las heridas sanan. Pasé veinticuatro horas en el hospital, sobre todo porque me negué a moverme del lado de Bella hasta que el veterinario me obligó. Para entonces, yo había perdido bastante sangre también. Me dieron doce puntos en la mejilla, veinte en las piernas y treinta y uno en el brazo derecho. Supongo que mis días de chica de portada han pasado a la historia. Aunque me gustan mis cicatrices. A veces, en medio de la noche, sigo sus finos y abultados contornos con mis dedos. Heridas de guerra. Mi padre estaría orgulloso.

Tres: algunas preguntas nunca obtienen respuesta. En el guardamuebles que había alquilado mi padre hallé el querido sofá de mi madre, mi álbum de fotos de bebé con mi certificado de nacimiento, recuerdos varios de la familia y, por último, una nota de mi padre. Estaba fechada una semana después de que volviéramos a Boston, cuando imagino que su nivel de ansiedad alcanzaba ya el cielo. No ofrecía una explicación. El 18 de junio de 1993 mi padre se limitó a escribir: «Pase lo que pase, quiero que sepas que siempre te he querido y lo he hecho lo mejor que he sabido».

¿Acaso tenía la premonición de que moriría en Boston? ¿Creía que volver a la escena de su gran tragedia sería su muerte? No tengo ni idea. Sospecho que sabía que su hermano seguía vivo. Sin duda, mi padre había buscado la noticia de un cadáver anónimo hallado en una casa abandonada de Arlington. Cuando no se publicó nada parecido, debió de darse cuenta de que sus esfuerzos no habían servido de nada. Entonces, ¿por qué no volvió y lo intentó de nuevo? ¿Por qué regresó a Florida con mi madre y conmigo?

No lo sé. Nunca lo sabré. Puede que matar no sea tan fácil como parece. Mi padre lo intentó una vez y fue suficiente para él. Después de eso, nos limitamos a correr. Cada vez que desaparecía una niña, cada vez que saltaba a los periódicos locales una alerta AMBER, nos mudábamos. Mi padre conseguía identidades falsas, mi madre hacía el equipaje y mi familia iniciaba un nuevo periplo.

Lo más irónico es que la policía cree que mi tío Tommy nunca nos siguió. Puede que la bala no lo matara, pero, al parecer, los daños cerebrales que le provocó inhibieron sus impulsos más psicóticos. Se puso a trabajar para UPS. Se convirtió en un ciudadano modelo, aunque algo antisocial. Siguió con su vida.

Pero mi familia quedó anclada en el pasado, siempre huyendo, siempre en busca de esa sensación de seguridad que mi padre no lograba encontrar.

Cuatro: hay verdades que no deben contarse. Por ejemplo, tras mucho investigar, la policía declaró que la muerte de Tommy/Ben había sido un accidente. En un enfrentamiento armado con las fuerzas de seguridad, el sospechoso fue disparado cuatro veces a través de una puerta cerrada por un agente que se había identificado. El agente pudo abrir la puerta tras el tiroteo y el sospechoso, herido, salió corriendo del apartamento en un intento de fuga desesperado. En medio de su dolor y confusión, cayó accidentalmente por encima de la barandilla de la escalera del quinto piso y murió.

Ni que decir tiene que ni Bobby ni yo hablamos del incidente. Tampoco lo hace D.D., que se encontraba en el vestíbulo, al pie de las escaleras, y, según el informe oficial, no estaba en una posición que le permitiera ver lo que había ocurrido antes del terrible impacto.

Eso sí, hace unas semanas me regaló una camiseta en la que pone: «Los accidentes ocurren».

Cinco: hasta los psicópatas tienen cierto espíritu comunitario. Charlie Marvin resultó ser el antiguo paciente del Hospital Psiquiátrico de Boston Christopher Eola. El departamento de policía de Boston cree que asesinó a al menos unas doce prostitutas mientras decía trabajar a favor de los sintecho. En palabras escritas por el asesino en serie Ted Bundy (Bundy había trabajado de voluntario en una línea directa de ayuda a suicidas potenciales), Charlie había utilizado inteligentemente la posición que ocupaba para congraciarse con posibles víctimas desviando la atención de la policía.

Se había vuelto osado al elegir como víctima a la investigadora jefe del caso, D.D. Warren. Un experto en caligrafía confirmó que la nota dejada en el coche de D.D. probablemente fue escrita por Charlie. Los cuatro perros a los que Bobby disparó y mató la noche del encuentro en el Hospital Psiquiátrico de Boston llevaban chips de identificación que condujeron a la policía hasta dos traficantes de drogas/entrenadores de perros que confirmaron que un amable anciano había comprado sus apreciadas «mascotas».

Yo creo que Charlie se involucró en la investigación para identificar al constructor de la tumba colectiva y contactar con él. Pero se encaprichó de D.D. y empezó a jugar su propia partida.

La policía encontró material para fabricar bombas en el apartamento que Charlie tenía en Boston. Al parecer planeaba más fechorías cuando Tommy lo apuñaló en mi cocina.

Los padres de Eola se negaron a reclamar su cuerpo. Por lo que sé, enterraron los restos en una tumba anónima.

Seis: los finales son más duros de lo que la gente cree. Hemos enterrado a Dori esta mañana. Cuando digo «hemos» me refiero a sus padres, a mí y a otras doscientas personas de buena voluntad, que en su mayoría nunca conocieron a Dori cuando aún estaba viva, pero que se sentían afectadas por las circunstancias de su muerte. Vi llorar a agentes de policía jubilados de Lawrence y a vecinos que veinticinco años antes la habían buscado en vano por los bosques. El equipo del departamento de policía de Boston encargado de la investigación asistió a la misa desde el fondo de la iglesia. Después, el señor y la señora Petracelli dieron la mano a todos y cada uno de los agentes. Cuando llegó el turno de D.D., la señora Petracelli le dio un enorme abrazo y ambas mujeres rompieron a llorar.

La señora Petracelli me había pedido que dijera unas palabras. Nada de alabanzas, eso ya lo había hecho el sacerdote. Quería que hablara a la gente de la Dori a la que conocí, porque ninguna de esas personas había tenido la oportunidad de conocerla de niña. Me pareció una buena idea y dije que lo haría, pero, cuando llegó el momento, me sentí incapaz de hablar. Las emociones que sentía eran demasiado intensas como para compartirlas.

Creo que debo acceder a que hagan una película, porque me gustaría donar el dinero a la fundación de la señora Petracelli. Me gustaría que hubiera más Doris a las que poder devolver a sus padres. Me gustaría que hubiera más amigos de la infancia a los que tener ocasión de decir: «Te quiero, lo siento, adiós».

La verdad os hará libres.

No. La verdad solo nos dice qué pasó. Explica las pesadillas que tengo dos o tres veces por semana. Explica la pila de facturas del veterinario y las facturas médicas a las que debo hacer frente. Me dice por qué un repartidor de UPS, a quien creía conocer solo de pasada, testó a favor de una tal Amy Grayson como única beneficiaria. Explica también por qué ese mensajero pasó sus primeros quince años en la empresa cambiando de ruta constantemente, al parecer recorriendo todo el estado de Massachusetts en busca de una familia que no creía que se hubiera mudado muy lejos. Hasta que un día, por pura casualidad, sus esfuerzos se vieron recompensados y me encontró a mí.

La verdad me dice que mis padres realmente me querían y me recuerda que el amor no basta.

Lo que una chica de verdad necesita es una identidad.

Imposible estar más limpia. Me he afeitado las piernas y las axilas y me he aplicado unas gotas de aceite esencial de canela en las muñecas. Debería ponerme un vestido, pero no parecería yo. Al final me pongo unos pantalones negros de tiro bajo y una camisola de lentejuelas doradas absolutamente genial que encontré muy barata en los grandes almacenes Filene's.

Tacones, sin duda.

Bella ha empezado a gemir. Reconoce los signos de mi inminente marcha. A Bella ya no le gusta quedarse sola en el apartamento. La verdad es que a mí tampoco. Aún veo el cadáver de Charlie Marvin tirado en mi cocina. Estoy segura de que Bella sigue oliendo la sangre que empapó el suelo.

La semana que viene, decido. Saldré a la búsqueda de otro apartamento. Treinta y dos años después ha llegado la hora de que el pasado sea el pasado.

Suena el timbre de la puerta.

¡Mierda! Me sudan las palmas de las manos. Estoy hecha un desastre.

Corro hacia mi puerta nuevecita con cuidado de no tropezar con los tacones. Empiezo a descorrer los cerrojos, tres en vez de cinco: un avance. Rezo pidiendo no haberme manchado los dientes con la pintura de labios.

Abro la puerta y no me decepciona. Lleva pantalones caqui, una camisa azul cielo que combina con sus ojos grises y una chaqueta deportiva azul marino. Tiene el pelo aún húmedo de la ducha; puedo oler su loción para después del afeitado.

Ayer, a las 14:00 horas, la policía de Boston, tras la identificación de los restos y al no haber sospechosos vivos a los que inculpar, cerró oficialmente la investigación de la tumba de Mattapan y disolvió al equipo especial.

Ayer, a las 14:01 horas, llegamos a un acuerdo.

Lleva un ramo de flores y, por supuesto, un regalo para la perra. Ni que decir tiene que Bella no se va a quedar en casa.

—Hola —me dice, y la sonrisa le marca las patitas de gallo en torno a los ojos—. Soy Bobby Dodge, encantado de conocerte. ¿Te había dicho ya que me encantan las barbacoas, las vallas blancas y los perros blancos ladradores?

Cojo las flores y le doy a Bella su hueso de goma. Alargo la mano siguiendo el guion.

Él me besa la mano y un estremecimiento recorre mi espina dorsal.

—Encantada de conocerte, Bobby Dodge —contesto respirando hondo—. Me llamo Annabelle.

Nota de la autora y agradecimientos

Como siempre, estoy en deuda con muchas personas que han hecho posible este libro. Del departamento de policía de Boston: el vicesuperintendente Daniel Coleman, la directora de comunicaciones Nicole St. Peter, el detective Juan Torres, el detective Wayne Rock, el teniente detective Michael Galvin y, por último, mi querido vecino y compañero de Kiwanis Robert «Chuck» Kyle, policía de Boston jubilado, que me ayudó a ponerlo todo en marcha (y tiene más historias que contar de las que un autor podría tratar en una única novela). Estas personas me han brindado su experiencia, su tiempo y su paciencia. Naturalmente, me he aprovechado de todos ellos y me he tomado considerables licencias al desarrollar la ficción.

Mi más sincero agradecimiento a Marv Milbury, antiguo auxiliar de enfermería del Hospital Psiquiátrico Estatal de Boston. Marv es un hombre excepcionalmente encantador y cuenta historias que ponen los pelos de punta. Cuando comimos juntos, hasta la camarera dejó de trabajar para escucharle. También él me contó más historias de las que tienen cabida en un libro, pero he hecho lo que he podido. Como aclaración para quienes están realmente interesados en la historia de los hospitales psiquiátricos, aclaro que he tenido que alterar la línea temporal de las operaciones, aunque he procurado conservar el espíritu de la experiencia de trabajar en una institución psiquiátrica.

Gracias también a la antropóloga forense Ann Marie Mires, que me dedicó generosamente parte de su tiempo para ayudarme a entender el protocolo a seguir al exhumar una tumba de hace treinta años. Quiero que conste que la información sobre la momificación húmeda procede directamente de internet, probablemente sea del todo incorrecta, y no es atribuible a Ann Marie. Cosas de los escritores de ficción.

Gracias a Betsy Eliot, querida amiga y colega escritora, que ha venido a rescatarme una vez más. No mucha gente vuelve a responder a tus llamadas cuando les has pedido que organicen un tiroteo en Boston. La ayuda de Betsy fue inestimable en el caso de la primera novela de Bobby, *Sola,* y cuando la llamé esta vez y le conté que tenía que dar una vuelta por un hospital psiquiátrico abandonado, me llevó hasta allí conduciendo alegremente. Al atardecer. En la hora de mayor tráfico. Te quiero, Bets.

Quiero agradecer a la D.D. Warren real, vecina, querida amiga y gran persona, que nunca me haya reprochado que usara su nombre para quien pensamos que sería un personaje secundario en *Sola.* D.D. acabó quedándose con todo el protagonismo y aparece en ambas novelas. La D.D. real es tan estupenda como su homónima de ficción y, afortunadamente para todos nosotros, está igual de dedicada al servicio de la comunidad. Ha sido bendecida con un esposo guapo, gracioso y brillante, John Bruni, que fue un teniente en *Sola* y no aparece en el presente libro. Eres una gran persona, John, y un poeta maravilloso.

A mi hermano Rob le agradezco que me cediera a sus compañeros de trabajo como modelos para el personal del Hospital Psiquiátrico de Boston retratados en la novela. No soy el único miembro de la familia retorcido y tortuoso.

Gracias a mis buenas amigas y excelentes costureras Cathy Caruso y Marie Kurmin, que me dieron unas lecciones básicas sobre la decoración de ventanas. No usé toda la información que me hubiera gustado; culpa mía, no suya. Juro que la próxima vez lo haré mejor.

Agradezco a la afortunada Joan Barker, ganadora del tercer concurso anual «Matar a un amigo, mutilar a un colega», en www.LisaGardner.com. Joan me pidió que su querida amiga Inge Lovell fuera el cadáver de mi última novela. A esto te lleva la amistad. Espero que ambas disfrutéis de la novela y, para el resto, en septiembre la búsqueda de la inmortalidad literaria vuelve a empezar…

Por último, en el apartado de cuidados y alimentación a autores: a Anthony, por lo que él ya sabe; a Grace, que ya trabaja en su primera novela (siente debilidad por la tinta de color rosa intenso); a Donna Kenison y Susan Presby, que me permitieron quedarme en el precioso hotel Mt. Washington, para que pudiera cumplir mis plazos y conservar la salud mental. Gracias también a nuestras queridas vecinas Pam y Glenda, por las Noches de Señoras de los lunes, las galletitas de queso y las sobras de salmón. Son estas pequeñas cosas las que convierten a un vecindario en un hogar.

Este libro
se publicó en España
en el mes de noviembre de 2018